「白骨精」养成记Ⅳ
华丽的战争

聂昱冰 作品
NIEYUBING Works

图书在版编目（CIP）数据

白骨精养成记.4：华丽的战争 / 聂昱冰著. —南京：江苏文艺出版社，2012.3
　ISBN 978-7-5399-4152-3

Ⅰ.①白… Ⅱ.①聂… Ⅲ.①长篇小说—中国—当代 Ⅳ.①I247.5

中国版本图书馆 CIP 数据核字（2010）第 233650 号

书　　　名	白骨精养成记 4——华丽的战争
著　　　者	聂昱冰
责 任 编 辑	姚　丽　赵　阳
出 版 发 行	凤凰出版传媒集团
	凤凰出版传媒股份有限公司
	江苏文艺出版社
集 团 地 址	南京市湖南路 1 号 A 楼，邮编：210009
集 团 网 址	http://www.ppm.cn
出版社地址	南京市中央路 165 号，邮编：210009
出版社网址	http://www.jswenyi.com
经　　　销	凤凰出版传媒股份有限公司
印　　　刷	扬中市印刷有限公司
开　　　本	718×1000 毫米　1/16
印　　　张	18
字　　　数	250 千字
版　　　次	2012 年 3 月第 1 版　2012 年 3 月第 1 次印刷
标 准 书 号	ISBN 978–7–5399–4152–3
定　　　价	26.00 元

（江苏文艺版图书凡印刷、装订错误可随时向承印厂调换）

Contents 目录

引　子 / 001

第一章　　金牌搭档 / 001

第二章　　宿仇 / 036

第三章　　争夺黄金卖场 / 073

第四章　　情人的武器 / 115

第五章　　背叛 / 141

第六章　　同盟 / 169

第七章　　战争升级 / 197

第八章　　故人，归来 / 225

第九章　　艰难的抉择 / 246

尾　声 / 277

引 子

　　欧兰终于成为了怀安的正式总裁。这一晚,她又是直到华灯璀璨之后,才走出了怀安,夜晚的南京路上集合了各种最时尚的元素和色彩,汇集成了一个巨大的华丽漩涡。

　　站在喧嚣的街头,欧兰深深吸了一口气:

　　"不管怎么说,我现在终于真正拿到参战的资格了。董事们、怀安的员工们、我的所有竞争者和对手们,你们等着看我的表现吧。"

　　在这一瞬间,欧兰的脑海中闪过了所有对手的影子。可她却不知道,她真正的对手,此刻才刚刚登上从法国飞来中国的航班。

　　崔慧明坐在飞机上,透过舷窗望着外面的云海,脸上很难得的没有一丝笑容:

　　"欧兰,我回来了,上一次你跟我提到怀安的时候,我就在想,难道世界上真的会有这样的巧合吗?当时我什么都没有跟你说,并不是想要刻意隐瞒,而是因为那时,我还不知道自己是否能够拿下这个职位。现在,我已经通过竞聘了,我也就可以坦白地告诉你了,我任内的第一项工作,就是要收购怀安。"

　　崔慧明独自一人走在南京路上,现在是晚上八点多,已经快中秋节了,可是上海仍旧热得让人发闷,即使是这个时间,也不觉得清爽,好像有一团推不开的热气在亦步亦趋地跟着你。

　　崔慧明虽然在上海工作过一段时间,却几乎没有来过南京路,因为工作忙、因为不爱逛街,这些都是理由,可其实最主要的,还是因为南京路上埋藏着她一段刻骨铭心的记忆。这些年里,她为了忘记这段记忆用了很多方法,但直到今天,那些情景依旧鲜活地跃动在她的内心深处,一如就发生在昨天。

　　那时崔慧明正在上大学四年级。她和钟涛是同班同学,两个人一进校门就一见钟情，郎才女貌羡煞无数的少年男女。一个寒假，两人没直接回家，想先来上海玩一圈儿。他俩来了南京路，那是崔慧明第一次来上海，她一下就被南京路上的繁华景象吸引住了。年关将至，很多外地人都专程来上海购物，其中不乏很多身价不菲的男人和女人。

到后来，崔慧明都不去看那些商品了，只一心一意地去看那些购物的人群，她能感觉到，自己的眼中一直就在烧着两把火，把眼眶都烧得热辣辣的，让她恨不得都把眼珠子挖出来放到冷风中去吹一吹。

那天晚上，时间已经很晚了，他们两个仍旧坐在黄浦江边。夜风越来越凉了，崔慧明就是不肯离开，她痴痴地望着江对面浦东区那灼人的灯火。钟涛担心她受凉，把外衣脱下来给她披上，可是崔慧明直接就甩掉了：

"我不冷，真的。我现在还觉得热呢，不信你摸。"崔慧明抓起钟涛的手贴在自己的脸上，果然她的脸颊是滚烫的。

钟涛吓了一跳：

"你是不是发烧了？"

崔慧明摇了摇头，不再说话，她知道自己没发烧，只是心里在烧着一把火。

过了好一会儿，她突然用手朝着江那边一指：

"钟涛，等毕业以后我要到对面去工作。"

"这没问题，等毕业了，我们一起去那里应聘。"

崔慧明紧紧地闭上了嘴，再也不肯说一个字，因为她知道钟涛没能明白她的心思，她想的并不是去打工，而是要做总裁、做老板，像今天在南京路上看到的那些女人一样，有名车、司机，能够一掷千金。而这些，绝不是一个普通的白领可以享受到的，甚至奋斗十年、二十年都享受不到。

她要一步就跨上最高的平台，为此，她可以不惜一切代价。

一转眼，毕业了。崔慧明又把钟涛约到了南京路上，她要在这个繁华的闹市中，把"分手"两个字说出来，她已经找到了一个男人，一个大公司的老总。她之所以非要来这里，就是因为她需要这些世俗的繁华给她勇气，否则她真没有勇气说分手。她知道，钟涛很好很好，她更知道，直到现在，自己还深深爱着他。

两个人就站在南京路街头、在上海的烈日之下，分手了。崔慧明把钟涛送给她的蓝水晶项链还给了他，这是他们的定情信物，也是钟涛送给她的唯一一件贵重礼物。让崔慧明意外的是，钟涛异常平静地接受了这一切，一句话都没有追问，只是祝福了她之后，就转身走了。

后来的岁月里，崔慧明结婚、又离婚，但这对她来说并不重要，重要的是，她如愿以偿地站在了她所期望的那个金字塔的顶端。

再后来,她回国发展,遇到了一个叫欧兰的女下属,欧兰竟然是钟涛最好的搭档和知己,她经常会戴着钟涛送给她的一条蓝水晶项链。

现在,欧兰已经成了南京路上历史最悠久的怀安商厦的总裁,而崔慧明此次重返上海,就是替她的雇主——法国NKR财团,收购怀安。

"呵呵,欧兰,"崔慧明此时正好走到了怀安商厦的大门外,看着怀安,想着欧兰,她不禁笑了,笑容中充满了美丽女人和强势女人的双重骄傲,"你给我当了三年下属,我却从来没有当你是情敌,因为我了解钟涛,我知道,你们两个只是搭档不是恋人。可现在,我们却成了真真正正的对手。人们告诉我,你是怀安商厦中主战派的领军人物,拒绝一切收购计划,一心想带领怀安重现往日的辉煌。可你真觉得你能成功吗?怀安的方方面面都过于陈旧,而外面又有鑫荣、天一这些大型商厦在虎视眈眈,在这样的外忧内困之下,你凭什么保住怀安?据说,在你的聘书上很清楚地注明,在你的五年任期内,每年的业绩需要比上一年递增百分之二十,否则,你就将被董事会解聘。这么说来,我是不是应该一上任就彻底打垮你的销售体系,让你第一年就无法完成任务指标而自动离职呢?这似乎是收购怀安最便捷的方法。"

第一章 ｜ 金牌搭档

1

崔慧明在南京路上独自徘徊思索的时候,欧兰正坐在距离南京路极远的一座酒楼的包房里,而坐在她对面的,是一位风度极佳的男士。

此刻,男士悠然地望着欧兰,问:

"你说咱俩像不像是在偷情?"

欧兰迎着他的目光,很认真地回答:

"不算吧。你没娶,我没嫁,而且据最新的八卦消息,你到今天还没有女朋友,我也没有男朋友,大龄剩男剩女一起吃顿饭,怎么能算是偷情呢?"

"那,为什么我们非要跑到距离公司这么远的地方来吃饭呢?"男人用同样认真的态度继续问。

"哦,这个,"欧兰语塞了片刻,无奈地说了句,"因为我们基本也相当于偷情,所以得避讳一些。"

两个人一起大笑了起来,他们在笑声中同时举起了酒杯,男士笑着说:

"好,不开玩笑了,这杯酒是早该敬你的,结果一直拖到了今天。祝你终于如愿以偿,荣登怀安总裁宝座。"

"谢谢,"欧兰也拿着杯子和对方轻轻一碰,然后说,"不过,你用词能不能稍微温和一些,这个'如愿以偿',听起来,好像是在形容狼外婆。"

"这是误解,我充其量是在形容狼姑姑。"

"狼姑姑。"欧兰好像咬住冰块儿似的咧了咧嘴,"这是不是南京路上诸位同仁对我最新的称谓啊?"

"当然不是……"

"那还好……"

"他们都直接管你叫狼,狼子野心的狼。"男士很热心地解释着。

"我怎么就狼子野心了?"欧兰对于这种说法不太接受。

"因为你阻碍了那么多人占有怀安。"

"还有没有天理啊,他们想占有怀安,那是他们狼子野心才对!"

"商场和战场一样,没有对错,每个人都觉得公理是在自己这一边的。而到最后呢,公理就在胜利者的那一边。"男士现在的样子看起来像是个哲学家。

欧兰决定换一个话题:

"丁伟知道我俩今晚一起吃饭的事吗?"丁伟是南京路上另一家商厦——鑫荣商厦的老板,他一心想把怀安收为己有。而今天为欧兰举酒庆贺的这位男士,正是丁伟的得力助手,鑫荣商厦高管谢海川。

正因为欧兰和谢海川分别处于两大对立阵营之中,所以刚才,才有了那个关于"偷情"的玩笑。

其实,他们两个人的交往至少就目前而言,跟男女之情还真没关系,两个人之间更多的是一种同为职业经理人的惺惺相惜。

"目前他还不知道,但我会找机会告诉他。我做不到瞒着他和他的竞争对手私下交往。"谢海川逐字逐句地回答,他的目光忽然变得有些凉,不是冷,而是凉,一种因为深深的无奈和无力感,而产生出来的凉。

欧兰也有些寥落了。她低头沉吟了一会儿,其实自己也说不清想了些什么,等她再抬起头的时候,忽然发现,谢海川正含笑凝视着自己。

望着他的笑容,欧兰也笑了:

"我是不是把某个问题想复杂了?"

"想复杂也是正常,我们职业经理人的首要任务,就是协调好跟老板的关系。不过,你不用太为我担心,我还能处理好和丁伟的关系。"

"那就好。"听谢海川这么说,欧兰心中才觉得释然了一些。

"听说怀安董事会给你制定的任务指标,是销售额每年递增百分之二十?"谢海川问。

这次轮到欧兰无奈了,她放下筷子,望着谢海川:

"说真的,我特别想知道,你们有没有复印一份,我跟怀安董事会签的合同,认真研究一下?"

"这个,可以不回答吗?"

"可以,当我没问就行了。"

"好的。"谢海川继续低头吃饭。

欧兰盯了他半晌,发自内心地感叹了一句:

"说实话,你也挺难对付的。"

"大小姐,你觉得,我们这种人要是好对付了,那是不是就该失业了?"

"也是,"欧兰只能认可,然后才说,"没错,你的消息很准确,我的任务指标的确是每年递增百分之二十。"

"能完成吗?"谢海川流露出真实的关切。

相比起来,欧兰倒显得更洒脱一些:

"只能努力往前走了,毕竟,我现在还没有跟董事会讨价还价的资本呢,不是吗?"

谢海川的笑容很温暖:

"不过我相信,你如果一直这么努力地走下去,你手中的资本会很快就积累起来的。不管怎么说,祝你成功吧!"谢海川又举起了酒杯。

"好,再次感谢,也祝你工作更上一层楼。"

两个人各自喝干了杯子里的酒,其实他们两个心里都明白,他们给予对方的祝福虽然美好,但却是完全抵触的,商场如战争,最后只能有一个赢家。

只是他们现在都刻意地不去想这些:

"今宵且对樽中月,明日沙场重点兵!"

自从接到董事会的任命之后,欧兰觉得只有今天和谢海川吃这两个小时的饭,是正常的频率和节奏。平时,不管是白天还是晚上,她都觉得自己就是一段快进的录像片,在用一种非人的节奏生活着,连晚上的梦境,都是快节奏的。

过去做代理总裁的时候,整天觉得束手束脚,不能放开手来干,眼看着很多问题堆在眼前,心里也知道该怎么去处理,可就是没权力去做。于是就天天幻想着,等有朝一日真正当上正式总裁了,一定先把这些事都处理掉。

可现在没有东西束缚着她了,她反倒一下子不知道该干什么了。事情就堆在眼前,堆成了山,每一件都该去做,让她一时间找不到下手的地方。

那段时间里,欧兰觉得脑子很乱,她总是会想起妈妈。小时候,爸爸妈妈是越到过年工作就越忙,所以总是到了紧年根儿底下,妈妈才有时间忙活家里面的事:打扫房子、洗刷被单窗帘、擦洗家具,还要买很多东西,做很多吃的,还得去帮助姥姥家和奶奶家干很多事。可是这么多活儿,妈妈总是能在大年三十儿的晚上奇迹般的干完。

现在回忆起来，妈妈在干家务的时候是很懂得利用统筹学和效率学的，自己现在就急需这两门学问，因为怀安需要解决的事情太多了，如果一件一件地排着干，那干到明年也干不完，更不要说去销售、去发展了。可是虽然大学里把这两门功课都学了，但她却觉得怎么也用不到工作中去。

欧兰为这个问题烦恼不已，让她没想到的是，这么复杂的一件事，却在一次和妈妈通电话的过程中，迎刃而解。

那是一次例行的电话请安，妈妈给她定的规矩，不管多忙，都要定时打电话回家汇报近况，如果她的电话迟到五分钟，妈妈的电话一定就打过来了。

"最近怎么样？"妈妈每次的电话都是这么开头的。

"挺好的，你们呢？"这也是欧兰永恒的回答。

"我们好着呢，不用你操心，你管好你自己就行了，"这也是妈妈的例行回答，"做总裁怎么样？压力大吗？"这次妈妈的电话里，增添了新的内容。

这些年里，随着自己工作的不断调整，欧兰越来越觉得妈妈真的是一个挺有能力的人，多年来，她一直在随着欧兰的工作变化与时俱进，从当财务经理到分公司经理到分区经理再到代理总裁，直到现在的正式总裁，妈妈总是能非常及时地跟上她的脚步。

欧兰曾经跟妈妈开玩笑说：

"您就是与时俱进的最好典范。"

妈妈对这种奉承不以为然：

"我不求与时俱进，我能与你俱进就行了。"

现在妈妈又问到了正式总裁的事，欧兰索性就把工作中的烦恼跟她念叨念叨，她早就摸透妈妈的脾气了，如果自己一味地说好，哪都好，好得不行，那不超过三次电话，妈妈就会直接飞到上海来，亲眼看一看她。用妈妈的话说：

"像你们这样在外面漂着的，哪能事事都那么好，十件事里能有个两三件好事就不错了，要是一听你说全都是好事儿，那肯定是出了大事了。"

所以欧兰每次都会捡着些不要紧的麻烦事跟妈妈说说，这一次，她说的就是不知道该从哪里下手开展工作的事。

结果没想到，她才说了个开头，妈妈就听明白了：

"我知道了，你现在就相当于新接手了一个烂摊子，跟你交接的人手底下不利索，所以弄得哪儿都乱七八糟的，是吗？"

"不是张总手底下不利索，这不是他突然病倒了吗，如果没有这个意外，我根本就不用考虑这些。"

"我明白,我明白,我不是说张总不好。但你现在面对的情况的确就是这样的。"

"那倒是,所以比较烦躁。"

"你还记得你小时候老师是怎么教你们学习方法的吗?"

"天啊,我上了快二十年的学了,老师教的学习方法多了,您倒是说具体点儿呀。"

"就是小学、初中,每到你们总复习的时候,老师最常说的,复习要有重点,不能眉毛胡子一把抓,要先复习最重要的,再复习第二重要的,再复习比较次要……"

妈妈的话还没有说完,欧兰就觉得好像太阳突然从层层阴云后面跳了出来,穿过厚厚的迷雾,照亮了大地。一下子,地上的山川、河流、高楼、公路都看得清清楚楚,明明白白。而欧兰自己,就好像是一个正在开车的人,本来,她千辛万苦地在迷雾中找寻路径而不可得,可现在,条条大路就明明白白地摆在了她的眼前,远、近、宽、窄,只要她自己选择就可以了。

电话那一端,妈妈还在不停地说着什么,可是欧兰已经听不见了,她瞅了个空子打断了妈妈:

"好了,妈妈,我现在有点儿工作要马上处理一下,我,我那个,先挂电话了,晚上再给您打。"欧兰打断妈妈的电话也于心不忍,可实在是没办法,工作上停滞了这么久,好不容易找到了方向,她已经迫不及待地想要开始了。

"那你先忙去吧,注意身体,记着按时吃饭。"妈妈殷殷地叮嘱着。

"哎,我知道了,您放心吧。"欧兰努力让自己的声音平静,但其实,现在她的眼眶已经热辣辣的了,她想到自己这么多年来,一直在外面漂泊,从来就没有好好陪过爸爸妈妈。家长们总是爱说,孩子考上大学,我们就算熬出头了,孩子安排了工作,我们就算是熬出头了,孩子结了婚,我们就算是熬出头了……

可是自己的父母呢,他们什么时候才能熬出头,才能不为了自己这么牵肠挂肚?

欧兰从来不敢过多地想这些,每次想起,她就会觉得自己特别不孝,简直都无法原谅自己,可是又无可奈何。

"熬着吧,等我真正干出点儿名堂来,就可以把爸爸妈妈接到身边来,好好陪陪他们了。"

这句话,欧兰已经在心里对自己说了千万回,可她自己都不知道,那个心愿究竟要等到什么时候才能实现。

欧兰放下电话,长长地呼出了口气,刻意忽略掉心中那些千头万绪的伤感,人在职场,是决不能太感性的。而对于欧兰来说,能够忘掉那些伤怀的唯一方式,就是赶紧投入到工作之中,工作也许不是疗伤的良药,但却绝对是有效的麻药。

2

妈妈的话点醒了欧兰,她现在最主要的任务就是先把工作按照轻重缓急分一分,然后从最重要的依次干起。

而眼前最重要的,就是赶紧为怀安补充两名副总。李冰清曾经说过,怀安的管理层配置,是一位正总裁,三名副总裁,目前,还有两名副总裁的位置空缺。欧兰已经口头承诺了,如果她能够出任怀安的正总裁,就聘请许正华做副总裁,那么现在就还差一个副总裁了。欧兰决定,先把这个位置给补上。

她请来了李冰清,想和她商量招聘的事,可没想到,还没等她开口,李冰清就率先说道:

"欧总,正好我也有事要向您汇报。"

欧兰看着李冰清,今天她的神情好像是格外的沉重。欧兰迅速把各方面的情况在脑子里过了一遍,觉得一切都还正常,没有什么值得李冰清如此严肃的事啊。

"李秘书,什么事?"

李冰清似乎有些难以开口,她重新斟酌了一下词句:

"是这样,我最近就要离开怀安了……"

"啊?为什么?"欧兰差一点喊出来,她平静了一下,才放缓了声音,"出什么事了吗?"

"哦,没有,"李冰清可能怕欧兰误会,所以赶紧解释,"是这样,现在您在怀安基本算是稳定了,我得回张总的公司工作了。"

欧兰的脑子一下子没转过弯儿来:张总的公司,他的公司不就是怀安吗?片刻之后,欧兰才明白过来:

"哦,你是说,你要回张总的家族企业了。"

"对,"李冰清点了点头,她避开了欧兰的眼睛,因为她也不忍再看此时欧兰那倍感无助的神情,"张总的儿子催了我好几次了,张总的家业不小,他的压力也很大,他希望我能赶紧回去帮他。欧总,您也知道,我是张总一手培养出来的,现在张总的企业正在艰难的时候,我不能袖手旁观……"李冰清一口气地说着,好像生怕自己一停顿,就再也没有勇气请辞一样。

欧兰抬了抬头,打断了她:

"我都明白,你做得对。怀安是张总的理想,可他的家族企业是张家的命脉,对于张总来说,这两个同等重要,甚至家族企业更加重要,毕竟以后张家人还要依靠那个企业。

我们两个都是张总寄予厚望的人,所以我们应该在他生病的时候,替他把这两件事做好,你去吧。"

李冰清轻叹了一声,像是如释重负,又像是于心不忍:

"欧总,以后怀安就得靠你一个人了。"

"放心吧,我一定能干好。"欧兰此时已经收起了所有的震惊和失望,脸上又重新洋溢出了明媚的笑容。

李冰清明白欧兰的心情,也知道她是在故作轻松洒脱,可她也确实是不能再继续留下来了,只说:

"好。反正我还在上海,有什么需要问我的,随时给我打电话就行了。"

"嗯,有你这句话,我心里就踏实了,我肯定还少不了去麻烦你。"欧兰笑着说。

"别说麻烦,这都是我应该做的。"

"那你准备什么时候离开怀安?"欧兰问。

"这个倒不是特别着急,我今天也是先跟您打个招呼,让您提前有个思想准备,我肯定会把工作都交接清楚再离开的。"

欧兰苦笑了一下:

"你就算是想交接,我现在也找不出一个能够接手你工作的人。"

李冰清知道欧兰说的是实话,像她这样,把怀安历年来的所有人员、经营和财务状况都装进自己脑子里,又随时都能调出来的人,恐怕世界上只有她一个了。所以一时,她也无话可说。

欧兰忽然振作了一下精神:

"不说这些了,李秘书,今天我请你来,是想让你帮我干一件工作,不如这样,你帮我做完这件工作再离开,好吗?"

"没问题,您说。"李冰清特别痛快地回答,她现在是真想再多替欧兰干点儿事情。

"现在怀安还空余着两个副总的位置,我想把这两个位置补齐。"

"这个想法很好,"一谈到工作,欧兰和李冰清两个人马上就又进入到了那种珠联璧合的状态,"再招募两位副总,本身就是对陈秋峰的权力的限制,三足鼎立是最稳定的局面,同时也是分担受力最均匀的,三位副总互相牵制,谁也不容易独占江山。"

"对,我也是这个意思。还有就是,我也担心如果这两个位置持续空缺着,陈秋峰会做通董事会的工作,选派一名和他一条心的人来当副总,如果真那样的话,我们的处境就更艰难了。"欧兰说。

李冰清思索了片刻:

"这种可能性并不是很大,但也的确是不可不防。总之,我们先补上两个人,这样对我们是最有利的。您现在有适合的人选了吗?"

"我曾经口头承诺过许正华,如果我能够出任怀安正总裁,我就聘请她做怀安的副总。"

这件事欧兰也跟李冰清说过,所以李冰清并不觉得意外,但还是心存顾虑:

"您真的要把许正华弄到怀安来?"

欧兰笑了笑:

"人总得言而有信。"

"我们也许可以找到其他弥补她的方法……"李冰清尝试着建议。

欧兰摇了摇头:

"我们没有其他的办法,而且,许正华也的确有她的优点,"她忽然笑了,"你跟在张总身边这么多年,总该见识过张总用人的态度,他应该是很能用人所长的吧?"

"的确如此。我也明白你的意思。好吧,我支持你,不过你也要小心,毕竟许正华的毛病也挺大的,而且又是大股东的女儿。"

"我知道。"

"那另一个人呢?"

"另一个,我想公开招聘。"

"公开招聘?"

"对,就在报纸上打广告,公开招聘,这样做,一是试一试,看能不能真的很幸运地为怀安引来一个人才,再有,我也想通过这种方式,振一振怀安的声势。"

"明白了。"

"我希望,你能来主持这次招聘。"

李冰清毫不犹豫地点了点头:

"没问题,招聘的活儿我干过很多次了,我这就去草拟招聘广告,制定面试程序和试用期的具体条款。"

欧兰由衷地笑了,她觉得,不仅自己以前没有遇到过像李冰清这么优秀的秘书,恐怕以后也没有机会遇到了。

欧兰和李冰清一起研究出了招聘副总的条件,并且拟定了招聘程序,凡是有来应聘的人,先由办公室审定基本条件,条件符合的,由李冰清面谈,如果能过了李冰清这一关,再由欧兰亲自面试。反正能够符合如此苛刻的招聘条件的人就不多,再能过得了李冰清的法眼,那真就剩不下几个人了,所以欧兰的工作量也不会太大。

欧兰甚至都担心,任何人都无法通过李冰清那如电脑程序一般的审核过程。不过想一想,李冰清说的话也对——宁缺毋滥。宁可把这个位置一直空缺着,去等待真正的英才,也不能找个胡乱凑数的人来添乱。

3

欧兰今天约许正华见面。

作为大股东的女儿,许正华的身上几乎囊括了所有80后富家女的缺点和优点,她骄纵、任性,缺乏实际工作经验,却正直、义气,还有着非常可观的学历。而许正华身上,还有一个非常独到的长处——她对于世界一线品牌的女性服饰和装饰品如数家珍、目光独到,如果想让怀安跻身于一流商厦的行列,这样一个人是不可或缺的。

今天两人约在一处港式茶餐厅见面,虽说不像上次的私人会所那样华丽得让人窒息,但这里的格调仍旧是一流的。

茶餐厅位于一座综合楼宇的十八层,里面从地板到屋顶,全都是栗色木质结构的。欧兰刚一走到餐厅的门口,还没来得及仔细看餐厅的全貌,一位衣着笔挺的服务生就出现在了她的面前:

"你好,请问有预定吗?"

"我约了朋友,但我不知道她现在到没到。"

"请问您朋友怎么称呼?"

"她姓许。"

"哦,是许女士,她已经来了,请跟我来。"

"哦,她来的时间长吗?"一听说许正华已经来了,欧兰赶紧询问她等待的时间,以便于自己一会儿见面的时候做出相应的解释。

"她也是刚到。"服务生一边说着话,一边引着欧兰朝餐厅的另一侧走去。

欧兰踏在地板上,只觉得一种沉稳的感觉从脚底直传上来,看来这里每一块地板都是价值不菲。由此欧兰不禁又想到,其实开商厦和开这种餐厅一样,你如果想把档次提上去,就一定要先把装修费用提上去。

许正华坐在靠窗的一个位子上,比起她们两个上一次见面,这次就显得随便多了,许正华没再弄出一身明晃晃的钻石来。今天她穿了一套鹅黄色的套裙,艳黄色的皮鞋和皮包,腰上还束了一条鹅黄色的皮带。说实话,这身装扮,猛一看有点儿刺眼,可是再看,就会觉得挺舒服的。这可能就是大品牌的好处——绝对经得住各种眼光的锤炼,而且从衣服到配件,都是帮你搭配好的,所以你不用担心会因为搭配不好而闹出什么笑话来。

许正华也看到了欧兰,她第一眼就把欧兰从头到脚看了个遍,然后露出一种含义不明的笑容,说:

"又是白色。"

果然,今天欧兰穿了一套白色的套裙。她俩一共见过三次面了,每次欧兰都是穿的白色衣服。

女人对这种话题总是很敏感的,所以欧兰很自然地就把许正华的笑容解读为:她不大懂得衣服搭配,所以才总是用同一色系,而不能像许正华这样,什么颜色都敢穿。

欧兰从来没有认真分析过自己是否存在这种心理,不过她也的确是不敢像许正华这样,今天弄件明黄的,明天穿件宝石蓝的,毕竟她背后没有专门的形象设计师做服装顾问。

不过欧兰不想就这个问题展开讨论,而是笑了笑:

"没等太久吧?"

"没有,我也是刚到。我看你刚才一进门的时候好像突然发现了什么似的,怎么,这里给你什么启发了吗?"许正华又问。

欧兰不禁暗自佩服她的观察敏锐,她又笑了:

"谈不上启发吧,只是感叹了一下,人们总是说,档次并不完全靠钱堆起来,但是好像如果没有钱撑着,档次也就只是一句空谈了。"

"这倒是。"许正华对这个观点很认同。

欧兰现在和许正华相对而坐,两个人中间是一张椭圆形的小桌,两人各坐着一张沙发,沙发是玫瑰红色,很软,包沙发的布料上面有着长长的毛绒。人一旦陷到里面,一种很舒服的氛围立刻就把人包围住了,让你懒懒的,什么也不想做。

侍应生捧来了两只奇形怪状的杯子,里面装着饮料,不知道饮料的名字,只是隔着玻璃杯能够看到,饮料至少有六七种颜色,轻轻碰一碰杯子,里面的颜色就开始慢慢旋转、融合,交汇出更多的颜色来。

"餐具精美,是这里的一大特点。"可能是看欧兰在望着杯子出神,许正华就介绍道。

其实欧兰是在看那些饮料,不过她也没有解释。她抬起头,望着许正华,笑了:

"怎么样,做好上班的准备了吗?"

"你真的准备雇用我吗?"

"是聘请。"欧兰强调了一下。

"这有什么区别吗?"许正华问。

"也许在很多人看来没有,但我更习惯用聘请这个词。"

"好吧,那就按照你的习惯,你真准备聘请我吗?"

"当然是真的,今天我约你出来,就是跟你商定细则,约定你到怀安上班的时间的。"欧兰认真地说。

许正华很用心地看了她一会儿:

"可是最近我跟很多人谈到过这件事,她们都说你不会是真心的,你当初那么说,只是为了获得我家的支持,好当上怀安的正总裁。而事实上,你是不会真心希望一个大股东的女儿去怀安做副总的。"

"可现在我的确是在很真诚地邀请你。"

"也许你来邀请我,只是为了当初的承诺,而当我真正进入怀安之后,你有的是办法再把我赶出去。"许正华此时已经是锋芒毕露了。

欧兰早就知道许正华是多么的泼辣难缠,但还是没想到她会提出这么刁钻的问题来。停了好一会儿,欧兰才端起杯子喝了一口那五彩纷呈的饮料——天,这是什么东西,怎么又凉又酸?不过倒是有助于让人头脑清醒。

欧兰重新放下杯子之后,才平静地开口了:

"说实话,你刚才问的这个问题,我很难回答,而且我相信,任何一个人处在我的位置上,都会觉得很难回答。因为我既无法承诺你,让你永远留在怀安,也不想做什么无谓的表白。我记得上一次见面的时候,我就曾经对你说过一些话,今天我想再把这些话说一遍,我来怀安,是真心想在这里做点儿事情,所以,一切对怀安有益、有帮助的人,我都会千方百计地把他(她)留下来;同样,一切对怀安有害的人和事,我都不会姑息。我也相信,你来怀安,也是来工作的,是为了实现你个人的某种理想,不是为了给怀安捣乱才来的,而且作为怀安大股东的女儿,你一定也是希望怀安蒸蒸日上的。所以只要我们两个人的这一基础观点相同,我想我们之间即使有矛盾,也都是属于可以沟通协调的,应该不会出现非要把对方赶出怀安的情形。"

"你真这么想?"

"真的。"

"你不怕我抢了你的位置吗?"许正华紧盯着欧兰问。

欧兰忽然有一种想笑的冲动,因为她觉得这个许正华真的很有意思,一会儿显得比冯雅楚还要刁横老辣,一会儿又天真得像个孩子。

她脸上浮现出笑容,耐心地解释:

"我和董事会是有协议的,如果我能够完成董事会给我制定的任务指标,就没有人能够解聘我,如果我完不成任务指标,我即使被解聘也是天经地义的,"看许正华又要说话,她抬了抬手,示意她先让自己把话说完,"而你呢,如果你一直都在为了怀安而努力,那我们就是最好的同事、搭档;如果你为了挤掉我,而故意阻挠我完成我的任务指标,那我会直接解聘你,不会因为怕人背后议论,就束手束脚。"

"你!"许正华一时语塞,有点儿恼羞成怒。

欧兰又笑了,笑容很和善:

"我知道我的话不太好接受,但其实细想想,事情的确就是这个道理。"

许正华很想再问一句:

"那究竟怎样才算是真心为怀安工作,怎样才算是破坏怀安的工作呢?"

但是话到嘴边,她还是没有问出来,毕竟许正华不是一个胡搅蛮缠的人,她自己心里也清楚,今天欧兰的这一番解答,也算是客观公正了。

"那好吧,我什么时候上班?"

"随时可以。我这边没问题,就看你那边的时间了。"

"我也没有别的什么事,"许正华想了想,"今天是周五,我下周一上班。"

"好,没问题。你要不要提前来看一下你的办公室?"

许正华似乎之前并没有想到这个问题,现在听欧兰一提,她才意识到,自己在怀安还应该有一间办公室:

"哦,需要看吗?"

"看个人习惯。"

"那我周一再看吧。还有,我要带自己的车和司机上班,这样我更习惯一些。"

"那这一部分费用呢?"

"我自己负担,反正我也一直都用着他。"许正华满不在乎地挥了挥手。

这还真是个不大不小、但又让人尴尬的问题。欧兰想了一下,决定忽略掉它,或者说,忽略掉当她面对这件事的时候,心中那一瞬间的失落和压抑——既然决定了要聘请这样一位副总,那这些,就都是她必须要承受下来的。

"好吧,那就尊重你的习惯,至于副总裁的待遇……"

许正华又满不在乎地挥了挥手:

"按照惯例就行。"还好,她没有把下一句话"反正,我也不在乎那点儿薪水"说出来。

见面结束了,欧兰看了看时间,决定不匆匆忙忙地赶回公司去了,索性在大街上走一走,静一静。可一转念,欧兰又不禁为自己这个想法哑然失笑。

是啊,为了静一静,所以要到上海的大街上走一走。这种说法的确是有点儿怪异,上海的街头是何等的熙熙攘攘,不管怎么看,都不是一个能带给人清净的地方。

可对于现在的欧兰来说,只有当她置身于陌生人中间的时候,她的心才会是安静的,她脸上的神情也才能有些许的放松。这种感受可能只有他们这些身陷职场的人才能够体会吧——工作是战场,远离战场的地方是天堂,离战场越远,天堂就越静谧。这与天堂自身是否嘈杂无关,只与它和战场的距离有关。

初秋的阳光明晃晃地刺眼,欧兰掏出墨镜戴上,仿佛又给自己的心加了一道屏障。

许正华同意来怀安做副总了,可自己这个决定真的正确吗?一个带着私家车和专用司机来公司上班的副总。当然,乐观一点儿想,她的谱儿还不算是最大的,当初张总不也是带着自己的私人秘书来的怀安吗?

虽然欧兰在竭力地安慰自己,可她却不得不承认,这些安慰基本都没什么作用。她只觉得自己的心情越来越灰暗了。

人往往就是这样,当你得不到某件东西的时候,就会总是情不自禁地想如果得到这件东西能够获取多么大的好处。而当你真正得到这件东西了,就会开始不由自主地想得到它之后会给自己带来的烦恼。

欧兰现在就是如此。今天来赴约之前,她更多的是在想许正华来了之后能够带来的利益,而现在,她却觉得,许正华简直就像是一片乌云,执著地停留在了怀安的上空,你也不知道,当这阵雨下完之后,究竟是会天空中风清云霁,还是会带来一场急剧的降温。但有一点是可以肯定的,那就是,这场雨,现在是非下不可了。

4

陈秋峰现在正在家里"养病"。自从欧兰被正式任命之后,他就病了,理由是身体早就不好了,但因为一直忙于工作,根本就没时间治疗,现在距离国庆促销还有一段时间,所以他趁这个功夫赶紧把病治好。

陈秋峰的心思是明明白白的:

"你欧兰不是有本事吗?那你就一个人折腾去吧,我撂挑子了,绝不给你帮忙出力、为你添彩,我看你一个人能折腾出什么来!"

不过陈秋峰毕竟是老谋深算的,虽然是抱定了这样的主意,但他还是把所有的事情都安排得面面俱到,仍旧是进可攻、退可守,还把所有人的嘴都堵住了。

有时候欧兰都会觉得不可思议:一个像陈秋峰这么周密的人,怎么会只做到了怀安的副总呢?他应该有更高的发展才对。

后来,她从一本书中找到了答案,那本书中说,人生在世,固然需要圆滑,但棱角也是必需的。如果时时地地事事,总是先考虑如何自保,让自己在不经受一丁点风险和损失的基础上,再去考虑干事,那就很难在工作上取得突破性的进展。

再回顾一下自己这些年的职场经历,欧兰觉得这段话非常有道理,说到底,还是那句话，人一旦进入职场，就不再是属于自己的，而是属于企业的，即使企业是你自己一手开创的，你也是属于它的，要永远以企业的需求和利益为重，而不是以自己为重。

欧兰和李冰清拟好副总的招聘细则之后，还专程让刘月给陈秋峰送了一份备忘录，陈秋峰看着备忘录，恨得牙痒痒。因为这件事对他的影响是最大的。本来他心里还隐隐地盼着，欧兰连他这一个副总都没摆平，所以一时还不敢再弄进新的副总来，可没想到，这个疯女人竟然反其道而行之，还这么大张旗鼓地招聘，真是太不把他陈秋峰放在眼里了。

"用个什么办法破坏掉这次的副总招聘呢？"陈秋峰靠在床上，苦思冥想。

可还没等他想出办法来，刘月就又来了，带来了欧兰的问候和指示：

"请问陈总现在能不能马上到公司一趟，如果不能来也没关系，欧总就亲自来看望您，因为有件工作，必须马上和陈总商量。"

陈秋峰听刘月说明了来意，不禁怒火中烧！他最反感的就是欧兰这种居高临下、颐指气使的态度。

"她想谈工作就谈工作？还必须今天谈？不行，我决不能让她这么随心所欲地牵着鼻子走，要是真惯下她这个毛病，那以后我就更抬不起头来了。"

陈秋峰本来是横下一条心要反抗到底，今天绝不和欧兰见面的，他甚至已经在心里想好了借口，就说下午有治疗，没时间！有什么事，都等周一再说！

可是，就在陈秋峰气势汹汹地准备把这些告诉刘月的时候，话到嘴边，却怎么也说不出来了，最后变成了：

"欧总也挺忙的，就别让她跑了，我这里这么嘈杂，也不是谈工作的地方，还是我去公司找她吧。不过时间不会太早，因为我还有一个治疗，恐怕欧总得多等一会儿，或者把见面的时间改在下周一。"

刘月认真地听完之后，说：

"这样啊？那我现在就给欧总打个电话，把您的意思转告给她。"

刘月出去打电话了，陈秋峰颓然地靠在了床头上，他当然不肯承认，刚才是自己那种习惯性的软弱又在发挥作用。他认为自己这么处理是很妥当的。因为也许欧兰就是猜到了，自己现在不想见她，所以才故意摆出这样一个局来，而她真实的目的其实就是不想和陈秋峰商量，想自己独自做主。到时候陈秋峰拒不见面，她就可以名正言顺地决定某件事情了，所以一定不能给欧兰这个机会！

这么一想，陈秋峰的心里就好受多了，因为他并不是因为软弱而退让，而是在粉碎掉欧兰的阴谋诡计。

刘月回来了:

"欧总说了,时间晚点儿也没问题,她一直在公司等您,让您先把治病的事都处理好。"

陈秋峰真想问一问刘月,欧兰听说自己答应去公司后,是不是有点儿失望,可是这也没法问啊。看着刘月那小巧玲珑的身段,陈秋峰忽然觉得,是到了该把刘月骗上床的时候了,男人和女人,只有突破了最后的防线,才能真正实现合作。

欧兰在办公室里等着陈秋峰,心情很安然,想起她刚来怀安的时候,每次见到陈秋峰就像看到一条吐着信子的毒蛇那么难受,真是有恍若隔世之感。

常江说的对,如果你下决心要和一个人成为对手,那第一步就是要先从心理上接受了这个人,不再犯憷和他面对面相处,甚至要发自内心地喜欢和他相处。因为对于两个敌对的人来说,肯定是强势的那一个更乐于一次次挑起新的冲突。所以即使你暂时没有做到绝对的强势,也一定要通过这些心理建设让自己先从心理上强势起来。

"常江,"欧兰靠在椅背上,把头用力地向后仰,这样会让她的颈椎舒服一些,"你就好像是一本教科书,当时在你身边的时候,我就学会了很多很多,现在再回忆起你曾经说过的话,才知道,我还忽略了那么多,今生,你究竟要教给我多少东西?陪我渡过多少难关呢?"

陈秋峰终于来了,很难得,他的脸上今天没有笑容,换成了一副愁眉苦脸的样子,可能他是想凸显出自己的病痛吧,可是很可惜,他实在没办法给自己变出一脸病容来,他那张圆头圆脑的脸,怎么看都不像是个病人。

"陈总,你身体怎么样了?"欧兰亲自给陈秋峰倒了杯水——白开水,问。

"唉,"陈秋峰长叹一声,"不好,很不好,这些年在怀安干得太卖力了,把力气都使绝了,唉——"

"那就趁这个机会彻底查一查,该治哪儿就治哪儿,国庆促销一旦开始,我们就得一直忙到春节后了,就什么时间都没了。"

客观地说,欧兰还是很讲究分寸的,并没有说:

"既然身体不好,那你就赶紧去治病吧,别回来了。"虽然这的确是欧兰的心里话。

可是鉴于现在他们两个人这种彼此暗中仇视的关系,陈秋峰已经感觉她的话很不顺耳了:

"该治哪儿就治哪儿?什么意思啊这是,让人听着这么别扭。"

不过这种事情也没法理论,只有先记在心里,陈秋峰干咳了一声:

"欧总,您这么着急找我,有什么事?"

"是这样。上次,我不是让刘月给你送去一份招聘副总的备忘录吗?"

"哦,对,我看到了。怎么,招聘副总的事有眉目了?"陈秋峰的心提了起来。

"对,现在已经有一位副总就位了,周一就上班,我今天请你来,就是专门说这件事情的。"

"哦,是这样啊。"陈秋峰很想知道关于这位副总的所有情况,但一时又想不好该怎么问这件事。

欧兰看出他的心思,笑了:

"其实这位副总,你也很熟,是许正华。"

陈秋峰望着欧兰,欧兰此时笑靥如花。而这个时候,陈秋峰的感觉就好像是正在参加一个非常重要的聚会,后背突然钻进了一只马蜂,他唯恐这只马蜂叮到自己,可偏偏这个时候他决不能出现一丝一毫不合时宜的举止,所以他只能忍着,再强忍着,忍着疼,更主要的是忍住内心那种马上就要被马蜂叮了的恐惧,强作笑颜。

"呵呵,哈哈,呵呵,"陈秋峰的脑子有点儿乱,竟然一时间都不知道自己该采用哪种笑声了,他努力地调整着笑声和笑容,"让正华来做副总,呵呵,我还真是没想到,是董事会安排的?"他之所以这么问,一方面是尽可能地用一些无关紧要的话帮助自己赶紧摆脱眼前这种被动的局面,另一方面,他也的确是想知道,许正华究竟是怎么个来头。

"不,不是董事会安排的,是我聘请的她,"欧兰停了一下,又加了一句,"你也知道,董事会在一般情况下都不会干预怀安的副总任命的。"

"啊?啊!对,说得对,是这样,一般情况下,董事会是不会干预怀安的副总任命的。"陈秋峰毫无疑义地重复着欧兰的话,好歹拖延一下时间,让他赶紧把脑子转过来,这次被欧兰打了个措手不及,他要用最快速度组织反击。他已经看出来了,跟欧兰打交道,选择防守的一方,是非常危险的,必须要保持住进攻的状态。

"原来是你亲自聘请许正华出任副总,这是什么时候的事,我怎么一点儿都没听你说起过。"陈秋峰终于镇定下来,开始反击了。

虽然欧兰对陈秋峰已经厌恶至极,可这个时候也不得不暗自佩服他的沉着老辣。

"今天我才跟许正华见过面,向她提出了邀请,她答应了之后,我马上就让刘月跟你联络,向你通报这件事。"

陈秋峰对于欧兰这种避重就轻的回答很是不满,他用鼻子哼了一声,虽然没有发出声音,但他的样子已经准确无误地表达出了他正在做的事情:

"你总不会是一时兴起,突然冒出要聘请许正华做副总的念头吧?可你没有跟任何人商量,自己就做了决定聘请她了,是这样吗?"陈秋峰开始编圈套等着欧兰往里钻了。

欧兰不急不怒:

"上次,我不是专门让人给你送过一份招聘副总的备忘录吗?你当时对这件事也没有异议,对吧?"

"对。怀安目前空缺两位副总,公开招聘副总是一种很不错的方式,我当然不会有异议,但是许正华……"

欧兰适时地打断了他:

"当我向外发布了招聘副总的公告之后,有人向我推荐了许正华。"在这里,欧兰说了谎话,但是她说得很坦然,在职场上,说谎话、骗人都是最正常不过的事情了。区别只在于,在什么时候说谎、骗什么样的人。

"有人向你推荐了许正华?谁?"陈秋峰步步紧逼。

"这个可以不回答吗?"欧兰淡淡地问。

"哈哈,"陈秋峰故意大笑了一声,"你不说,我当然也不能强迫你,但我还是希望你能够回答我。"

"其实我觉得这个并不重要,有人给我提了这么一个建议而已,我始终认为,不管是谁,肯在工作上给我建议,就都是值得我感激的,我不应该再在背后议论人家。"

"可是……"

"反正下周一许正华就正式上班了,也许你可以问问她,有没有暗示过谁给我打招呼;或者,你什么时候有机会,问一问董事会中的高层。"欧兰不动声色地把问题推到了董事会的那一边。

欧兰的话暗合了陈秋峰心中的猜测,他绝不认为会是欧兰自己闲着没事,把那个千金小姐弄到怀安来当副总,肯定是有人专门打过招呼,而这个人估计不是许正华的父亲,就是刘启飞。只是,如果是刘启飞的话,那他的目的又是什么呢?看来,这件事还真得下功夫好好研究一下。

这个问题暂时告一段落了,陈秋峰又迅速地转换了攻击点,他换上了一副不服不忿的架势:

"欧总,虽然您现在是怀安的正总裁,可我认为在某些问题上,您也不应该这么独断专行,聘任副总是大事,至少应该等怀安的高层商议之后再决定。而您根本都没和我进行沟通,自己就决定了这件事,坦白地说,对于这样的行为,我很难接受。"

欧兰似乎已经想到了他会为此而发难,所以也不动怒,只是很耐心地说:

"好,不管怎么说,我欣赏你这种坦白的态度,从我来怀安第一天我就强调,大家在一起工作,最重要的就是彼此坦诚,任何问题,只要肯摆在桌面上来,就不再是问题,就都可以沟通解决。"欧兰拿起杯子浅浅地啜了一口,才又接着说,"既然你这么坦白,我也就开诚布公地回答你的问题,刚才我已经说过了,招聘副总的事,我让人给你送去了备忘录,而你也同意了。当这个消息发布出去之后,几乎每天都要有几个人向我推荐副总的人选，或者干脆毛遂自荐，多的时候，一天都有十几个。我当然不可能把这些人都一一登记造册，再逐一跟你讨论一遍，因为那没有任何意义，我们两个还有很多更重要的工作要去做，不能把时间都浪费在这种小事上，而许正华只是其中之一。"

"可是你和许正华见了面，还聘任了她！"陈秋峰再次指出重点，他决不让欧兰牵着他的思路走。

"对，我见了许正华，我还见了其他的一些候选者，基本上，凡是有被推荐过来的人，我都会让参与这次招聘的其他工作人员先去审核一下他们的资历，如果有条件不错的，我当然要见一见，毕竟从某种程度上来说，熟人推荐的目标更明确一些。而我在见这些人之前，当然也没有必要一一知会给你，只是一次简单的面试而已，自从打出招聘启事之后，我几乎每天都要面试几个候选者。"

陈秋峰也看出来了，欧兰绝对是兜圈子的一把好手，所以现在他也不着急了，索性调整了一下坐姿，换了一个舒服的姿势——你不是爱说吗？那你就尽管放开了说，我听着，你想说多少我就听多少，但你休想把我绕糊涂了。

陈秋峰调整好坐姿之后，才慢悠悠地问：

"这么说，你是在见到了许正华之后，才决定聘任她的？"

"可以这么说吧。"

"可以这么说，是什么意思？"陈秋峰斜睨着欧兰问。

"就是说，在我见她之前，就有了想聘任她的想法，而在我和她详谈了之后，我做出了这个决定。"

"那能跟我说说，你为什么要聘任她吗？"

"首先，她符合我们这次选拔副总的基本条件，第二，她有一些独到的优势。"

"这些优势都包括哪些？"

欧兰看了一眼表：

"这个问题回答起来比较复杂，我想，周一大家肯定要见面的，不如到时候我们再谈这个问题。"

"好。那我就先问另一个问题，"陈秋峰盯着欧兰，目光有点儿狠，"这个问题其实我已经问了好几遍了，但是你一直都不肯正面回答我，既然你那么强调坦诚、强调开诚布公，那么我希望这一次，你可以坦率地回答我。"

"好，你问。"

"在你决定聘任许正华的时候，为什么不和我商量！"陈秋峰不错眼珠地盯着欧兰，一个字一个字地吐了出来。

欧兰笑了，嘴角微微朝上弯着，可惜陈秋峰现在满心乌云，否则他一定会发现，这是

一个很动人的笑容——因为发自内心的笑,一定是动人的:

"我刚才说过了,我在和许正华详谈之后,决定聘用她,这件事,我不用和任何人商量,因为从下周一起,只是开始了她的试用期,在试用期间,怀安和许正华都拥有双向选择的权利,合则聚、不合则散,而怀安的意见,当然就包括了我、你,还有怀安其他员工的意见,所以,我并不觉得我作为正总裁忽略或者轻视了你,在试用期内,你随时可以行使你的决定权。"

"哈!"陈秋峰夸张地笑了一声,"你把人请了来,再让我去把人打发走?这种做法听着倒是真新鲜!"

"你如果这么想,那你真的是误解了,到时候,如果我们真觉得许正华不适合怀安副总裁的这个位置,也肯定是由我去跟她谈的。"看陈秋峰又要争辩,欧兰制止住了他,"这就好比,如果有一天董事会解除了我怀安总裁的任命,那肯定也是由刘主席来宣布这个决定,而不会是其他任何一位董事,但我绝不会因此就记恨刘主席,因为我明白,任何一个单独的个人决定不了我的去留,这一定是一个群体的决议。所以我想,这么简单的道理,许正华也应该明白。"

是啊,欧兰明白,许正华明白,那基本就等于是在说陈秋峰连这么简单的道理都不明白!

陈秋峰心里窝火可也无可奈何,他压住心中的怒火,仍旧坚持恪守着不让欧兰扰乱自己思路的原则,沉声问:

"你的意思就是说,不仅许正华,以后你聘任的副总也不会跟我商量了?"

欧兰显得很真诚:

"陈总,这件事我是这么考虑的,我决定试用期的副总的时候,就不再大动干戈地开会研究了,因为毕竟我们不知道这个人能够干多久。就比方说许正华,据我所知,她几乎就没有正式工作过,所以也许等她真正上了班之后,受不了这种辛苦,很快就辞职不干了呢。所以,我们就不要再为了这些不确定的人员任命过多地分散精力,试用期之后的那次决定,才是最重要,而那一次,我肯定会严格按照怀安聘任副总的惯例来执行。"

其实怀安招聘副总究竟有什么惯例,欧兰也不知道,或者说,这种事根本就没有惯例可言,但是这种说法,却的确是最有效的堵住陈秋峰的嘴的回答。

不待陈秋峰开口,欧兰马上就又接着说:

"而且,我还有一个想法,如果应聘人员中,优秀人才比较多的话,我会考虑多留下几个人,好中择优,争取把最好的人才留在怀安做副总。"

这倒是陈秋峰没想到的,他愣了一下,问:

"那没被选上的呢,毕竟才只有两个副总的位置?"

"优胜劣汰吧,这一点,在聘用副总之前,我都会跟他们讲清楚,可以多设几名副总,经过试用期筛选,最后留下两位最适合的,我相信,这种相对公正的选拔方式,大家都能接受。"

陈秋峰这一次真的有点儿茫然了,他若有所思地看着欧兰,脑筋快速地转动着:

难道是自己想多了?这个女人的所作所为虽然看上去很刁钻,但其实她的目的并没有那么复杂,只是想着把怀安的经营搞好。因为现在看她实施的这种种策略,她本人并得不到多大的好处,甚至还会给她招来很多麻烦。

这样一想,一个新的主意立刻就在陈秋峰的脑海中形成了——索性放手让欧兰折腾去,等她把她自己折腾到四面楚歌的时候,自己再出手收拾她,到时候事半功倍!

陈秋峰打定了主意,于是疲倦地叹了一声:

"好,既然你决定了,那就按你说的办吧。我身体状况还很差,我先回去了。"

"好,你先养病,有什么事情,我随时跟你沟通,"欧兰站了起来,"周一许正华正式上班,你能过来吗?我们三个开个碰头会,也算正式认识一下。"

"好。"

陈秋峰走出了怀安,他现在其实并没有表现出来的那么累,这段时间他根本不是在养病,简直就是在养精蓄锐,他一边开车一边在心里暗自琢磨着:

"多弄几个副总来竞争。这倒是个不错的主意,到时候几个副总一折腾,怀安这池水马上就更混了,我正好趁着水混摸条大鱼!"

陈秋峰走了之后,欧兰就反插上了门,疲惫地蜷缩在了沙发上。今天这一场交锋,真是把她累透了。今天欧兰明白了一个道理,怀安就好比是一件珍贵的瓷器,欧兰费尽心思是为了保证它的完好,可陈秋峰却是为了达到自己的目的而不惜打碎它,所以当他们两个人争斗起来之后,欧兰投鼠忌器,肯定就会费力得多。

她把头靠在沙发背上,阖上了眼睛:

"老天,给怀安送来两个真正爱惜它的副总吧,我需要有人帮助我一起来保护它。"

是的,欧兰只想要两个副总,那些所谓多聘请几个副总来竞争的话,只是为了转移陈秋峰的注意力而使的障眼法,她才不会真去做那种事。

在今天见面之前,欧兰就知道,陈秋峰不管多么不满,也不会在许正华这件事上过多纠结的,因为他还真不敢得罪许家。而她今天之所以跟陈秋峰这么大费周章,目的就是为了拿到这个自己独立聘用副总的权利,毕竟下一个副总肯定是招聘了,而一个没有任何背景的聘任副总,陈秋峰一定会百般刁难的,现在先通过这种方式,让他没办法阻挠聘任副总了,至于试用期之后的问题,那就是另一场战役了。

欧兰还记得,她以前在一本杂志上看到过一篇署名文章,主题就是提出了商家总是用战争术语来描述他们的经营,并且对这种行为给予了强力的抨击。理由是,这些商人有着太强烈的战争情结,总是要把代表着经济繁荣的商业行为,搞得这么肃杀、惨痛。

当时欧兰还只是在做基层经理,所以看了这篇文章之后,只觉得无可无不可,并不认为这是什么大事。充其量是记者们找些人们感兴趣、同时又可以随便评说的话题,装装版面而已。

而且,她当时也是比较认同这种观点的,觉得商人们动辄就战争啥的,也显得挺矫情。

可是现在,当欧兰真正开始独立掌握一个商厦之后,她才明白,真不是那些商人们矫情,非要把商业行为用战争词语来描述,而是因为,这些词语用在这里,的确是非常贴切的。例如战役这个词,现在欧兰可不就像是在打一场又一场的战役吗?如果在这场战役中赢了,那就获得战场上的主动权和其他的战利品。如果是平局,就是双方都损兵折将。但不管战役的结果究竟如何,每一场战役结束之后,双方肯定是都要先各自撤兵,休养生息,补充粮草弹药。

这次,欧兰和陈秋峰就是如此。虽说欧兰稍稍占了点儿上风,可也累得够呛,所以也需要休息一段时间。但下一场战役——欧兰、陈秋峰、许正华的三方会晤,周一就要开始了。欧兰不禁开始反省,自己似乎是把工作安排得太密集了,这样不行,虽说商机不等人,她的心里更是每天都火烧火燎的,恨不得把每一分钟都用到工作上,但也不能这么干。工作就像是马拉松,不能总是透支体力,保持一个持续旺盛的工作状态是非常重要的,不然,很快就会因为没有后劲儿而被淘汰下来的。

5

好像老天有意要帮欧兰的忙,周日的时候,她接到了许正华的电话,许正华说,家里临时有点事情,她周一不能到公司上班,得周三才行。并且非常有礼貌地在电话里表达了歉意。

欧兰听到这个消息简直是如释重负,因为她也需要这几天时间来让自己充分调整好状态。

周一的下午,欧兰正在看这个月的财务报表,桌上的电话响了,是李冰清打来的:

"欧总,我刚刚面试了一位来应聘副总的人员,您有没有时间和他谈一谈?"

看来李冰清对刚刚面试过的这个人印象还是不错的。

"好,让他到我办公室来吧。"

"好的。"

欧兰知道,李冰清是不会亲自把那个人送过来的,因为让应聘者独自来见老总,也是李冰清的测试方式之一。

几分钟之后,敲门声响了起来。

"请进。"

在办公室门打开的那一瞬间,欧兰忽然感受到了一种非常熟悉的气息,她猛地抬起头,果然,钟涛出现在了门口,他望着欧兰,脸上带着欧兰最熟悉的那种笑容。

欧兰一下子跳了起来:

"钟涛,你怎么来了?"钟涛是欧兰在过去公司里的同事,两个人在工作上配合得珠联璧合,堪称金牌搭档。后来欧兰出任华北区总裁,钟涛辞职去了其他公司。

"你什么时候来上海的?你怎么知道我现在在怀安工作?"欧兰冲过去扯着钟涛的袖子把他拽了进来,等不及钟涛回答她,就又飞快说,"你来得不巧,我马上要见一个面试的人,这样,你等我一会儿,今晚咱们一起吃饭,我有好多好多话要跟你说。"欧兰连珠炮似的说着。

钟涛始终含笑望着她,终于等到欧兰把所有的话都说完了,才问:

"你说完了?"

"暂时告一段落,我带你去别的办公室,你先等我一会儿。"

"可问题是,我可能就是你正在等的那个来应聘副总的人。"

"哦,是吗?今晚咱们再详细谈,"欧兰一下子没反应过来,说到半截才愣住了,她站直了身子,缓缓地转过来,直直地望着钟涛,"你刚才说什么?"

"我说,刚刚,那位李秘书问了我一些问题之后,让我带上全部的资料,来面见怀安的总裁——欧兰。"

"来应聘副总的就是你!"欧兰大喊了出来。

"对。怎么了?我是让你失望了,还是让你太惊喜了?"

"我现在还没有时间去想失望和惊喜的事,我还不太明白到底发生了什么。"欧兰的确是觉得脑子有点儿乱。

钟涛大笑了起来:

"很简单,怀安商厦要应聘一位副总,我看到了广告,觉得这个招聘条件简直就是为我量身打造的,而我正好想换个环境工作,就想来试一试。结果当我详细研究了怀安的资料后,很意外地发现,怀安的老总,我竟然认识。于是我就又想起来,我们曾经有过一个约定,这辈子无论如何也要找机会,真正合作一次,所以我就来应聘了。"

欧兰仍旧觉得眩晕,她认真地看着钟涛,过了好一会儿,才问:

"你确定你没跟我开玩笑？"

钟涛又笑了，他突然把双手平伸出来，很中规中矩地递给了欧兰一叠资料——很符合下属见上司时的礼仪：

"这是我全套的应聘资料，最上面是李秘书刚才亲笔写的推荐信。"推荐信也是招聘环节中的一项内容，每当李冰清筛选出一个应聘者之后，她就会为其亲笔写一封推荐信，而她会在信中用非常简练的语言，总结出这个应聘者通过考核的理由。所谓的信其实就是一张信纸，也就是说，上面的内容应聘者完全可以看到。这种光明磊落的方式，既在无形中给了应聘者压力，又坦然地承担起了自己作为初选者的责任——这个人既然是我选出来的，我就会为这件事负责到底。

说心里话，对于李冰清的这种态度，欧兰是由衷地佩服的，作为一名职业秘书，李冰清真是做到了不存私心、不图私利，不怕得罪人，也不怕担责任，一心一意只为公司的利益考虑。

扪心自问，欧兰觉得自己如果做秘书，绝达不到这种境界。

不过现在欧兰没心思去考虑这些，她直接挡开了钟涛递过来的推荐信：

"我知道这封信是李秘书亲笔写的，我认识她的字，但是你也有可能假装来应聘，然后通过重重考核，故意来跟我开个玩笑啊。"

这回，轮到钟涛目瞪口呆了。他牢牢地盯着欧兰，良久，才好笑地问：

"欧兰，我记得你从来就不是个浪漫的人呐，你怎么突然变得想象力这么丰富了？"

欧兰也认真地看着钟涛：

"你是说，你真的来怀安应聘副总了？"

"千真万确。"钟涛的这四个字简直都可以用斩钉截铁来形容了。

"好吧，我接受这个事实。"欧兰终于接过了李冰清的推荐信。

"怎么听起来，好像你并不愿意接受这个事实啊？"钟涛半开玩笑地问。

"不，准确地说，是我太希望这是真的了，所以，才会突然特别担心这只是一个玩笑或者幻觉。"

钟涛笑了，自己拽了把椅子，坐在了欧兰的面前：

"我现在正式告诉你，这两点你都不用担心。我没开玩笑，你也没有产生什么幻觉，我是实实在在地来怀安应聘了。现在需要担心的是我，因为我还不知道，自己能否通过总裁面试的这一关。"

这时，欧兰也镇定下来了，她给钟涛倒了杯水，问：

"你怎么会想起来怀安应聘呢？经营商厦并不是你的专业。"

"你也没经营过商厦，这不也来了吗？"钟涛含笑道。

欧兰轻轻叹息了一声，在钟涛面前，她是不需要有任何掩盖的：

"巧合或者说是命运吧，反正一步一步，就走到今天了，有时候，我自己回想一下这几个月的经历，都觉得不像是真的。"

欧兰的话说的很朦胧，可是钟涛却听懂了，他很理解地点了点头：

"我明白这种感受，工作这么多年，我也经常会产生这样的感觉，觉得冥冥之中好像有一只看不见的手，在推着我们经过一个又一个岔路口，把我们推上一条又一条的路，可是欧兰，你有没有发现，当我们把这些路走完，再回过头去把当时的情景认真分析一遍，就会发现，其实指挥我们的，不是命运，而是我们自己的内心。"

欧兰被钟涛的话触动了，她愣怔了良久，才缓缓地道：

"你说得对，细想想，还真是这么回事儿。其实，一直在做决定的，都是我们自己的内心，只是我们当时没有想到。"

"此中有真意，欲辨已忘言。"钟涛做出了总结。

"哈！你还深奥上了，"欧兰被逗笑了，"说说吧，这次你的内心为什么会替你做出这样的决定呢？"

"你应该说我具有成熟男人的魅力了，"钟涛先毫不示弱地跟欧兰斗了句嘴，才变得严肃了起来，"我决定来怀安是这么几方面的原因吧。一是，坦白地说，我离开公司后发展得并不理想，这也是这几年我没怎么跟你联络的原因，"钟涛忽然自嘲地笑了一下，"男人嘛，即使面对自己最好的朋友，也总是难以免俗的。"

欧兰避开了钟涛的目光，虽然这一番话钟涛说得挺平淡的，但欧兰却深深地知道这里面的曲折。当初崔慧明为了实现自己的野心，背叛了和钟涛的爱情，给钟涛的心中留下了一道难以弥合的伤痕。后来阴差阳错，崔慧明做了公司的副总，钟涛毫不犹豫地扔下了正如日中天的事业，扬长而去了。

既然现在钟涛自己说这几年并不顺利，欧兰当然也就不会多问了，她避开了这个话题，问：

"那另一个原因呢？"

钟涛洒脱地一笑：

"刚才我说了，我因为发展得不理想，所以一直在找新的方向。前段时间，一个很偶然的机会，我认识了一个朋友，他也是职业经理人，现在受聘于一家商厦，干得不错。他给我讲了不少商厦运营的事情，我挺感兴趣的……"

欧兰笑着插了一句：

"我看你是对一切挖掘市场的工作都感兴趣。"

"哈哈，也可以这么说，"钟涛很爽快的承认了，"后来，他还跟我提起过，如果我愿意的话,可以去他们公司工作。但是我一直都犹豫不定。"

"为什么?"

"我不想再做高管一类的管理人员了,我想朝着更高的层次发展一下。因为高管这一层的工作,我基本都熟悉也能够驾驭了,再做还是重复。当时我想的是,哪怕先找一个小公司,也尽量做负责全面的工作,麻雀虽小,五脏俱全,再小的公司,如果做总裁,也是要考虑全面,可是再大的公司,只要是高管,就一定是只负责一项单纯的工作。"

"有道理,"欧兰认真地点头,"虽然我没这么系统地考虑过这些问题,但是想一想,还真是这么回事。"

"你比较幸运的就是,你从二分公司升任了华北区总裁,顺理成章地上了一个台阶。"钟涛说。

又是这个敏感的话题,当时要不是崔慧明的出现,钟涛是肯定会角逐华南区总裁的,而且肯定会胜出,只是他自己放弃了。

钟涛也不想再提这些事,接着说:

"就在我到处寻找机会的时候,我看到了怀安的招聘启事,说实话,我来应聘,尝试的成分比较大,我并没有想到真的能过关,因为我知道,我有一个非常严重的不足——我没有商厦的相关从业经验。"

"既然你已经知道怀安的总裁是我,那你怎么不联系我?"欧兰问。

"我是觉得,我应该先试一试,看我能不能通过怀安严格的招聘程序。如果我通不过的话,那我也就根本没必要再找你了。我自己都没想到,这么顺利地就过关了。看来,招聘不像我所想象的那么严格。"

"不,你错了。招聘程序是非常严格的,能够通过李秘书走到我这里的人真没有几个,而且她的推荐信写得也很具体,不难看出,她是用了心的。等你以后慢慢了解了她这个人,你就会相信,她既然选择了你,就说明你肯定是适合的。"欧兰非常笃定地说。

钟涛听了欧兰的话,忽然现出一种若有所思的神情:

"以后慢慢了解?你是说,你同意我做怀安的副总了?"

"当然同意?我为什么不同意?"这次换欧兰吃惊了,"怎么,你不会又突然不想干了吧?"

"那倒不是,"钟涛沉吟了一会儿,似乎是在考虑该如何表达出自己此时的想法,"怎么说呢,我决定来应聘的时候,虽然不认为自己真的能应聘成功,但我还是特别期待这次机会的,可现在,你真的录用我了,我反倒有点儿犹豫了。"

"为什么?"

钟涛忽然抬起头望着欧兰,目光分外的真诚:

"我怕影响到你的工作。"

"怎么会……"

"欧兰你听我说,我知道,其实你也没有商厦的从业经验,所以,也许你应该聘请一位有足够经验的副总,才是对你的工作最有利的。现在,不是顾及情感的时候。"

"我也不是顾及情感啊,我们两个的确曾经合作得非常默契。"

"但是我们现在换了一个领域,正所谓隔行如隔山。"

"其实我觉得……"

桌上的电话突然响了起来,欧兰向钟涛示意了一下,拿起了话筒,她接完电话,看了看表,对钟涛说:

"你看这样行吗,我现在必须得处理点儿事情,反正也快下班了,干脆今晚就到我那儿去吃饭,我们再详细谈。"

"没问题。我一直留在这里也不方便,我出去转转,你下了班,我们电话联系。"

"好,这是我家的地址,你在那附近转转就行了。我尽快处理完,就去找你。"欧兰飞快地在纸上写下了一个地址,递给了钟涛。

"你不用急,反正今晚我也没别的事。"

6

欧兰带着钟涛回了自己住的地方,当她进了屋、换了拖鞋,忽然瞪着钟涛愣住了。钟涛摸了摸自己的脸,奇怪地问:

"怎么了?"

"对不起,我忘了,我家里什么吃的都没有。"

"啊?"钟涛失笑出来,"你住的地方会没有吃的东西?我记得你挺爱做饭的啊。"

欧兰苦笑了一下:

"我自从来了上海,还没自己做过一次饭呢。"

"那你平时都吃什么呀?"

"平时我一般都回来得很晚,基本都在外面吃,在家就是煮方便面。"

钟涛的眼底忽然涌过了一抹不忍之色。是啊,恐怕外人无论如何也想象不到,在欧兰风光的背后,其实是过着这样的生活。如果说,有钱没时间花,这种说法有点儿矫情,那么,为了挣钱,为了成功,而忙得没有时间去生活,则是他们最真实的写照。

欧兰也看出了钟涛的心思,她不想为了这些感慨破坏今晚的气氛,干脆又拿起包,

一边重新换鞋,一边说:

"我们还是出去吃吧。"

"不用了,"钟涛却拦住了她,"还是别出去了,来来回回的太耽误时间,还不如多说会儿话呢。这样吧,你看看厨房里有什么,随便弄点儿,我刚才上来的时候,看小区门口不是有个便利店吗,我现在就去,看见有什么合适的就买点儿,就两人的饭,还不容易吗?"

"也行,听你的。"

钟涛下了楼,欧兰也就进了厨房,她盘点了一下冰箱里的东西,就忙活了起来。

二十来分钟之后,钟涛一进屋,就不禁惊呼了出来:

"呦,不错呀。"

餐桌上摆了一大盘鸡蛋火腿肠炒面——用那种便携式的火腿肠炒的方便面。一碟凉拌黄瓜,一碟切开的咸鸭蛋,还有几串刚炸好的鱼丸。

"我冰箱里就这些东西了,都搬出来了。"欧兰擦着手从厨房里走了出来。

"够不错的了,比我买的强。"钟涛把塑料袋里的东西倒在了桌子上。

有一块方火腿,一盒肉罐头,几罐啤酒,还有些土豆片香蕉片爆米花什么的。

欧兰又拿来几个盘子,该切的切,该拆包装的拆包装。最后都摆好了,一看,她给逗乐了:

"咱们这一桌子,简直就是北方大排档和南方酒吧的混合体。"

钟涛也笑了:

"还真是这么回事儿,甭管什么体吧,能填饱肚子就行。"

两个人各倒了一杯啤酒,欧兰先举起了杯子:

"钟涛,我敬你,祝我们合作愉快。"

"你真要聘用我?"

"比真金还真。"

"欧兰,我觉得这个问题,我们还是应该再全面地考虑一下。"

"好,一边吃一边考虑。"现在,欧兰的心情要比钟涛轻松得多。

事实上,从她一确定了钟涛真的来应聘副总、并且通过了李冰清的考核,整个人就都兴奋了起来——钟涛做怀安的副总,还有比这更完美的事情吗?

钟涛喝干了啤酒,又给自己倒满,才说:

"怀安现在有几名副总?"

"怀安一共需要三名副总,现有一人,叫陈秋峰,他倒是有足够的从业经验,不过他现在最大的梦想,就是把我打进十八层地狱。"

钟涛虽然没真正在商厦里工作过，但是职场上的办公室斗争经验并不缺乏，所以他马上就明白了陈秋峰和欧兰的关系：

"这么说，如果你真的聘用了我的话，就只有另一位聘任副总有从业经验了？"

"错，"欧兰很认真地回答，"另外一名副总已经到位了，她没有任何从业经验，是怀安一位大股东的女儿。"

"啊！"钟涛露出了吃惊的神情。

"她的问题，我一会儿再跟你解释。现在先说我要聘用你的理由。首先，钟涛，请你相信我，我不是在感情用事，我们认识很多年了，我一直把工作和感情分得很开，对吗？"

"对，这一点我承认。"

"那好，我聘用你，第一，是因为你的确通过了李冰清的初选，我信任她的能力和眼光，基本上，她通过的人，在能力上都没有问题，我需要考虑的，只是我能否和这个人合作好。而你我肯定能合作好，这毋庸置疑。你没有从业经验，但是，你不会和陈秋峰勾结到一起，你不会接受董事会中那些想要卖掉怀安的董事们的收买，你不会身在曹营心在汉，做着怀安的副总，却一心为其他商厦服务。你也不会心心念念地想着扳倒了我，自己取而代之。在我看来，这些比从业经验宝贵了一万倍不止。"

欧兰一口气把这些话说完，然后认真地看着钟涛，等着他的反应，钟涛沉吟着，一个字一个字地：

"你说的这些都没错，我都能做到。可是欧兰，你真觉得，凭我们两个人，能打开怀安的局面吗？"

"能！"欧兰毫不犹豫地回答。

"你这么有信心？"看得出，欧兰的反应很超出钟涛的意料。

"也许是因为我在试用期的工作还算成功，也许是因为我天生就有一种往前闯的硬劲儿，反正我现在就是挺有信心的，所以我认为你也不应该犹豫。"

看钟涛又要说什么，欧兰直接就阻止住了他：

"曾经，我没有副总，只面对着陈秋峰一个人，我也挺过来了，工作也在进行，现在是我们两个人，我们没有理由比过去干得差。"

"可是……"

欧兰再次阻止住了钟涛：

"还有一点，钟涛，我了解你，你既然来应聘这个副总，就说明你心中是有着绝对的把握的，你认为自己能干好，你才会来，对吧？"

"对，我承认，我是在对怀安做了详细的研究，也认真地分析了我自己的情况之后，才决定来应聘的。"

"这不就行了,那你突然变得这么畏手畏脚,所为何由呢?"欧兰的脸上洋溢着笑容,"就因为总裁是我,你就唯恐影响了我的发展,钟涛,有一个词,叫关心则乱,你迂住了。"

钟涛望了欧兰半晌,忽然笑了:

"欧兰,你变了,变得强势了。"

欧兰正一心一意地等着钟涛的答复,没想到钟涛会突然说出这样一句话,她愣了一下之后,忽然觉得有点儿不好意思,因为如果一个女人被一个久不见面的男性好友指出强势来,这就有点儿耐人寻味了。

看出了欧兰的尴尬,钟涛赶紧笑着解释:

"没有,欧兰,你别误会,我没有一点儿指责或者嘲笑你的意思,看到你现在的这种成熟和强势,我特别高兴。还记得我曾经对你说过的话吗,职场就是一座原始森林,只有最强大的动物才能生存到最后。"

"你真这么想?"欧兰仍旧有点儿怀疑。

"真的。如果我是你的丈夫或者男友,也许你的强势会给我压力;但是作为跟你合作良好的搭档、下属,你的强势对我来说不是坏事。"

"这么说,你同意留在怀安了?"欧兰惊喜地叫了出来。

"同意。"

"好,干。现在可以喝这杯酒了吧。"欧兰举起了酒杯。钟涛也笑了,看得出,欧兰的雀跃也感染了他。

喝完酒,钟涛才说:

"既然我正式被聘用了,那我们就该考虑工作了。"

欧兰仍旧笑意盈然:

"我就说我们是金牌搭档,我也认为我们现在要开始考虑工作了。"

"副总有一个试用期吧?"

"有。"

"那好,如果试用期结束,你觉得我不适合,就直接说,不要手软。"钟涛严肃地说。

"这你放心,我不会拿工作开玩笑。"

"好。还有一点,我们的关系肯定瞒不住,你得想好,怎么应对外界的非议。"

"这个问题我也想到了,我明天先和李冰清谈,把这件事告诉她,然后听听她的意见,"欧兰想了想,又补充了一句,"一会儿,我详细给你介绍李冰清这个人,还有另外两位副总的情况,我都会详细告诉你。"

钟涛点了点头:

"没问题,我已经做好了彻夜长谈的准备。"

欧兰可能是比较兴奋，所以又开起了玩笑：

"彻夜长谈？孤男寡女，合适吗？"

钟涛哈哈大笑：

"怎么，难道你有男朋友了？"

"没有。"

"我觉得你也不会有。所以没什么不合适的。"

"嘿，怎么说话呢？什么叫你觉得我也不会有啊？我长得像嫁不出去的样子吗？"欧兰故意问。

"真不像，"钟涛诚恳地回答，"不过话说回来了，现在凡是剩男剩女，都是像你我这样，怎么看怎么都不该被剩下的，结果全都剩下了。"

欧兰大笑了起来，今天她心情太好了，所以任何话题也无法破坏掉她的快乐。

"对了，我还没顾上问你呢，你说的那个做商厦的朋友，是哪家公司的？"欧兰忽然想起了这件事。

钟涛呵呵一笑：

"说来也巧了，就是你的冤家对头，鑫荣商厦。"

欧兰愣了片刻，也笑了：

"哈，还真是巧，不总是说世界挺大的吗，怎么好像弄来弄去的，就是在这么几家之间折腾啊。"

钟涛笑了，笑容有些寥落：

"你没发现吗？世界很大，可其实我们每个人的生活却都很狭窄，每天面对的，不过是那么几个人，那么一件事。而这几个人、一件事，对于很多人来说，很可能就是一辈子的全部经历。所以我们每个人，其实都很孤独。"

听着钟涛的话，欧兰仿佛一下子就被拽到了另一个空间里，这个空间孤独清冷，再回忆刚才那满心的快乐和豪情，真有一种恍若隔世的感觉。

愣怔了好一会儿，欧兰才失笑出来：

"你什么时候变成哲学家了，竟然能说出这么深刻的话来。不过你说的的确很有道理，就比如我现在，每天就是在怀安和这所房子两点一线之间穿梭，面对的就是怀安的那些员工。即使以后我再换一家公司，换一个平台，可其实不过是换了个壳而已，内容也不会有什么变化。尤其是你所说的那种孤独，现在，孤独好像已经成了职场人的标签。就比如说我吧，工作了这么多年，真正能说上几句心里话的朋友，一共也就五个，其中四个都是和我的工作无关的，真正职场上的朋友，只有你一个，而且很可能，这一辈子就只有你一个，这么想想，这一辈子也的确是挺没意思的。"

钟涛又笑了：

"所以这种事不能深想，这些问题就好像是一条又深又窄的巷子，你想得越多，就往巷子里走得越深，就越没有出路。到最后，就把自己困死在这个问题里面。"

"那怎么办？难道就把眼睛闭起来，什么都不想，只管闭着眼去做事、去生活？"欧兰问。

"当然不能什么都不想，我们要做的，是站在巷口，朝里望一望，或者稍微向里走一走，弄清楚是怎么回事，心里有数了，就从巷子里退出来，继续走我们自己的路。"

"对，继续走自己的路。不管自己的世界究竟是宽是窄，是精彩还是乏味，生命只有这么一回，认真走好，才是最重要的。"

看着欧兰那重新又焕发出阳光的笑脸，钟涛忽然有些感叹：

"我最佩服你的，就是你的这种精神劲儿。你很敏感，也经常会情绪化，会觉得失败，但是每次你都能很快地把情绪扭转过来，重新把自己调整到一种应战的状态，就好像……"

"就好像有人看我的弦松了，就重新给我紧了紧发条，让我接着蹦跶。"

钟涛一下子给乐喷了：

"你把你自己说得好像是一只玩具青蛙。不过你形容的还是比较准确的，只是有一点，从来没有别人给你上弦，每次都是你自己给自己上弦。这才是最难得的。不像有的人，一旦发现自己的动力不足以跃上下一个高度了，就开始寻求外力。"

说到后来，钟涛脸上的笑容就不知不觉地消失了，欧兰也知道，他这是又想起了崔慧明，她有心换个话题，不让钟涛再陷入到回忆中，可一时又不知道该说点儿什么。最后，还是钟涛自己笑了，打破了沉默：

"你最近有她的消息吗？"

"我刚来上海的时候，跟她见过一面，她也辞职了，据她自己说，马上要到法国去竞聘一个新的岗位。"欧兰回答。

钟涛又笑了：

"这倒是她的风格，从来都不甘于寂寞。"

欧兰本来是看着钟涛的，可是就在钟涛露出笑容的那一瞬间，她却突然移开了目光——男人因为心太痛才展露出的笑容，是最让人觉得心疼的。

过了好一会儿，欧兰才柔声说：

"钟涛，其实我很早之前就想跟你说一句话，却一直都没有勇气开口。"

"哦？什么话？你不会是要向我求婚吧？如果是的话，你直接说就行了，我答应。"

欧兰被他气笑了，所以她一个字一个字分外认真地说道：

"就因为我知道你一定会答应,所以打死我都不会向你求婚的!"

钟涛哈哈大笑了起来:

"我又发现了你一个宝贵之处。"

"愿闻其详。"

"男人很难跟女人开类似于刚才的那种玩笑。反正,在我认识的所有女人中,我只敢跟你一个人开这种玩笑,所以,对于我来说,你这个朋友非常宝贵。"

"是真的?"

"是。"

"可我怎么觉得,我的很多男性朋友都可以跟我开这种玩笑啊?"

"哦,这个嘛,"钟涛故作思考状,"说明,作为男人的异性好友,你很成功。"

"换言之,说明作为一个女人,我很失败。"欧兰很认真地替他补充。

钟涛又大笑了起来:

"不用那么悲观,至少还有我在陪着你呢。我也是一个生活中很失败的男人啊。"

这一次欧兰却没有笑,她望着钟涛,神情中说不清是严肃还是伤感:

"钟涛,难道,你就真的不想知道,我一直要跟你说的话是什么吗?"

钟涛的笑容终于隐去了:

"因为我知道,你是想问我,和她还有没有可能。"

欧兰沉默了,因为她的确是想问这个。

不等欧兰开口,钟涛就继续说:

"欧兰,我知道你是好心,但是我和她再也不可能了。"

"因为你始终都不能原谅她。"

"曾经是,"钟涛仿佛陷进了回忆中,"那时,我一门心思的就是想着有朝一日出人头地,成为一个成功的男人,让她看一看。可现在,我已经不这么想了,人过三十,很多东西都看明白了,也想明白了,她选择了属于她的路,我选择了我的,我们各有各的活法。而两个人如果想天长地久,首先就是要具有相同的价值观和人生观,这是基础。很显然,我和崔慧明不具备这个基础,所以我们即使在一起也不会幸福。我现在已经不恨她了,我希望我自己能够找到属于我自己的幸福,同样,我也这么祝福她。但是,我仍旧不愿意和她发生任何交集。因为,她始终是我心中的一个阴影。人生的路这么宽,没必要非往阴影上靠,对吗?"

欧兰望着钟涛,他俩认识这么多年,这还是钟涛第一次如此坦然地讲述他和崔慧明之间的纠葛。她停了一会儿,拿起了一个啤酒罐,摇了摇,里面还有酒。她把酒分别倒进两个杯子里,举起了酒杯:

"你说得对,路这么宽,我们没必要非挑着阴影的地方去走,为这句话,我敬你一杯,也把这句话送给我自己。"

欧兰说完,端起酒杯一饮而尽。钟涛也喝完了杯子里的酒,笑了:

"今天我一直都没问你个人的事,就是因为我觉得这次见到你,和过去有点儿不一样了,你现在虽然工作压力很大,但是心里却比过去轻松了,说明你也走出了某种心结。刚才你的话,印证了我的想法,所以,也祝贺你。"

"好,同祝!祝我们都远离阴影,一心一意地经营好我们的怀安。"

"哈哈,"钟涛笑出了声,"我们的怀安,你这个老板是越来越会收买人心了。好,我喜欢这句话,经营好我们的怀安。"

"钟涛,你方便告诉我,你那个朋友是谁吗?就是也做商厦,现在在鑫荣工作的那个。不方便也没关系,我也就是随便问问。"

"没什么不方便的,他叫谢海川。"

欧兰失笑了出来:

"还真是他。刚才你提到鑫荣的时候,我心里就想,不会这么巧,你的朋友是谢海川吧。可没想到,事情真就这么巧,真像你说的那样,我们每个人的圈子其实都很狭小。"

"你也认识他?"

"坦白地说,我俩可以算是朋友,如果不是现在我们两个所处的位置比较微妙的话,那我们的关系应该会更密切,但是现在碍于我们彼此的身份,所以接触不多。他说他会向丁伟——也就是他的老板,坦白我们两个的关系,我不知道,他现在说了没有。"

"原来是这样,他这个人挺不错的,有才华,人品也挺好。"

"我也这么觉得。"

钟涛忽然露出了一丝调侃的笑容:

"怎么样,有没有什么更爆炸性的后续情况来砸我一下?"

欧兰也笑了:

"目前还没有,有了我肯定第一个通知你。"

"关于我的工作,你还有什么要嘱咐的?"钟涛把话题又转回到了工作上。

一谈到工作,欧兰也变得深沉了:

"现在怀安的工作千头万绪,需要做的事情太多。我想,我俩最好从一开始就分好工,这样效率会高一些,反正,估计你我也不会出现那种,因为沟通不畅而出现工作上的失误的问题。"

"应该不会。"

"我那会儿做饭的时候也认真想了想,我想你现在工作有三个要点,一,你要和另一个副总许正华处好关系,这个是必须的,因为我们需要牢牢地拉住她。"

"好。"

"二,在员工中,打下你自己的人脉基础,人们都说,商厦是男性管理者的天堂,因为商厦里的员工百分之八十都是女性,异性相吸,所以男性管理者在商厦中会如鱼得水。我希望你能充分利用这个优势,打牢自己的基础,只有这个基础稳固了,你才能在怀安扎下根去,也才能自如地开展工作。"

欧兰还要接着往下说,却突然顿住了,因为她发现,钟涛正在专注地望着她,目光非常非常深。

"怎么了?"欧兰摸了摸自己的脸。

钟涛垂下了眼帘,声音中有点儿感动:

"我觉得自己挺幸运的,遇到了你这么好的老总,我想,在这个世界上,只有你这个老总才会这么对待我这个副总。"

欧兰笑了,笑容真诚而温柔:

"你觉得你遇到我是幸运,其实我更觉得,你能来怀安是我最大的幸运。现在,你不仅来了,还肯帮我。当初,我在公司的职位比你低,可现在,你在我的肩下,我相信,很多男人都无法接受这个变故。因为对于男人来说,越是跟自己关系密切的女人,就越无法容忍她超越自己。可你没有这些想法,坦坦然然地就接受了这个现状。"

"这可能是因为我的神经比较粗犷吧。"钟涛自嘲了一句。

"不,"欧兰神情严肃地否定道,"是因为你比其他男人更磊落,更大度,你知道什么时候应该争,什么时候应该守,什么时候应该放开嫌隙、团结合作。只有这样的男人,才能真正成功。"

"呵呵,你对我的评价够高的。"

"我是认真的,因为我也要求自己努力做一个这样的人,我觉得这一点非常重要。"

"好,我接受你的赞扬。你接着说吧,我记得你刚才说还有第三点。"

"对,第三点尤其关键,就是陈秋峰。我相信,这一次我一下子弄进两个副总来,最恼火的就是他。所以他一定会不遗余力地想办法把你们逐出怀安。许正华那里我不太担心,陈秋峰不敢太明目张胆地惹她。但是你这儿就不一样了,你没有任何背景,却和我关系密切,所以陈秋峰一定会先对你下手。"

"也就是说,我一定要随时戒备,不让我的工作中出现任何漏洞,不给陈秋峰可乘之机!"

欧兰由衷地笑了:

"我就说了,我们两个是最完美的搭档。下周,我可能就要和许正华一起出趟差,到时候就把你和陈秋峰单独剩下了。"

"放心吧,我也不是吃素的。"

"那就好。"

第二章 宿　仇

1

崔慧明在详细研究了欧兰这几个月在怀安商厦的所有工作,又认真思考了几天之后,拨通了一个电话:

"你好,我是崔慧明。"

电话那一端的人好像一下子并没有想起崔慧明是谁,愣了好一会儿,才恍然道:

"啊,是崔总。崔总您好。"

崔慧明的脸上又绽出了她那热力灼人的招牌笑容,好像对方现在就在眼前:

"没想到是我的电话吧?"

"确实没想到。"

"最近好吗?"

"嗯,挺好的。"

"我准备去北京一趟,有时间见个面吗?"崔慧明问。

"当然没问题,您要来了,随时给我打电话,我请您吃饭。"

"那好,等我到了北京,跟你联系。"

崔慧明挂了电话,靠在了座椅的靠背上,姿态端庄优雅,目光也很温和,甚至有点儿迷离:

"冯雅楚,你刚才在电话里努力显得很淡定,但是我能够听出来,你一听我要和你见面,心情是有些激动的,你仿佛已经看见了一个新的机会在向你招手。这说明你现在对自己的工作状态并不满意,你也在渴望着突破,在期待一个新的机遇。现在,我就送你一个机遇,只是不知道,你能不能抓住它。"

崔慧明果然厉害,跟冯雅楚短短的一个电话,就把冯雅楚现在的状态看了个清清楚楚。她一点儿都没说错,冯雅楚现在的确是不太如意。三年前在华北区总裁的竞争中败给了欧兰之后,冯雅楚当时并没有放弃,她觉得那次失败只是偶然,只要再给她一段时间,她一定会把欧兰给打得落花流水,让她丢尽了脸面之后再滚出公司。

可惜事与愿违,当上华北区总裁的欧兰如鱼得水,展现出了远远超出冯雅楚意料的强悍和泼辣。冯雅楚作为副总已经失去了先机,所以最终败在了欧兰的手里,愤然离职。而这件事,也成了冯雅楚心中一个永远的痛楚。

这三年,冯雅楚过得还是很充实的,她又结了一次婚,又离了。结的时候赌的成分比爱的成分多,所以离的时候,懊恼的成分就比伤感的成分多。

离了婚后,她又换了一家公司,她也和欧兰一样,遭遇到了事业上的瓶颈期,原以为这家新公司会带给她一些新的方向。可结果,当她真正加入进来以后才发现,事实和想象的差距比较大。

冯雅楚就是在这个时候,接到了崔慧明的电话。

她才不相信,崔慧明会无缘无故地想起她来。就这一点来说,她们俩是同一种人,都不会为了没有价值的事浪费一分钟的时间。可能也正因为这个原因,所以她们的婚姻都不够顺遂吧,因为爱情和婚姻这种东西,是最不能用投入和产出来比较的,比较得多了,就什么都得不到了。

冯雅楚希望崔慧明能给她带来一个新的机会。虽然因为当年竞聘落选,她也曾经恨过崔慧明,但这都是过去的事了。在职场上,本来就没有一成不变的恨,也没有一成不变的爱。恨与爱,都是跟自己的利益紧紧纠结在一起的。

就像现在,如果崔慧明真的能给她带来一个新的机会的话,那过去的那些仇怨,自然也就烟消云散了。

虽然在北京也工作了几年,可是崔慧明始终都不喜欢北京,说不清为什么,也许是因为,在北京这个城市里,崔慧明的个人风格就不那么凸显了吧。毕竟,在北方女人中,像她这种高大、爽利的形象,还是比较常见的,而崔慧明这种女人,是天生就不喜欢被别人冲淡她的光彩的。

她和冯雅楚见面的时间定在了中午,地点是在一家湘菜馆。如果是约欧兰见面,崔慧明会选在晚上,因为晚上的时间比较从容一些。可跟冯雅楚见面,就得从另一个方面去考虑了,她是想把冯雅楚挖来当下属的,所以从一开始,她就不想给冯雅楚一个从容的氛围。上司,是需要给下属一定的压力的。只有这样,下属才会产生敬畏之心。

冯雅楚来的时候，崔慧明正在研究菜单。冯雅楚走进门，刚想打招呼，崔慧明就开朗地笑了：

"你把地方定在这里，肯定是因为你常来，所以我本想等你来了再点菜的，但是又一想，今天是工作日，下午你肯定还有别的事，咱们就别为点菜浪费时间了，我就自己做主点了，你看看你还有什么需要加的吗？"崔慧明说完，又转向了站在一边的服务员，"把我刚才点的菜报一遍。"

服务员马上开始报菜单。冯雅楚的脑子现在还没有转过来，都没顾上分心去听服务员究竟报了哪些菜名。现在她脑子里只有一个念头——虽然跟欧兰极度不合，但有一点，她们两个的感受是相同的：和崔慧明在一起的时候，想要占据主动，太难！

不过好在上天还是公平的，崔慧明也一直没再结婚，足以证明，当女人强势到她这种程度的时候，再想嫁人就太难了。

在冯雅楚调整状态的时候，崔慧明也在观察她。她也听说了冯雅楚结婚又离婚的事。现在的冯雅楚看上去，明显地老了。看来，人如果婚姻幸福，会显得年轻；如果单身得很幸福，从始至终就没有家庭的拖累，也会显得很年轻；怕就怕像冯雅楚这样，又结又离地折腾。女人，是最经不起折腾的。

"崔总，您还是这么漂亮。"冯雅楚终于找回了状态，拉开椅子，坐到了崔慧明的对面。

"漂亮吗？我怎么觉得我都老得看不得了。"崔慧明笑道。

"不是有一句话说，三十岁之前的容貌，由父母决定，三十岁之后的容貌由自己决定。女人过了三十就得看气质了，而您，是最不缺气质的。"冯雅楚说。

崔慧明心中暗自寻思：

"看来这几年冯雅楚真没白过，说话不那么尖锐了。"

"崔总，您这回来北京，是公出还是休假？"冯雅楚终究不如崔慧明沉得住气，先问了出来。

"公出。"崔慧明很肯定地回答，"你还不知道吧，我也已经离开公司了，现在在一家法国公司任职，做中国区的总裁。"

"是吗？那敢情好，以您的能力，驾驭中国市场肯定没问题的。"

"坦白地说，这次和你见面，也是我工作的一部分。"崔慧明突然介入了主题。

"我？"冯雅楚笑了，"有什么需要我做的，您尽管说就行了，我一定尽力。"不管怎样，冯雅楚都是一个不折不扣的职场老手，所以一看到对方有挖人的苗头，马上就开始端份儿了。

崔慧明当然明白她的心思，不过她也不在意她这种小伎俩，而是仍旧很坦然地回答：

"倒不是需要你做什么，就是想看一看，你有没有兴趣到我的公司工作。"

冯雅楚的心中忽然涌起了一阵懊恼，倒不是为别的，而是因为她突然发现，时间过了这么久之后，她仍旧不知道该如何应对崔慧明的这种直截了当！

冯雅楚端起茶杯喝了口茶，闯荡职场十几年了，她被人挖墙脚的经验是很丰富的，所以她深知，这种时候，是必须要自抬身价的。而此时自抬身价，一方面是为自己多争取些利益，另一方面则是要显示一下自己的矜持。

因为在职场上跳槽，其实就跟生活中谈恋爱差不多，要是这个姑娘让男人得到得太容易了，难免就会不受重视。

这些道理冯雅楚都懂，可问题就是，当她现在面对着崔慧明的时候，任她有千般手段，都施展不出来了。

所以说，崔慧明仍旧是聪明的，她很明白，全世界每一个国家里都有职场，但唯有中国职场上的弯弯绕是最大的，也唯有中国职场人的心思是最九曲十八弯的。而对付他们，最好的办法，就是像现在这样，单刀直入！

冯雅楚沉默了好一会儿，终于做出了决定——不再试图跟崔慧明较量了，直接退回来，这样，应该更有利于坚守住自己的底线。想通了这一点，她反倒坦然了，冯雅楚抬起头看着崔慧明：

"能够再有机会回到崔总的麾下，我当然是求之不得，只是不知道，我是否适合这家新公司。"冯雅楚的意思很明显，是让崔慧明先把那家法国公司的情况介绍清楚。

崔慧明没有马上回答，而是用一种很欣赏的眼光看着冯雅楚，笑意盈然：

"我觉得你这几年，进步很大。"

冯雅楚当然不会忘记崔慧明有多么善于直截了当地夸奖别人，而且在崔慧明这里，夸赞是一种利器，能够非常直接地就击碎对方的一切防御外壳。

冯雅楚吃力地应对着：

"呵呵，是吗？也许吧，每个人都会成长，不管是主动的还是被动的。"

"对，这句话很有道理，不管是主动还是被动，我们每个人都会成长。你呢？现在有更换工作的打算吗？"

"这，主要得看对方公司的综合条件和实力吧。"冯雅楚斟酌了一下，选择了一个自认为对自己最有利的说法。

崔慧明心中暗自评价：

"现在如果是欧兰，最先考虑到的一定是让对方看到自己的真诚，而很显然，冯雅楚现在最先考虑到的，是如何抬高自己的身价，这两个人一比较，高下立现。恐怕，在三年前的那场竞争中,冯雅楚之所以会节节败退,先是自己领导的一分公司被欧兰所领导的二分公司攻城略地,再是在华北区的内部竞争中败北,都跟这一特质脱不开干系。人往往就是这样,自己机关算尽,却总是希望别人能够拿出百分之百的真诚来,而欧兰恰恰满足了人们的这种需要。"

不过这些话,崔慧明只是在心里想一想,她是不会把这些说出来的。一个人只有在面对自己的朋友,或者是面对自己想要着力培养的下属的时候,才会如此开诚布公,可是很显然,冯雅楚不属于这两者。

所以崔慧明只是打开了皮包,拿出了一沓资料:

"这是我们总公司和中国公司的简介,你可以看一看。"

冯雅楚接过资料,只简单一翻,这家公司的实力就跃然于眼前了。不过多年的职场生涯,已经让冯雅楚彻底不相信天上掉馅饼这种事了,正因为这家公司太好了,所以她才更得问问清楚。

"这的确是一家非常有吸引力的公司。"冯雅楚合上了资料。

"那么,你的意见呢?"

"我如果加盟到您的公司,具体做什么工作呢?"冯雅楚问,问完之后她又加了一句,"我觉得,对于公司和员工来说,双方都适合,才是良好合作的基础。否则,公司再好,或者员工再优秀,如果彼此不适合,也是枉然。"

"这一点,她也与欧兰不同。如果是欧兰,一定会先把这个机会争取下来再说,可是冯雅楚则力求先保住自己的退路和面子,诚然,她把话先放到了这里,如果以后工作做不好,或者她在新的岗位干不下去,也有足够的借口。但是她却忽略了一点:这样一来,已经让对方对她失去了信心———一个连新的平台都不敢放开了去争取的人,又怎么能有魄力完成公司准备交给她的任务呢?"

崔慧明暗自沉吟着。她也知道,自己不应该这样随时随地地把冯雅楚和欧兰放在一起来比较,但是没办法,她之所以专程来挖冯雅楚,就是为了对付欧兰的,所以她必须要比较。

崔慧明收回了资料:

"如果,你现在已经对我的公司有一个初步的印象了,那么我想说一说你加入公司之后的主要任务,可以吗?"

"当然可以。"这正是冯雅楚最关心的。

"你刚才肯定也看到了,中国大陆分公司是刚刚建立的,而我,就是专门来筹建这个公司,而公司目前的一件重要工作,就是要收购上海的一家商厦。这件工作很重要,我要亲自来做;而你,做我的助手。"

"给您做助手,我心里就有底了。"冯雅楚一半是恭维,也有一半是真心话。不管怎么说,跟着崔慧明干,的确是让人比较踏实的。

"这家商厦叫怀安百货公司,是一家有百年历史的百货公司。"

"那么久?"冯雅楚感叹了一句。她看到崔慧明一直在用一种火热的目光看着她,就好像她应该非常了解怀安似的,这让冯雅楚不禁觉得奇怪。

"你以前没听说过怀安商厦吗?"崔慧明又问。

"没有。也许我逛街的时候去过,但没什么印象了。"

"没印象也是正常的,这几年怀安比较没落。不过,怀安现在的总裁,你倒是蛮熟的。"

"它的总裁我很熟?谁?"

"欧兰。"

"欧兰!"冯雅楚惊呼了出来。这一瞬间,她忘记了所有的伪装和矜持,眼睛中一下子就喷出了两道火焰!

看到这两道火焰,崔慧明的心里踏实了——自己这趟没白来,冯雅楚果然是她所需要的人。

过了好一会儿,冯雅楚才平静了下来,她望着崔慧明:

"崔总,你是了解我的,我是一个很直爽的人,坦率地说,您会想到聘用我,是不是就是因为怀安的总裁是欧兰?"

这是一个挺尖锐的问题,只可惜一切尖锐遇到崔慧明,就都会失去棱角。崔慧明非常坦然地点了点头:

"对,就是这个原因。我相信知己知彼,百战不殆。所以我想找一个足够了解欧兰的人。好了,现在原因都说清楚了,你愿意接受我的聘请吗?"

"崔总,我还有一个问题。"

"你说。"

"如果你的公司成功收购了怀安,那么欧兰是不是可以继续连任总裁,只是以后就算是你公司里的人了?"

崔慧明笑了:

"按照一般情况来说,会是这样的,可现在的情况比较特殊。"

"特殊?"

"对,依照现在的情形分析,一旦我们收购怀安成功,欧兰就会离开怀安,根本不存在继续留在怀安的可能。"

冯雅楚的眼中火光涌动:

"您确定吗？如果我们成功收购了怀安，欧兰就会离职？"

"绝对确定。从某种角度来说，欧兰已经把自己的职业生涯和荣誉，都跟怀安紧紧捆在了一起，所以，她绝不允许怀安被收购。"

"好，我接受您的聘请，重新做您的部下。"冯雅楚盯着眼前的玻璃杯，一个字一个字地吐了出来，就好像这个玻璃杯就是欧兰，而她的那些话就是子弹，一颗颗都打在了玻璃杯上，把它击得粉碎。

"好，这是你的具体职务安排和待遇。"崔慧明递给了冯雅楚一张纸。

冯雅楚扫了一眼，不禁问：

"您有十分的把握，我一定会接受这个工作？"

"没有，但是我做事，都是照着绝对成功来做准备的。"

"我什么时候到位？"冯雅楚又问。

"这个不太急，你和原来公司怎么也得有一个交接，你可以利用这段时间好好看看怀安的资料，磨刀不误砍柴工。"

"好的。"

直到冯雅楚回到办公室之后，她还觉得一切都那么不真实，突然之间，崔慧明从天而降，把一个打败欧兰的绝好机会送到了她的眼前。

冯雅楚心里很清楚，她现在已经不再是血气方刚的年龄了，也不会为了一些工作上的输赢，就意气用事。她之所以这么迫切地想要打败欧兰，更主要的是因为她看中了这个机会！

她坚信，有法国总公司的实力做后盾，有崔慧明的能力做保障，再加上自己对欧兰的了解，这一仗，是百分之百会赢的。而现在中国分区才刚刚开辟，如果自己能够抓住这个机会，那就是公司的元老，地位自然不言而喻。

能够踩着欧兰的肩膀登上一个崭新的高度，这无论如何都是一件美妙的事情！

冯雅楚只觉得现在自己身体里的血液好像都在奔涌澎湃，已经很久没有过这种感觉了，她喜欢这种久违的快感。

"我的确是消极得太久了，真该认认真真地干点儿什么了。"冯雅楚对自己说。

2

处理完了冯雅楚这边的事情，崔慧明开始马不停蹄地跟北京方方面面的人进行接触。因为在崔慧明看来，收购怀安，绝不仅仅是她和怀安之间的问题，而是外资收购中国商厦业的一段历史的问题,所以,她需要调动起更多的外力,来支持她做这件事。

这天晚上,崔慧明正参加一个酒会,今天的崔慧明一反常态,很谦和文静,因为她知道今天自己不是来做主角的,而是来"很真诚地和一个女人交朋友的"。

所以说,真正聪明的女人,不是时时刻刻都保持强势,而是随时根据需要,呈现出最适合的状态来。对于她们来说,强势、谦和、温柔、低调、嚣张、泼辣,等等,这些表象就像是一件件的衣服,她今天需要穿哪件,就穿哪件。

今晚收获不错,崔慧明深得那个女人的好感,两个人已经建立起了初步的友谊。

就在这个时候,崔慧明的电话响了,她一看,是上海公司里的助手打来的,她临来北京的时候,特意叮嘱助手,要随时关注怀安的情况。

"难道欧兰又有什么动作了?"崔慧明一边接通电话一边想。

"什么事?"崔慧明走到了一处比较清静的露台,问。

"崔总,据怀安内部传出消息,欧兰招聘的两位副总都已经到位了。"

"哦?具体情况。"

"一个就是许正华。还有一个不是业内人,是个男的,叫钟涛……"

"叫什么?"崔慧明厉声打断了助手。

"叫,钟涛。"助手小心地回答,在他的印象中,崔慧明一直都像一泓海水那么深不可测,还从没见她失态过。

而这时,崔慧明也已经平静了下来,她沉声问:

"关于那个钟涛的情况现在掌握了多少?"

"现在知道的还不多,只知道,他和欧兰的私交好像非常密切……"

后来助手又说了些什么,崔慧明全都没有听见,她也不用再听了。钟涛的情况,她还不需要别人来告诉她。她只要确定了,这个钟涛,是不是那个男人就行了。

"好的,我知道了,你继续留心怀安的事情吧。"

"是。"

电话挂断了,崔慧明把脸转向了外面的茫茫夜色,这个露台是一个灯光的死角,那些流动的各种颜色的光,都刚好错过了这里,正好给了她一个暂时休整的空间。

现在崔慧明的神情应该是最贴近于她的真实心情的——落寞、怨恨:

"钟涛,你够狠,我来公司,你宁可放下马上就要到手的高管位置也要辞职远走高飞。可我刚要和欧兰作对,你马上就来帮她,甚至都不惜在她的手下做副职。你可以走得远远的,一辈子不再遇到我,但你怎么可以这么对我?"

崔慧明并没有想到,其实她现在对钟涛的指责并不公正。因为不管是钟涛还是欧兰,谁都没想到,崔慧明已经成为了怀安的对手。而以崔慧明的聪明,竟然会犯这种错误,那是不是只能说明,时至今日,在她的心中,钟涛,仍旧是不同的。

把欧兰和钟涛私交甚笃的消息散布出去,是李冰清的主意。

和钟涛那一夜长谈之后,欧兰第二天一早就找到了李冰清,开诚布公地说出了她和钟涛的关系。

一开始,李冰清也愣住了,她愣了好一会儿,才说:

"还有这么巧的事?"

欧兰有点儿尴尬:

"是啊,巧到我自己都难以置信。说心里话,如果现在你认为这一切,都是我精心布下的圈套,目的就是为了把钟涛弄进公司来,我都无话可说,因为的确是太巧了。"

李冰清依旧是那么淡淡地、硬硬地:

"我倒觉得,说不说明这一点,问题不大。"

"说明哪一点?"欧兰一下没听明白。

"就是说明这件事究竟是巧合,还是你故意设的圈套,这个问题不大。"

"你觉得这件事问题不大?"欧兰发现自己已经跟不上李冰清的思路了。因为在欧兰看来,如果自己果真设下了这么个圈套,那问题是很严重的,至少说明她太居心叵测了,竟然连李冰清都要瞒着。

看出了欧兰的困惑,李冰清很无所谓地解释道:

"我觉得你有一个特点,就是总会把事情想得很复杂,当然,很多人都是这样的。动不动,就在工作中掺杂进很多其他东西,例如人的各种情绪。可我觉得这很没有必要。就说钟涛吧,他究竟是自己误打误撞来的怀安,还是你刻意安排他来的怀安,这并不重要。重要的是,这个人我亲自考核过了,我认为他能够胜任这个岗位。这是其一;其二,你现在是怀安的总裁,而你是在忠实地执行张总的经营理念,所以我就要无条件地支持你,钟涛和你是好朋友,他就肯定会真心地帮助你,所以我就无条件地支持他。这就是我的工作思路。"

听完李冰清的话,欧兰不禁感叹:

"我明白了,你的工作思路永远是一根单线条,永远都是保留直达目的地的那一根线,其他的枝杈在一开始就都被你砍掉了,所以你脑子里面的思路永远都是特别清晰明了的。"

李冰清想了想:

"应该是吧,我自己没有总结过。"

"这的确是个很有效的方法。"

"但是也要看是什么人在执行吧,"李冰清理性地补充道,"我可以这样,因为我始终都是总裁秘书,我需要的就是让自己的头脑永远保持脉络清晰;而你是总裁,你需要的,是关注到方方面面,所以你不能把所有的枝杈都砍掉。"

"你说得有道理,不过我也应该学会你这个方法,在必要的时候,对那些无关紧要甚至挡住人视线的枝杈,该砍就砍。"

欧兰说完后又自己把话题拽了回来:

"那你觉得,钟涛来了之后,我该如何处理这件事?"

"你是担心,别人知道了你们两个的关系之后,会觉得你任用亲信?"

"是。"

"我个人倒觉得,这件事你不用考虑过多,现在你就算是从大街上拽一个完全不认识的人来,人们也一样会议论纷纷。这是人的本性决定的,你避免不了。你和张总可是谁也不认识谁的,张总纯粹是抱着求贤之心聘请了你,可还不是一样有流言蜚语。所以这个你干脆不要去考虑。就像你刚刚做代理总裁时说的,一切让业绩说话。等到了你向董事会述职的时候,你有业绩,那一切流言都影响不到你,可如果你没有业绩,那任何问题,都会成为你失败的理由。"

"我明白了。"

"以前张总经常说一句话,要想做一名合格的职业经理人,首先是心理素质,其次才是工作能力。"

又是张总的话,欧兰觉得张总的每一句话都堪称至理名言!不过这也正常,这些话,都是他用一辈子的经验和智慧换来的。

"没错,我现在最需要增强的就是心理素质。"欧兰喃喃道,也不知是在跟李冰清说,还是在跟自己说。

"我还有一个建议,那就是,索性公开了你和钟涛过去是同事这个事实。职场就这么大,大家转来转去,先后从一家公司转到另一家公司也是非常正常的事。你自己把所有的事都摆在桌面上了,人们就算再传谣言,也传不出什么新鲜花样来了。"

欧兰觉得李冰清这个建议虽然有点儿匪夷所思,但也不失为一个有效的方法。

"好,就按你说的办。"

钟涛这边一正式加盟怀安,丁伟那里马上就知道了。他把谢海川叫到了自己的办公室,笑逐颜开:

"哈哈,海川,你听说了吗,欧兰把她的蓝颜弄到怀安当副总了,这下你可有对手了,你如果再不加把劲的话,人家两人日久生情,没准儿欧兰就真飞了。"

谢海川无奈地苦笑：

"丁伟，你别乱开玩笑了好不好？早知道这样，我就不告诉你我和欧兰有接触的事情了。"

丁伟又是一阵哈哈大笑：

"你不会不告诉我的，我了解你，只要你在鑫荣干一天，你和其他商厦的任何人有所接触，你都会告诉我的，虽然我从来没这么要求过你，但你一定会这么做，这是你的性格和品质所决定的。"

谢海川又无语了，丁伟的确是已经把他这个人彻底看透了。

上回他和欧兰吃饭之后，几经踌躇，还是把这件事告诉了丁伟。虽然他也一直在试图说服自己，诚然，他并没有跟鑫荣签卖身契，所以他完全有交朋友的自由，但他最后还是主动地放弃了这个"自由"，选择向丁伟坦白了一切。

丁伟也没有让他失望，他非常大度地接受了这件事，还积极地鼓励谢海川多和欧兰交往，甚至说：

"你干脆就给鑫荣争口气，一鼓作气，把欧兰给娶过来。"

弄得海川无可奈何了之后，丁伟才正色道：

"好了，海川，现在不开玩笑了，我跟你说几句掏心窝子的话。你和欧兰有交往，完全是你个人的自由，你不告诉我，也是天经地义的事。可是你没有瞒我，你告诉了我，就凭这一点，我交你这个朋友，值了！"

不过丁伟感动归感动，该调侃的一句也不少说，所以一听到钟涛加盟怀安的消息，第一时间就开始拿海川开玩笑。

谢海川也不生气，只是静静地望着丁伟，说：

"你这么一说，我还真想起件事来。说起来，我和钟涛关系还不错呢。"

"啊！真的？怎么从来没听你说过？"丁伟瞪大了眼睛。

能让丁伟的脸上出现这种表情，海川还是很有成就感的。他认真欣赏了一会儿丁伟的神态，才耐心地解释：

"我俩是在一个很偶然的情况下认识的，关系说不上多么密切，但也算不错，因为他当时并没有做商厦，所以，我也就没跟你提过。"

"原来是这样，这还真是挺巧的。"丁伟若有所思地点着头。

海川忽然觉得心里有些不忍，他知道，不管丁伟表面上怎么显出放荡不羁的样子来，其实他心里的压力比谁都大，现在欧兰又把自己的搭档弄到了怀安，正是如虎添翼，这下丁伟该操心的事情就更多了。所以，他放缓了声音，说：

"所以，关于钟涛，你有什么想知道的，问我就行了，我对他多少还是了解一些的。"

海川是真想替丁伟分担点儿什么。

丁伟很郑重地看着他：

"你能跟我介绍钟涛的情况，那太好了，我现在最想知道的就是，钟涛长得帅吗？"

谢海川一下子语结，他僵了好一会儿，才用同样郑重的态度回答道：

"我保证，他没你帅！"

3

怀安的会议室里，此时正在举行一次别开生面的会议，欧兰、钟涛、陈秋峰、许正华，怀安最新的四巨头坐到了一张会议桌前。

这个主意是欧兰想出来的，本来，她是想安排许正华和陈秋峰的见面会的，现在既然钟涛也来了，那索性就一次把面都见了。

有的时候，如果同事间的人际关系实在是太复杂了，那就干脆再多集中一些矛盾，弄得更复杂一些，就像现在这样，让陈秋峰都不知道该先去对付谁。

许正华打扮得还是那么精致。她今天穿了一件藕荷色的连身毛衣裙，中袖、高领、裙摆到膝盖上两寸。她脚上穿着一双浅米色的高跟鞋，脖子上系了一条薄薄长长的浅米色纱巾，纱巾上用金线绣着星星的图案，阳光一照，显得光华流转，衬得她的皮肤都明亮了。纱巾就那么松松地绕在了脖子上，一端垂在胸前，一端飘在背后。她今天只戴了一副挺朴素的钻石耳钉，和一只手表，尽管如此，那种华丽的风范仍旧一显无遗。

许正华是昨天开始正式上班的，几乎从她走进怀安的那一刻起，就吸引了所有女人的目光，但是女人们都非常有共性——她们在上下打量了许正华一眼之后，立刻就转过身去忙碌自己的事情，再也不肯看她了。

这种女人之间的嫉妒，只有女人们才能明白。虽然许正华认为自己穿戴得很白领、很职业，可她那些职装的品牌和价格却瞒不过众人的眼。在看这种东西时候，女人的眼基本就是扫描仪，只一秒钟，就能估算出你全身行头的价值来。再加上许正华身上那难以掩盖而她本身也不想掩盖的倨傲之气，一下子就让她成了全怀安女性员工的敌人。

而且这种敌意，越是职位高的女人身上就越明显。越是优秀的女人，就越骄傲，而骄傲的女人是无法容忍另一个骄傲的女人的。许正华那高昂着的头，无疑给女高管们的心中扎下了一根刺。

不过人们对许正华的嫉妒倒是成就了欧兰。现在，人们不约而同地发现，其实欧兰还是蛮不错的，至少她够朴素，家境一般，也没那么骄傲。

如果非让她们在这两个女人中作出选择的话,她们宁可选择欧兰来做她们的上司。

这可真是无心插柳柳成荫!

许正华对于人们的敌意几乎没有感觉,她本身没什么工作经验,而且她也从来就不去关注身边人的态度,尤其是女人的态度,在她看来,在她这二十多年的生命里,女人一直就是她的天敌,对此,她已经习以为常了。

许正华对于这个副总的职务始终都抱着一种很轻松的态度,她觉得自己一定能做好,从来就没想过会有失败的可能。当然,爸爸也提醒她了,她很有可能干不了多长时间,就因为种种原因被解聘。但许正华认为,如果自己真的被解聘的话,那不管有多少原因,都是借口,真正的原因只有一个——人们嫉妒她的能力。

所以,她是今天见面会上,心情最轻松的一个。欧兰和陈秋峰她都很熟,至于那个钟涛,她压根就没放在眼里,不过是一个出来打工混饭吃的人而已。

许正华走进会议室的时候,欧兰和陈秋峰已经就位了。一看到许正华,陈秋峰马上就绽放开了最热烈的笑容:

"哈哈,正华,听说你来了,我本来想昨天就过来的,结果身体实在是不好,只好拖到今天了,怎么样,你没怪我吧?"

陈秋峰故意摆出了一副和许正华非常亲密的样子,他在用这种方式向欧兰施压,同时,他也看出了许正华在怀安比较受孤立,所以专门向她示好。依照陈秋峰的职场经验,人刚刚到了一个陌生的环境后,是最孤立的,而在这种时候对她展示友好,是最有效果的。

只可惜,陈秋峰忽略了一个最根本的问题。人家许大小姐压根儿就没当自己是打工的,她从心里头就当自己是东家的千金小姐来视察了。所以她不在乎自己被孤立。她在乎的是另一个问题——你陈秋峰拿着怀安的工资,却一直在休病假,还休了这么久,这不是白白地给怀安造成损失吗?

所以虽然陈秋峰万分热络,可许正华却是不冷不热的:

"陈总,您太客气了,以后大家就是同事了,不用想那么多的。"

"对对,以后大家都是同事了。对了,正华,我怎么称呼你呀?是不是该叫你许总啊?按说是应该这么叫,可这突然一改还真是挺不习惯的,叫你正华都叫了这么多年了。"

陈秋峰没有意识到许正华那边已经风雨欲来了,还亲亲热热地开着玩笑。

许正华大大方方地一笑:

"你也别叫我什么许总了,还是叫我正华吧,我也听惯了。"

"好!"陈秋峰大声地应了一声,可他还没来得及得意,许正华又开口了:

"欧总,以后如果就我们几个人在一起的时候,你也叫我正华吧。要是我们三四个人坐在一起开会,像现在这样,张口都是这个总,那个总的,听着怪滑稽的。"

许正华的提议虽然有点儿不着边际,但她却做了一件很重要的事情——及时地均衡了自己和欧兰、陈秋峰两个人的距离。反正在这一局里,她是中立的,跟谁也不近,跟谁也不远。

陈秋峰还是在笑,但是目光已经变得有点儿深了:

"看来这个姓许的丫头,并不是一个彻彻底底的蠢货!"

刚才发生在会议室里的这一幕,也被站在门口的钟涛尽收眼底。钟涛是跟在许正华后面走到会议室的,他看了看时间还差几分钟,索性放慢了脚步,想看看陈秋峰和许正华都怎么表演。没想到,还真就让他看到了这么一出精彩的话剧。看着陈秋峰,钟涛不禁对欧兰暗中佩服:

"这几个月,欧兰能在这样一个男人的势力范围内杀出一条路来,不简单!"

而许正华的表现,则真正让他刮目相看了,昨天,他已经暗中观察过许正华了,虽然欧兰也对他说了不少许正华的优点,但是说实话,他是一点儿都没看出来。满眼看到的都是许正华的傲气和骄纵。

不过今天一看,这个娇小姐还真不是个绣花枕头。

钟涛又打量了一眼许正华,从他这个角度,刚好能看到许正华坐着的侧影——身材凹凸有致。钟涛心里忽然涌出了一个有点儿无厘头的想法:

"原来好身材的女人也可以有头脑。"

其实他这个偏见有点儿过分,远的不说,崔慧明的身材也不错,也绝对有头脑,只不过,钟涛已经习惯性地把崔慧明放到另外一个地方了。在钟涛的划分里,她既不属于男人,也不属于女人,同学、同事、甚至爱人,这些分类里都没她,他自己都不知道,究竟把崔慧明放到哪里去了。

这时,欧兰看到了钟涛,钟涛和欧兰的目光轻轻一碰,他不等欧兰招呼,就大步走进了会议室,他一边走,一边说道:

"欧总,我来了,这两位就是陈总和许总吧,大家好,我叫钟涛,刚刚通过怀安的招聘程序,成为了怀安的副总。"

一个简单明了的开场白兼自我介绍,就好像是一道战书,明明白白地递到了陈秋峰的面前!

陈秋峰在知道欧兰选定了一个男性副总的同时就知道了钟涛和欧兰的关系,所以,他一早就已经从心底里厌恶钟涛了!

陈秋峰已经下定了决心——不管怎么样,要先把这个招人厌烦的男人赶出怀安!

许正华也在打量钟涛。眼前这个男人中等身材,长得挺精神的,他下身穿了一条牛仔裤,上身穿了一件立领的运动衫,外面罩了一件休闲西装。连着两天,许正华在怀安里看到的都是穿深色西装、白得刺眼的衬衫、脖子上一丝不苟地系着领带的男人,所以突然看到一个穿戴得如此阳光、休闲的男人,还真让她眼前一亮。

"你怎么没穿工装啊?"许正华脱口而出。

另外三个人都愣住了,显然,他们谁都没想到这个问题,还是钟涛最先反应了过来,他看了看自己的西装,哈哈一笑:

"我刚来,还没有发工装。"

许正华又转向了欧兰:

"欧总,其实我觉得,咱们应该在员工着装上变通一下。你看,现在好像所有的员工都是穿着统一的衣服,卖场员工是一种,男管理是一种,女管理是一种,一眼望出去,就跟一群乌鸦似的,根本分不清谁是谁。如果都像钟总这样,穿得自由一点儿,不更显得朝气蓬勃吗?"

欧兰突然特别想笑,因为自从她认识钟涛那天起,钟涛给她留下的就是成熟、干练、沉稳的印象,而这个印象一直就没变过,她实在是不明白,怎么到了许正华眼里,钟涛就成了朝气蓬勃的代名词了。

欧兰控制住了笑容,思考了片刻,说:

"这倒是可以当做一个思路考虑一下。陈总,这是你的工作范畴,回头,我们找个时间专门讨论一下这件事。"

而欧兰在说话的时候,清楚地看到,钟涛的眼中有一簇光芒跳动了一下。她知道,钟涛一定已经看出了她的心思,所以自己也觉得无奈而且好笑。

紧跟着欧兰就意识到了一个问题:李冰清太正确了!自己和钟涛之间的这种默契,是无论如何也掩盖不住的。所以,与其费尽心机地去掩盖,还不如大大方方地把一切都摆在桌面上来。

这个及时涌出来的念头给了欧兰信心,也让她临时调整了今天的发言内容。欧兰清了清嗓子:

"好,人都到齐了,我们现在开会。"她恢复了严肃的神情。欧兰的目光在每个人的脸上扫过一遍之后,才又继续说道:

"我第一次在怀安主持会议的时候,就首先强调了会议效率的问题。今天,是我们怀安的最高决策层首次坐在一起开会,但我们还是要继续执行会议效率这一惯例。好,现在我们进入第一个环节。

首先,我们应该先相互认识一下,不过这个环节刚才大家好像已经自发地进行了。

所以,我现在就着重介绍一下钟涛总裁的情况。"

钟涛微微一愣,今天开会之前,欧兰专门跟他沟通了会议内容,没有专门介绍自己这一项啊?

只听欧兰接着说:

"钟涛总裁的个人资料,我已经以备忘录的形式通报给另外两位总裁了。当然,你们二位的情况,我也通报给钟涛总裁了,所以,现在大家对彼此的情况都已经有了一个基本的了解。今天我着重要说的,就是我和钟涛总裁的个人关系。"

欧兰这话一出口,陈秋峰和许正华都觉得有点儿意外,不知道欧兰这究竟是要干什么。只有钟涛明白了——欧兰决定提前开战了!

看清了欧兰的意图,钟涛反倒坦然了,反正他来怀安也是来厮杀的,不是来养老的,早开始早热闹!

"我跟钟涛总裁曾经在同一家公司工作过,私交也很好,"欧兰说到这里忽然加了一句,"就像我和陈总这样,有过比较愉快的合作经历。"

陈秋峰看着欧兰这么信口雌黄,气就不打一处来,真想马上找点儿什么话,顶回欧兰去,可还没等他想出合适的言辞,钟涛却先开口了:

"我们两个的关系,和你同陈总的关系还不太一样,你和陈总是真正在一个环境中合作过、工作过,我们两个只在两次联合办公中合作过。"

"对,还是你描述得准确。"欧兰点头认可。

被钟涛这么一搅和,陈秋峰已经失去了最佳的反驳时机,只好闭上嘴,等待下一次反击的机会。

欧兰继续说道:

"钟涛总裁会来怀安应聘副总,我很意外。说实话,他也挺意外,直到他通过了所有的考核程序,进入到了最后一个环节,也就是接受我的面试的时候,我们才知道,原来对方也在怀安。"欧兰把这里的细节稍稍修改了一下,"说实话,刚看到是他通过了最终的竞聘,我也有点儿为难,因为怕会因为我们两个人的关系而产生出什么流言蜚语。后来,还是李秘书给了我一个很正确的建议,她说,'我们在用人的时候,不能任人唯亲,可也不能因为种种顾虑而错过了真正的人才。作为董事会,他们重视的,不是我用了谁,而是我用了对怀安真正有用的人。也就是说,只要我们能够把怀安经营好,哪怕管理层都是我的嫡亲家人,董事会也不在意;换言之,如果怀安经营不好,即使副总们跟我都有血海深仇,董事会也不会谅解。'"说到这里,欧兰忽然朝着许正华莞尔一笑:

"正华,在这件事上,你最有发言权,你说,董事们的心理是这样的吗?"

许正华正聚精会神地听欧兰说话,没想到她会突然问到自己,愣了一下,才说:

"对，董事们的确是这种心理，我们不会管你具体怎么干，只关心怀安的经营状况和发展前景，说到底，还是关心自己的收益。"

钟涛差点儿乐出来：

"这小妞儿还真是挺实在。"

欧兰又接着说：

"想通了这一点，我在聘用钟涛总裁这件事上，也就没有压力了，大家都知道，我是给董事会立下了军令状的，到时候我完不成任务，我自然会按照协议承担我该承担的责任。所以就凭这一点，我觉得大家应该相信，我不会拿怀安的工作当成儿戏。同时，我也向钟涛总裁说明了我的想法，他和许正华总裁一样，都将经过一个完整的试用期，经过试用期之后，如果双方愿意，再签订正式聘用协议。我也向钟涛总裁说明了，即使他通不过试用期，被解聘了，我们也一样还是朋友。对吧，钟总？"

现在欧兰的话已经回到了她和钟涛商量好的路子上来了，所以钟涛很自然的接口：

"那当然，没问题。"

欧兰又说：

"陈总，按说，你和他们两位副总，都是平级，不存在谁管理谁，但是，你毕竟在怀安的资历最长，所以我还是希望你能多操心、多受累，看到他们两位副总，甚至包括我本人，有什么做得不到位的地方，直接指出来。我坚信，只有我们几个人做到真正的开诚布公，才能为怀安营造出一个良好的发展环境。"

欧兰的长篇大论终于暂时告一段落了，也把陈秋峰原本准备好的各种刁难话，都给他堵回去了。他本来是计划在欧兰和钟涛的关系上做做文章的，现在看起来是不行了，不过他也不甘心就这么轻而易举地把欧兰放过去。所以，他笑着开口了：

"刚才欧总的话，我都听明白了，也感受到了欧总的真诚，以及想要经营好怀安的迫切心情。但我还是想问一个问题，钟总，你以前没有做过商厦行业吧？"

这老狐狸一开口就打到了钟涛的软肋上。

钟涛直视着陈秋峰，很平静地回答：

"没有。"

"哎呀呀，商厦和别的行业可不一样，经营商厦，至少有百分之六十要靠经验，没有经验，这个……"

"正因为没有经验，所以我才来应聘副总，才接受这么苛刻的试用期条件。"钟涛又补充了一句，"真的，坦白地说，怀安公司对副总的试用条件已经很苛刻了。如果我有经验的话，我可能就直接把我的简历投到董事会，去竞聘正总裁了。"

听钟涛和陈秋峰这么针锋相对，欧兰倒还平静，许正华却没忍住扑哧一下给笑了出来。笑过之后,她自己也觉得不太好,赶紧收起笑容,拿起手机,装模作样把手机屏幕当镜子照了起来。

"哈哈,"陈秋峰干笑了一声,"钟总还挺幽默的。"

钟涛也笑了:

"是,我刚才的话,是有点儿开玩笑的意思,但也不全是开玩笑,至少有一大半儿是认真的。陈总,我虽然没有在商厦工作过,但我也是在职场上干了十来年的人了,自认为干得也挺成功。所以我很明白经验对于一个人的重要性,而现在,我缺乏的就是一些实战经验,如果我有这些经验,我真的就会去某家董事会应聘一家商厦的正总裁。现在,我成为了怀安的副总裁,我对副总裁的理解就是,在总裁的领导下,完成好自己的本职工作,实现既定工作目标。我正因为没有工作经验,所以,才专门来给自己找了个领导,"钟涛说话的时候一直盯着陈秋峰的眼睛,最后,他又着重加了一句,"而且,按照欧总刚才的说法,我不仅给自己找了这样一位领导,还给自己找了一位像您这样的极富经验的监督人!"

许正华还是第一次见识到职场上的这种唇枪舌剑。她瞪大眼睛,一会儿看看钟涛,一会儿看看陈秋峰,根本顾不上掩盖自己的兴奋。欧兰都怀疑,如果现在陈秋峰不进行反击的话,许正华都会直接扑上去掐着他的脖子,逼他反击——因为她的神情太像一个看卡通片看得入迷的孩子了,现在谁要是敢突然关了电视,她非大哭起来不可。

陈秋峰一直笑眯眯地看着钟涛,直到钟涛的话彻底结束了,他才很和蔼地问:

"说完了?"

"可以暂时告一段落了。"钟涛答。

"那好,那我就说两句,"陈秋峰说话的态度是语重心长的,可说出话来,却句句如刀,"你刚才说了,欧总给你找了一位极富经验的监督人,我觉得你这个定位本身就有错误。我的职务是怀安商厦的副总,我有我自己的本职工作,我不会专门地去监督你。我只会执行我作为副总的权利和义务,不光是你,怀安里的每一个人,包括欧总和许总,如果在我所负责的范围内,出现了做得不够妥当的地方,我也会直接指出。我认为,我这样做,才算对得起董事会,对得起怀安,而你刚才的说法,就好像我是在专门针对你一样。我个人认为,作为一名企业的领导人,这么说话,是很不负责任的。"

陈秋峰说完,直视着钟涛,他相信,钟涛一定会反击的。今天第一眼他就看出来了,钟涛也是一个恃才傲物的年轻人,这样的人,决不能容忍在两个同样年轻的女人面前,被人这么指责的。而只要钟涛被气昏了头,开始反击,那就等于是走进了他陈秋峰设好的圈套了。

钟涛一直很认真地听陈秋峰说话,等陈秋峰全部说完了,他笑了,笑容很愉快:

宿仇 | 第二章

"对，是我刚才没有表达清楚，陈总说得对，我接受你的意见，也希望在以后的工作中，能和怀安中的每一个人一样，得到您的监督。"

陈秋峰愣住了，他用力看着钟涛的脸，想看出来那笑容背后的东西，但最终他失望了，因为钟涛的笑容是非常真实的，他就那么愉快地笑着，眼睛中充满了神采，就好像一个人经过一场高质量睡眠，清晨刚刚醒来一样，朝气蓬勃、活力四射。

陈秋峰的心更阴沉了，一个不怕伤面子、不怕被批评的年轻人，是最可怕的。他硬撑着笑容，说了一句：

"好，我很欣赏钟总的这种态度，希望在以后的工作中，钟总也能够一直把这种态度贯彻下去。"

"我努力做到，请您随时监督。"钟涛回应。

看到这一环节暂时告一段落了，欧兰又开口了：

"好，我现在说今天的第二件事，过去怀安只有我和陈总，所以分工不是很细，现在钟总和正华到位了，我们终于可以各司其职了，这对我们的工作开展无疑是非常有利的。至于具体分工，我是这样想的，我负责全面工作，正华负责大客户和高端外联；钟总负责商品上渠道供应和各种市场营销推广；陈总，你的任务最关键，负责怀安内部管理。大家都听明白了吗？"

"听明白了。"人们纷纷点头，只有陈秋峰又加了一句："可是……"

但是欧兰根本没给他说话的机会，直接就打断了他：

"好，既然大家都听明白了，我们就这么实行。"

"但是……"陈秋峰再次开口，可是欧兰又一次打断了他：

"陈总，目前我们只能这么分工，因为正华和钟总对怀安的情况还不是很了解，所以只能先尽可能地发挥他们的长处，而你是最了解怀安的，所以内部管理这项工作只能由你来负责。我也知道这个任务太重，但是非常时期，只能请你克服一下困难，勉为其难了。"

陈秋峰几次想要开口，当然不是因为觉得给自己的任务太重了，他是觉得欧兰突然分走了他那么多权限，他难以忍受了。今天先是钟涛挑衅在前，又被欧兰拿走实权在后，陈秋峰彻底被激怒了。

他看着欧兰冷冷地说：

"欧总，您说完了吗，如果您说完了，我想说几句话，希望您在我说话的时候不要再打断我。"

"好的，我还有几句，我说完了，就听你的发言，好吗？"

"好。"

"我刚才用了一个词,'非常时期',这并不是我在故意夸大其词、危言耸听,怀安现在的状况,陈总和正华是最了解的,而钟总在接受聘请之前,我也详细对他做了说明。所以,也许我们在外面面对其他员工或者社会上的竞争对手的时候,我们要隐瞒怀安的危局,但是像现在这样,我们四个人关起门坐在一起,就完全没有必要再掩盖了。坦白地说,现在怀安内忧外患,而目前最大的难处则是,鉴于商厦经营的特殊性,我们不能歇业整顿……"

"其实歇业整顿也不失为一个方案……"陈秋峰插口。

这一次他又被打断了,不过不是被欧兰,而是被许正华,许正华干巴巴地扔出来一句:

"歇业整顿这种事,应该提交董事会讨论,由董事会来做最终决定吧?"

听了这句话之后,陈秋峰终于后知后觉地弄明白了一件事:原来这个许正华是非常看重怀安的利益的!

想明白了这一点,陈秋峰不禁暗骂自己大意,他一直就认定了许正华是个什么都不懂的娇小姐,可现在看起来,再愚蠢的娇小姐也懂得看护着自己家的钱!

"以后一定要注意,不能再犯这样的错误了。"陈秋峰暗下决心。

欧兰继续说:

"正华说的对,歇业是要由董事会批准的。但我也在这里说明我自己的态度,只要我做怀安总裁一天,我就不会让怀安歇业。即使未来有一天,董事会真的决定了要出售怀安,如果明天出售,今天,我也会坚持完正常营业时间。人们常说,人,是要有所敬畏的。我现在心中的敬畏,就是怀安的每一位顾客,和它这块存了一百年的招牌。"

欧兰的声音不大,但是声音中却蕴含着一种力量,这种力量让人觉得陌生却又不自觉地血脉沸腾。

钟涛不禁抬起头,认真看了欧兰一眼,这次见面,他一直就觉得欧兰变了,成熟了。现在看起来,也许就是怀安给予她的压力和使命感,让她突然之间成长了起来。

忽然,钟涛觉得有点儿异样,他微微一侧目,正好看到许正华在若有所思地望着他。目光很直接,钟涛不太习惯被女孩子这么盯着看,他低下了头。

欧兰的话还在继续:

"我们不仅不能歇业,甚至不能只做正常营业,因为我们马上就要迎来国庆促销。我相信大家都明白一个道理,每一次促销,都是对一个企业最严峻的考验,在这种考验之下,企业中所有隐藏着的问题都会暴露出来。更何况现在怀安本身就危机重重,在这种情况下进行国庆促销,无异于把一辆充满了隐患的车强行弄到了环山道上,一个不慎,就会车毁人亡。这就是我们面临的现状,所以在这个时候,尤其需要我们放下一切私心和嫌隙,团结合作,共渡难关。"

欧兰忽然笑了,她刚刚才说完那么严肃的话题,所以这个笑容看起来有点儿古怪:"我信奉一句话,乱世出英雄,现在怀安就是一个乱世,我觉得这个乱世是把双刃剑,它也许会把我从总裁的位置上推下来,也许,会把某个人推到总裁的位置上,这都是有可能的。好了,我就说这么多,请大家努力,谢谢大家。陈总,您还有什么要说的吗?"

"没有了。"陈秋峰冷冷地回了一句。

是啊,欧兰都已经正面宣战了——我就是要把怀安经营下去,你有本事就把我彻底打垮,然后取而代之,没本事,你就只能听我的了。

那他还有什么可说的呢?把一切都留到日后的行动中吧。

4

散会后,钟涛直接来了欧兰的办公室,看欧兰靠在座椅上,垂着眼帘一言不发,钟涛心里不禁一阵恻然:

"累坏了吧?"

"真是累坏了。"欧兰在钟涛面前,是不用掩盖自己的真实情绪的。

钟涛叹息了一声:

"其实今天这一上午等于就没开展工作,全都是跟人勾心斗角来着。"

"谁说不是呢。过去崔慧明曾经说过一句话,国内的职场上,内耗太多了,而这种内耗,是对人的精力和才华的最大浪费。"

"的确如此。真不明白这是为什么?"

"体制、传统、习惯、每个人的品质修养,都有关系吧,这应该是一个综合问题,毕竟现在中国的职场体系才刚刚形成,而我们很不幸地赶上了这个非常混乱的创始阶段。"

"有道理。"

"今天你一直和许正华眉来眼去、暗潮汹涌的,是怎么回事?"欧兰忽然问。

钟涛露出很意外的神情:

"你不是吧?今天上午你一直很忙啊,和陈秋峰之间剑拔弩张的,我们那么一两个眼神儿,你还都看见了?"

欧兰开心地笑了:

"不懂了吧?女人看这种问题不是用眼睛的,而是用心。"

钟涛没好气地看着她:

"我看你好像不像刚才那么疲惫了?"

"对,八卦是一种有效的放松方式,所以现在我放松多了。"

"很高兴,我能娱乐你,并且让你放松,现在如果你放松得差不多了,我就回办公室了。"

"哈哈,好,回去吧,今天的会议还算成功,把我们想要达到的目的都达到了,下一步,就看你的了。有什么事情和想法,咱们随时沟通。"

"没问题。"

钟涛坐在自己办公室里的沙发上,认真地读着一沓资料,这是欧兰给他打印出来的Bob写的那个意见书。欧兰说,她发现这份意见书可以当做一份很不错的教材使用,任何人看了它,都会对怀安存在的所有问题马上有一个直观的认识。

钟涛的办公室门是大敞着的,用欧兰的话说:全力支持钟涛在怀安大肆使用美男计。可其实不管是欧兰还是钟涛,心里都明白,虽然欧兰的话是玩笑,但是玩笑的背后,却是一个非常切实可行的方法——钟涛的亲和力是多年来闯荡职场的制胜法宝之一。现在在三名副总中,许正华已经彻底失掉了人心,陈秋峰在怀安待了这么多年,该拉拢的都已经被他拉拢住了,该不和的也已经不和了。而且现在让他主管内部管理,这本来就是一件得罪人不讨好的事。所以,现在该是他钟涛在人际关系上大展拳脚的时候了。

钟涛就这样敞着门,认真地读资料,走廊里来来往往的同事们,把这位新副总的办公环境尽收眼底,一下子,帅哥副总在他们心里的形象就生动了起来。

忽然,钟涛眼角的余光瞥到了一抹明黄色,他还没来得及抬头,就听见了几下敲门声,和一个悦耳的声音:

"可以进来吗?"是许正华。

钟涛笑着回过了头,果然看到许正华站在门口。

"请进。"钟涛愉快地说着,同时站了起来。

"没打扰你吧?"许正华问。

"当然没有。"

"那第二个问题,能关上门吗?"

钟涛愣了一下,随即笑了:

"当然可以,"说完后,他又加了一句,"你思维够跳跃的,跟你说话,如果精力不够集中的话,都跟不上你的思路。"

许正华走进办公室,随手关上了房门,四下里打量了一遍:

"既然是跟人说话,当然就要全神贯注了,否则还不如不说。你办公室陈设挺简单的。"

钟涛也朝周围看了看，笑了一下：

"是吗？"

"是。"

钟涛有点儿晕，这个许正华难道对别人的每句话都要这么认真答复吗？谁都能听出来，自己那个"是吗"只是敷衍之词，可她却还这么正式地回答他。

钟涛还没想明白呢，许正华又开口了：

"你刚才干吗开着门啊？"

"干吗不开着呢？我又没干什么。"钟涛反问。

"哦。那现在我来了，就把门关上了，你就不担心别人会觉得我们两个干什么？"

钟涛实在忍不住了，他可不习惯被一个女孩子逼得这么被动，他决定逗逗许正华。

钟涛很洒脱地笑了：

"没关系啊，我未娶，你未嫁，咱俩就算干点儿什么，也很正常啊。"

"嗨，你怎么这样啊？万一我要是有男朋友呢？"

"没关系，我肯定没有女朋友，而你只要还没结婚，我就有竞争的权力，"看许正华不说话，钟涛紧盯着她的眼睛，又加了一句，"追不追是我的事，同意不同意是你的事，现在，我只管干好我自己的事。"

许正华被钟涛盯得撑不住了，避开了他的目光，钟涛暗自松了一口气，可他这口气还没松完呢，许正华忽然蹦出来一句：

"那好，你追吧。"

钟涛差点儿没给戗着，他努力保持住镇定，不得不在心里接受了一个事实，这个许正华和他过去认识的女孩子完全不同。

钟涛坐到了办公室的后面，声音一扬，问：

"好了，不开玩笑了，许总，您找我有事？"

许正华也坐到了沙发上，仍旧是那副散散漫漫的样子：

"嗯，有点儿事。不过我先给你提个要求。"

"你说，我保证尽力而为。"

"你能不能不叫我许总，直接叫我正华或者许正华，我觉得我的名字还不难听吧？"

"啊？啊，当然不难听，而且非常好听，清朗上口，好，以后，在非正式场合，我们就彼此直呼其名，你叫我钟涛，我叫你正华。"

"好，一言为定！"许正华显出高兴的样子，然后才又说，"其实我也没什么事，就是对一个问题特别好奇，所以想问问你。"

"什么问题？"

"今天开会,你一开始发言的时候,气势那么足,后来陈秋峰对你反唇相讥,言辞已经很刻薄了,我还以为你会加倍地反击回去,可你竟突然平静了,很平和地就接受了他的话,说实话,我有点儿理解不了这是为什么。"许正华问。

她理解不了?钟涛更理解不了,他看着许正华,都怀疑自己听错了。这位大小姐到底知不知道她自己在干什么?她,自己,陈秋峰,这三个人目前是平级,而且任何一个有眼睛的人都能看出来,这三个人目前关系极为紧张。可在这个节骨眼上,其中一个副总,竟然来询问另一个副总和剩下那位副总的关系?最要命的是,她和这位副总今天才第一次见面,可跟那位副总却是老熟人了!

许正华究竟明不明白她自己在干什么?

钟涛心念急转:

"这位大小姐究竟是不谙世事,还是故意做出这种没心没肺的样子来,替陈秋峰打探消息?"

钟涛一时不得要领,他看向许正华,刚好迎住了许正华的目光,黄昏的阳光洒在她的脸上,让她的眼睛蒙上了一层瑰丽的色彩,但却看不清她的眼神。

此时,钟涛已经打定了主意,他淡淡一笑:

"其实这也没什么不好理解的。我来怀安是来工作的,不是来逞口舌之快的,陈总虽然跟我在语言上有所冲突,但那毕竟还不算是关键性问题,我没必要非争一个高下出来。再说了,我在怀安初来乍到,我究竟有几斤几两,谁也不知道,所以现在对于我来说,把工作做好,干出业绩来才是最重要的。"

"嚯,真没想到,你还挺成熟的,不,应该说,你挺自信的,"许正华自顾自地做着分析,"只有成熟、自信的男人,才会不计小节,只关注大局。"

这下,钟涛又不知道该说什么了,因为他实在是分辨不出,许正华是夸他呢,还是自己感慨。

还好,许正华又转到了另一个话题上:

"哎,你听说了吗?据说现在人们都在私下里议论,说怀安都变成夫妻店了。"

"夫妻店,什么意思?"钟涛明知故问。

"说你和欧总啊,说你们两个是情侣,现在又是正副总,夫妻搭档,那怀安可不就是夫妻店了吗?"

钟涛沉默了一下,忽然问:

"那你是这样想的吗?"他已经看出来了,这位大小姐基本是不按照职场上惯常的人际关系出牌的,所以自己索性也就随性而为之了。没准儿换种方法,还能打开条新路呢,否则总是这样被许正华东一榔头西一杠子的追着打,太被动了。

第二章 宿仇

"我,我当然不这么想,你跟欧总之间一点儿电都没有啊!我可以负责任地说,你们俩过去不是情侣,现在不是情侣,未来,仍旧不会是情侣!"

这一下,又把钟涛的兴趣给勾起来了,他好奇地看着许正华:

"你倒是挺敢打包票的。"

"那当然。"

"那我能借问一句,您怎么就会这么笃定呢?事实上,你今天才第一次见到我。"

"这个呀,"许正华把头向后一仰,"女人看这种问题,不是用眼睛,而是用心的。"

钟涛正喝水呢,他听了这话差点儿没把一口水给喷出来!

"今天这是什么日子,这么一会儿,遇上两个用心不用眼的女人了!"

"怎么啦?你不相信呀?"许正华误解了钟涛的神情。

"没有没有,"钟涛赶紧解释,"我就是觉得你这特异功能挺有意思的。"

"哎,钟涛,你今晚有安排吗?"

"今晚?目前还没有。"

"那你请我吃饭吧。"

"啊?"

"或者请我干点儿别的什么。"

"啊?"

"你那么吃惊干吗?你不是要追我吗?"

钟涛觉得自己冷汗都出来了,幸好这个时候,许正华的手机响了。

"喂,欧总。"许正华接通电话后说。

一听是欧兰,钟涛的精力也集中了起来。

"今晚?我今晚已经有安排了。"许正华对着电话说。

办公室里很静,欧兰的声音从话筒里传了出来,钟涛听得清清楚楚:

"这么不巧?你今晚的约会重要吗?"

"一个想要追我的人,要请我。"许正华大大方方地说。

话筒里传出了欧兰的笑声:

"哦,是别人想追咱们呀,那让他等着,哪有那么好的事儿,一请就能请到,怎么也得三番五次啊。"

可能是受了许正华那明快的声音的感染,欧兰也顺口开起了玩笑。

但许正华却开始很认真地考虑起她的话来:

"让他等着?这样也行啊?"

欧兰收起了玩笑:

"正华,我今晚的确是想和你谈点儿工作上的事,这件工作的筹备时间比较紧张,所以通知得也仓促了。你看吧,如果今晚能安排开最好,如果你那边实在推不掉,我们就明天。"

许正华一听欧兰是真有事,也就不开玩笑了:

"没问题,我把那边推了吧。今晚几点?在什么地方?就我们两个吗?"

"对,就我们两个,时间可能要晚一点,因为我下班不能马上走,地点你定,别太正式了,我来不及换衣服。"欧兰笑道。

许正华也笑了:

"明白,晚上我不想吃饭了,要不我找个地方咱们去吃酸奶吧。"

"好,你看着找地方就行了。或者你可以先过去,我们在那碰面。"

"好的。"

许正华挂断电话,不无同情地望着钟涛:

"没办法,我今晚有事,所以,没办法答应你了。"

钟涛差点儿习惯性地脱口而出:

"呀,怎么会这么不巧啊,这让我多伤心啊?"

但是钟涛及时地咬住了舌头,把这句平日里跟女孩子说惯了的调情话生生地咽了回去。面对着这位许大小姐,他是真不敢随便开玩笑了,天知道,一句玩笑话说出来,许正华会做出什么反应。但有一点是可以肯定的——她绝对不会跟其他女孩子一样的。

许正华终于走了,钟涛由衷地松了一口气,再一次在心里感念欧兰:

"唉,金牌搭档真不是虚的啊,总是能这么及时给我最需要的帮助。"

欧兰可不知道自己无意中给钟涛解了围,她今天这么着急地约许正华,是为了跟她谈黄金卖场的事情。黄金卖场的招标马上就要开始了,而她还有大量的问题需要跟许正华沟通。

· 5 ·

许正华定的地方是一间专门的酸奶坊。酸奶坊的门面并不大,门口立着两个一人高的凯蒂小猫的玩偶,玩偶做得栩栩如生,身体里面装着灯管,通体闪亮,一粉一蓝,门口只有这两只猫在照明,每个小猫都举着一个牌子,上面分别写着酸奶坊的中文和英文。牌子里面也安着灯管,颜色和小猫一致,照得酸奶坊的门口一片浪漫的温柔。

走到这里,欧兰不禁暗自苦笑了一声,这个世界,也说不清是公平还是不公平,说它不公平吧,它的确也给了自己很多机会。可你要说它公平吧,像许正华这样的女孩子,基本和自己同岁,但是她穿过的、吃过的、玩儿过的,却比自己不知道要多了多少。很多许正华已经拥有了的东西,也许自己一辈子都得不到。

每当这种时候,欧兰就觉得,崔慧明曾经的想法和做法其实也都是可以理解的。

欧兰走进了酸奶坊的门口,里面的装潢是一种柔软的奶黄色和白色相间,两种颜色搭配得恰到好处。而装饰材料也以软质材料为主,让人觉得好像是走进了一大块新鲜的奶酪里,这里与其说是让人休闲的地方,还不如说是让人圆梦的地方——可能每个人小时候都有过一个住在用奶油蛋糕做的房子里的梦吧。

酸奶坊的服务员都是年轻女孩儿,头上扎着三角巾,穿着蓬蓬袖的花格裙子,系着雪白的围裙。

"您好,请问预定的位子是哪一个?"服务员迎上来问,看来这里是需要预定的。

欧兰说出了许正华的名字。

"您请跟我来。"服务员马上领着欧兰朝里面走去。

和上海的很多店铺一样,这里虽然门面不大,但是里面的空间非常大,服务员领着欧兰上了二楼又东拐西拐,终于在一个偏厅的尽头停了下来,这里有一个凸肚窗,凸出的窗子像半个巨大的玻璃球。许正华就坐在这个玻璃球里。

她看到欧兰并没有站起来,而是问:

"你的眼神干吗那么奇怪?"

欧兰寻找了一下合适的词句,才说:

"如果再加一个玻璃门,我会觉得你像那种摆在家里当装饰的玻璃娃娃。"

"玻璃娃娃?"许正华愣了一下,然后恍然大悟,"啊——你是说那种,有一个底,上面有一个封闭的玻璃罩子,里面或者有小房子,或者有一棵小树,还有一个小洋娃娃,如果打开开关,里面的娃娃就会转,还会唱歌,有的还会有假的雪花乱飞的东西?"

"对对对,就是那种东西,你也玩儿过啊?"

"当然玩儿过,"许正华又左右看了看,"别说,你描述得还是挺形象的。"

欧兰坐到了许正华的对面,这里有一张翠绿色的小桌子,桌面是一片树叶的造型,还有两张仙人掌造型的绿色沙发。

"你想吃点儿什么?"许正华问。

"你帮我点吧,我第一次来这儿。"现在欧兰已经不忌惮在许正华面前承认这一点了,反正忌惮也忌惮不过来了。

"好吧,我来看看。"许正华一边端详着摆在桌子上的水牌,一边喃喃自语似的说着,"一份酸奶沙冰,一份酸奶蛋糕,一份土豆泥,一份玉米沙拉——这两样都有果汁酸奶调味,再要……"

　　许正华点着餐,欧兰的心思却已经飞走了,她认真地看着这间别致的餐厅,总觉得这里面的某种东西触动了她的神经,可她一时又难以捕捉。

　　她决定,晚上回去以后得给钟涛打个电话,让他和孙磊抽个时间到这里来一趟,看看他们能不能在这里获得些启发,把自己感觉到却提炼不出来的那个东西给挖出来。

　　可想完之后,欧兰又差点儿被自己这个想法给逗笑了,因为想象一下两个大男人坐在这样一个地方,估计他俩都得崩溃。

　　"想什么呢?"许正华打断了欧兰的思绪。

　　欧兰回过神来:

　　"哦,没有,我在看这里的装潢,很有特点。"

　　"的确是。上海的酸奶坊不少,但是最有特点的就是这一家,别人也想弄出特点来,但又不敢坚持,唯恐搞得太另类了,消费者会不买账,所以犹犹豫豫的,到最后反倒不伦不类,哪边都不讨好。"

　　欧兰认真地听着:

　　"你说得很有道理,要么就坚守自己的特点,要么就干脆从俗,不伦不类,是最失败的。"

　　"欧总,我能问你个问题吗?"

　　"什么问题?"

　　"你也知道,我从来没有正式工作过,别的上司和下属之间,也会像你我这样吗?一起吃饭,一起聊聊男人,或者讨论一下玻璃娃娃?"

　　欧兰没想到她会问出这么一个孩子气的问题,她想了想:

　　"也会的,我以前也和我的上司或者下属一起做过这样的事情。"

　　"哦,我还以为职场上就都是人与人之间的勾心斗角呢。"

　　"这个怎么说呢?"欧兰斟酌了一下词句,"肯定也会有斗争,办公室政治嘛,哪里都会存在的,但是也会有相互的依存嘛,这就是同事关系的特点吧。"

　　"这倒挺有意思的。"许正华道。

　　"有意思吗?"欧兰也说不清,因为她并没有过多地考虑过这个问题,她只知道,职场就是这样的,想要在这里生存,就得适应这种方式。

　　"今天你找我,是要谈什么工作?"许正华问。

　　欧兰拿出了随身带的笔记本电脑:

　　"先给你看些资料。"

　　"需要上网吗?"

"不用,都是我整理好的。"欧兰一边开机一边说,"这是怀安马上要启动的一个项目,这个项目我已经运作了一段时间了,目前只有刘主席一个人知道。你知道以后,也一定要注意保密,商场如战场,有时候一个信息就能决定一场成败。"

"这个我懂。你刚才说的刘主席,是刘启飞?"

"对。"

"怎么你只单独跟他汇报了?"许正华的眼睛闪动着,专注地望着欧兰。

欧兰正在埋头操作电脑,并没有听出许正华的弦外之意,只是如实回答:

"因为这个项目需要资金过大,需要提交董事会批准,我怕到时候等我争取下来,董事会却不支持,所以提前向刘主席汇报了。"

"哦,是这样。那他支持吗?"

"支持。"欧兰说完后又加了一句,"在我把我的全部意图都向他阐述明白了之后,他支持这个计划。一会儿,我也会把这些都告诉你。你先看资料。"

"好。"

许正华拿过电脑只看了一眼,就惊呼了一声:

"你要挖天一的墙角?"

欧兰没想到许正华如此敏感,她心里一紧,因为毕竟她现在还摸不清许正华和沈佳一之间的关系。

欧兰平静了一下,试探着问:

"你对他们很了解?"她故意问得很含糊,这一个他们,可以说是指这家珠宝公司,也可以说是指天一商厦。

"也不是很了解,我向他们公司定制过珠宝,是通过天一公司定制的,也就因为那件事,我成了天一的 VIP 客户。以后,天一会定期把他们的新款珠宝画册拿给我看。"许正华倒是很坦白,这让欧兰稍稍放心了一些,她准备再进一步试探试探。

欧兰用那把极小的勺子挖了一点儿酸奶酪,放在了舌尖上,说心里话,她对这种东西并没有太大的兴趣,只觉得不管是口感还是口味都轻轻飘飘的,就像苏州女子说话时那个糯糯的尾音一样,对于喜欢的人来说,那个韵味无可替代,但对于无所谓的人来说,实在是可有可无。

当那些酸奶酪全部都融化了之后,欧兰才漫不经心地问:

"这么说,你跟沈佳一挺熟的?"

"还行吧,她这人不错,挺有品位,不俗气。"

欧兰不知道许正华这个"不俗气"的评语该如何理解,所以没有说话,许正华又问:

"你呢?你认识她吗?"

"算是认识吧。见过两面,一次是我和张总在一起的时候,在大街上碰到她,还有一次我、她、鑫荣的老总,我们几个人碰到了一起,就一块儿喝了杯酒。"

许正华露出了非常感兴趣的神情:

"你们几个碰到一起?那会是什么样子?是不是比电视剧上演的还热闹?"

看来这位大小姐还看过不少电视剧,欧兰微微笑了笑:

"应该比电视剧里演的还要精彩吧?我不怎么看电视,一是没时间,再有就是总觉得那些电视剧跟生活比起来,情节太简单了。"

"倒也是。那你对沈佳一的印象怎么样?"许正华问。

每当面对许正华的时候,欧兰就会冒出一个念头:假以时日,许正华很可能成为一个真正的职场女魔头!因为她这种完全不讲究章法的直率,会让她永远都占据主动。

欧兰沉吟了片刻,答道:

"她很聪明,也很精明,但我们两个人的风格差距很大,各种风格都差距很大。"

可以说,欧兰的回答是很圆滑的,怎么理解都行,可没想到,许正华竟然非常认真地点了点头:

"你说得很对,我也发现了,你们两个的风格很不一样,所以,你们即使不是现在这种敌对关系,也很难成为朋友。"

"敌对关系?"欧兰被逗笑了。

"怎么啦?你觉得我夸大其词是不是?其实,我一点儿都没有夸大其词,你们两个就是敌对关系!你想想,天一商厦一心想要吞掉怀安,而如果沈佳一真的成功了,你就失业了,现在这个社会里,抢掉一个人的饭碗,恐怕比抢掉这个人的男人,还要严重吧?"

欧兰忽然又发现了许正华的一个优点:很多被世人反复纠结的问题,被她一阐述,立刻就变得层次分明,言简意赅了,基本就是"1+1=2"的问题。

为什么会这样呢?也许是因为许正华不用为衣食、生活、成就、未来等等这些东西操心,所以眼界反倒变得开阔了吧。而绝大多数的普通人,被这些世俗的牵绊挡住了视线,所以就特别容易纠结。

欧兰点了点头:

"你说得对,现在被人抢了饭碗的确比被人抢了男人严重。"

许正华看欧兰认可自己的观点,露出了开心的笑容:

"所以,你肯定不会让天一收购了怀安,对不对?"

"对。"

"但我也知道,沈佳一对怀安是势在必得!"

"我知道她一直在打怀安的主意,但我并不能确定她的决心有多大。"欧兰故意说。

"这一点你信我就行了,她就是势在必得,错不了,她总是想方设法地跟我接近,套我话,讨我的好,还总是找机会说一些如果让他们收购了怀安,股东们会得到多少好处之类的话。"

"那你呢?她做这些的时候,你怎么办?"

"装傻呗,还能怎么办?"许正华飞快地回答。

这一下,欧兰不禁对许正华刮目相看了,无论如何,懂得装傻的女人,无疑都是聪明的女人!

许正华继续说道:

"事情是明摆着的,除非给股东们拿出真实的利益来,否则,光开空头支票,谁会相信?"

欧兰心中暗自叹息了一声:

的确,这些股东们都太精明、太看重利益了,沈佳一想哄他们并不容易;可同样,自己如果不能领导着怀安给股东们真实的利益,他们也一样会毫不犹豫地把她给摒弃掉!

这时,许正华已经看完了欧兰给她的资料,她兴致盎然地合上了电脑:

"我对这件事有兴趣,我喜欢他们公司的首饰。你需要我做什么?"

"和我一起出席黄金卖场的竞标会,把这个卖场争取下来!"

"好,没问题!"许正华兴高采烈地,"哎,我能问个问题吗?"

"当然可以,什么问题?"

"你为什么要让我和你一起去参加这次竞标呢?钟涛应该在这方面的经验更丰富吧?"许正华还是很能抓住问题的关键点的。不过这个问题也是欧兰深思熟虑了很久的,所以她马上就做出了回答:

"对,他市场经验非常丰富。我之所以选择你,是有这么几方面的考虑,一,在珠宝饰品方面女人具有天生的优势。二,你在奢侈品方面的经验和品位是一流的,我希望,你的这种素养能够给对方以信心。三,你是上海滩的名媛,你出面,无形中就宣告了,怀安已经打通了上海上层消费者的通道。"

许正华笑了:

"你对我的评价够高的。"

"因为现在我的确是在总结你的优点,你想听我总结你的弱项吗?"欧兰笑着问。

"不想听!"许正华立刻回答,"我从来不听那种破坏心情的东西,所以我的心情总是很愉快。"

"嗯,真是好习惯。"欧兰有些戏谑地说。

许正华却不以为意:

"其实每个人都可以做到,只听自己喜欢听的话,不去听那些不爱听的话。"

欧兰没有和她争辩,因为她知道,的确是每个人都爱听好听的,不爱听难听的,但却很难做到像许正华这样,只听好听话,因为别人都需要去面对上司、客户、同事等等。可她也知道,这个问题,跟这位大小姐是解释不明白的,所以,还是干脆不解释的好,省下力气说点儿别的。

"看起来,你对这件工作很有兴趣?"欧兰问。

"没错,我喜欢这件事,我一定要把这个卖场争取下来,然后,我就让我所有的朋友都来怀安买首饰,我要告诉他们,这个卖场,是我竞标争取来的,我还要让我爸爸看看,我终于帮助家里挣钱了。"

欧兰被逗笑了,许正华的态度里虽然充满了孩子似的天真,但却有一种按捺不住的争强好胜。这股子劲头,还真是很对欧兰的脾气。

"沈佳一也想要这个卖场吧?"许正华又问。

"对,而且她觉得她很有把握,已经开始在天一珠宝商场里装修黄金卖场了。"

"那她如果知道了我们也在打这个黄金卖场的主意,一定恨死我们了。"许正华咯咯笑了。

"你怕吗?"欧兰故意问。

"怕什么?"

"怕沈佳一会介意这件事,毕竟你们是朋友。"

"嗨,这有什么,朋友是朋友,生意是生意,两回事。生意最大,其他的,都得给生意让路。"对于这种商人之子这的确是有她们独到的处世理论。

看来,许正华是准备一心一意地去做这件事了,确定了这一点之后,欧兰心里踏实了不少。

6

工作谈得差不多了,时间还不算晚,两个人也都有点儿意犹未尽,欧兰决定再闲聊一会儿,女同事之间,这种感情上的沟通和培养,是非常必要的。

"正华,你下午时候说,今晚有追求者请你吃饭,是怎么回事?什么人能入了你的法眼啊?"欧兰选了一个轻松的话题。

"哈,谁说他入我法眼了,不过是答应他吃顿饭而已。"

欧兰也笑了:

"我虽然还不敢说有多么了解你,但这一点我绝对敢肯定,你要是看不上眼的男人,别说吃饭,恐怕给你搬座金山来,你也会原样给人家扔回去。"

许正华也笑了:

"这倒是,你还真是挺了解我的。不过也算不上入法眼,就是还不算讨厌吧。所以就给他个机会。"

"哦,明白了。那这个幸运儿是何方神圣啊?"天地良心,欧兰这么问,纯属是为了拉近她们两个女人之间的关系,因为女人之间,只有谈这种感情话题,才能真正亲近起来。

"你认识,就是钟涛。"许正华满不在乎地回答。

饶是欧兰现在已经历练得很深沉了,可还是差一点儿惊叫出来,她赶紧举起杯子堵住了自己的嘴,又费了半天劲,才把心里涌出来的那口血给咽回去。

"你也没想到吧?"许正华看着欧兰的脸,问。

欧兰很吃力地咽下一大口酸奶——还是差点儿给呛着,然后才尽可能地保持着平静回答:

"哈哈,的确是没想到,呵呵。"

而与此同时,欧兰在心里暗暗加了一句:

"真没想到,钟涛现在变得这么出息了,马上出手,一出手就直入主题,漂亮,这一手干得太漂亮了,回去以后得好好夸夸他!"

许正华当然不知道欧兰的心思,她现在又想起了另外一件事:

"沈佳一和一个已婚的男人关系很密切,这个,你知道吗?"

欧兰的心一下子就缩紧了。

许正华一点儿也没有觉出欧兰的神情有异,这可能是因为这么多年来,欧兰已经太善于掩藏因为常亚东而引发的一切情绪变化了吧。

欧兰低垂着眼帘,她现在的心情很矛盾,她既想让许正华好好说说这件事,又怕听到什么让自己的伤心的消息,所以一时间想不好,是该问点儿什么,还是该换个话题。

终于,欧兰开口了,她很浅地笑了一下:

"这个,就是沈佳一的私事了。"

"私事?"许正华毫不客气地反问了一句,"现在沈佳一还有私事吗?"说完后,她又自己给出了答案,"只要她是我们的对手,她就没有私事,所有和她有关的一切事,我们都要了解、掌握,一旦有机会,就拿出来,作为打击她的武器!"

欧兰抬起了头,有点儿意外地看着许正华,因为她没想到,许正华会说出这么肃杀的话来。

许正华看出了欧兰的疑问,她的眉毛微微一扬:

"这是我爸爸说的,怎么,你觉得不对?"

"没有,我就是觉得,你爸很强大,的确非常强大。"

欧兰感慨道。这话如果是许正华的父亲说的,那就完全可以理解了。在现在这个中国,任何一个富豪,都是有些雷霆手段的,只是欧兰不知道,自己是否该学习这些手段。

"那当然,我爸非常厉害的。"谈到这个问题,许正华很是骄傲。

"你还没男朋友吧?"许正华忽然问。

"我?"欧兰愣了一下,她现在还是不太适应许正华的这种跳跃性思维,怎么一下子就又从她爸爸身上,蹦到自己的男朋友身上了,"哦,还没有。"

"我觉得也是。"许正华说。

欧兰有点儿好笑:

"你是怎么觉出来的?"

"因为你不快乐呀。"许正华很自然地回答。

"我不快乐吗?"欧兰认真想了想,"我觉得我还行吧,就是工作比较忙。"

"两回事,"许正华摆了摆手,"你的工作的确是忙,你也有工作上的快乐,但是你没有感情上的快乐,这一点很明显。"

好吧,欧兰决定不再追问了,无条件接受这个理由,因为她发现,自己跟许正华比起来,感情神经好像是薄弱了一些。

"欧总,我能问你一个私人问题吗?"

"问吧。"

"你现在没有男朋友,如果你遇到一个各方面都非常符合你的要求、非常优秀的已婚男人,你会爱上他吗?"

"我,没想过,"欧兰缓慢地回答,这当然是谎话,因为这种问题没法用真话来回答。

"那你要现在想想呢?"许正华又问。欧兰忽然发现,她很有当娱乐记者的潜质。

"我想,"欧兰一个字一个字地斟酌着,"这种事情没法预期,因为我也不知道我以后会不会遇到一个人,遇到一个什么样的人,这个人究竟会让我的理性崩溃到什么程度。"

"说得好,我喜欢你这句话!"许正华忽然击节叫好。

欧兰被她吓了一跳,因为她的态度和语调都非常低沉,现在被许正华忽然这么一搅和,她都有点儿发懵,想不出自己说了什么值得她这么激动的话。

"我刚才说什么了?"

"你说,这个人究竟会让你的理性崩溃到什么程度。就是这句话,我喜欢这句话,因为这也是我的态度。因为我觉得,女人爱上一个男人的过程,本身就是理性崩溃的过程,而理性崩溃的程度,决定了这个女人投入的程度。"许正华进一步解释道。

按说她已经解释得很清楚了,但欧兰还是觉得,听这些话,远不如看财务报表简单。

"而据我看,沈佳一的理性现在就已经彻底崩溃了。"许正华继续说,话题终于又绕回到沈佳一的身上了!

欧兰勉强笑了一下:

"有那么严重吗?我看沈佳一挺聪明的啊。"

"她是很聪明,这不是叫人给拿住了吗?"许正华很自在地回答,欧兰望着许正华,只见她眉目舒展、目光清朗,这是一种从未受过情伤的明净与自信。欧兰忽然发现,自己非常羡慕她,羡慕她这种提起感情来的时候,云淡风轻的态度。

"她跟你说过这些?"欧兰问。

"沈佳一?当然没有,我和她还没那么熟,不过我和她还有那个男人一起喝过一次咖啡,我就看出来了,虽然沈佳一表面上刻意显出洒脱的样子来,但其实她心里早就缴械投降了,我相信,如果那个男人肯离婚,她马上就会嫁给他。"

"只要是一个愿娶一个愿嫁就好。"欧兰以为这个玩笑会让自己的心刺痛,结果却很意外地发现,心,并没有想象中的那么疼。

"呵呵,"许正华不冷不热地笑了一声,"沈佳一愿嫁倒是真的,可人家愿娶吗?我看不一定,据我观察,那个男人对于这段情事,远不如沈佳一热心。"

"那个男人是干吗的?"欧兰尽量装作无心地问。

"一家公司的副总,经济实力一般吧,不过匹配沈佳一也算是不错了。"

肯定是常亚东无疑了。

欧兰了解许正华对经济实力的理解,知道决不能以她的评断标准来判断一个人的经济实力。所以笑了笑说:

"你肯定是对这种副总之类的看不上眼,但是对于沈佳一来说,这也许已经是个不错的选择了呢。"欧兰自己也说不清为什么,她宁愿让人们相信是沈佳一在高攀常亚东,而不愿意看到有人替沈佳一的选择抱委屈。

可现在,许正华却已经对这个话题失去兴趣了,她挥了挥手:

"谁知道,感情上的事,外人本来就说不清楚。我今天想起这件事来,也是忽然冒出的念头,我想呀,咱们这次竞聘黄金卖场肯定会和沈佳一冲突上,到时候,如果真需要,我们就用这件事打击她!"

"你真准备这么做啊?"欧兰觉得有点儿不可思议。

"怎么啦?商场无情嘛。说真的,如果真需要使用这种方法,你会用吗?"许正华忽然问。

欧兰思索了一下：

"我觉得我可能做不到。"

"我觉得，我能做到！"

许正华的话，让欧兰的后背蓦地蹿出了一阵冷气。

和许正华分开了很久之后，欧兰仍旧在想她今晚说的最后一句话：

"我觉得，我能做到。"

许正华在说这句话的时候，态度是非常坦然的，就好像在说一件最普通不过的事情。是啊，像许家这样的家庭培养出的女儿，的确是带着些狼性的。不像欧兰，欧兰从小所受的家庭教育，就是要与人为善，不争不抢，和任何人发生了冲突，都先让一步，不要动不动就和人发生矛盾。

现在看起来，至少在现在这个职场上，许正华的人生态度是更有效一些的，也就是说，自己和她们比起来，已经在先天上就有所缺失了。

没错，这一次，许正华是在对付她们共同的敌人。但是下一次呢，谁敢保证，今天的盟友不是明天的仇敌？而且，除了许正华之外呢？欧兰知道，在这个世界上，绝不只有许正华这一头狼。事实上，随着欧兰所处的位置越来越高，她已经非常明显地感觉到，在自己身边，狼的数量已经超过了羊的数量！

"职场就像是一座原始森林，你每向前走一步，都会有凶狠的猛兽在等着你，所以，你必须要让自己足够强大，才能活下去。"这是她的职业生涯刚刚起步的时候，钟涛对她说过的话。

而现在，欧兰等于已经走到了这座原始森林的腹地，在这里盘踞着的都是最凶猛的毒蛇猛兽。而自己这只由羊演变而成的猛兽，会是它们的对手吗？

夜深人静，欧兰的家里更安静，因为房子里只有她一个人，只要她不动，屋里就没有任何声音。

若枫曾经建议她去弄些会经常发出声音的钟表、玩具之类的东西，这样可以让一个人的世界热闹一些。但欧兰却没有这样做，因为她觉得，如果周围环境足够安静，还能显出她本身的热闹，可如果身边环境热闹了，反倒凸显出了她的孤单。

欧兰现在独自坐在卧室的床上，卧室收拾得很整洁——不管工作多忙，欧兰都会拿出时间来收拾房子，这已经成为了一种习惯。

卧室的窗子上只垂着一层深藕荷色的纱帘，壁灯给屋子洒下了一片柔和的光芒。床头柜上，手机正在充电，指示灯稳稳地亮着，看着沉默的手机，欧兰心里忽然感到一阵踏实——这个时间，只要电话不响，就说明一切平安！

当每天处理各种突发状况成为了一种习惯的时候，一整夜的安宁，都会让人觉得幸福。

　　今晚许正华谈到了常亚东和沈佳一的关系，欧兰本以为等待自己的又将是一个不眠之夜。在这样的时候，一个人守着一所空房子，无疑是痛苦的。她在回来的路上甚至都在考虑，该用什么办法捱过去这一夜，是看书、看碟、上网，还是干脆抓个人来彻夜长谈？

　　可当欧兰回到家里之后，却发现事情和她想的不大一样，她并没有预期中的那么伤心。

　　"这到底是为什么呢？"欧兰望着外面的夜色问自己。

　　也许是因为，通过许正华的描述，欧兰基本确定了，是沈佳一在倒追常亚东，而常亚东似乎并没有动心。

　　或者是因为，上一次跟常亚东不期而遇，无形中拉近了两个人心灵的距离，让欧兰的心里多了几分自信。

　　甚至都有可能，真像是许正华说的那样，在现在这个社会，被人抢了饭碗，比被人抢了男人，要严重得多。而现在沈佳一是既要抢欧兰的饭碗，又要抢欧兰的男人，两害相权，她的注意力就不自觉地全部集中到了饭碗的问题上。

　　欧兰越想越不得要领：

　　"唉，"她不仅长叹了一声，"要是现在常江就住在对面的卧室里多好啊。"如果常江真的也住在这所房子里，那她真的会马上去砸开他的房门，把心里这些困惑一股脑的倒出来，让他来帮自己分析一下。而且她有十分的把握，这种问题，常江一秒钟之内就能替她解决掉。

　　想一想，人与人之间的关系真的是一件又复杂又有趣的事情，欧兰和钟涛、孙磊，也都是非常非常要好的朋友，她也很信任他们，但是这种感情上的困扰，她却只会跟常江一个人说，至于为什么会这样，她自己也不知道。

　　不想了，睡吧，明天还得上班呢。欧兰关灯躺在了床上，虽然挂上窗帘了，但还是有隐隐的光影射进来。欧兰的心很静，像是冬天下过雪的夜晚。

　　她翻了个身，这些年来，无数个深夜她都在为了常亚东辗转反侧、意落神伤，结果今天突然不伤心了，这还真让她有点儿不适应，好像生活中突然少了点儿什么似的。

第三章 争夺黄金卖场

1

黄金卖场的竞标开始了。

在竞标的头一天,欧兰和许正华最后一次沟通了和竞标有关的所有细节。

自从那晚把竞标的事告诉了许正华之后,欧兰就不断地发现许正华的优点。她总是能提出各种有新意而且非常有效的点子来,而且她干工作还真有股拼劲儿。一开始的时候,欧兰还怕她玩乐惯了,受不得这么加班加点的工作,但没想到,她一旦投入进来,竟然比欧兰还工作狂。

看来真是应了许正华自己那句话:

"我这个人,如果遇到感兴趣的工作,我一定会是一个最成功的职场精英!"

有一次,许正华一大早就来了欧兰的办公室,又给欧兰出了个主意——她一般都是在早上给欧兰出谋划策。

欧兰听完了她的建议之后,心里忽然冒出来一个念头,脱口而出:

"这是你爸的意见?"

"你怎么知道?"许正华不假思索地反问。

欧兰的怀疑终于得到了证实:许正华的父亲已经参与到这件事情中来了,而且绝对站在了怀安的一方!

无论如何,这个发现都是让欧兰深感兴奋的。她冒险启用了许正华,现在终于收到了超值的回报。

当然，欧兰心里也清楚，许正华的父亲的态度，就和许正华身上的狼性一样，也是双刃剑，今天，他们会成为欧兰的助力，可也许明天，这把剑就会毫不犹豫地刺穿欧兰的身体。

但现在欧兰不想去考虑那么多，先打好这一仗，至于未来，还是那句话，成者王侯败者寇，她既然赢得起，也就输得起！

看许正华还在等着她的答案，欧兰笑了笑：

"我猜的，因为我觉得这个主意很老辣，应该是一位极有经验的人提出来的。"

"这么说，你也觉得这个建议很好？"

"当然，这段时间你提出来的建议都非常好。"

许正华靠在了欧兰的办公桌上，从斜上方认真地看着欧兰的脸：

"说真的，我总是对你的工作这么指手画脚，你会不会不乐意？"

"不会，"欧兰真诚地回答，"我也是个俗人，如果你总是当着其他员工的面，给我各种建议，那我恐怕会有些不快。但像现在这样，在我们两个单独讨论工作的时候，我希望你能提出更多的建议来。只有集思广益，才能寻找到制胜的方法。"

欧兰觉得自己的答复是很中肯的，她已经看出来了，许正华是一个非常聪明也非常自负的人，面对这样的人，如果你一味地抬高自己，把自己形容得超凡脱俗，那她会毫不犹豫地鄙视你，认为你太虚伪了。只有尽可能地跟他们说真话，才能得到他们的信任。

按说，欧兰的方法没有错，可她做梦也没想到，现在许正华脑子里的念头却是：

"爸爸说，如果欧兰越支持我给她提建议，就越说明，这个女人有心计。看起来，她的确是个很有心计的女人。"

"好了，现在各种准备工作都进行得差不多了，"欧兰舒展了一下身子，最后一个问题，"明天你准备穿什么？"

"我没出席过这种场合，你的意见呢？"

"越精致，越能体现出你的气场越好，但必须是职装。"

"明白了。哎，对了，你明天穿什么，我也配合你一下，要不，万一咱俩把颜色弄拧了，明天穿得跟一对儿红绿灯似的，那笑话就大了。"

欧兰被她逗笑了：

"我穿白色套装，不过你和我的反差不妨大一些，体现出怀安的风貌本来就是多姿多彩的嘛。"

"有道理。"许正华的眼睛闪动着，一看就是又在琢磨什么，"你说，我要是穿中式衣服怎么样？"

"穿中式衣服？"

"对啊,咱们不是去争取黄金卖场吗,黄金饰品本来就是偏古典风格的东西吧。"

"那倒是,不过你穿中式衣服……"欧兰的话没有说完,她的脑海里浮现出第一次和沈佳一见面时,沈佳一穿着那件精巧的小旗袍的情景。说心里话,她觉得许正华并不适合穿中式服装。

许正华看出了她的心思,笑了:

"你就放心吧,我现在对黄金卖场是势在必得,所以,绝不会胡来的,明天你就等着看效果吧。"

这天晚上,欧兰特意早下班,其实所谓的早,也不过就是没加班到十点之后而已。

她走出怀安的大门还没多远,忽然听到背后传来熟悉的脚步声。欧兰一回头,果然,钟涛追了上来。

"出什么事了?"不等钟涛走到近前,欧兰就沉声问道。

钟涛愣了一下,旋即无奈地笑了:

"别担心,什么事都没有,就是明天你就要去竞标黄金卖场了,我今天专门等你下班,跟你聊聊,帮你理理思路,我知道你有这个习惯。"

欧兰长出了一口气,笑了:

"谢谢你。"

"客气什么?咱们是朋友,我又是你的副总,于公于私,这都是我分内的事。"

两个人并肩朝前走着,听他这么说,欧兰冷笑了一声:

"咱们的另一位副总,可不是这么想的。"

钟涛知道她是在说陈秋峰,这段时间,陈秋峰不断地给钟涛设置重重障碍,弄得钟涛被他牵扯了极大的精力,根本分不出时间来干自己分内的工作,所以现在钟涛每天都得工作十七八个小时。每当想到这些,欧兰就怒火中烧!

钟涛知道欧兰的心思,所以反倒开始劝慰她:

"你不用太把陈秋峰放在心上,他越这么丧心病狂,越说明他已经穷途末路了。他那里你放心,我还能应对,如果我感觉哪天应对不了了,我会及时通知你,我们再想办法。"

欧兰点了点头,叹了一声:

"我相信你的能力,只是觉得,这样工作,你太累了。"

钟涛轻松地笑了:

"你不用为这个担心,这些年我一直都是高强度工作,习惯了。不是有句话吗,这个世界上每个人都在剥削,区别只在于,有人剥削别人,有人剥削自己,而你我命中注定,这辈子就是要剥削自己的。"

欧兰也笑了：

"是啊，剥削自己。"

"明天竞标的事准备得怎么样了？"钟涛问。

"该做的准备我都做了，但最后的结果怎么样，我也不知道。"

"别想那么多了，谋事在人，成事在天吧。"

"嗯，我也是这么想的。"

"最近你跟许正华合作得不错？"钟涛又问。

"还行，"欧兰详细地对他说了许正华的爸爸提了不少建议的事，最后总结道，"他的那些建议还都挺不错的，在这次竞标中应该都能起到作用。"

钟涛的神情却变得阴沉了：

"欧兰，这恐怕不是什么好事啊！"

欧兰苦笑了一下：

"我明白你的意思，你是想说，她父亲现在对于怀安太感兴趣了，也太关注了。"

"对，"钟涛坦率地承认，"按说，他不管是作为怀安的大股东，还是作为怀安副总的家人，积极为怀安的经营出谋划策，都是可以理解的。但我却有种担心，我怕他的目的没这么单纯。"

欧兰轻轻地呼出一口气来：

"你是担心，他现在正在着力培养许正华，而目的，就是希望有一天，能让许正华成为怀安真正的总裁？"

钟涛顿住了脚步，回头专注地看着欧兰，认真地回答：

"对，这是我现在最担心的。"

欧兰微笑了一下：

"你得这么想，人家想让自己的女儿做怀安的总裁也是天经地义的事，我们拦不住别人觊觎我们的领土；我们能做的，只是让我们自己更强大，有足够的力量来保护我们的领地。"

"我发现你真的成熟了。"钟涛沉默了好一会儿之后，说。

欧兰笑了：

"我相信，如果现在你是怀安的总裁，你也会这么想的，而现在你更多的是在为我担心，所以才会有这么多忧虑。"

两个人无言地向前走了一段路，钟涛忽然说：

"所以明天的竞标很关键，如果能够顺利拿下这个黄金卖场，你在董事们的心目中，分量自然就会加重。而董事会支持你，陈秋峰就会收敛一些，怀安的内忧外患都会暂时得到缓解,为我们开拓市场赢得时间。"

"你说得很对。争夺下这个黄金卖场,对我们的帮助会非常大,所以我会尽全力而为。但是,如果真的失败,我也不会过于沮丧,我会马上投入到下一个机会中去。"

"下一个机会?"

"我还没有找到,但我相信,在未来,一定还会存在其他机会。"

钟涛好像想要说什么,但是又把话咽了回去,欧兰有点儿好笑:

"有什么想说的就说,跟我就不用藏着掖着的了吧?"

钟涛也笑了:

"不是,我是准备说的时候才发现,这句话我刚才已经说过了。"

"哪句?"

"我想说,你真的成熟了。"

"哈哈,"欧兰乐了出来,"这话说一回还行,要是连着老说,我就觉得自己真的老了。"

"所以我就没说啊,你却偏逼我说出来。"

"哈,还是我的错,好吧,好奇害死猫,我决定不好奇,"欧兰笑过之后,忽然很诡异地说道,"对了钟涛,许正华跟我提你来着。"

"提我?她说我什么啦?"

"也没说什么,就说你在追求她,但她这段时间太忙了,还没顾上理会你。"

"这种话,你会信吗?"

"信啊。"

"啊!"钟涛惊叫了出来,"你疯了,这一听就是那个疯丫头的胡言乱语,你也信!"

"我干吗不信?人家许正华是独生女儿,她家的财产是过亿的,如果你真那么有出息,能把她追到手,我多替你高兴啊!"

钟涛没好气地看着欧兰:

"你还有什么想说的吗?"

"还有最后一句,"欧兰快乐地笑着,"你刚才'疯丫头'那个三个字,说得挺亲切的。"

"行了!"钟涛都有点儿气急败坏了,"都到你家门口了,你赶紧上楼吧!"

欧兰咯咯笑着:

"你还上来坐会儿吗?"

"不了,你早点儿休息吧。今晚把思维充分放松,好好睡一觉,公司的事你不用担心,我都能处理好,我在公司等你的好消息。"

"好。谢谢你。"

"怎么又说谢,以后你跟我别说这个词了不行吗?"

"那我恐怕做不到。"

"好了,不跟你开玩笑了,快回去吧。"

"哎。你也早点儿回去休息吧,难得早下班一天。"

"嗯,我走了,你也放松点儿,脑子里的弦儿别老绷得那么紧,总是随时随刻地等着接到坏消息似的。"

欧兰笑了:

"好,我知道了,快走吧。"

钟涛走了,欧兰独自走进了小区,刚才她和钟涛在一起的时候,一直都是谈笑风生,可这刚一转身,她却马上就陷入到了一种凄凉之中:

"钟涛说的对,我应该学着放松自己的神经。可我能做到吗?我想,除非有一天,我能真正离开职场,终止职业经理人的生涯,否则,我的神经都会是紧绷着的。这就是成功的代价吧。"

2

竞标的地点,在浦东区的一座五星级酒店里,怀安的临时竞标办公室也就设在了这里。欧兰提前到了,她果然穿了一身白色的三件套西装,耳朵上戴了一副黄金的耳钉,中指上戴了一枚黄金戒指。全身上下只有素白和金黄两种颜色,整个人的状态看上去都很明亮。

许正华来了,当欧兰拉开门看到她的那一刹那,顿时就呆住了。

就见许正华穿了一套浅金色的中式衣裙,这种浅金色,就好像是北方秋天,树叶刚刚开始变黄,被正午最明媚的阳光照着的时候,呈现出来的那种颜色。衣服的上身是一件偏襟的上衣,盘扣、立领、窄袖、收腰,只显得许正华纤腰一握,下身是一条长裙,裙子上没有接缝和褶子,完全就凭着绸缎本身的柔软垂下、撒开,平添了无限的柔美。

许正华的手里扣着一个乳白色的真皮小包,皮包有一本杂志那么大,正中间有一个金色的搭扣。拿在手里,既典雅又贵气,而且和这身衣服非常协调。

许正华看到欧兰那副震惊的神情有点儿得意,她伸开双臂原地转了个圈,看样子是想让欧兰全方位欣赏一下她。

她这一转身,欧兰才发现,原来在许正华的上衣的背后,和裙子的正面,各绣着一支红色的莲花,莲花旁,还丝线错落有致地绣着两行小楷:

"池塘一夜秋风冷,吹散芰荷红玉影。蓼花菱叶不胜愁,重露繁霜压纤梗。"

现在,欧兰是真服了,她闭了闭眼睛,缓解了一下自己的眩晕,有气无力地问:

"你这身衣服也是定制的?"

"对啊,去年,我要参加一个商务酒会,想让自己穿一套别致的礼服,而且还得显出职业的风格来,就请人专门为我设计制作了这套衣服。你看怎么样?"

"太美了。"

没错,的确是太美了,最重要的是,正如许正华所说的,虽然她裹着这么一身绫罗刺绣,可给人的感觉并不像那种大门不出二门不迈的娇小姐;正相反,她现在给人的印象非常职业。欧兰看着她,打心眼儿里觉得,二三十年代的时候,旧上海那些最时髦的职业女性一定就是这么穿戴的。

"嗨,想什么呢?"许正华看欧兰一个劲儿地发愣,喊了她一声。

欧兰回过神来,忽然神情变得有点儿伤感:

"我真希望能让张总看一看你现在的样子。因为我觉得,你是把怀安穿在了身上。"

"啊?"许正华没听懂。

欧兰甩了甩头,有点儿不好意思:

"呵呵,没事儿,我是突然出现了一种幻觉,我觉得,退回八九十年,怀安雄霸上海滩商界的时候,如果有一位女经理,那一定就是你现在这种样子。所以我说,你好像是把怀安的辉煌和历史都穿在了身上。"

许正华也笑了:

"让你夸得我都不好意思了。只要你觉得我这么出场,能给怀安加分就行。"

"一定能!只要对方公司像他们所说的那样,真正想建一个最完美的黄金卖场。"

"你还用检查一下我的首饰吗?"许正华用手指拨了一下耳坠子。

欧兰已经看到了,她今天也戴了一副黄金耳环,是非常传统的造型——一个葫芦形的金环,下面坠着一颗水滴形的翡翠。那一抹湖水般的碧绿,给许正华的脸颊上投下了两块好看的阴影。而她这一抬手,刚好又露出了手腕上的一只金镯子。

欧兰笑着摇了摇头:

"不用了,在首饰方面,我对你绝对有信心。"

她说的是真心话,她清楚那对翡翠耳环的价值,至于那个金镯子,虽然她没看清楚,但是她毫不怀疑,许大小姐今天会戴一副中国最传统的龙凤镯来配合气氛。

"那我们就走吧。"许正华说。

"好。"

两个人相携朝着竞标会场走去。

竞标第一个环节是开放式的展示。一间巨大的会议室已经被布置成了临时的展场。

展场的地面上铺着厚厚的红色地毯,桌椅都搬走了,屋子中只放了几张方形的台子,台子上放着沙盘,这是所有参加竞标的商厦提供的黄金卖场的模型。

屋子一端的墙壁上悬挂着一个巨大的液晶显示屏,显示屏上正在循环播放着各家商厦的资料片,这也是由商厦自己提供的。每家商厦都力图通过这个机会尽可能地展示自己,所以每段纪录片都制作得美轮美奂。

欧兰和许正华走进展厅的时候,屋子里已经有不少人了,多半都是陌生的脸孔,但是欧兰还是一眼就看到了丁伟和沈佳一。很好,三家对头终于又见面了!

今天沈佳一也穿的中式服装,她穿了一件玫瑰紫色的旗袍,旗袍很合体,没有袖子,露出了沈佳一那两条雪白丰腴的胳膊。旗袍的肩膀处是镂空嵌纱的,更显出她精明中透着妩媚。

说心里话,今天沈佳一穿的这件旗袍也不错,只可惜,她遇见了许正华!

许正华一出现,再看看沈佳一,你就会觉得,她还是端着盘子去做一些服务性的工作,更适合一些。

女人之间的竞争就是这么残酷。上一分钟,你还是焦点,可下一分钟,当出现了一个气场更强大、绝对压倒了你气势的女人之后,人们就不由自主地把你当成了丫鬟。

因为在每一个空间中,都只需要一位皇后!

欧兰和许正华一出现在门口,立刻就吸引了几乎所有人的目光。有人说,如果两个美女同时出现,那带给男人的冲击绝不会是加法——两个美女,是乘法——美女的平方。

现在也是如此,这两个女人,一个素雅到了极致,一个华丽到了极致,尤其是许正华,她带给人的视觉冲击太强烈了。人们的目光都集中到了她的身上。

欧兰也意识到了这一点,但她今天不在意被许正华抢了风头,只要能把黄金卖场争取下来,她情愿把这个风头让出去。

沈佳一最初都没有认出许正华来,因为今天许正华为了配合这身衣服,很难得地盘了头发,她把头发盘成了一个低低的、非常蓬松的发髻,沉沉地坠在脑后,还用发网固定住。前额和两鬓的头发都向后梳去,整个人都显出来一种纯中国古典式的优雅,和平日里那个现代、时髦的许正华判若两人。

丁伟也看到了这两个女人。他在看到她们两个之后,第一个反应竟然不是美色当前,而是迅速地估量欧兰她们两个人的行头,能为她们此次的竞标增添多少砝码!

所以说,丁伟虽然风流自赏,可在他的心目中,女人永远是排在第二位的,第一位的,永远都是生意!

这次竞标的负责人迎了上来:

"是怀安商厦的欧总吧?"他虽然是在跟欧兰说话,可眼中丝毫也不掩盖对许正华的惊艳。

欧兰笑着回答:

"对,我是怀安百货公司总裁欧兰,这位是怀安的副总裁许正华女士。"欧兰已经看出来这位负责人的全部注意力都在许正华身上,所以干脆直接就把她推到了前台。

"哦,原来是许总裁,你好,幸会。"

"你好。"许正华落落大方地伸出了右手,交到了对方的手掌里,礼仪掌握得恰到好处。

负责人虽然被许正华吸引,但肯定也不能一味地跟她闲聊,所以又转向了欧兰:

"欧总,这次您能带领怀安参加竞标,我代表我本人及我们公司向您表示真诚的感谢。怀安商厦是一家有着百年历史的百货公司,可以说它的历史就代表了上海百货业发展的历史,怀安商厦在上海商厦业的地位是不言而喻的,所以,怀安商厦能够参与这次竞标,我们深感荣幸。"

欧兰笑意盈然:

"听到您如此了解怀安的历史,如此中肯地评价怀安,我很高兴,也很感动。就在今天早上,我还在跟许总说,她简直是把整个一部怀安的辉煌史穿在了身上。"欧兰又一次把许正华给推了出来。

听欧兰这么一说,那位负责人也就顺势看向了许正华。

"把怀安的辉煌史都穿在了身上?欧总这个说法很有意思,能具体解释一下吗?"

欧兰望着许正华的衣服,态度中饱含深情:

"怀安商厦有着悠久的历史,她经历了百年的风雨历程,也沉淀出了她独有的雍容和高贵。就像许总的这套衣服,很华丽,但是华丽中又不失极深的文化内涵,这也正是怀安最宝贵的地方。做一间时尚的商厦容易,做一间奢华的商厦也很容易,但是做一间真正有内涵、有底蕴的商厦就难了,因为这不是一朝一夕能够做到的,而怀安恰恰做到了。"

负责人点了点头:

"欧总说得很对,而且通过欧总的话我也能感受到,您对怀安有着极深的感情。"

"没错,我对怀安的确有极深的感情,而且不仅是我,许总,还有怀安的每一位员工,都对怀安怀有非常深厚的感情,因为怀安这个企业本身具有非常强大的企业魅力,每一个加入它的人,都会不由自主地就被它吸引,深深地爱上它,以它为荣。"

"一个企业能够拥有这样的魅力,的确是强大的,但我还认为,怀安能够拥有一位像欧总这样的总裁,是怀安的幸运。欧总、许总,我先去处理点儿事情,刚才跟您二位聊得非常开心,一会儿我们还有专门的交流时间,到时候我们再好好聊。"

"好。"

负责人走了,许正华刚想对欧兰说什么,沈佳一已经不紧不慢地走到了两人的身旁,欧兰早就看见她了,她一直就站在不远处,欧兰相信,刚才自己和负责人的一番对话,她已经全都听见了。

"正华,好久不见。"沈佳一故意先跟许正华打招呼,而且态度还非常亲热。

欧兰大度地笑了笑,向后退了半步,想给她们两个留出一个谈话的空间来,可是没想到,沈佳一还没等许正华回话,就已经又对着欧兰开口了:

"欧总,我真是越来越佩服你了。"

"是吗?谢谢。"

"哈哈,你谢什么呀?"

"沈总这么大力地夸赞我,我当然要谢了。"欧兰的样子还挺真诚的。

"我夸赞你了吗?我没觉得呀?"沈佳一的语调听起来很锋利,就像是一把又薄又快的小刀子。

"哦,那可能我听错了。"欧兰轻轻巧巧的一个四两拨千斤,就避开了沈佳一的锋芒,她当然知道沈佳一是来找茬的,但欧兰心里很清楚,在竞标现场别说冲突起来,就是声音稍微高一些,都有失风度,所以她绝不会给沈佳一激怒自己的机会。

可沈佳一却不这么想,今天欧兰和许正华一出场就抢了她全部的风头,她就已经怒火中烧了,刚才又让欧兰抢到机会,那么强势地替怀安宣传了一番,她现在必须要狠狠地打压一下欧兰的气焰,否则如果一直让她这么得意下去,一会儿不定还会闹出什么幺蛾子来。

所以沈佳一把下颌微微一扬,说了句:

"欧总,您真会开玩笑……"

可是还没等她把想说的话说出来,欧兰已经对着她身边开口了:

"丁总,好久不见,您好。"原来丁伟也走过来了。

丁伟满面春风:

"哈哈,刚才我站在那边就想,我真应该转行做珠宝公司了,你看,他们公司一个竞标,上海滩的首席美女们悉数云集,这太让人羡慕了。"

沈佳一娇笑了一声:

"哟,丁总,刚才您可是跟我说,您今天只是来凑热闹的。"

"没错啊,我就是来凑热闹的,所以我的焦点都在各位美女身上啊。"

"那欧总呢?你也是来凑热闹的?"沈佳一又转回到了欧兰身上。

这个问题太刁钻了,看着沈佳一这么一次次地找茬儿,欧兰不禁心头火起,她迎住了沈佳一的目光,笑了:

"对,我也是来凑热闹的。我们这些开商厦的,每天可不就是在到处凑热闹吗?逢年过节,市面儿上越热闹,我们就都把自己的商厦整得越热闹。嫌热闹得不够了,还得想方设法地把顾客们拉进自己的商厦里,拽着大家一起热闹。实在热闹不起来了,就开始琢磨着打折、促销,引进新款。总之,咱们干的就是凑热闹的活,过的就是凑热闹的日子。要是哪儿热闹,咱们没能及时赶过去,心里都会觉得跟犯了什么错似的。年终述职的时候都不好交代。"

沈佳一没想到,自己一句话竟然招出欧兰这么一大篇文章来,而且这里面左一个热闹,右一个热闹,足够让人眼花缭乱了。

丁伟强忍住笑,说:

"许总,您和沈总你们聊聊,我向欧总请教点儿问题。"

"您请便。"许正华礼貌地回答。

然后丁伟向欧兰做了一个"请"的动作,两个人就朝着另一边比较清静的地方走去了。

不知是有心还是无意,两个人竟然走到了怀安商厦的卖场模拟沙盘的旁边,现在这里没什么人,他们就站在了这里,远远看去,好像是在研究沙盘。

丁伟刚要说话,欧兰却抢先开口了:

"谢谢你。"

丁伟愣了:

"谢我?谢什么?"

"你把我带到了这边啊。帮我解了围。"

丁伟终于明白了欧兰的意思,他笑了:

"哈哈,可是我一点儿也不觉得你需要我帮你解围啊。如果我真要英雄救美的话,刚才那一幕中,需要救的,似乎是沈佳一。"

欧兰的眉毛轻轻一挑:

"恐怕不仅是刚才一幕吧,我相信,只要有我有她的地方,她永远都是需要被救的那一个,因为她永远都那么我见犹怜。"

"哈哈,暂停,"丁伟笑着抬起双手做制止状,"刚才我已经领教了欧总的口才了,现在可真不敢再冒犯您的神威了。"

面对丁伟这种似调侃又似戏弄的态度，欧兰也不生气，她很平静地说：

"也许，你真的是有事想和我谈，所以才把我带离了沈佳一，但即使如此，我也要感谢你，因为如果你不这样做，我可能就会面临一个比较尴尬的场面。我一般不去过多地考虑对方究竟是不是有心帮我，只会看自己是否从中受益了。"

丁伟望着欧兰，目光变得深沉了：

"那这句话我是不是也可以这样解读——你不会过多地去考虑对方究竟是不是有心伤害你，只看你自己是否真的受到了伤害？"

听着丁伟的话，欧兰的心中忽然有点儿感叹：

"这些商厦的老总们，个个都不是省油的灯。想跟你绕弯子的时候，一个赛一个地九曲十八弯，可要真想跟你直接了，又都是这么单刀直入，让人难以应对。"

欧兰伸出一根手指，轻轻滑过罩着模拟沙盘的玻璃罩子，罩子内侧嵌着照明灯管，但是玻璃摸起来，仍旧是冷硬的。欧兰沉吟着，一字一句地说道：

"坦白地说，你刚才的问题我以前没有想过……"

看起来，欧兰的这个回答是完全在丁伟意料之中的，所以他洒脱地一笑，刚要说话，可没想到，欧兰的话还没有说完，只听欧兰继续娓娓道：

"而我之所以以前没有想过，可能是因为我生活中还没有发生过这样的事情。我刚才听了你的话之后，认真想了一想，发现你说得很有道理，如果有一天，真有这样的事情发生在我身上，我的确会这么做的。"

丁伟望着欧兰，唇边的笑容变得深刻了：

"你真是挺聪明的。"

欧兰也笑了：

"想在南京路上经营商厦，总是要稍微有点儿小聪明的吧。"

"不，你这不是小聪明，是大智慧。"

"这个评价太高了，我真是承受不起。"

"你承受得起。"丁伟的态度分外认真，"因为你很真诚，而且你懂得什么时候拿出你的真诚。会经营那是小聪明，这种小聪明，你、我、沈佳一都有，可是能够坦然磊落地以诚待人，就是智慧了。"

欧兰又笑了：

"这可能是我的性格使然吧，我这个人天生的脾气就比较直接，不大会拐弯儿，是怎么回事就是怎么回事，只要我真是这样想的、这样做的，我就不怕承认。"

丁伟看出来，欧兰不想再继续谈这个话题了，也就不再纠结，转而把目光投向了沙盘：

"这次怀安的黄金卖场的设计做得很不错。"

的确,这个设计是欧兰专门请那位懂得风水的设计师设计的,整体效果开阔大气,虽然简洁,但是很有大家气派。

丁伟又说:

"这次,我们鑫荣真是来凑热闹的,但是我从这个沙盘上能看出来,怀安不是来凑热闹的,欧总对这个黄金卖场是势在必得了。"

"每做一件事之前,我肯定是会抱着必胜的决心的,但是最后结局如何,有时候也是要讲究机缘的。"

丁伟看出来欧兰是下决心不跟他说任何有实际意义的话了,他也不生气,只是笑道:

"所以也难怪沈总那么大火气。"

欧兰忽然笑出声来,笑过之后,才非常轻松地说:

"同行是冤家,所以我理解她。"

丁伟终于相信了,今天他从欧兰这里挖不出任何有价值的东西了,于是说:

"好,那我祝你今天马到成功!"

"谢谢!"

"不用谢,因为我也会这么预祝沈总的。"丁伟有点儿挑衅,因为今天欧兰一直都太平静了,让他觉得挺有挫败感。

"没关系,同行之间是需要互相尊重的,我也理解你。"

3

丁伟和欧兰分开之后,怎么着都觉得心里堵得慌,他干脆借着去洗手间的机会,拨通了谢海川的电话:

"海川,忙吗?"

"不忙,你说。"

"我刚才让一个女人弄得比较郁闷。"丁伟没好气地说。

海川愣了一下,他认真想了想,没错啊,今天丁伟应该是去参加黄金卖场的竞标了,看这个时间正式竞标会还没有开始,他怎么又扯到女人身上去了。

但是海川知道丁伟的习惯,所以也不发问,只安静地等着他自己说出来。果然,丁伟滔滔不绝地开口了:

"我刚才遇到欧兰了,我一直试图从各个角度击破她的心理防线,但她始终在给我打太极,完完全全地把我给挡了回来。"

海川终于弄清楚发生什么事情了,但还是不太明白:

"可是,我的意思是说,你为什么非要去击破她的心理防线呢?"

丁伟本来想理直气壮地回答谢海川,可张了张嘴,却又不知道该说什么。是啊,为什么今天自己非想打击欧兰呢?他认真想了想才说:

"主要是,她今天为了竞标黄金卖场,准备得太充分了。"丁伟说完后,自己也觉得这个回答太差强人意了。

谢海川差点儿没乐出来,他非常了解丁伟,所以已经通过这只言片语明白了丁伟的心思,肯定是今天欧兰在某件事上表现得很不错,所以激起了丁伟的好胜心。有时候,丁伟的性格就像个孩子,决不允许任何女人表现得太过于聪明,因为在他的意识里,女人的智商就是低于男人的。

丁伟跟海川闲聊了两句,心里也就不那么郁闷了:

"好了,我挂了,竞标会马上就开始了。"

"好的,再见。"

谢海川收线后,无奈地笑了:

"刚才我的老总来电话说,他被你的老总整得很郁闷。"他笑着对对面的人说。

而坐在他对面的,竟然是钟涛!现在,他们两个正坐在一间咖啡厅里,上午这个时间,咖啡厅才刚刚开门营业,一般要到午餐的时候才会有客人,可今天一开门就进来这么两高质量的帅哥,这不禁让女店员很是心情愉快。

钟涛听了谢海川的话,也笑了:

"你是在暗示我,鑫荣和怀安会以某种比较浪漫的形式合并吗?"

谢海川哈哈大笑:

"当然不是,虽然这个情节如果放到电视剧里去一定会很浪漫,但是具体落实到丁伟和欧兰这两个人身上,那就什么都不会发生了。他们彼此只对对方的商厦感兴趣。"

今天钟涛一上班就接到了谢海川的电话,说想和他见个面,钟涛感觉很突兀,自从他出任怀安公司副总之后,他还没有和谢海川联系过。但他相信,谢海川已经知道了这个消息。所以他想先弄清楚谢海川的用意,于是笑着问:

"这是干吗?"

谢海川迟疑了一会儿,才说:

"确实是有点儿事情,但也不完全是公事。"

"哦,原来是私事啊。"钟涛明显地放松了下来。

"也不完全是。"谢海川又说。

"海川,你什么时候变得这么吞吞吐吐的了?我们还是见面说吧,你什么时候有时间。"

"一会儿,十点钟,行吗?"

"十点?"这个时间有点儿怪。

"对,我中午、晚上都有事情。"

这么看起来,谢海川真是挺迫切地要和钟涛见面。

"好,就十点吧。"钟涛很痛快地应允了。

结果钟涛和谢海川刚刚坐下,还没来得及说话,就接到了丁伟的电话,给他们平添了这么一段花絮。

"说吧,这么十万火急地找我,到底什么事?"钟涛问。

谢海川的神情挺严肃的:

"钟涛,我先说明一点,我今天找你,没有任何商战中的计谋之类的东西。"

钟涛笑了:

"你真多余,我们之间不用解释这些东西吧?"

"按说是不用,可问题是,我现在自己都说不清,我今天来找你,究竟是不是一个商战阴谋中的一部分。我认为我不是,但也许,我已经被人利用了。"

"晕死了,海川,你是不是准备改行写悬疑小说了,怎么说起话来这么云山雾罩的。这样吧,你先把你准备说的事情说出来,我来帮你分析一下,看你到底是不是已经成为了阴谋的一部分。"

"好,钟涛,你听说过法国NKR财团吗?"

"没有。"钟涛飞快地回答,他是真没听说过。

谢海川又组织了一下语言:

"事情是这样的,昨天法国NKR财团的中国区总裁,设宴招待丁总,我和丁总一起去了,席间提到了你,那位总裁对你非常有兴趣。"

听话题终于涉及自己,钟涛也集中起了精力:

"他们宴请你们,怎么会提到我呢?"

"是这样的,NKR财团准备收购怀安。"

"哦,"钟涛恍然大悟,"原来如此,海川,先谢谢你把这么重要的消息告诉我。"

"这个不用谢,因为吃饭的时候,那位总裁自己就提出来,希望丁总能够在机会恰当的时候,给怀安和欧总传个话,表达一下他们的心意和诚意,我相信,这也是他们专门宴请我们的原因之一。当然,我们还谈到了其他领域的合作。"

钟涛点了点头：

"这种方式也很常见，先通过一个中间人摸摸对方的态度。"

"对，一开始我也是这么想的，但是后来，话题绕到了你身上，尤其是当丁总说了，我和你私交很好之后，他们总裁专门跟我说了几句话，她说，希望我能够把这件事尽快转告给你……"

"专门转告给我？是让我再转告欧总吗？"

"这个她没说，她只说，转告给你，还说，既然我和你是好朋友，那我一定会帮你这个忙的。"

"帮我什么忙？"钟涛越听越糊涂了。

"她没说，看她的意思，我只要尽快地把这件事告诉你，就算是帮你忙了。"

"这都是什么乱七八糟的，我怎么也越听越觉得是个阴谋了。"

"所以我也很糊涂，不过我想，不管对方究竟在打什么主意，这个消息尽快告诉你，总是没错的。"

"那当然，"钟涛用力地点了点头，"信息这种东西，总是越早知道越好，所以我还是要谢谢你。"

"这是他们总裁的名片，也是她让我转交给你的，她专门强调要把名片交给你。所以我想，也许他们是想把你挖到他们公司去。这样，既挖了怀安的墙角，他们又多了一名干将……"谢海川还在自顾自地分析着。

他没有发现，钟涛的脸色已经变了，因为他赫然看到了名片上的三个大字：

"崔慧明"！

钟涛一下子就什么都明白了。

他没有再过多地向谢海川说什么，也没让谢海川看出他的情绪变化，甚至在最后分手的时候，他还笑着调侃：

"海川，我突然有个想法，你说会不会是那位女总裁对你有意思，所以才故意把这个活儿派给你？这样好有借口跟你多接触。"

谢海川不疑有他，哈哈大笑：

"你拉倒吧，那种女人，我可消受不起。"

钟涛也和他一起笑，甚至在他们两个分手，他独自往怀安走的时候，脸上仍旧挂着笑容。现在任何人看到他，都会毫无疑义地认定他是一个正值春风得意的有为青年。只有钟涛自己知道，现在他的心里有多么阴冷。

前面就是怀安了，远远望着怀安的大门，钟涛长叹了一声，转身又朝回走，他并没有什么地方可去，只是不想去公司，他想一个人静一静。

4

熙熙攘攘的南京路，已经被尘封在心底深处的一幕幕又开始在眼前翻腾。最后，所有的思绪在钟涛的心中凝聚成了一句话——世界这么大，为什么我就躲不开她呢？

就在不久前的那一夜，他和欧兰谈到了她，当时钟涛还觉得自己已经心如止水了，可今天他才明白，他的心不是止水，而是地壳，地核深处那股岩浆其实一直都没有停止过翻腾，它一直就在寻找机会冲出地壳。

"她到底想怎么样？难道她还想再在我的生命里来一次火山爆发，再次把我的人生冲得落花流水，一塌糊涂吗？"钟涛在心里说。

第一次，她突然离去，让钟涛在很长一段时间里，都没有跟女人说话的兴趣，在他眼里，一切女人的面目都那么虚伪可憎。甚至在工作中，他都尽量挑着男客户打交道。总算后来，随着岁月的流逝，这种情形改善了，否则，钟涛一定都会被人误会性取向有问题了。

第二次，她突然归来，钟涛毅然放弃了已经到手的中南区总裁，转身离去。没有人知道他当时心中有多么痛苦。一个男人，自己的女人因为自己没钱没势而背叛了他，现在，却要让他在这个女人的管辖下生存，这种事，恐怕任何一个有志气的男人都不能忍受。那段日子，钟涛最恨的人是自己，恨自己为什么这么没用，这么不争气，这么多年还是无法超越崔慧明背后的那个男人。

从上一次辞职到现在已经三年了，在人生路上，三年不过是弹指一挥间，可对于他们这些职业经理人来说，这三年磋磨所带来的伤害是叠加的。因为你不仅浪费了三年的时间，更主要的是，你离开了业内一流管理者的平台。老板们是现实的，在过去的三年中你没有创造出任何业绩，他们就不会再选择你，因为他们对你的能力已经失去了信任。

这次和欧兰意外重逢，钟涛知道，自己终于找到了一个重新开始的机会！他下狠心要利用这个机会重新杀回一流职业经理人的平台。这段时间钟涛甚至都能够感觉到，他身体里的每一个细胞都充满了活力，这种久违了的激情，让他血脉贲张。他就好像是被剥夺了竞争权的武士重新回到了沙场，现在，每一个冲到他面前的敌人都让他衷心地感激，因为这些敌人给了他证明自己、建功立业的机会。

可结果，崔慧明又出现了。在看到名片的那一瞬间，钟涛就明白了崔慧明的心思，她一定已经通过某种渠道知道了钟涛现在是怀安的副总，所以她才通过这种形式通知钟涛，让他离开怀安。

"离开怀安，"钟涛的脸上竟然莫名的显出一抹凄厉的笑容，"这么多年了，你一点儿都没变，还是那么自我，那么霸道，一切你认为阻碍了你的人和事，都得无条件地为你让路，为了你而改变原有轨迹，而你从来都不考虑，这种改变对别人来说，究竟意味着什么。"

钟涛突然发现自己竟然已经不知不觉地走到了黄浦江边，他不禁苦笑了出来，历史总是那么惊人地巧合，上一次，崔慧明在南京路上告诉他，要和他分手，他也是独自来到了黄浦江，不过那次是晚上，那天，他很想像书中描写的那样，弄几瓶酒喝一个酩酊大醉。可结果，酒买来了，他却一口都不想喝，就是不想喝，即使强迫自己，都咽不进去。可见很多时候，书里的情节都是骗人的。

最后，钟涛把那几瓶酒都倒进了黄浦江，茫茫夜色里，江水无声无息地吞没了他的酒，却没能带走他心头的血。

"唉。"钟涛长长地叹息了一声，甩了甩头，要求自己不要再回忆了。

江岸上全都是人，外滩永远都是不缺游客的。看着那些兴奋的人群，钟涛没了走到江边去的兴趣，他刚想转身离开，忽然一个很纯净的声音喊住了他：

"先生，能帮我们拍张照吗？"

钟涛回头一看，原来是两个大学生模样的恋人，正拿着个相机，充满期待地望着他。

钟涛笑了，他接过相机，认真地帮他俩拍好照片，那对年轻人道谢之后，又拉着手蹦蹦跳跳地离开了。

望着他们的背影，钟涛脸上的笑容久久都不曾散去：

"年轻真好啊，不管这两个孩子未来会怎样，至少现在，他们的快乐是最真实的。"

钟涛忽然又叹了一声，在这一刻，他终于做出了决定：

"再向崔慧明让一次步吧。世界这么大，再去找其他的机会吧。"

决定有了，下一步就是通知欧兰了，钟涛拨通了欧兰的电话，他知道自己这个决定对欧兰的影响有多严重，但他也没有别的办法，他觉得，自己现在唯一能做的，就是尽快通知欧兰，让她早做准备。急切间，他却忘了一件非常重要的事——欧兰现在正在参加黄金卖场的竞标。

电话接通了，两声铃声之后，手机里竟然传出来了一个非常清亮的女声：

"喂，钟涛，有事啊？"

钟涛立刻分辨出，这是许正华的声音。钟涛第一个反应是自己一时迷糊拨错电话了。他刚想解释，可许正华那边已经一连串地说开了：

"你是找欧总吧，她现在正在跟对方谈话，每位老总都有一个单独谈话的时间，因为不知道谈话时间长短，她怕公司万一有急事找她，就把电话交给我了。你有什么事吗？"

能告诉我吗?如果不能,就等她出来,我再让她给你回电话。"

许正华这段话真可以用铿锵有力来形容,钟涛有时候都会觉得困惑,这个出生、成长在上海的女孩子,怎么会生就这么一副带着钟磬之音的好嗓子。

"喂,你听我说话没有?"许正华见钟涛没反应,就又问。

"啊,哦,听见了。我都忙糊涂了,忘了你们去竞标了,没什么大事,等你们忙完了再联系吧。"

"你可真成,这都能忘了,好了,我先挂了。"

打完这个电话,钟涛的心平静了一些。看来欧兰在处理和许正华的关系上,真是用心良苦了,她把自己的手机交给许正华暂时保管,这本身就彰显出了一种极深的信任。

唉,钟涛不禁又叹了口气。欧兰现在已经为怀安殚精竭虑,把能做的全都做了,甚至做不到的,都是强迫自己努力去做。而他呢,竟然在这个时候,提出请辞的要求。

钟涛看了看表,决定回公司去——趁着自己还在怀安,再尽量替怀安多做点儿事情吧。

钟涛这一忙,就忙到了下午六点多。他这才意识到,欧兰她们还没有任何消息。

"怎么还没消息呢?按说不会出什么事,竞标地点就在上海,除了她们两个,怀安还有其他工作人员在场。"钟涛在心里向自己解释,可是他越解释,就越不安。

今天真是个不好的日子,先是得到崔慧明的消息,现在欧兰她们又迟迟没有音信,没听说过有竞标还要连轴转的呀。

钟涛决定等到七点,如果还没消息,就得给欧兰她们打个电话问问情况了。

七点十分,钟涛再也忍不住了,他拿起手机刚要拨号,忽然有电话进来,是欧兰打来的。

钟涛赶紧接通了电话:

"欧兰,怎么这么久都没消息,怎么样了?"

"我、是、许、正、华!"电话里又传出了许正华的声音。

钟涛更紧张了:

"出什么事了?"

"嗨,我说你这人怎么没事光想着出事儿啊?"许正华的那个刁劲儿又出来了。

钟涛永远都不知道该如何接许正华的话,不过还好,听她的语气,应该是没出什么问题。于是钟涛干脆闭上嘴,等着许正华自己把话说完。

"喂,你还在吗?怎么不说话了?"果然,许正华听不到钟涛的声音,就自动开口问道。

"我在等你说话呀。"

"说什么?"

"你打电话来,肯定是有事情要说吧?我就在等啊。"钟涛过去不是这么多废话的人,但他现在宁可废话多一点,因为许正华这种排山倒海似的说话方式太让他头疼了,所以他宁可自己把节奏放慢一些,免得一不小心被许正华给拽到哪个沟里去。

许正华终于有点儿丧气了:

"你也真沉得住气,你就不问问我,竞标结果怎么样了?"

"嗯,竞标结果怎么样了?"钟涛一板一眼地重复了一遍。

"服了你了,我算是被你打败了。"许正华顶了他一句,不过她的情绪马上就又高涨了起来,"告诉你吧,从今天下午五点钟起,黄金卖场就属于怀安了。"

"什么!"钟涛腾地一下站了起来,眼睛直直地望着前方,好像许正华现在就在他的眼前,而他要使劲儿看一看她的脸,好判断出,她是不是在开玩笑。

许正华的声音仍旧是那么高昂:

"我说,我们竞标成功了,把黄金卖场争取过来了!"

"这怎么可能?"钟涛脱口而出。他当然也盼着这次竞标成功,但他一直都觉得这个希望非常渺茫,欧兰也向他讲述了自己的思想,对于最后的成功并没有抱太大的希望,只要能通过这次活动提高怀安在业内的威信就行。

"怎么会不可能呀?"

"他们在南京路设几家卖场?"钟涛马上又想到了另一个可能性——对方临时调整了策略,决定多开几个卖场。

"只此一家,别无分号!"许正华不乐意了,"我说你到底是不是怀安的副总啊,怎么一点儿都不为怀安高兴啊?"

"我当然高兴,只是觉得太意外了。"钟涛赶紧解释。

"算了,我不跟你说了,你这人太闷了,没意思。对了,我给你打电话是因为欧总让我通知你,今晚我们几个一起庆贺一下,你来吗?"

"当然来,"钟涛说完后迟疑了一下,又问道,"那个,你通知我,欧总呢,她去通知别人了?"其实钟涛是想到了,如果只通知自己而不通知陈秋峰,肯定是非常不礼貌的,他想提醒许正华一声,但又怕她那个大小姐脾气容不得别人给她挑错,再使起性子来,所以就选择了这么一种委婉的说法。

"欧总还跟他们公司的人说话呢。我知道你在担心什么,我是先给陈总打的电话,他今晚身体不舒服,实在是出不了门,所以只好缺席了。这是地址,你记一下……"许正华一股脑的把地址和餐厅电话都给了钟涛,然后直接就挂了电话,连个再见都没说。

钟涛望着被突兀挂断的手机唯有苦笑,他不知道该如何形容这个许正华,是该说她像一阵风？还是像一阵海浪？反正她每次都是这么呼啦一下就冲过来了，把一切都弄得乱七八糟之后，又突然就消失了。

可你等她彻底无影无踪了之后再看一看眼前，就会发现，眼前竟然变得清爽通透了，这是因为她来过的原因吗？应该是的。

钟涛重新坐回到椅子上，深深地呼出一口气来，不管怎么说，黄金卖场是拿下来了，欧兰作为怀安的正式总裁，这第一关总算是闯过去了。一想到那个黄金卖场马上就要在一楼的珠宝商场盛装亮相，钟涛整个人都兴奋了起来。他看了看表，距离约定时间还有一会儿，但他已经待不下去了：

"不管了，先去那里等她们，一会儿见到欧兰，一定要好好问问，今天她们是怎么干的，太漂亮了。"

钟涛出了怀安，现在正是华灯初上的时候，那一盏盏街灯在还不怎么黑的夜幕的衬托下，反倒显出了一种别样的温柔。不知道是不是心情好的原因，现在钟涛看着一切都那么顺眼。

走在路上，钟涛又想起了刚才许正华的电话，不禁又是一阵莞尔：

"这个丫头平时看起来疯疯癫癫的，没想到还挺聪明的，我拐了那么多弯儿，她还是一下子就听出了我的意思。"

钟涛喜欢跟聪明的女人打交道，每当遇到那种没头脑的女人，他就连说话的兴趣都提不起来。只不过这个许正华的脾气太大了，不过这也难怪，聪明的女人一般都有点儿脾气，例如欧兰，例如……

钟涛突然一下子顿住了脚步，好像是撞到了一堵无形的墙上，他脸上的笑容蓦然间就消失得无影无踪，身体也僵硬了，因为他想到了崔慧明。紧跟着就又想到了，他马上就要离开怀安了。

钟涛的脚步慢了下来，刚才太高兴了，都忘了辞职这件事。该怎么向欧兰开口呢？钟涛知道，只要他提出了崔慧明这件事，欧兰一定会理解他的。但正因为如此，他才更加难以启齿。

钟涛到饭店的时候，欧兰和许正华还没有来，没来也好，正好他也想一个人静一静。今天这两个女人可能也都很兴奋，所以竟然选择了这么浪漫的地方。这是一座旋转餐厅，位于一座高层建筑的第三十层，餐厅用极慢的速度旋转着，窗外就是夜色愈浓、灯光也愈浓的上海。

钟涛坐在靠窗的位子上，要了一杯酒慢慢地浅酌着，不像是喝，更像是一个道具，替他掩盖着那落寞的神情。

5

　　欧兰她俩终于来了,好像是心中有某种感应,钟涛忽然从窗外收起目光看向了门口,一眼就看见了欧兰那璀璨的笑脸。在这一刻,钟涛就下定了决心,今晚,无论如何都不向欧兰提辞职的事情了,一切都等到明天再说,因为他已经太久没见到欧兰这样笑过了。平日里欧兰的笑容更像是一副面具,而今天,她的笑是发自内心的,就让她好好放松一晚上吧。

　　"嗨,你倒不错,已经自己先庆祝上了。"许正华看了一眼钟涛手中的酒杯,说。

　　既然决定今晚不说任何煞风景的话了,钟涛也就顺势开起了玩笑:

　　"是啊,你不看看这都几点了,你们要是再不来,我都该自己先点餐开饭了。"

　　许正华好像也觉得自己有点儿理亏:

　　"嗯,对不起,是我来晚了,因为我拽着欧总陪我换衣服去了。"

　　"你不是吧,来这儿吃饭,还要换身衣服?"钟涛露出了不可思议的神情。

　　"不是,"欧兰笑着解释,"她不是为了吃饭专门去换衣服的,是她今天穿得太正式了,实在不适合出来吃饭,所以得先换一套普通一点的衣服。"

　　钟涛的好奇心被勾了起来:

　　"她今天穿什么去竞标了?没弄套晚礼服去吓唬人家吧?"

　　钟涛是在问欧兰,可许正华却抢过了话头:

　　"我疯了,我大白天的穿着晚礼服去谈公事。"

　　"但确实比晚礼服要震撼多了。"欧兰在一边郑重地补充。

　　"到底是什么衣服啊?你们俩别卖关子好不好。"钟涛也笑了。

　　"不是卖关子,是真说不清楚,这样吧,哪天找个机会,让正华再穿一次,给你看看。"欧兰说。

　　"专门穿给他看,凭什么呀?就凭他每时每刻都在不停地怀疑我的工作能力?"许正华牙尖嘴利。

　　钟涛有点儿尴尬,笑了笑没说话。

　　欧兰看看这个,又看看那个,看了几个来回,忽然说了一句:

　　"点菜吧。"

　　钟涛和许正华都愣住了,因为他们满以为欧兰会说点儿什么或者问点儿什么,可没想到,她认真端详了许久之后,竟然说出这么三个字来。

　　"点菜?"又是许正华先开口问。

"对啊,咱们不是来吃饭了吗,当然得点菜呀。"

"你就不问一问,我刚才为什么那么说他吗?"许正华又问。

"不问。"

"为什么?"

"因为她长大了,所以就不总是问'为什么'了。"钟涛忽然插口。

他这一说话,马上就又把许正华的注意力给吸引走了,她刚要开口,电话忽然响了,许正华掏出手机看了看,对欧兰说:

"是我老爸,我估计他是为了竞标的事。我讲电话的时间可能要长一点,你们就看着点菜吧。"说完不等他们两个做出反应,就站起来去接电话了。

钟涛和欧兰交换了一下目光,两个人的眼神都那么意味深长,他们从彼此的眼睛中都读到了相同的信息:

"看来,许正华的父亲的确是非常关心她在怀安的工作情况。至于他为什么要这么做,那就得好好琢磨琢磨了。"

虽然两个人都有这样的心思,但是在许正华随时都有可能突然返回的前提下,他们肯定不会讨论这件事的。所以欧兰粲然一笑:

"你想不想知道,我刚才看着你们两个人眉来眼去的,是什么感觉?"

"我更想知道,今天竞标的所有细节。"只要许正华不在,钟涛立刻就能找回自己的状态。

欧兰也理解现在钟涛的心情,知道他急于了解竞标的情况,所以不再跟他开玩笑,开始讲述起白天发生的一切:

"我是从头讲,还是只挑着重要的说?"

"从头讲,事无巨细,我都想听。"

欧兰笑了,因为钟涛的这种态度本身就说明了他对怀安的感情。欧兰真就从一开始讲了起来,从许正华的衣服到沈佳一的态度,最后讲到了她和丁伟的交锋。听着欧兰讲这些,再想想今天上午丁伟给谢海川打电话时的情形,钟涛不禁笑了出来。

"怎么了?"他的突然发笑打断了欧兰,欧兰停下来问。

"哦,没什么,想起了一件关于丁伟的事,和这次竞标没什么关系,回头讲给你听,你接着说吧。"钟涛下定了决心,今天绝不提任何和崔慧明有关的事情。

"后来,主办方专门安排了一次近距离交流,就是单独和每一间商厦的竞标代表谈话。"

钟涛点了点头:

"正好就在你跟他们单独会谈的时候吧,我给你打了个电话,是许正华接的。"

争夺黄金卖场 | 第三章
095

"对，她告诉我了，说你对她说没有什么要紧事儿，我后来也忙乱了，就没给你打。我还没顾上问你呢，上午找我什么事儿啊？"

"就是点儿工作上的事，回头再说吧。"又是一个回头再说，钟涛说完之后怕自己这么五次三番的推诿会引起欧兰的怀疑，就趁势改变了话题，"你今天让许正华帮你拿电话，这个做法不错，我觉得好像这一下子，你们两个人的关系就拉近了。"

欧兰点头认同：

"应该会有一些帮助吧，换位思考一下，如果我做副总，老总又是一个比自己大不了几岁的年轻女人，这种行为也会赢得我的好感。"

钟涛不禁赞许：

"这是你最大的优点，不管随时随地，都能站到对方的立场上去想问题，过去做下属的时候，你站在主管的立场上去体谅主管的苛刻。现在自己做老总了，你又站在下属的立场上，去体谅下属的猜忌。真是挺不错的。"

欧兰笑了一下，笑容有些感慨：

"这是你肯夸奖我，其实我每天做这么多件事，自己都不知道哪件做的是对的，哪件是错的。只能试着朝前摸索。可能这就叫摸着石头过河吧。"

"是啊，"钟涛也长叹了一声，"我们谁也没学过'职业经理人'这门课程，可我们却都走上了这条路。企业本身就具有不可复制性，每一家企业遇到的问题都有自己的特性，而现在中国的经理人机制又刚刚启动，所以我们既没有专业知识支持，也没有他人的成功经验可以借鉴，甚至我们自己都严重的经验不足。你说得对，摸着石头过河，是我们唯一可行的方法。不管到什么时候，只要敢往前走，就是胜利。呵呵，扯远了，你接着说吧。"

钟涛停止了感慨，欧兰却意犹未尽，她望了钟涛良久，才说：

"我想到了一项职业，可能更适合你。"

"什么职业？"

"成功学的训导师。就是那些出书、出光盘、到处讲课，传授成功学的所谓大师们。他们不就很善于从各种角度去激发人的热情，还总是能说出很多成功的捷径来吗？我觉得你也挺具备这个能力的。"

"哈哈，还是算了吧。这种大师我是见了不少，可我还真没见过，谁是听了他们的课而发了财的。"

"虽然没有人因为听了他们的课而发财，但他们自己都发财了呀，所以说明，这还是一项很不错的职业。"

"我可没本事发那个财，我也就是有点儿牢骚感慨跟你说说，让我跟真事儿似的当着那么多人说去,我绝对说不出来。"

"也就是说,每个人在职业选择上都有局限性。"

"那当然,局限性还非常大,也有真正能在各个行业中都任意驰骋的,但是毕竟太少了。更多的,还是像你我这样,只善于在某些固定的领域工作。所以说,在职场上,选择一个适合自己的职业很关键。好了,我不说了,我要再说,你又该让我讲课去了,还是赶紧听你说竞标的事吧。"

"好,"欧兰点了点头,又讲述了起来,"单独见面的时候,对方公司的负责人态度很坦诚,没有任何迂回和开场白,直接就提到了怀安目前的经营状况和影响力的问题。说如果是在二十年前,他们会毫不犹豫地把这个卖场设在怀安,可现在,他们很难这样决定,因为他们要走高端路线,需要的是一个能够真正被现在的上海所认可的时尚购物环境,他认为在这方面,怀安的竞争力比较差。"

钟涛虽然只是听众,可听到这里,仍旧禁不住叹息了一声:

"这些话虽然不好接受,但的确都是实话。"

"对,所以我还是比较喜欢他们的这种工作风格的,虽然直接了一些,但是不兜圈子,成与不成都给你放在了明处。"

"这倒是,这样就不用在那些无谓的猜测中耗费精力了。你是怎么答复的?"

"这个答复并不复杂,因为对方提出的这些异议,完全是在我们意料之中的。所以我就用非常坦然的态度告诉他,怀安现在的确存在这些问题。但是,这个黄金卖场的签约合作,不是三个月半年,而是五年。我有十分的把握,两年之内,就能让怀安重回上海滩翘楚的宝座。而现在那些走在时尚最前沿的商厦,两年后不一定还会在时尚的最前沿,因为时尚是非常残酷的东西,即使你再紧追它,你也无法跟上它的节奏,只能被它越甩越远。"

"你说得很对,不过听你这么说,那个负责人一定反驳你了吧?"钟涛笑着问。

欧兰也笑了:

"他当然会反驳,而我需要的也正是他的反驳,因为只有两个人不断地进行争论,才能让我把所有的观点都表达出来,如果对方连同我争论的兴趣都没有,那就真是一点儿机会都没有了。所以我才在说话的时候,给对方留出了争论的空间。果然,我说完后,他马上就说,我承认你对'时尚'这个概念的分析,但是我有一个问题:如果其他商厦都无法逃避这个残酷的规律,那么怀安也同样无法逃避,对吗?"

"你等的就是他这个问题。"钟涛笑道。

"没错,我就是在等他这个问题。所以我马上就非常肯定地回答他:'怀安能够避免这个问题!因为怀安不是一个单纯的装满了时尚的玻璃瓶子,它有着百年的历史作为底蕴。不管时代怎么发展,建筑怎么变化,故宫、凡尔赛宫始终是伟大的,能够让人感到震撼的,这就是底蕴的力量。因为人类对于美的欣赏不是突变式的,而是有所传承的。时尚也是如此,不管时尚怎么变,它隐含着的,都有一条传承下来的主线,而这条主线并不是学一学就能掌握的,它需要同样有所传承的一个载体才能够驾驭它。我想,你们做珠宝行业的,应该比我更懂得这些道理。'听我这么问,对方的负责人点了点头:'的确,我能明白你的意思,尤其是你那个装满了时尚的瓶子的比喻,很巧妙。现在太多的商厦,都只是装满了时尚的瓶子,很容易被打碎,所以我们所渴望的,是一座博物馆似的商厦……'听他这么说,我马上跟了一句:'像博物馆似的商厦,就是怀安。这一百年,怀安一直就矗立在上海,它收纳了这百年来上海几代人的时尚印记,所以很容易和上海最新的时尚产生共鸣。我刚才说,怀安不会被市场淘汰,就是因为它不是在紧追时尚,而是和时尚共鸣、互动。'"

钟涛不禁击节赞叹:

"说得太好了,比我们准备的稿子还要好,我发现你有一个特点,非常善于临场发挥。"

欧兰也笑了:

"可能是吧,所以我才能在每一次竞聘中都险胜而出啊,"可能是这句话触动了欧兰自己的某根神经,她愣了一下,又加了一句,"还真是的,好像我每次竞聘都是险险胜出,这辈子还没有像人家那样胸有成竹地去参加竞聘。"

钟涛想了想,还真是这样,好像欧兰每次竞聘成功,都会被人们当成冷门惊叹很久,于是说:

"反过来想一想,这也是好事,说明你总是能得到比你自身能力高一些的职位,这样有助于你提高。"

"哈哈,不管怎样吧,虽然每次都惊心动魄的,反正都闯过来了。"可能是因为刚刚竞标成功,所以欧兰整个人看上去都充满了一股子精神气儿。

"你这样说完之后,对方呢?是不是彻底被你打动了?"钟涛又问。

"对方的工作作风也是非常深沉、内敛的那一种,所以也没有太明显的表示,只是说:'欧总,能听到您刚才这样一番精彩的演讲,我感到非常荣幸,也受益匪浅,我们公司始终都坚信,一任真正优秀的领导人能够带给一个企业至少十五年的辉煌,所以,您刚才的演讲,一定会让我们重新估量怀安的实力的。'"

6

这个时候,许正华回来了:

"说什么呢,这么热闹。"

"我给他讲今天竞聘的事呢,钟总要求了,全部细节他都要听,正好我刚把我和对方单独见面的情节讲完,该讲最后的竞标现场了,这段你是主角,你来吧,我正好休息一下。"欧兰笑着回答完,端起杯子喝了口水。

许正华听欧兰这样说,"扑哧"一下笑了出来,欧兰也笑,钟涛看着眼前这两个女人不明所以:

"怎么?竞标现场发生了什么特别好笑的事情吗?"

"也不算特别好笑吧,"许正华说,"就是我当着众人的面,痛骂沈佳一,骂得她最后都说不出话来了。"

"啊?你不是吧!"钟涛不可思议地瞪大了眼睛。

"她还真是。"欧兰非常肯定地替许正华回答。

"天哪,你一定是疯了。"钟涛总结。

许正华翻了他一眼:

"怎么说话呢,我骂她就是我疯了,她先找茬儿,你怎么不说她疯了。"

"不是不是,我不是那个意思,"钟涛赶紧解释,"我那是夸你的意思。"

"没听说过这么夸人的。"许正华得理不饶人。

"我真是好意,"钟涛正色道,"沈佳一那个女人可不像她表面看上去那么柔弱,惹到她,她一定会报复的。而且,你们两个不也关系不错吗,你这么当众给她下不来台,会不会显得你不太友好。我主要是考虑这些方面的问题。"

许正华的脸上重新又浮现出了笑容:

"没看出来,你还真是挺为我考虑的。"

"那当然。"钟涛说。

欧兰忽然觉得,自己现在待在这儿稍微有些多余。

许正华又说:

"沈佳一跟我拉关系,就是看中了我们家的势力和怀安股东这个身份,算不上什么朋友……"说到这儿,她突然加了一句,"你这么看我干吗?你又意外了是不是,你从心里就觉得我不应该懂这些,可实话告诉你,我不仅懂,而且比一般人都要懂得多,因为我从很小的时候,就得学会分辨出,哪些人跟我交往是因为喜欢我这个人,哪些人跟我交往是因为喜欢我的钱!"

说不清为什么,听了许正华的话,钟涛的心里忽然涌起一种莫名的感动,他生平第一次感到,这些富家女们也有她们的烦恼和难处。

他温和地笑了一下:

"好,我从现在起什么也不说了,而且保证用最正确的眼神看着你,你继续讲吧。"

许正华又被他逗笑了,笑过之后,才说:

"其实今天第一眼看见沈佳一,她那个架势就让我不痛快,一看就是对我充满了嫉妒。"

"你今天那个样子,也的确是让她嫉妒。"欧兰加了一句。

许正华继续说:

"后来欧总和丁伟去另一边说话,沈佳一竟然跟我说了一大堆怀安这次竞标没有任何希望之类的话,气死我了。"

欧兰和钟涛不禁相视一笑,沈佳一用的是最惯常的手法,彻底粉碎掉对手的信心,让对手无心恋战。只可惜她这一次真是用错了方法,像许正华这样的大小姐,是最容不得别人说自己半点错处的,她这么干,简直就是自己找死了。

许正华又说:

"听她这么一说,我当时没反驳她,但是心里已经憋上火了,就等着竞标的时候,报这个仇呢。结果竞标一开始,沈佳一就抢先发言……"

"对,"欧兰替她描述当时的情景,"沈佳一的确是很有心机,当主持人刚一宣布竞标开始,她突然就说,'对不起,耽误各位几分钟时间,我认为,一间商厦最重要的就是品格,如果是一家只会恶意竞争、抄袭剽窃的商厦,根本就没有资格再坐在这里。'"

"哟,她这是说谁呀?"钟涛好奇地问。

"说怀安啊。"许正华回答。

"怀安怎么恶意竞争了,剽窃什么了?"钟涛虽然没在现场,但听到这样的指责,还是怒火中烧。

"你别急,听我说完,"欧兰继续说,"沈佳一这样一说,在座所有人的脸色当然都不太好看了,因为谁也不知道她究竟是指哪家商厦,但是大家都不说话,因为人们都了解沈佳一,知道她不会干这种得罪所有人的事情,她既然敢这么当众发难,就一定已经做好了得罪一家的准备,所以谁也不说话,就等着她自己说出来。果然,沈佳一说完了那几句话之后,态度突然一变,她在说那几句话的时候,特别严肃,和平时判若两人,可突然间,她就又变得异常温婉了,好像受了多大委屈似的,说:'我知道,我刚才失态了,但是也请大家理解我,在座各位都是商厦界的精英,请大家试想一下,如果是你们千辛万苦才构思好的经营策略,被别人剽窃走,还堂而皇之地拿出来,你们会是怎样的心情?'"

"哟,她说这话的时候,眼里没含着泪花呀?"钟涛又忍不住了。

"含了,我看见了。"许正华很肯定地点了点头。

欧兰继续讲述当时的情景:

"我觉得当沈佳一说完这些话之后,一定很希望有人能问一问她,究竟是哪家商厦,究竟做了什么事之类的问题。可是,接下来的几分钟,场内一片静默,没有一个人说话。"

钟涛忽然笑了:

"沈佳一太自作聪明了,或者说,她太自以为是了,她以为她已经看透了男人,觉得男人有英雄情结,在这种时候都会英雄救美。可她却不懂,对于绝大多数男人来说,当利益和一个不相干的女人摆在一起的时候,几乎所有的男人都会毫不犹豫地选择利益,而不是女人。她真是把战场和情场给搞混了。"

许正华好奇地望着他:

"男人真的是像你说的这样的吗?为什么我以前认识的男人,从来都没这么说过?"

钟涛又笑了,他很耐心地解释,那是一种大哥哥对小妹妹的耐心:

"因为以前男人跟你讨论这种问题的时候,都是在情场、以情人的身份讨论,而我现在,是在战场上,以同伴的身份在跟你讨论,所以,我的话更真实。"

"你为什么不以情人的身份呢?"许正华脱口而出。

钟涛差点儿没让她给戗着,他运了半天气,才说:

"你,怀安副总,我,怀安副总,她,怀安正总,沈佳一,天一商厦总裁,我们三个人坐在一起讨论沈佳一,我却从情人的立场上出发,你不觉得,我要真那么干了,欧总会直接就解聘了我吗?"

"嗯,你说得对,是我没转过弯儿来,"许正华倒是知错就改,不过她紧跟着又加了一句,"主要我不太习惯你这种态度,我过去认识的男人,都是追求我的,就你一个例外。"

这一下,钟涛又不知道该说什么才好了。

欧兰赶紧救场,说道:

"反正大家谁都没说话,无奈,沈佳一只好自己继续把戏唱下去了,她可能因为冷场而有点儿恼羞成怒,所以一开口就喊了我名字:'欧总,您能解释一下吗?'"

"她让你解释?解释什么?"钟涛问。

"我也是这问她的,当然我的态度很礼貌,我很客气地说:'沈总,我不太明白,您想让我解释什么。请您说具体一些,如果您把问题说清楚了,而我也认为有必要做出解释的话,我会解释。'"

"说得好!"钟涛大声赞了一句。他现在完全被欧兰的话吸引住了,所以根本没看见,他刚才喝彩的时候,许正华毫不客气地翻了他一眼。

欧兰继续说:

"沈佳一当然也听出来,我的态度不软弱,但她显然是误会了,认为我已经找借口想要逃避解释了,所以就显出非常笃定的样子来。她很骄傲地说:'我看了怀安商厦提供的黄金卖场模拟沙盘,也看了你们为了参加此次竞标,而专门制作的纪录片,你们的卖场完全是针对天一卖场的劣势而设计的。而你们的纪录片,重点全部都放在了怀安在大件珠宝的销售优势上,整个上海都知道,天一商厦的珠宝销售优势就是大件儿,你们的纪录片中所说的每一项优势,几乎都是在针对天一,你现在敢当众承认这一点吗?'"

说心里话,欧兰当时在听到这些话之后,心已经绷得紧紧的了。沈佳一果然够聪明,她从沙盘和纪录片中所看出的这些问题,的确是存在的,因为欧兰在设计这些东西的时候,已经把天一当成了竞争对手,完全针对她的弱势而设计。如果只是单纯这一点,欧兰并不心虚,因为她知道,恐怕今天来的所有的商厦,都是把天一当成了主要对手,这很正常,因为谁都认可天一在珠宝销售领域的实力,也知道它和这家珠宝公司的关系。欧兰心虚的地方是,她是因为拿到了章若枫给她的那些详细资料,才把针对点找得这么准。她相信,在今天所有的商厦中,她的纪录片是对天一商厦冲击最严重的,所以沈佳一才会不顾一切地这么突然发难。

现在该怎么办?肯定是不能承认,但说实话,欧兰此时,有点儿投鼠忌器了,她现在最大的顾虑是,要怎样才能保证不把若枫给牵扯出来。

虽然欧兰的心里翻江倒海,可是她的脸上却始终都是非常平静的,带着优雅的笑容,非常耐心地听沈佳一说话。

沈佳一在说完了那一长段话之后,只稍微停顿了一下,就又不冷不热地加了一句:

"包括怀安商厦八月份的内衣促销,你们不也是抄袭了天一商厦的创意吗?"

欧兰的心里又是一沉,这件事也和若枫有关。

"嚯,这个沈佳一打击起人来,还是连环战术啊,这环环相扣的,还真不好对付,你们是怎么应对的?"钟涛问。他并不知道这两件事的细节,所以把沈佳一的这些话都当成了竞争过程中正常的相互挑衅了。

许正华开口了:

"还没等欧总说话,我就抢先回答她了。我跟她早就一肚子火了,现在看她竟然这么当众诋毁怀安,真是是可忍孰不可忍!"许正华跟钟涛一样,也不知道内情,只当是沈佳一在找茬。

钟涛好笑地看着她:

"就这样,你就开口大骂她了?"

"你真以为我会像泼妇那样骂人吗?告诉你,我才不会呢!我直接就说,沈总,我是怀安商厦的副总裁许正华,您刚才的这两个问题,不用欧总回答,我来回答你就行了。第一,内衣促销那件事。在怀安八月份组织内衣促销的时候,我还没有来怀安,但当时我是怀安董事会的董事代表,所以也一直在关注着怀安的经营状况。据我所知,那一次促销,怀安在前,天一在后。我不相信欧总会有那样的神通,能够知道天一商厦未来将要组织什么样的促销活动。如果沈总坚持认为是怀安剽窃你的经营创意,那我就先请您回天一好好清理一下门户,把那个有可能向怀安泄露消息的人找出来。您有什么指责怀安的话,请您先留起来,等把那个人找出来之后再说。现在,在没有任何证据的前提下,只凭着主观臆想,您就这样指责怀安,我认为这是非常不负责任的。"

"太漂亮了!"钟涛不禁鼓起掌来,"你这么一大段话,都把沈佳一噎死了吧?"

看到钟涛这么由衷地赞扬自己许正华很是得意,她开心地一笑:

"当时她的脸色要多难看就有多难看,可我既然开了头,最重要的是还见了效果,我当然不会就这么结束啊,痛打落水狗,这个道理谁不懂呀。"

钟涛强忍着笑:

"好,做得对,你接下来又是怎么说的?"

"接着,不等她做出反应,我马上又说,至于您说的,我们的卖场沙盘是针对天一的劣势,这很正常啊,南京路上谁不知道,你们天一商厦是珠宝经营进行得最好的,我们怀安是来竞争的,不是来陪标的,所以我们肯定要选择最强大的对手予以打击,所以我们选择你当对手,找到你的缺点,在弥补你的缺点的基础上,构建我们自己的卖场,这有什么错吗?"

钟涛再也忍不住了,他哈哈大笑了起来,眼泪都笑出来了。

"我说什么可笑的话了吗?你干吗笑成这副样子?"许正华都被他笑毛了。

"没有没有,"钟涛拭了拭眼角的泪痕,努力克制着笑,说,"是你这段话太精彩了。我今天终于真正明白了,什么叫翻手为云覆手为雨,同样一件事,听沈佳一说,就好像是见不得光的剽窃,可是听你一说,就成了世界上最正常不过的事情,沈佳一如果拿着这件事喋喋不休,那简直就是个神经病。哈哈。"

许正华也笑了:

"我还没讲完呢,你还听吗?"

"听,我当然听。"

"至于你说的,我们的纪录片的焦点都放在大件珠宝的销售上,我觉得你今天会提出这个问题来,足以证明你根本就不懂得黄金销售。什么叫珠宝店,三年不开张,开张吃三年!意思就是说,卖出一件首饰去,带来的利润能够抵得上其他商品全年的销售!难道你认为,人家大老远地把黄金卖场送到上海来,是为了在这里卖1.2克一副的黄金耳钉吗?人家当然是为了卖各种名贵珠宝的。我们怀安定位高端有什么错?我们定位高端,就是针对天一啦?说句不怕得罪你的话,人最重要的是摆正自己的位置,至少这一次,你把自己摆得太高了,我们所做的一切,从沙盘到纪录片,都是为了让这次主持竞标的珠宝公司高兴,而不是为了让你不高兴。"

到现在,钟涛是真服了,他看着许正华,目光中充满了钦佩:

"你真厉害,如果换作我,肯定说不出这么有力的话来。"

"不一样,"许正华满不在乎地挥了挥手,"你是男人,当然不能这么跟女人斗嘴,而我是女人,说深说浅都无所谓。而且,我又是个在试用期的副总,就算说错了话又怎么样啊,大不了说我不懂呗。"

"肯为企业牺牲自己的面子,就凭这一点,你就是个好员工。"钟涛由衷地说。

"哈哈,"许正华笑了出来,"那是你这么认为,刚才我把这事儿简单跟我爸说了说,结果我爸说,我还是锋芒太露了,需要磨练,应该学会永远温和敦厚再杀人于无形,而不能像我现在这样,把什么都放在表面上。"

说者无心,听者有意。欧兰和钟涛迅速地交换了一下目光,他们再一次想到了同一个问题:

"凭这一句话,就能看出来,许正华的父亲比欧兰和钟涛都要老练得太多了。"

7

不过今晚,欧兰不想让这种隐忧影响了他们三个人之间的和谐气氛,不管怎么说,今天许正华都是为怀安立了大功的。于是说:

"我估计沈佳一自从做了天一的总裁之后,还没栽过这么大的跟头,不过她也真是厉害,迅速地就调整好了状态。主办方提出了一个要求,让每家商厦在五分钟之内说出自己商厦在黄金销售方面的优势和劣势。我想,她那会儿应该是临时调整了方案,直接在现场通报了过去三年天一商厦在珠宝销售上的各种数字。"

"啊!"钟涛感到意外,"她竟然把这种信息都公开发布了,是真实数字吗?"

"应该是真实数字,她不敢在这种时候造假的。"欧兰说。

"那她可是真拼了,这种数字一般是绝不外泄的。"

"是啊,所以我才说,她是在失了先机的情况下,铤而走险了。"

"那她可太冒险了,天一上面是有总公司的,她这么干,万一总公司不接受她的方式,她可就不好交代了。"钟涛客观地分析。

"哼,"许正华忽然冷笑了一声,"你就不用替她操心了,她的心眼儿多着呢,你以为她只是单纯地说出了她们的销售数字吗?"

"她还说什么了?"

欧兰轻轻叹了一口气:

"她在说完了她们的销售数字后,竟然又说出了怀安商厦过去三年的珠宝销售业绩,让对方公司自己判断。"

钟涛再次被震惊了,同时,他的目光也变得阴冷了:

"怀安的这些数字她是怎么拿到的?"

欧兰感到些欣慰:

"钟涛毕竟是钟涛,马上就抓住了问题的关键——现在重点不是沈佳一采取的手段,而是内部统计数字外泄。"

欧兰沉吟了片刻,才答:

"从理论上来说,任何一家商厦的这些数字都是决不允许随便外泄的。但是怀安的情况比较特殊,这几年,怀安内部对于是继续独立经营还是整体出售,意见极不统一,在这种情形下,一些内部信息外流就成了很正常的事情了。俗话说,没有家贼引不来外鬼。可这句话也得反过来说,只要被外鬼盯上了,他们就总能找到家贼。"

钟涛听出了,欧兰是在有意淡化这件事情,他也马上就明白了欧兰的用意,许正华虽然现在是一心向着怀安的,但是毕竟她的身份太复杂了,他们在这里说的任何一句话,都有可能传到她父亲那里去,传到董事会去。而向外泄露这种信息的,肯定是公司的高级管理人员,甚至还有可能就是董事会成员,所以这个问题如果讨论深了,难免会在言语间得罪了某个人,传扬出去没有好处。

一件小事,欧兰都如此谨慎,这也就再次证明了,欧兰现在的处境是何等的艰难。

不过现在不是感慨这些事的时候,既然欧兰不想深谈,他也就趁势转变了话题:

"我们的销售数据肯定比不过天一,你们是怎么对付她的?"

欧兰的目光有些悠远,似乎又回到了白天的竞标现场:

"说实话,当时的气氛的确很尴尬。如果说怀安在整体销售上还能跟天一争一争的话,单纯的珠宝销售确实是争不过。所以我没有在这个问题上硬撑,因为数字是明摆着的,硬撑着不接受这个事实,只会显得小家子气。"

"你想得对。"

"沈佳一发言结束之后,本来还不该我发言,但我示意大家,我要先说几句话,我说,'既然刚才沈总提到了怀安商厦的珠宝销售,那么我就先来说几句。'"

钟涛望着欧兰,只见她整个人都沉静如水,他知道,欧兰现在整个人都已经沉浸到了竞标会的氛围之中,他也相信,欧兰的这种端庄如仪的态势,一定能够给怀安加分。

欧兰静静地复述着她在竞标会上的发言:

"刚才沈总说了一些和怀安有关的数字,首先,我承认这些数字的真实性,同时,我今天在这里,不想追究这些数字的来历。"

钟涛暗暗点头,欧兰这句话是很厉害的,这就等于告诉沈佳一和所有的人,这件事没完,我一定会追个水落石出的!

欧兰的复述仍旧在继续:

"沈总提出这些数据,用意很明显,她是想证明怀安在珠宝经营上的劣势。其实我觉得,这一点是不用证明的。坦白地说,在座的各位同行,我们每个人对于其他商厦的优势和劣势都是了然于心的。我了解你们的商厦,你们也了解怀安,因为了解同行,是我们这些总裁们日常工作的一部分。所以我今天在这里,一点儿也不想隐瞒怀安的劣势,瞒也瞒不住,怀安的各种问题,你们可能比我还要清楚,我只做了怀安几个月的总裁,而你们已经跟怀安做了几年甚至更长时间的竞争对手。"

今天的竞标会真可谓是好戏连台,刚看过了机灵百变的沈佳一、言辞锋利的许正华,又来了一个实在得让人都不好承受的欧兰,想象着竞标会中那些男总裁的样子,钟涛都觉得好笑:

"那些男人们,一定会无奈地想,商厦业的女人们为什么会变得这么强势了?"

欧兰的话还在继续:

"今天我只想说明一个问题,那就是,我认为,过去几年的商厦珠宝销售业绩,与这次的黄金卖场的竞标一点儿关系也没有。"

这一次,连钟涛都愣住了,他想不明白欧兰采取的是什么方式,任何一样商品决定是否进驻一间商厦,主要参考的都是过去一段时间内商厦内同类商品的销售数据啊。但是钟涛相信,欧兰既然这么说,一定有她的道理,所以他没有打断欧兰,只是认真地听着。

"因为,这个黄金卖场不同于一般的低值易耗品或者日用品,它有自身的品牌、知名度、消费群体,我相信,当黄金卖场进驻怀安之后,百分之九十九的销售,是来自于慕名而来的消费者,而不会是顾客在逛街的时候突然看见了,一时兴起就买了。即使有这种极为个别的情况,那售出的也只是一些相对低廉、普通的黄金制品。所以对于黄金卖场来说,更需要的是一个能够匹配得上它的品牌和质量的销售环境,还有高质量高档次的销售服务,而这些,怀安的优势都是无可比拟的。正如我们的沙盘模拟出了一个完美的卖场,我们的纪录片表明了,我们为了黄金卖场专门培养了一支高质量的销售团队。还有,我们的副总裁许正华女士,将亲自领导大客户部的工作,我相信,凭她在上海时尚界的地位,等到今年年底,她就能够让黄金饰品成为上海新贵们的流行风尚!"欧兰讲到这里忽然笑了:"我说到这里的时候,正华非常恰到好处地说了一句话。"

"什么话?"钟涛问。

许正华也笑了:

"其实我也没说什么,只是既然老总表扬我,我总得表个态,所以我就说,没问题,过去天一商厦的沈佳一总裁每个月都会把他们商厦最新款式的珠宝样册给我送去,结果我把天一商厦的镶嵌珠宝推广成了流行风尚。这一次,我一定能够把怀安黄金卖场的珠宝推广成流行风尚!"

钟涛再一次大笑了起来:

"精彩,太精彩了,你们二位今天简直是珠联璧合!来,我敬你们一杯!"

钟涛不等她俩说话,端起面前的红酒一饮而尽,他今天真是太痛快了。

许正华好笑地望着他:

"还没告诉你最后结果呢,你就这么兴奋啊?"

钟涛脸上笑容不减,他又为三个人倒满了酒,才对许正华说:

"我告诉你,现在对我来说,最后的结果已经不重要了,即使我们没有拿下这个黄金卖场,事情发展到这一步,你们二位都已经算是超额完成任务了。你们成功地打击了天一商厦,而且也让其他商厦看到了我们的实力和气魄,这比什么都重要。"

"你倒挺容易满足的!"许正华顶了钟涛一句,但也掩盖不住心中的得意,"不过我们最后还是把黄金卖场给夺下来了。后来又进行了一些环节,不过就再没发生过这么针锋相对的情景了。"

"真想看看,宣布竞标结果的时候,现场的情景。"钟涛有点儿神往。

"大家都还是比较有风度的,至少表面上都维持住了起码的风度,在宣布完结果之后,大家都鼓掌,向怀安表示祝贺,后来结束以后,也都单独祝贺我们了。"许正华说。

"的确,虽说同行是冤家,可一般情况下,大家还是都比较接受公平竞争,也会尊重真正的对手的。沈佳一呢?她的反应如何?"钟涛又问。

提到沈佳一,许正华脸上的笑容忽然消失了,她愣怔了好一会儿,才喃喃道:

"你这一提我才想起来,当时她的眼神真是挺吓人的,真是挺吓人的,"许正华连着重复了两遍,忽然问欧兰,"你当时注意到沈佳一的眼睛了吗?"

欧兰勉强笑了一下,她并不想回答这个问题,因为她看见了,不仅看见了,她还和沈佳一对视了一眼,在那一瞬间,欧兰只觉得好像有一桶冰水迎头浇在了自己的身上。冥冥中,她有一种预感,沈佳一马上要做一件非常可怕的事情。

因为当时刚刚宣布了竞标结果,现场一片忙乱,好多人像是突然冒出来一样团团围在了欧兰的身边,很多个声音在同时向她讲话,她丝毫也不敢分神,所以强迫自己忽略掉沈佳一的眼神的含义:

争夺黄金卖场 第三章

"她也是个骄傲的女人,突然遭受失败,不好接受,神情可怖一点,也是正常的,不要想太多,不会发生什么事情的。"

欧兰这样安慰自己,也就不再去想这件事了,但没想到许正华这会儿却又提起了这件事。这么说,并不是自己的错觉,当时沈佳一的眼神的确是很可怕。

8

可能是看欧兰突然失神,钟涛问了她一句:

"怎么了?"

欧兰回过神来,刚想说话,忽然一个异常熟悉的声音突然闯进了她的耳鼓:

"欧兰!"

没错,是闯进来的,不是传进来的,因为这个声音太高亢、太霸道,欧兰也太熟悉了。

几乎就在听到这声呼喊的那一刹那,欧兰的全身立刻就绷紧了,整个人都陷入到了一种熟悉的战争状态。两道寒光"刷"的一下从欧兰的双眼中射了出来,同时,她的脸上也洋溢出了最灿烂、最朝气勃发的笑容。欧兰站了起来,朝着声音传来的方向转过身去,优雅地喊了一声:

"冯经理,这么巧?"

来人正是冯雅楚!今天冯雅楚会来这里纯属是巧合,她已经看了欧兰一会儿了,一开始她并不想跟欧兰打招呼,因为她自己心里也清楚,她对欧兰根本就不存在那种假模假式的礼貌,只要让她俩遭遇上,她们就得对着撕咬起来。但她现在还不想和欧兰撕咬,她已经接受了崔慧明的聘请,以后有的是机会整治欧兰,没必要现在就暴露自己。

但是今晚欧兰太开心太活跃了。她的笑容和笑声一下下地刺痛着冯雅楚的神经,她实在是想不通,一个整天在职场上疲于奔命的女人,怎么会这么快乐。她并不知道,欧兰自从加入怀安以后,这是唯一一次真心快乐,她还以为欧兰现在就是这么得意,这么嚣张。所以她再也忍不住了,她必须得做点儿什么,来破坏一下欧兰的情绪。

欧兰的个子本来就比冯雅楚高一点,现在两个人四目相对,三年没见面了,她们都在认真地看对方的脸,对方脸上每一条皱纹、每一片阴影,都能给予自己信心。

钟涛和冯雅楚并不熟悉,只是在公司年终会上见过面而已,走在大街上,他绝对认不出这个女人来,但刚才听到欧兰的称呼,再看看这两个女人的态势,他也就猜出这个女人的身份了。

"冯经理,好久不见,最近好吗?"欧兰笑意盎然。

冯雅楚冷笑了一声：

"很不错。"

"那就好。"

冯雅楚望了欧兰一会儿，忽然问：

"你还不知道吧？"

"知道什么？"

"你还记得崔慧明总裁吗？"

"当然记得。"

"她已经离开公司，找到更好的发展平台了。"冯雅楚在说这些话的时候始终都紧盯着欧兰的眼睛，不放过她脸上一丝一毫的神情变化。

欧兰虽然不知道冯雅楚准备说什么，但有一点她可以肯定，冯雅楚绝不会无缘无故地提到崔慧明。所以她笑了笑：

"是吗？那敢情好，我得找时间打个电话恭喜一下崔总。"

冯雅楚笑了：

"你想向她祝贺很方便，她现在就在上海。"

"崔总在上海？"欧兰有点儿意外，她刚才说要祝贺，只是顺口的言辞，没想问崔慧明现在在哪儿。

"对啊，因为她在上海，所以我现在才会在上海呀。"

冯雅楚终于如愿以偿地从欧兰的脸上看到了震惊的神情，她更加加重语气，一个字一个字地说：

"崔总因为器重我，所以专门去北京重金聘请我，来她的公司工作。"

"这是好事，祝贺你。"欧兰努力维持着自己的风度。可她却没想到，她现在这种强做出来的平静，正是最刺激冯雅楚的。本来冯雅楚是想到此为止的，可是在她看来，欧兰的这种平静，就是压根儿没把她放在眼里，这是她无论如何都不能忍受的，她现在什么也不顾了，她要打击欧兰。

冯雅楚的脸上带着倨傲的笑容：

"看来，你真是什么都不知道。崔总已经接受法国 NKR 财团的聘请，出任中国区总裁，而他们财团的一项重要工作就是收购怀安商厦。崔总就是为了这个才专门聘请我的。"

欧兰一下子全明白了，虽然她从来都没有听说过 NKR 财团这个名字，但她现在也不想去理解什么，她只要知道又有人在觊觎怀安，而且他们为了达到这个目的，还大费周章地弄来了冯雅楚，这就足够了。

欧兰看着冯雅楚,笑了:

"为了收购我的商厦,所以专门重金聘请我的手下败将,崔总做事还真是挺风趣的。"

欧兰这轻描淡写的一句话,当下就让冯雅楚的脸变了颜色,她想要反击,但一时间又找不出合适的话,因为她的确是欧兰的手下败将。冯雅楚狠狠地盯着欧兰,而欧兰那坦坦荡荡的目光正在清楚明白地告诉她:

"我已经不是当初在你手下做财务经理的欧兰了,甚至都不是三年前和你竞争华北区总裁的欧兰,现在,你如果想要挑衅,我随时奉陪!"

冯雅楚又盯了欧兰半晌,脸上终于挤出了些笑容:

"好,后会有期,反正我们以后会经常见面的。"

"没问题,随时恭候。来找我的时候可以提前给我打个电话,我安排时间请你和崔总吃饭,你们来了上海,我怎么也该一尽地主之谊。"

冯雅楚没有再说话,转身就走了,直到她的身影消失了之后,欧兰才觉得自己异常的疲惫,她集中最后的力气,朝着钟涛他们两个笑了一下,说了句:

"我去下洗手间。"然后就直接离开了,她现在必须找一个地方单独待一会儿。

洗手间很奢华,也很清静,有一个独立的大化妆间,欧兰这才发现,她匆忙间连皮包都没拿,无奈,她只好拧开水龙头,捧起清水轻轻拍在脸颊上。

镜子里映出她沾满了水滴的脸,不知道是不是灯光的缘故,她的脸色看上去有些苍白。和镜子里的自己四目相对,欧兰的心头忽然涌起一种想要大哭一场的冲动——她真的很恨这些人,她们可以觊觎怀安,可以联起手来对付她,可她们为什么偏偏要在今晚让她知道这一切,难道,就不能让她多轻松一会儿吗?

欧兰忽然朝着镜中的影像苦笑了一下,然后自己给出了答案:

"不能。这就是职场。职场上,绝不会让任何一个人有放松的时间!"

餐厅里,钟涛的脸色也异常的阴沉,一开始他还没把冯雅楚的出现当回事,因为不过是旧日冤家过来找麻烦。可当冯雅楚提到了崔慧明的时候,他的心就已经提起了,等听到最后,钟涛的心里就已经被漆黑的乌云紧紧包围住了,他真没想到,崔慧明出手竟然这么狠辣,把主意都打到了冯雅楚的头上。

许正华看着刚才这一幕,已经好奇到极点。欧兰一走,她就迫不及待地问:

"那个女人是谁呀?你认识吗?"

"是我和欧总过去公司的同事,我见过她,但基本不认识。"

"哦,"许正华点了点头,又问,"她俩是情敌?"

"情敌?你说谁?"钟涛现在脑子全都在崔慧明身上,所以本能地就想到了谁和崔慧明是情敌。

"我是说,刚才那个女人和欧总,她们两个的样子很像是情敌。"许正华眨着一双大眼睛,颇有点儿兴致盎然的感觉。

钟涛又发现了许正华一个特性,不管他多么烦恼压抑,许正华总有办法在几秒钟之内,就把他的烦恼给冲得乱七八糟,让钟涛想不起烦恼的事情来,开始专心回答她的问题。

"她们两个不是情敌,是工作上的对手,那个女人叫冯雅楚,曾经有几次竞争都败给了欧总,但都是工作上的事,两个人没有私怨。"钟涛认为有必要把这件事解释清楚,毕竟现在欧兰是老总,不能动不动就扯出些绯闻来,要注意形象。

"哦,原来是这样。这倒也能理解,那次我还跟欧总说,现在对于职场上的女人来说,抢了她的饭碗绝对比抢了她的男人更能激起她的仇恨,"许正华摆出一副专家的派头,"从刚才欧总和那个女人身上,再次证明了这一点。"

虽然现在钟涛满心烦躁,但还是被许正华的话牵住了精力,他无奈地望着她:

"换言之,在职场上,对女人来说,男人还不如一个职位。"

"当然不如。"许正华不假思索地回答。

钟涛差点儿没让她给气得乐出来,他真想问问许正华,她这辈子是不是就没学过听男人的话,要听话听音,自己刚才真的是反讽而不是请教!但是心念一转,钟涛还是放弃了这个打算,因为他意识到了一个问题,也许这位大小姐,这辈子都没有想过男人的话里还有什么额外的含义,因为她不用想,从她出生到现在都是男人在围着她转。于是钟涛果断地决定,不再跟她费劲了。

"你听说过那个什么什么财团吗?"许正华又问。

"听说过。"钟涛埋着头,好像在专心研究盘子里的食物,其实是他特别不想再谈这个问题。

可许正华一点儿也没有看出他的心思,又问:

"你说,那个女人说的事是真的吗?就是她们要收购怀安这件事。"

"是真的。"钟涛闷声回答。

"你怎么这么肯定啊?你以前听说过这事?"许正华敏锐地问。

"不是,"钟涛想着该如何答复她,"冯雅楚和崔慧明这两个人我都认识,都是我以前公司的同事,所以冯雅楚没必要说这种谎,很容易被拆穿的。"

"嗯,也是,她们为什么要收购怀安?"

"不知道,不过应该很快就会知道了。"

"你说……"

钟涛再也忍不住了,他实在是不想再讨论这种问题了。他干脆打断了许正华:

"正华!"

许正华被他吓了一跳:

"怎么了?"

"没什么,我是想问你一个问题。"

"什么问题?"

其实钟涛说他想问个问题,只是推诿之词,可当许正华一追问他,他自己都不知道什么,竟然脱口而出:

"你说,如果你一个女人为了金钱背叛了一个男人,那么以后,她再要求这个男人无条件地为她付出,这个男人还该答应她吗?"

钟涛说完之后就后悔了,他从来没有跟任何人说过这个问题,连欧兰都没有,他都不知道自己怎么会突然昏了头,跟许正华说这些,所以不等许正华回话,他马上就又说:

"算了,我也是随便问问……"

可是他刚一开口,许正华也就开口,只听许正华慢慢悠悠地问道:

"这个男人是你吗?"

"当然不是,"钟涛马上否定,他唯恐自己否定得还不够彻底,又加了一句,"你觉得会是我吗?"

"我觉得不会。"许正华非常笃定地回答。

这一下倒把钟涛的好奇心给激起来了:

"为什么你这么肯定?"

"因为我能看出来,你是个有情有义的男人,所以你绝不会做这种事。"

钟涛看着她:

"这就解释不通了吧,如果真是有情有义的男人,就应该不管怎样都谦让女人、照顾女人,对吗?"

"不对!"许正华斩钉截铁地回答,"所谓有情有义的男人,不是盲目的对所有的女人都有情有义,那叫滥情!有情有义,指的是,只对值得的女人有情义有担当,而对于不值得的女人,根本就不屑一顾,这样才对呢。"

钟涛发现,他和许正华讨论了之后,更糊涂了,恰好这个时候欧兰回来了。此时欧兰已经完全恢复了正常,她笑盈盈地坐下,看了看餐桌,向另外两个人征求意见:

"吃得差不多了吧?让他们预备主食吧?"

许正华没接她的话,自顾自地说道:

"我正在跟钟涛解释什么才叫有情有义。"

"啊,这么深奥呀?"欧兰逗趣儿道。

"嗯,他问我,如果一个女人为了金钱背叛了一个男人,而十年后,这个女人要求这个男人无条件地为她付出,这个男人该不该答应……"许正华一五一十地复述着,她全然没有注意到,她的话还没有说完,欧兰和钟涛的眼神就撞击到了一起———一切尽在不言中!

庆功宴草草收尾了,幸好有黄金卖场中标这件天大的喜事,所以即使被突发的意外情况搅了局,也冲不散喜悦的气息——当然,欧兰和钟涛的喜悦都是表面上的。

许正华的车已经等在楼下了,因为知道要喝酒,欧兰和钟涛都没有开车。

"上车吧,让司机先送你们。"许正华说。

"不用了,"欧兰和钟涛同时谢绝,欧兰又加了一句,"今天在屋里困了一整天了,正好晚上走一走。"

许正华看了看他们两个,也就不再说什么,道过再见之后就上了车。

欧兰和钟涛目送着汽车汇入了车流之后,欧兰低声喊了一声:

"钟涛……"

可她刚一开口,钟涛就打断了她:

"欧兰,给我点儿时间好吗?"

钟涛的声音显得有些粗暴,不过欧兰觉得自己能够理解他的心情,所以也不计较,只是说:

"我没有想要逼你的意思,我只是……"

钟涛再次打断了她,这一次,他的声音温柔了很多:

"对不起,刚才我不该那么大声。今天你也够累的了,我们现在不谈工作了,我现在送你回家,一切明天再谈好吗?"

欧兰轻轻叹了一声,无言地点了点头,两个人并肩朝前走去。

这一路上,他们两个都没有再说一个字,就这么默默地走着。冯雅楚带来的消息,像一块沉重巨石摆在了他们的面前,也压在了他们的心头。

钟涛明确说了,不想提这块石头,当然,凭他们两个的应酬本领,他们现在至少有一万个办法,可以避开这块石头去谈些其他的话题。但是他俩都不想那样去做,因为那种虚伪的应酬,是用来对付别人的,在他们两个之间——不需要。

走到欧兰家的小区门口了,钟涛停住了脚步:

"你回去吧,我就不上去了。"他说完之后突然发现,昨晚,自己也做了同样的事,说了同样的话。那时还不知道黄金卖场最后的结果究竟如何,可是两个人的心里都充满了希望,可是现在,黄金卖场的结果出来了,两个人的心里却都笼罩上了阴云。

欧兰没有马上走,她沉默了一会儿,低声说:

"钟涛,让我说句话,好吗?"

"你说。"

"你能来怀安帮我,我特别高兴,我也真心盼着,你能一直留在怀安。可如果,你想要离开,也没关系,不用太顾及我,我能理解你。"

钟涛笑了笑,笑容很温暖:

"我知道你能理解我,我相信。今天你太累了,先回去休息,黄金卖场中标了,接下来该忙的事情还有一大堆呢。"

欧兰知道钟涛的脾气,所以只得无奈地叹了口气,转身走了。

钟涛在大门口站了几分钟,突然拔起脚,大步朝着怀安走去,这个时间怀安还没有歇业,而他回怀安,是为了来拿崔慧明的那张名片。谢海川把名片交给他,他就随手放在办公室了,因为他当时觉得即使辞职,也没有必要再和崔慧明发生什么联系了。可现在,他却打算和崔慧明好好谈一次了。

是啊,十多年了,是该好好谈一次了。

第四章 | 情人的武器

1

崔慧明今晚参加了三个饭局和聚会，现在正和几个朋友一起喝咖啡，都是工作上的朋友，谈的也全都是和工作有关的事情。没办法，她已经习惯了像这样，把自己所有的时间都用来工作。

崔慧明看到来电显示愣住了，自从知道了钟涛是怀安的副总，她就想办法弄来了钟涛的手机号码，也存在了自己的电话里，但她从来没有想过，钟涛会真的打来电话。虽然她托谢海川把自己的名片交给了钟涛，心中也是隐隐盼着钟涛能和她联络，但她也深知，凭钟涛的脾气，这一次，他肯定还是悄无声息地一走了之。

直到电话响了好几声之后，崔慧明才反应过来，摁了接听键：

"喂，你好。"虽然心里头思绪纷乱起伏，可崔慧明的声音仍旧是自信而明亮的。

"你好，我是钟涛。"钟涛的声音不大，但是很平静。

崔慧明犹豫了一下，在考虑自己是不是应该表现一下矜持，故意显出不知道钟涛是谁的样子来。

而就在她犹豫的时候，钟涛又开口了：

"怀安商厦现任副总，钟涛。"

一听钟涛竟然用这么公式化的语气跟自己说话，崔慧明不禁心中恼火，她的声音也就变得冷硬了：

"知道了，有什么事吗？"

"你能抽出时间吗,我想和你见个面。"

"见面,有什么事吗?"

钟涛忽然笑了:

"肯定是需要见面才能说清的事,否则我就现在说了。"

虽然钟涛在笑,可崔慧明却感到了一种很明显的距离感,她讨厌钟涛用这种充满距离感的态度对待她,在她的意识里,钟涛永远都应该像上大学的时候那样照顾她、呵护她。

"我现在正和几个朋友在一起,"崔慧明说,她故意强调了朋友这两个字,希望钟涛可以理解为是男性朋友,"还不知道几点结束。今晚恐怕不行了。"

"不用非今晚。"

"明天早上行吗?明早八点半。"

"好。"

"我们在哪里见面?"崔慧明问。

"我去你方便的地方吧。"钟涛这挺平淡的一句话,却让崔慧明恍然间有一种跌回到了过去的感觉。

"看来是自己多心了,钟涛终究还是会顾着我的感受的。"崔慧明这样想。

不过她的态度上没有显出任何变化,仍旧是那样风清月明的:

"好吧,你记一个地址,明早见。"

"好,再见。"钟涛记下地址后挂断了电话。

第二天一大早,欧兰就接到了钟涛的短信:

"今天上午我请半天假,处理点事情。"

就这么一句话,没有任何解释。欧兰也没有多问什么,只是回了个"好的"。

回完短信,欧兰又发了会儿呆,觉得这段时间就像是做梦一样,一会儿天堂一会儿地狱地紧折腾,先是钟涛莫名其妙地出现了,又是黄金卖场意外竞标成功,紧跟着冯雅楚竟然又出现了;冯雅楚出现也没什么,可她背后,还跟着一个要命的崔慧明!

"命运啊,你们究竟怎么折腾我才肯罢休呢?"欧兰深深地叹息一声,把自己的身体扔到了床上,四肢展开,好像这样感觉放松一些。但是不到两分钟,她就又跳了起来,因为她没时间放松,公司里还有一大堆事等着她呢,她得赶紧去公司,接着折腾!

今天崔慧明很早就睡不着了,虽然她一直在对自己说,这不过是工作中的一次普通会面,可她还是禁不住反反复复地想自己应该穿什么衣服。当她完全收拾妥当,站在镜子前对自己做最后审视的时候,她突然发现,自己真的老了!

崔慧明不是那种娇怯、脆弱的女人,所以她从来不会为年华老去这种无法逆转的自然现象而伤神。她所考虑的,只是如何在固定的时间内尽可能多地提高自己的实力和地位。可是今天,当她马上就要和钟涛见面的时候,她却突然对自己的容貌异常地懊恼。十几年来,她第一次清楚地意识到,自己已经不再是和钟涛热恋时候的那个清纯的女大学生了。

2

崔慧明约钟涛见面的地方,是一间专门在清晨和上午这段时间经营的咖啡厅,可能是为了给顾客们提神,所以装潢以白色和青绿色为主,这要是在夏天的清晨肯定是个很不错的去处,可是在这个季节,坐在里面,就显得有点儿凉了。

崔慧明一进门就看到了钟涛,他正坐在座位上浏览早报,只能看到他上身穿了一件浅米色的休闲西装。崔慧明又下意识地看了看自己,心中有些懊恼,因为跟钟涛比起来,她今天穿得太正式了。她上身穿了一件金黄色的绸衬衫,脖子上戴了一串琥珀项链,外面罩了一件白色的薄风衣。

她深深吸了一口气,让自己显得更从容更平静,然后很优雅地走到了钟涛的对面。

说实话,虽然现在钟涛显得挺无所谓的,可其实从昨晚到现在,他的心里也不平静,崔慧明毕竟是他到目前为止爱过的唯一的女人,也是彻底改变了他的性格和人生轨迹的女人。曾经有很多年,他经常会幻想他和崔慧明见面的情景,每一次都幻想着自己特别特别成功之后再出现在崔慧明的面前,再后来,他就渐渐地忘了还要见崔慧明这件事了。可没想到,造化弄人,命运却安排他们在这样的情形下相遇了。

钟涛感觉到有人走过来了,就随手折起了报纸,抬头看了崔慧明一眼。有时候,当你鼓足了勇气下定决心要去闯刀山火海的时候,却突然发现,那刀山火海根本就不存在!钟涛现在就是如此,他为了这次见面担了那么多心,怕自己失态、怕自己失控、怕自己表现得不够有风度……可结果,当他亲眼看到崔慧明了,他却发现,自己竟然什么感觉都没有!

现在钟涛的心太平静了,平静得让他甚至都怀疑自己是不是因为受刺激过度而思维暂时停止了。可很快他就发现,他的思维并没有停止,活动得很正常。

"你好。"钟涛跟崔慧明打了个招呼,态度很礼貌,但怎么看都不像是久违的情侣。

钟涛的这种云淡风轻是崔慧明始料未及的,如果说走进这间咖啡厅的时候,她也不知道该如何面对钟涛,可现在,看着钟涛的样子,她那种与生俱来的控制欲立刻就被刺激了起来。虽然很多年前她就选择离开了钟涛,但她却无法容忍钟涛面对她的时候如此的无动于衷。所以她故意采用了另一种打招呼的方式：

"好久不见。"崔慧明说话的时候紧紧盯着钟涛的眼睛。

钟涛淡淡一笑：

"坐吧。喝点儿什么？"

"你不知道我最喜欢喝什么吗？"崔慧明仍旧望着钟涛。

钟涛又笑了，说不清为什么，崔慧明越是这样，他的心里就越踏实，就好像在参加一场谈判的时候，看到了对手的底牌一样。

"怪事，今天我怎么总想'谈判'这个词，我又不是来谈判的。"钟涛在心里嘀咕了一句。

不管心里怎么想，钟涛肯定是不会做太伤崔慧明面子的事情的，他招呼过服务生，问：

"这个季节，你们这里有什么特色饮品？"钟涛说完后又加了一句，"适合女士的。"

服务生最喜欢这样的问题了，马上就给出了最完美的答案。钟涛毫不犹豫地选择了服务生大力推荐的那一种。

崔慧明一直看着钟涛做这一切事情，直到钟涛全部都做完了，她忽然很认真地喊了他一声：

"钟涛。"

钟涛收回了目光，望着她，等待着她接下来的话。崔慧明的脸上露出了异常自负的笑容：

"你应该是足够了解我的，所以你应该知道，你越这样，效果就会越差！"她一连用了两个应该，不知是为了加重语气，还是因为匆忙间没有组织好语言。

钟涛仍旧那么平静：

"你说的是什么效果？"

崔慧明笑了一声：

"钟涛，我真没想到，你竟然这么不坦率，是你的性格变了，还是我在国外生活得太久了，所以不习惯中国男人的这种含蓄了。"此时，崔慧明已经完全显出了她的强势。她都不知道自己为什么要如此尖刻，反正她现在就是觉得自己特别委屈，她受不了钟涛始终都这么平静地对她。现在，如果钟涛给她几句狠话，哪怕是骂她一顿再拂袖而去，也比这样要好，因为那至少说明钟涛还在乎她。

钟涛听了崔慧明的话，脸色稍微变了变，笑容隐去了，他没有马上说话，停了一会儿，才淡淡地说：

"可能你我处理问题的方式会有一些差距，这也正常。不过，我的确是不知道，你所说的效果是什么?"

"那好,我问你,你今天为什么约我见面?"崔慧明咄咄逼人。

"海川把你的联络方式给了我,我知道了你也在上海,而且,我也知道了,很碰巧地,这一次,我们两个的工作又出现了交集。所以我就想,我应该和你见个面。"

"哈!我记得三年前,我们两个的工作也出现了交集,但那一次,你不辞而别!可为什么今天你却想见我。"

"又过了三年,我也应该更成熟一点了吧。"

崔慧明不说话了,钟涛忽然分外诚恳地喊了她一声:

"慧明,我们别绕圈子了,好吗?"

一个"慧明"竟然让崔慧明的心里哆嗦了一下,就好像有一股滚烫的热流直接流进了她的心里。可是她的表面上却仍旧是那么高傲、不可一世的。

她斜睨着钟涛,从鼻子里哼了一声:

"怎么?这就受不了了?我看欧兰根本就不具备做一个企业负责人的能力,她连最起码的识人能力都没有。"崔慧明的言辞更加锋利了,她就是要打击钟涛,就是要让钟涛向她低头!

钟涛没有和她争辩:

"好,我承认,是我急于把问题解决掉,不想再浪费时间了,大家都挺忙的。我今天来就是想问一问,你为什么要让海川把你的联系方式给我?"

崔慧明的脸有些发热,她咬了咬牙:

"你误会了,我没有让谢海川把我的联系方式给你,我只是把我的联系方式给了他,可能是他自己觉得应该告诉你一声吧,毕竟,我是来收购怀安的。"

钟涛沉吟了片刻:

"原来是这样,那的确是我想多了,对不起,我误会你了,我没有其他问题了。"

崔慧明僵住了,只觉得一阵阵心头火起,她没想到钟涛竟然会说出这样的话来,过了好一会儿,她才冷笑了一声:

"听你的意思,今天的会面就可以结束了?"

"我的问题已经解决了,如果你还有其他问题的话,我们可以继续。"

崔慧明运了运气:

"你就不问问我这些年过得怎么样?"

"你过得很好,很成功。"

崔慧明想说,你就不想问一问我的感情、我的生活的情况?可是话到嘴边,又被她生生地咽回去了,她的骄傲和自尊,都决不允许她向一个男人说这样的话,尤其,这个男人是钟涛。

现在该怎么办？崔慧明知道，她现在最该做的，就是潇洒地站起来，扬长而出。可是她不能那么做，因为直到现在她也没有弄清楚钟涛今天来找她的目的究竟是什么，她需要弄清这一点，因为钟涛的背后还有欧兰和怀安。

没办法，随时随刻把工作凌驾于一切感情之上，这已经成了崔慧明的惯性思维。

崔慧明放缓了声音：

"钟涛，我知道，我伤害过你，你看到我心里不舒服，也是正常，我不怪你，现在我们暂时放下过去，安安静静地说会儿话，好吗？"

钟涛很想告诉崔慧明，她想多了，自己心里现在没有一丁点儿不舒服的感觉，但他却没有说。因为他今天是有正经事要处理的，不想多生无谓的枝杈，所以，只是说道：

"好，你想说什么，说吧。"

"今天，真不是欧兰让你来见我的？"崔慧明忽然问，语速极快，之前没有一点儿征兆，突然就抛出了这样一个问题。

钟涛知道，这是和对手交锋时候的一种常用手段，但在崔慧明刚刚说了安静说会儿话之后，又对他采用这样的方式，这不禁让钟涛心生反感。

他淡淡地笑了笑：

"怎么会是欧兰让我来的。"

"她不知道你来找我的事？"崔慧明还是不太相信。

"她连谢海川找我的事都不知道，这是我的私事，不用向总裁报备。"

"我以为你们是好朋友。"

"我们关系的确很好，但也不至于事无巨细，随时都相互通告。"

"这么说，她还不知道NKR财团要收购怀安的事？也不知道我在上海？"

"这个她已经知道了。昨晚怀安庆功宴，碰巧遇到了冯雅楚，她已经告诉欧兰了。"

崔慧明没想到还有这么个变故，不过在她宴请丁伟的时候，就已经准备把自己的消息透给欧兰了，所以也不太在意冯雅楚的介入。

"既然欧兰已经知道我要收购怀安了，她没什么表示吗？"

"反正昨晚还没有，今天我还没看到她。"

"我是说，她知道这一次我成为了她的对手之后，对你没什么表示吗？她应该知道我和你的关系吧？"

"她知道你是我大学时代的恋人，但可能她认为这和工作没什么关系吧。"钟涛有意淡化欧兰在这件事中的影响。

"这么说，她是不相信我对你的影响力了？"崔慧明的声音提高了。

面对这样的诘问，钟涛竟然笑了，他说不清自己现在心中的感受是无聊还是无奈，他尽量耐心地解释道：

"她是我的领导、总裁，你让她逐一去了解自己的下属十几年前的恋人对这名下属的影响力，这有点儿强人所难。"钟涛在解释这个问题的时候，刻意回避了崔慧明对他还有没有影响力这个论题。他不想讨论这个，因为随着今天的见面，他越来越觉得这个问题不用讨论了。

崔慧明也听出来钟涛是在敷衍，但一时也想不出反诘之词，只好又问：

"那你准备怎么做？"

"什么怎么做？"钟涛明知故问。

"你在怀安的工作啊，你是离开，还是留下？"

钟涛沉吟了一下，说：

"我现在其实还在试用期，我也不知道试用期结束后，我能否留下，如果我能够顺利通过试用期的话，我当然会留在怀安，因为，我觉得这是一个很好的平台。"

钟涛说完这段话，心里不禁长长地呼出一口气来，今天他来见崔慧明，就是为了说出这句话：这一次，他不会再回避，他要留在怀安，因为他需要这个平台，他要成就自己的事业。昨晚钟涛就想通了，他已经过了三十岁了，他真的不应该再为了一段已经逝去了十年的感情又一次打乱自己人生的节奏。

而他之所以要当面向崔慧明说出这句话，是因为他了解崔慧明的脾气，他知道如果自己没有任何解释，就这样留在怀安，那她一定会认定了，是钟涛在故意跟她作对，在报复她。所以，钟涛希望两个人能够坐下来，冷静地把这件事谈清楚。他不想报复崔慧明，也不想伤害她。他在见到崔慧明之前，一直都在想，该怎样用尽量温和的语言来解释这一切，可当他见到崔慧明之后，崔慧明却用她的态度，明白无误地告诉了钟涛——我根本就不在乎你，但是我仍旧要掌控着你，让你心甘情愿地为我牺牲、受我驱使！

钟涛的确是这样理解了崔慧明，所以一切也就变得更简单了。

而他这句话对崔慧明造成的冲击也是可想而知的。崔慧明的目光霎时就变得冰冷，她瞪了钟涛良久，才缓缓地说：

"你竟然要留在怀安？"

"我刚才说了，这是一个很好的平台，如果它允许我留下，我就留下。"

"可是我在收购怀安。"

"每一家企业都经常会遇到收购与被收购的问题，这挺正常的。怀安目前还没有被收购，仍然维持正常的经营秩序，我也就正常地工作，如果有一天，它真的被某家企业收购了，我再考虑我的去处也不迟。"

情人的武器 第四章

"可是，是我——在收购怀安！"崔慧明又把这句话重复了一遍，这一次，她把那个"我"字说得很重。

"我知道，"钟涛抬起头，认真地望着崔慧明，"所以，我专门来见你，如果是别人在收购怀安，那我现在肯定不是和准备收购怀安的人喝咖啡，而是和怀安的人一起商量应对的策略。"

"好，你说得好。"崔慧明的眼睛中带着煞气，"那么过一会儿呢，你是不是就要回去和欧兰商量对付我的办法了？"

崔慧明的声音是那样的怨恨而委屈，现在如果有不了解内情的人看到这一幕，一定都会认为是钟涛背叛了她，再也不会想到两个人之间那些真正的纠葛。

钟涛轻轻叹了一口气：

"慧明，你搞混了一个概念，现在是NHR财团要收购怀安商厦，而不是你要收购欧兰。我是怀安的副总，即使现在怀安的总裁不是欧兰，我也会站在怀安的立场上去工作，这是我的职责所在。"

崔慧明冷笑了一声：

"你好像很急于撇清欧兰呀？钟涛，我问你，如果不是因为怀安的总裁是欧兰，你会去怀安吗？"

钟涛的目光忽然变得冰冷了：

"自从我加入怀安之后，我每天都会听到这种怀疑，说我是凭着和欧兰的关系才当上的怀安副总，我几乎没有解释过，因为我知道这种问题解释也没用，只有凭自己的实力创出业绩来，流言才会不攻自破。但我今天向你解释这件事，在我决定去怀安应聘的时候，我并不知道怀安的总裁是欧兰，而当我通过副总的考核之后，欧兰才知道我来应聘。这是我最后一次解释这件事，以后我不会再解释了。"

崔慧明也知道自己刚才的话刺痛了钟涛的自尊，但她从来就没有认错的习惯，她冷哼了一声：

"好，我承认，你是凭真本事当上的怀安副总。但你敢说，你现在仍旧留在怀安，与欧兰无关吗？"

"敢。"崔慧明话音未落，钟涛就给出了肯定的回答。

钟涛说完后，看着崔慧明那种受伤的神情，又有点儿心中不忍，于是柔声道：

"慧明，以你的聪明，你一定知道我和欧兰之间没有任何感情纠葛的，我们两个是很好的搭档，仅此而已。我留在怀安，是因为我喜欢这个平台，我不小了，直到今天我在事业上也不算是有所建树，我需要这个机会来成就自己的事业。"

这是一件多么不可思议的事情啊，曾经事业上的不够成功，是钟涛心底永远都无法愈合的伤口,他做梦都没想到过,有一天他会在崔慧明面前亲口承认这一点。可现在,他竟然就这么坦坦然然地说出来了,就好像对面坐的并不是崔慧明,而是欧兰或者谢海川,是任何一个可以在这个问题上实话实说的朋友。

崔慧明忽然笑了,笑容还很愉快,她看了看表:

"好,钟总,你的意思我都听明白了,我们今天就到这里吧,谢谢你的咖啡,再见。"

说完,她直接就站了起来,头也不回地走出了咖啡厅,把钟涛一个人扔在了座位上。

望着她的背影,钟涛不禁苦笑,她的脾气真是一点儿都没变,就是要世界上的一切都按照她设定好的轨道运转,一旦有某个人或某件事脱离了这个轨道,她就无法容忍。

曾经钟涛认为那是因为她还太年轻的缘故,觉得她再长大一些就会成熟和包容,可现在看起来,她真的是秉性如此,这辈子恐怕都难以改变了。

虽然明知道自己得罪了崔慧明,可钟涛的心情还是非常好,因为他终于解决了一个难题,最重要的是,他终于打开了自己的心结。

现在时间还不晚,不过钟涛还是决定去公司,他现在很想投入到工作中去,也想尽快把自己会一直留在怀安的消息告诉欧兰。

3

钟涛走到欧兰的办公室,刚要敲门,却听背后传来了一个声音:

"欧总不在。"

钟涛一转身,就看见许正华站在他的背后:

"你也来找欧总?"钟涛笑着问。

"不是,我碰巧路过,欧总现在在会议室开会。你要进去找她吗?"

"不用,没什么要紧事。等她散会吧。"

"可你现在分明一副有什么好事迫不及待地需要跟人倾诉的样子。"许正华毫不客气地指出。

钟涛瞪大了眼睛:

"这你都能看出来?"

"我观察力敏锐。"

"好,我膜拜你的观察力。"钟涛说着话就朝自己办公室的方向走去。他走了几步之后,发现许正华一直在跟着他。

"你准备去哪儿?"钟涛问。

"碰巧我现在比较清闲,所以我准备日行一善,代替欧总来听你的喜事,省得你心里憋着难受。"

钟涛又说不出话来了,他僵了好一会儿,故意摆出一副挺严肃的样子来:

"恕我直言,作为怀安的副总,你似乎不应该这么清闲。"

"怎么?你又怀疑我的工作能力了?"

"我不是怀疑你的工作能力,我是说……"

可许正华直接打断了他:

"好,既然你不怕受打击,那我也就不怕告诉你,昨晚,我回家后决定了一件事,下个月是我妈妈的生日,按照惯例,要举行一个大型的生日宴会,我想在这个宴会上推广黄金卖场。今早我已经向欧总汇报过了,她非常支持我的想法,让我做一个详细的计划,包括需要什么形式的宣传配合等问题。我刚才已经把计划都做出来了,所以我现在可以休息一会儿了。怎么样,同为怀安副总,你在看到我如此卓有成效的工作之后,有没有感到自卑?"

钟涛愣住了,过了好一会儿,他才正色道:

"有,我真的感到自卑了,同样是怀安副总,至少就目前而言,你做出的贡献比我大得多。"

钟涛这么一说,许正华倒觉得不好意思了:

"对不起,我是跟你开玩笑呢,你别介意。其实我们的分工不同,我在发展奢侈品大客户上有一些优势,可你在……"许正华本想罗列出钟涛的优势,可她停住了,因为她看到,钟涛竟然在用一种很古怪的眼神望着她。

"怎么啦?"许正华问。

钟涛笑了一下:

"没什么,我就是没想到,你竟然会说'对不起'。"

"我为什么不会说'对不起'呢?"

"我以为像你这样自负、骄傲的女孩子,是绝不肯向别人认错的。"钟涛想起了崔慧明。

"哼,我就知道,你又歧视我了,我们家的家产就是专门给你歧视用的。"许正华没好气地说。

钟涛被她逗笑了:

"我可不敢歧视你,好家伙,歧视亿万家财,我疯了?我羡慕还来不及呢,"看许正华还在生气,钟涛笑着说,"要不这样,你中午要是没事,我请你吃饭,顺便协助你完成你的日行一善。"

"哈，"许正华故意很大声地笑了一声，"有你这么请女孩子吃饭的吗？至少得提前几天通知，而且应该安排在晚上，哪有请女孩子吃工作餐的。"

"好好好，在这方面我的确是没经验，以后多向你讨教，现在先去吃饭，回头我再非常正式地补请你，好吗？"

"这还差不多。"

两个人在附近找了一家餐厅，点餐完毕之后，许正华说：

"好了，现在你可以开始倾诉了。"

"啊？你还记着这事儿呢？"

"嗨，我说你这人怎么回事啊，倒好像我多么愿意听似的。"

钟涛想告诉她，看上去她真是挺愿意听的，但他没说，因为他知道，男人是不能像女人那样，直接捅破了别人的心事，然后再炫耀一番自己观察力敏锐的。

玩笑归玩笑，钟涛是真准备认真跟许正华说一说自己的事情了，不是因为许正华想听，而是因为他想说。因为今天他的心里特别多感慨，正如许正华说的那样——需要倾诉。

"正华，你有没有过这样的经历，比方说，你小的时候被什么东西伤害过，或者从什么地方摔下来过，你就觉得那件东西或者那个地方特别可怕，永远都绕着它们走。当你稍微长大一点之后，那些东西对你早就不再构成伤害了，但你出于习惯性的恐惧，总是回避它们。我表达清楚我的意思了吗？"

"没有。"许正华毫不客气地回答。

钟涛语结，刚想该怎样组织语言再说一遍，许正华又开口了：

"不过我还是听懂了，虽然你表达得很差。"

钟涛紧紧地闭着嘴，很明智地不在这种时候跟她顶撞——斗嘴又斗不赢；再说了，男人面对着一个比自己小几岁的女人，斗赢了又怎么样，也只会显得这个男人无聊而已。

许正华等了一下，看钟涛没反驳，才继续说：

"你说的这种情况在恋爱过程中有一个专门术语，叫……"

"你等等，"钟涛阻止住了她，"我问你小时候有没有过这样的情形，你怎么扯到恋爱上去了？"

许正华很不屑地望着他：

"可你分明说的就是关于恋爱的事儿！只不过你想用我小时候的事来做比喻，我要没听懂，可能会从小时候说起，可我既然听懂了，咱们何必还绕那个圈子呢，直接说恋爱不就行了，这多有效率啊。"

钟涛又哑口无言了：

"好,有效率,你说吧,反正你说什么我听什么就是了。"

"哎,这就对了嘛,"许正华笑了,继续说,"在恋爱过程中有一个专门术语叫伤害记忆。意思就是说,每个人受到了伤害都本能地想要逃避,可你逃避的时间越久,这个伤害留下的阴影就会越深。比方说,你开车的时候撞车了,你就再也不敢开车了,那可能再过一长段时间之后,一摸车你就会紧张。可是如果你第二天照样开车出去,那么上一次开车受伤的记忆就会迅速减退……"

钟涛认真地听着,再结合起自己平时开车时的经历,他不得不承认,许正华说的还真有几分道理。

许正华又说：

"这就叫伤害记忆。恋爱也是这个道理,一个女孩子如果被一个男人欺骗了,那她肯定会很伤心,可她如果总是伤心、总是伤心,那她就会一直沉浸在伤害里,慢慢发展到仇恨和怀疑所有的男人。所以正确的方法应该是,尽快找到一个新的男人,开始一段新的恋情,这样,新的恋情就会迅速冲淡以前的记忆,即使新恋情不成功,很快结束,那么它在一定程度上混淆了上一段最痛苦的记忆。你觉得我说得对吗？"

"很女权。"钟涛直接说出了自己最真实的感受,因为听许正华这个意思,今天要有男人敢甩了她,她明天早上八点半就交上一个新男朋友,她还会觉得自己速度不够快。

"嗨,什么叫女权呀？事实就是这么回事,难道你觉得不对吗？"

"我觉得对。"钟涛飞快地回答,"我又惹不起你,所以我不和你争。"

这次许正华真急了：

"你真听不懂我的话吗？"

看着她那个着急的样子,钟涛赶紧说：

"听懂了,听懂了,先吃饭吧,吃完再接着聊。"钟涛的确是听懂了,他就是觉得许正华的思路很怪异所以禁不住想要逗逗她,可看到她现在那柳眉倒竖的样子,他又不敢逗了。

直到钟涛回到办公室,心里还在想着许正华的话——伤害记忆。这小妮子上哪儿学来这么多零七碎八的东西,不过说真的,这话还真是挺在理的。自己就是因为把崔慧明这件事封闭得太久了,所以记忆太深刻了。如果从一开始,就敞开自己去面对这个问题,也许一切早就变成一段浅浅的往事了。

钟涛看了看窗外,只觉得天地间都充满了明亮的阳光,他想赶紧把自己留下来的消息告诉欧兰,可刘月告诉他,欧兰还在开会,午休时间,他们都是在会议室吃的盒饭。挂了电话,钟涛想起了另一个问题,最近这段时间,刘月对他一直表现出一种很明显的仰慕之情。按说一个未婚小姑娘对单身男高管产生兴趣也是正常的,可钟涛却总觉得,刘月的眉眼间好像总是隐藏着些别的东西。

这个小丫头虽然职务不高,可她所处的位置比较关键——总裁办公室。还是小心点儿的好。

钟涛提醒自己,见到欧兰的时候,一定要想着把这件事告诉她。

欧兰坐在会议室,今天这个会从上午九点就开始了,主题就是抽调、培训一批员工,作为黄金卖场的销售人员。

现在人员选拔的标准已经确定下来了,女性、三十岁左右、皮肤要白、脸型和手型都要漂亮,嗓音要温柔。最要紧的是要有耐心,因为人们选购金饰肯定是要反复比较、试戴、挑选的,如果销售人员先烦了,那肯定就难以成交了。

这些要求都是李菁菁提出来的,后面的这些人们都能够理解,可前面那些三十岁、皮肤之类的,大家却颇有微词,认为这是李菁菁故意想出些稀奇古怪的招数来,好在欧兰面前哗众取宠。

欧兰看出了人们的心思,于是说:

"李主管,你在员工培训方面比较有经验,所以我相信,你设定这些选择标准肯定有你的理由,你能在这里把你的理由详细说明一下吗,这样其他人在配合你工作的时候,也好把握住灵活掌握的尺度,因为我们毕竟是从现有员工中选拔,不可能那么合适,能找出一批完全符合要求的人来,也许有些细节就需要通融。"

李菁菁的笑容还是那么甜美,她早就看出来了,人们心里都不服她,都想找机会拆她的台让她出丑,可她是不会给人们这种机会的。

"好的,我来把这些要求逐一详细说明一下,首先销售人员女性这一点没有疑义。至于三十岁和已婚,我主要是出于这种考虑,黄金饰品的消费者以女性为主,而对于女性来说,最容易被接纳的,就是三十多岁的已婚女性,因为这种年纪的已婚女人,一般性格都会随和一些,没有了年轻女孩子的嚣张,容易哄四五十岁的阿姨高兴。而年轻女孩子已经不再把她当成竞争对手了。至于同龄人,则很容易和她们找到共同语言。所以她们做销售是最便利的,如果找一群花枝招展的女孩子,我怕售货员和顾客之间,会形成相互嫉妒的局面——顾客嫉妒售货员年轻漂亮,售货员嫉妒顾客有钱。"

尽管人们都很想挑李菁菁的毛病,可听了这番话之后,还真是都无话可说了。连欧兰都不禁在心里暗自佩服:

"我一直自命了解女人,善于跟女人打交道,可跟李菁菁比起来,我对女人的研究还是不够透。"

李菁菁又说：

"至于皮肤白、脸型、手型好看，我是出于这种考虑，我们所有有过买首饰经历的人都知道，有时候买首饰自己难下抉择，就需要售货员帮助试戴一下，而黄金首饰戴在白皮肤的人身上最能体现效果，脸型、手型好看，也会提高试戴效果。"

"好，你想得非常周到，继续说。"欧兰适时地鼓励道。

"嗓音温柔这一点我是这么想的，我知道，在卖场销售，一般都会要求销售人员态度活泼、声音清脆响亮，这样才具有感召力。可我认为，黄金销售不需要感召力，因为这个基本不属于冲动型销售，所以我想把整个黄金卖场营造出一种私人会所的氛围，让顾客感到足够的私密性，我觉得这样能够让顾客的心理放松，提高成交比例。"

如果不是现在正在开会，欧兰真要为李菁菁的这些想法大声喝彩了。术业有专攻，这个李菁菁简直天生就是做卖场销售的。

而当这一番话原样传到丁伟的耳朵里之后，他的反应几乎和欧兰一模一样。当然，不用深追他是怎么知道会议内容的，事实上，怀安的大小会议，除了重大决策性的之外，这种一般的调度会，丁伟基本都有办法打听出内容来，其实也不用他打听，有人会主动给他提供消息。

而且丁伟也知道，他们鑫荣的会议，恐怕欧兰和沈佳一也都知道得一清二楚。这就是商厦之间竞争最有意思的地方——几乎所有的一切都摆在明面上，大家都彼此看清楚了，然后再开始一心一意地你争我夺。

"我要把这个李菁菁挖过来。"丁伟毫不犹豫地对谢海川说。

"这么机密的事情，你还是别告诉我了，免得传到怀安去。"今天海川的心情不错，所以跟丁伟开起了玩笑。

丁伟也笑了：

"我这个人，疑人不用，用人不疑，所以你这种手段吓唬不了我。再说了，我见过那个李菁菁一面，整个一个机灵鬼加势利鬼，完全属于那种眼里除了钱什么都没有的人。所以她一旦知道我要挖她，肯定会第一时间就想办法通知欧兰，好抬高自己的身价。"

"你看女人真是看得太透了。"谢海川感叹道。

"怎么，你嫉妒我？"

"不，我崇拜你。顺便提一个疑问，你怎么就没看出来欧兰会在这次黄金卖场的竞标上大发雌威呢？"海川禁不住调侃丁伟，说心里话，他隐隐地觉得，自己今天心情大好，跟昨天欧兰竞标成功有关，他有点儿替她高兴。可他又从心里抗拒承认这一点，因为他不想让欧兰影响到他的情绪，至少不想承认这一点。

丁伟却很严肃地回答他的问题：

"这次欧兰和许正华的联手,彻底震惊了我,珠联璧合,说实话,我输得心服口服。而且通过这件事,我又对欧兰有了更深的认识,她竟然能够和许正华相处得这么好,如果不是昨天亲眼看到,我绝不会相信这一点。她们两个能相处好,绝不是许正华的心机和功劳,肯定是欧兰的。可见,欧兰的确非常善于和女人相处,她如果把这个优点一直发扬光大下去,那她就太可怕了。"

"你这说了半天我也没听明白,你是夸她呢,还是骂她呢?"

丁伟忽然笑了,笑容中有一种让人说不出来的东西:

"我夸她还是骂她并不重要,重要的是打败她,不是吗?"

海川的心里一沉,故作漫不经心地说:

"看来,你现在对欧兰的重视程度已经超过沈佳一了。"

"确实是超过了,"丁伟坦然承认,"过去重视她,是因为她在掌管着怀安,现在重视她,是因为她这个人本身。"

"那你现在打算怎么做?"

"怎么做?我什么也不用做。"丁伟轻松地笑了,"沈佳一是一个睚眦必报的女人,这一次她栽了大跟头,所以她绝不会轻易放过欧兰的,趁着她收拾欧兰的机会,我认认真真地干几件要紧事。"

"然后坐收渔翁之利?"谢海川脱口而出。

"如果鹬蚌相争到了鹬和蚌都耗尽了最后一丝力气的时候,渔翁还不出手收利,那只能说他不是一个合格的渔翁。"

海川没有再说什么,只是在心底里暗自叹了一口气:

"战争永远都在不断的升级中。"

快下班的时候,钟涛又一次敲响了欧兰的办公室门,这一次人们告诉他,总裁出去了。

"真是奇怪了,今天欧兰怎么这么忙啊?"

"你又找欧总啊?"嘿,欧兰忙,可许正华倒是清闲,她又非常及时地出现了。

"因为我今天一整天都还没找着她呢。"钟涛解释道。

"你不是已经向我倾诉了吗?为什么还要找欧总呢?"

钟涛的脸上一阵发热,还好,现在周围一个人都没有,否则,要是让别人听到许正华这句话,他非找个地缝钻进去不可。

"我是找她汇报工作。"钟涛咬着牙说。

"哦,那你只能给她打电话了。"

"嗯。"钟涛敷衍了一声,就朝自己办公室的方向走。

他走了几步之后才发现,许正华竟然跟在了他身后:

"你今晚准备干什么?"

"给欧总打电话,看她有没有时间听我汇报。"

"如果她没时间呢?"

"我就留在公司加班。"

"我说你是不是卖给怀安了,不是找老总汇报,就是加班?"

钟涛回过头,非常认真地看着许正华:

"说心里话,我是真想把自己卖给怀安,可惜现在怀安还没决定买不买我呢。所以我得加倍努力,好争取把自己卖出去。"

这次,许正华终于没话说了,钟涛趁机赶紧逃回了自己的办公室。

钟涛回到办公室关上门坐下之后,才想到一个问题:

"许正华刚才那么喋喋不休的,是不是打算今晚还让自己请她吃饭呢?"

想到这些,钟涛的心里不禁深深地庆幸:

"幸亏自己刚才没想到这一点,万一想到了,也不好意思拒绝她,那就又得听一晚上她的伶牙俐齿了。"

钟涛拨通了欧兰的电话:

"欧兰,你今晚有时间吗?"钟涛问。

"我,"欧兰迟疑了一下,才说,"我约了个人,现在去赴约,暂时还不知道几点能结束。"欧兰没有问钟涛是否有事,因为她已经想到了,钟涛是要跟她说和崔慧明有关的事情。

钟涛也意识到了这一点,所以直接说:

"那你先忙你的,我没什么要紧事,你不用担心。明天再说吧。"

欧兰的嘴角不禁微微向上一弯,钟涛果然是最懂她的心思的。

"那好,我先去处理这件事,有事情随时联络。"

"好。"

欧兰挂断电话后,眉头不禁又锁了起来,刚才她之所以迟疑那一下,就是因为她现在要去见的人,是崔慧明。

4

今天欧兰刚一散会,就接到了崔慧明的电话。昨晚见到了冯雅楚,知道了NKR财团的事,欧兰就知道,她很快就要和崔慧明见面了。对于这件事本身,欧兰并没有什么太大的感觉,现在在上海商场上,收购怀安简直都成了一个热门词了,已经有这么多家了,也无所谓再多一家法国公司。唯一让她懊恼的就是,这会让她失去钟涛这个臂膀。

崔慧明在电话里仍旧是那么开朗而热烈,她绝口不提收购、钟涛、冯雅楚等等这一切事情,只是很快乐地问,欧兰今晚有没有时间见个面。

有,当然有时间。现在欧兰已经把崔慧明当成对手了,所以既然对手下了战书,她就只会迎上去,避开锋芒、反复迂回,不是她的风格。

欧兰在临出门时犹豫了一下,要不要跟钟涛说一声,最后还是决定不说了,虽然她描述不好钟涛现在的心情,但是本能的,她觉得钟涛一定不愿意经常听到关于崔慧明的任何事情。因为辞职离开怀安,对于钟涛来说,也不是一件快乐的事情。

"算了,先去见崔慧明吧,钟涛这边,再多给他留点时间出来,应该会好一些。"欧兰觉得,她现在能为钟涛做的,可能也就只是再多给他留点时间了,因为在处理感情问题这种事上,她的确不怎么高明。

地方是崔慧明定的,距离南京路非常远,所以欧兰虽然早早就出来了,可还是快七点了才赶到。她到的时候,崔慧明已经坐在雅间里等她了。

"崔总,不好意思,我来晚了。"欧兰也显出了很快乐的样子。

"没关系,我估摸着你在路上大概就得花这么长时间,所以我也是刚到。"崔慧明仍是那种聪明得让人窒息的风格。

"先祝贺你一下,听说你的黄金卖场竞标成功了。"崔慧明端起酒杯——对怀安的一切都了如指掌,又是一种自信的体现。

"谢谢,"欧兰也端起了酒杯,"那我就借崔总的酒,也祝贺您,NKR财团是一个非常好的平台,您能成为财团的中国区总裁,一定能够创造出一番非常辉煌的成就的。"

崔慧明望着欧兰,目光很深:

"跟我临去法国时比起来,你又进步了。"

"是吗?"欧兰快乐地笑了,"进步是好事,职场如大海,每一个职场人,都是海面上的船,每艘船都在努力往前走,所以如果不进步,那就只会被超越、被淘汰。"

"说得对。"崔慧明点头认可,忽然,她的声音一扬,"欧兰,我想问你一个问题。"

"什么问题?"

"你恨我吗?"

"恨您,为什么?"

"因为我要收购怀安。"

欧兰笑了:

第四章 情人的武器

"在我心目中,不是您要收购怀安,是 NKR 财团要收购怀安,作为财团的中国区总裁,你必须执行总公司的战略计划,我现在虽然还只是一个本土内的职业经理人,没能像您这样当上国际职业经理人,但这点道理我还是明白的。"

按说欧兰已经做到了很真诚了,可崔慧明却全然不为所动,她又说:

"我们上次见面的时候,我正准备去法国竞聘,当时我已经知道了他们有收购怀安的计划,但我没有告诉你。"

"这很正常,当时你并不知道能否竞聘成功,即使你能肯定自己一定会成功,你也不能随便向外人透露企业的远景策略。还是那句话,这是职业经理人最起码的素养,我理解。"

"那我聘用了冯雅楚呢?"

欧兰的笑容更自如了:

"在我看来,这是一件再正常不过的事情。"

崔慧明的脸上没有一丝笑容,这对于她来说,是很难得的事情,她深深地望着欧兰,很慢地说:

"你好像是打定主意,绝不恨我了?"

"我为什么要恨你呢?"

"因为现在我已经不是你的上司,而是你的对手。"

欧兰脸上的笑容慢慢隐去了,她用几乎和崔慧明一样的语速,一个字一个字地说:

"正因为你现在已经不是我的上司,而是我的对手,所以我才不会恨你。恨,是一种比较浪费精神和体力的情绪,所以,恨一般都是用来针对那些无可奈何的事情的。"

崔慧明终于又笑了:

"我明白了,因为我现在是你的对手,所以你不会再浪费力气爱我或者恨我,只会集中全部的力量打败我!"

欧兰毫不退缩地迎住了崔慧明的目光:

"就像你作为 NKR 财团的中国区总裁,不得不来收购怀安一样,我作为怀安的总裁,也不得不打败你。"

两个人都沉默了,雅间内一阵难熬的寂静,欧兰心里有点儿盼着崔慧明能说些什么,打破这个尴尬的僵局,因为她知道,自己现在还不具备这种随心所欲的化解气氛、扭转局面的能力,而崔慧明有这个能力。

这样想完之后,欧兰又有点儿感慨,真不知道是自己太善于反省了,还是崔慧明的能力的确太强了,她竟然在这种时候还能有心思跟崔慧明对比着找出自己的不足。

又过了一会儿,崔慧明忽然笑了,笑容自负中又透着点儿古怪:

"欧兰,你的确是进步了,现在你已经是一个非常有魅力的女人了。"

欧兰不知道崔慧明是什么意思,所以一时想不好该如何回应她,只是保持着一种安详的状态,静静地听着。可是崔慧明接下来的一句话,却彻底打碎了她的安详:

"钟涛爱上你了,是吗?"

欧兰猛地抬起头来,却意外地撞上了崔慧明的目光,崔慧明的眼睛里竟然充满了悲伤!这一下子,让欧兰把本来要说的话都给忘了,因为崔慧明竟然会悲伤?这太惊人了。

崔慧明仿佛看透了欧兰的心思,她望了欧兰半晌,惨笑了一声:

"怎么?你觉得我很可怜,是吗?"

"没有。"欧兰脱口而出,她的确是一个比较善于跟女人打交道的女人,但她却又是一个非常不善于跟女人讨论情感话题的女人,尤其是在对方错把她当成了情敌的情况下。

欧兰避开了崔慧明的目光——崔慧明一直就在直勾勾地瞪着她——欧兰都禁不住担心,如果崔慧明一直用这种眼神望着她的话,她没准儿过一会儿真就会觉得自己做了什么愧对崔慧明的事情!

崔慧明这个女人,带给别人的影响力太强大了。

欧兰垂下眼帘,深深地吸了一口气,组织了一下语言,才重新抬起头来:

"崔总,我想您误会了,我和钟涛是同事、朋友、搭档,甚至可以说是知己,但绝不是恋人。"

崔慧明又是一声惨笑:

"其实,就算是也没关系呀。你未嫁,他未娶,而我,虽然是为了他才一直单身的,可这也决不能成为我限制他的理由,至少我不会用这个理由去限制他,因为我太骄傲了,我的自尊不允许。"

欧兰努力让自己的声音放平稳,因为她知道,凭崔慧明的多疑,自己现在哪怕出现一丝丝的慌乱,也会被她当成佐证,进一步确定欧兰和钟涛的关系。

"崔总,您的确是误会了。正如您刚才所说的,我未嫁、钟涛未娶,我们两个都是自由身,即使真的成为恋人,也是光明正大的事情,所以我没有必要隐瞒,不仅不会隐瞒,如果我们真的举行婚礼的话,还会送您一张请柬的。但是,我们现在并不是恋人。"

崔慧明心念急转,她当然知道欧兰和钟涛不是恋人关系,因为她了解钟涛,也了解欧兰,所以她完全能够确信,在这一对男女之间是绝对无法产生出爱情的。

爱情这种东西是最不可捉摸的,它绝不会因为两个人看上去很般配、两个人关系也好,就产生出来。如果爱情是如此理性的话,那可能世界上就没有怨偶了。可爱情到底是依着什么规律产生,谁也说不清。但有一点是有目共睹的,有很多对男女,在外人眼里简直是天造的一对、地设的一双,可他们两个就是不会相爱,例如钟涛和欧兰。

崔慧明虽然明知道这一点,可还是要故意摆出这种姿态来,就是想让欧兰乱了方寸,然后她再以一种受害者的姿态出现,最后达到让欧兰把钟涛逐出怀安的目的。但是崔慧明没想到,现在的欧兰竟然变得这么难对付了,第一步就走得这么艰难,看来接下来,她还真得集中精神跟欧兰斗一斗了。

虽然崔慧明心里在想这些,可她脸上的神情仍旧是孤凄的,她笑了笑,但却在笑的同时叹了口气:

"欧兰,我觉得我还是挺了解你的,所以我知道,你的确是非常善良……"

崔慧明的话还没说完,欧兰就打断了她:

"这与我善良与否无关,我绝不会因为善良、因为怕伤害到别人,就刻意隐瞒恋情,因为我知道,所谓善意的欺骗只会造成更大的伤害,所以请你相信我,我和钟涛真的不是恋人。"

崔慧明又笑了一下,笑容很酸涩:

"欧兰,你别急,听我把话说完,你一直都在强调你和钟涛不是恋人,你没发现,你已经跑题了吗?"

"我跑题了?"欧兰不解。

"对,我从来没有说过你和钟涛是恋人,我是说钟涛爱上你了。也许他只是暗恋你,而你并不知道。"

"钟涛暗恋我?"欧兰审视地望着崔慧明,"我觉得你应该比我更了解钟涛,你觉得钟涛会爱上一个女人却不敢表白吗?"

"过去他不是,但现在我说不好,因为现在的情况比较复杂?"

"情况复杂?"

"对。你想想,现在你是怀安的老总,他是还处于试用期的副总,如果他现在向你表白,你心里会怎么想他,别人又会怎么想他?恐怕每个人都会觉得他是另有所图吧?"

欧兰被崔慧明搅得有点儿乱,她试图把这些事情都理清楚:

"你的意思是,钟涛来了怀安之后突然就爱上我了?这不可能啊,我们两个已经认识很多年了……"

这一次,是崔慧明打断了欧兰:

"我的意思是,他是因为爱你才专门来怀安帮你。"崔慧明故意把后面一句话说得很重。

"这不可能,他是看到广告才决定来怀安应聘的,那时他还不知道我在怀安。"

"这是钟涛对你说的,他当然可以这样说,但真相究竟如何,只在他自己的心里,不是吗?"

欧兰又沉默了,过了好一会儿,她才一字一句地说道:

"崔总,如果你认定了钟涛是因为对我有感情,才专门来怀安帮我的,这我确实无法辩解,因为我也承认,他来怀安的确对我有非常大的帮助。所以我只能说,一切都交给时间,过上一段日子,或者过上一些年,总有一天,你会发现,事实并不是像你所想的那样。"欧兰的话虽然说得挺客气,但态度却已经非常明白了——"这件事到此为止,我不想再讨论了,如果你执意要误会的话,那是你的事,与我无关"。

崔慧明没想到欧兰竟然使出了这么一手,她那会儿说欧兰更有魅力了什么的,还是为了完成自己的策略,而现在,她却不得不承认,欧兰的确是变得成熟而老练了。

5

事情已经发展到这一步了,崔慧明当然不会就此罢手,她无声地苦笑了一下:

"如果你觉得钟涛加入怀安还不足以说明问题的话,那我再告诉你一件事。今天上午,我们两个已经见过面了。他明确地告诉我,他要留在怀安帮你,跟我作对到底!"崔慧明终于不再柔弱了,"跟我作对到底"这几个字已经彻底带出了她平日里的那种气势。

欧兰对他们两个上午见面的消息并不感到意外,今天钟涛请假,她就想到了钟涛是去处理这件事了。可是后面的结果却真的让她震惊了。她错愕地盯着崔慧明,想判断出是自己听错了,还是她说错了,可是从崔慧明的神情中可以看出,哪儿都没错,就是钟涛要继续留在怀安。

"为什么?"欧兰情不自禁地脱口问道。因为钟涛的这个决定也完全超出了她的意料。

"因为他爱上了你,除此之外,我别无解释。"

"你没问钟涛他为什么这么决定吗?"

"问了,他拒绝回答。"

欧兰终于明白问题出在什么地方了。

她抬起手,用双掌的掌心捂住脸,用力搓了几下,然后十指交叉相握放在桌子上——一种标准的谈判或者会议时的姿态:

"崔总,我现在明白您为什么会有这样的误解了,如果钟涛真的是做出了这样的决定的话,那我现在也不知道该如何向您解释这个问题,因为他并没有告诉我这个决定。

我是昨晚和他、还有其他同事一起吃饭的时候,见到冯雅楚,才知道了您和NKR财团的事情,当时我和钟涛并没有讨论这件事,今天我们还没有见过面。我再和他见面的时候,肯定要问他,为什么要这么决定。但他既然没有回答你,那他也就不会回答我,所以,我还是那句话,这个问题,只能留给时间去解释了。"

崔慧明的脸色微微一变:

"你的意思是说,你准备让钟涛继续留在怀安?"

"他现在正处于试用期,最后能不能真正留下,需要看他这段时间的表现。"

崔慧明冷笑了一声:

"你这话很显然是敷衍。我知道钟涛的能力,如果他用心做,他的表现和业绩肯定没有问题。"

欧兰望着崔慧明,良久后,才喃喃道:

"我明白了,这次我是真的明白了。"她的声音中竟然带着一种悲悯。

而这种悲悯立刻就刺痛了崔慧明!她可以容忍一切,就是决不能容忍别人的同情!

崔慧明的身材本来就比欧兰庞大,而她现在全身都散发出了一种强烈的力量,让人觉得好像她整个人都膨胀了起来似的,恍然间,似乎有一片灯光都让她挡住了。

如果这个能算做气场的话,那么崔慧明的气场可谓太强大了,因为她竟然能把无形的气场变成一种有形的压力,肆无忌惮地压迫着身边每一个人。

可欧兰并没有被崔慧明那倨傲的目光吓退,她没有马上说话,而是拿起了桌上的果汁壶——今晚她俩没有喝酒,选了一壶服务生推荐的、酒店自己制作的野果子汁做饮品——把自己和崔慧明的杯子都倒满。

然后把杯子端起来,望着崔慧明,说:

"崔总,我们认识也有好几年了,我一直佩服您的能力,在北京和天津的时候,也一直都是把您当成我学习的目标,而且我也的确是从您身上学到了很多东西。但是崔总,今天我不当你是上司、偶像,也不当你是对手,我们像两个女人那样,说会儿话,行吗?"

欧兰的声音不大,充满了真诚。

崔慧明没想到欧兰会突然做出这样的举动,她审视着欧兰,想看出她的目的究竟是什么,欧兰并没有回避她那灼人的目光,就那么坦坦荡荡地望着她。看起来欧兰倒不像是有什么恶意,不过崔慧明绝不会因为看不出对方的真实目的,就直接把对方归为善意的。她在摸不透对手的心思的情况下,是会非常自然地打开所有的防御和反击系统的。

她冷笑了一下,好像完全没听懂欧兰的话:

"两个女人?我们本来就是两个女人呀,要不然,你以为我们是什么?"

欧兰也笑了,笑容很轻、很友善:

"是说,我们像两个女人那样谈一谈钟涛。刚才我是怀安的总裁,你是 NKR 的中国区总裁,你向我提到我的副总愿意忠实于怀安,那我肯定要展示出对副总的支持,这是我的职责。但现在,我不想以怀安总裁的身份跟你谈我的副总钟涛,我想以一个女人、一个朋友的身份,跟另一个女人谈一谈钟涛。"

崔慧明用心地打量着欧兰:

"虽然我还是不太明白你想说什么,但你如果想谈就谈吧,我倒无所谓你是以哪种方式来谈,只要我能听明白你的意思就好。"

欧兰又望了崔慧明半晌,忽然叹了口气,柔声问:

"慧明,其实你现在还在爱着钟涛,是吗?"

崔慧明刷地一下就移开了一直盯在欧兰脸上的目光,在那一瞬间,欧兰就觉得好像眼前突然熄灭了两盏探照灯似的,整个人都松了一口气。不管怎样,能让崔慧明暂时不再瞪着自己了就好。

"你这是什么意思?"崔慧明盯着桌角的某一处地方,冷冷地问。

"没什么其他的意思,就是说出我心中最真实的感受,你现在还爱钟涛,爱得非常深,所以你今天才要来见我,你想借我的力量让钟涛离开怀安。因为你不愿意在未来的工作中,和钟涛成为对手,或者换种说法,你无法承受钟涛帮助另外一个女人去对付你!"欧兰的话说得又快又急,根本就不给崔慧明打断她的机会,"慧明,如果把今晚当成一种谈判,那坦白地说,你占了下风,而你之所以会落败,不是像你说的那样,我有多大的进步,而是因为你的心乱了!钟涛突然出现在怀安,又突然出现在你面前,还突然做出了这样一个决定,打乱了你所有的正常秩序。不然,即使你不愿意面对钟涛,希望他主动离开,你也绝不会为了他来找我。因为你绝不会为了任何人而打乱自己的工作计划、影响自己的工作节奏和效果,而能让你这样做的,只有钟涛!"

欧兰以为自己说了这么一大段话,崔慧明听完后总要想一想的,可是没想到,崔慧明连想都没想,欧兰的话音刚一落,她马上就说:

"也许我只是想除掉你的一个臂膀!"

"凭你的骄傲,会介意我有什么样的臂膀吗?"欧兰的反应也非常快,"恐怕连我这个总裁,你都没放在眼里吧?"

崔慧明忽然沉默了,她端起杯子浅浅地喝了一口果汁,过了好一会儿,才又开口,而这一次,她已经彻底恢复了平静:

"你的确是挺了解我的,你说得没错,今晚之前,我的确是没把你放在眼里,可现在,我开始重新考虑这个问题了。"

"为什么？就因为我看出了你还爱钟涛？"现在换作欧兰步步紧逼了。

"不，和这个没关系。我一直都坚信，只要是真实存在的事情，就一定会被人看出来，不管你怎么隐瞒，更何况，一个女人想看透另一个女人的感情，这就更简单了，女人在这方面本来就是有天赋的。"

欧兰看着崔慧明那平静的神情，心中暗自佩服：

"她果然厉害，就这么云淡风轻地承认了她对钟涛的感情。如果她拒不承认，自己还可以把这件事当做筹码，现在她承认了，这件事反倒就显得无足轻重了。其实细想一想，世界上还有很多事情都是这样的。"

崔慧明继续说道：

"我之所以重新估量你的实力，是因为你在看出了我对钟涛的感情之后，竟然这么直白地指了出来，而且还这么当面锣对面鼓地逐一分析我的心思。说实话，你这种行为，挺背离中国传统的待人接物的教育的。"

欧兰认真地想了一会儿：

"可能吧，对于中国传统的教育我没怎么总结过，也许这种直截了当的方式，会被老派的人不接受，觉得太突兀。"

"一定会的，因为中国最讲究的就是要给人留面子，而你这样直接把对方的心思全部揭开，就属于很不给人留面子的行为。"

欧兰真的很想说，崔慧明的话也没给自己面子，不过她最终还是把话咽了回去，换了种说法：

"你有没有觉得，我们两个都已经不太像女人了？"

"如果按照中国古代对女人的衡量标准，那些什么温柔、敦厚、讷言、温婉什么的，我们肯定是不像了。"

欧兰不禁笑了：

"那你说，职场上的女人会不会都越来越中性？"

"就某些方面而言，是的。"

经过这两句对话，气氛好像又缓和了一些，于是欧兰就又拾起了刚才的话题：

"今天上午你和钟涛见面的时候，是不是也和晚上见我的态度一样？"

"那怎么会？"一提到钟涛的名字，崔慧明的态度马上就又变得傲慢而冰冷了。

欧兰又笑了：

"是我用词不准确，这么说吧，你上午和钟涛见面的时候，并没有让他知道，你爱他。"

崔慧明紧闭着嘴唇一言不发。

看着她这个样子,欧兰就知道自己猜对了,她几乎都能想象出来,崔慧明在钟涛面前的时候,就和在自己面前一样高傲,让钟涛离开怀安,简直就好像是施舍给他一个活命的机会一样。也就难怪钟涛要坚持留下来了。

想到这些,欧兰不禁唏嘘,她一直都认为自己非常不善于处理感情问题,现在看起来,好像越是强势的女人,就越容易把感情处理得一塌糊涂。

欧兰轻叹了一声:

"我想再问一个问题,但你可以不回答,如果现在钟涛愿意回到你身边,你们两个还有可能吗?"

崔慧明紧紧地闭着双唇,一个字都不说。

不过在这种时候,沉默基本就可以算作最直接的答复了,否则,她可以非常明确地回答:

"不愿意!"

欧兰看了看表:

"今天我们就到这里吧,我想把我们今晚见面的情形,全部告诉钟涛,可以吗?"

"为什么?"崔慧明干巴巴地问。

"因为我是钟涛的好朋友,所以我希望他能够在了解了全部事实的情况下作出决定,这样才能少留遗憾。当然,因为这里面涉及了你,所以你如果要求我对一些事情保密的话,我会答应。"

崔慧明又不说话了,过了好一会儿,她才挤出几个字来:

"你看着办吧,我没有什么需要保密的。"

欧兰心中了然,这就说明,崔慧明也希望欧兰把她对钟涛的感情传递给钟涛。

"今晚你问了我不少问题,现在我能问你一个问题吗?"崔慧明忽然说。

"你问吧。"

"你为什么非要这么做?钟涛已经决定留在怀安了,你今晚完全可以把我对付过去,不揭开这层纱,假装什么都不知道。今晚把我对付过去,明天和他一起继续工作,这样,钟涛会一直忠实地帮助你。"

欧兰笑了,当崔慧明说想要问她个问题的时候,她基本就想到了,崔慧明是要问这件事。因为就崔慧明的行事风格来说,她是真理解不了欧兰的做法,反正如果是她的话,她肯定不会像欧兰这么做。

笑容中,欧兰回答:

"因为钟涛首先是我的朋友,然后才是我的副总,所以我会第一想到让他幸福,第二才会想到让他帮我工作。我知道,我的做法可能并不符合职场上大多数人的行事准则,但是没办法,江山易改本性难移,我相信,即使我再在职场上闯荡十年、二十年,再让我面对同样的事情的时候,我还是会这么做。"

她们两个人几乎同时站了起来,在临出门的那一刹那,崔慧明忽然问:

"你想过吗?当你把这些事情都告诉了钟涛、而他也选择离开怀安之后,你和我会以一种怎样的形态相处?"

欧兰明白崔慧明的意思,她是在问,如果欧兰真的帮助她和钟涛重新走到一起,那这份人情该怎么算?欧兰会不会把这份人情加到工作中来?

看着崔慧明,欧兰心里忽然有些悲凉,因为她意识到,现在崔慧明已经不可能再把感情和工作分开了,她生命中的一切都已经和工作紧紧地纠缠在了一起。崔慧明的这种状态,是职场这个大环境造成的吗?如果真的是的话,那么未来,自己是不是也会变成这样呢?

但是马上,欧兰就发现这个问题不能深想,因为越想就会觉得越可怕,就会丧失继续冲下去的勇气,而现在欧兰是决不能停下来的。

所以欧兰轻轻仰起头,非常平静地回答:

"当那一切都发生了之后,我如果还是怀安的总裁,你也是NKR的中国区总裁,NKR还想收购怀安,那么我们当然是一个致力于收购,一个致力于反收购。再往后,如果我们结束了各自的聘任期,去了新的公司,如果新的公司没有冲突,我们就自己干自己的工作,如果碰巧又有冲突,我们就还得继续争斗。但这并不妨碍我佩服你的能力、也不影响我们之间的情谊。有时候我会想,我们这些职业经理人其实也是一种演员,做经理的时候就等于上了舞台,必须专心致志地演好自己的角色,谢幕后,我们都是惺惺相惜的朋友。"

不知怎地,说到最后的时候,欧兰想起了谢海川。她突然很想和谢海川聊一聊,对,等钟涛离开怀安以后,她是一定要找谢海川聊一聊的。因为那时,她的心里一定会非常难受,而偌大一个上海,能够理解她的,恐怕就只有谢海川了。

欧兰和崔慧明分开后,给钟涛打了个电话,从电话里听,钟涛的心情非常愉快:

"钟涛,明天早上七点来钟来趟我家行吗?"

"去你家?"

"对,有点儿事情,我怕在办公室里说会被打扰,所以想让你早点儿过来,这样可以少耽误一点工作的事情。"

"没问题,需要我帮你带早餐上来吗?"

"你看着吧,方便就带一点儿,不方便就算了。"

"好的。"

第五章 背 叛

1

第二天早上七点整,钟涛准时敲响了欧兰的家门。欧兰也已经收拾停当了,她打开房门,笑着说:

"你可真够准时的呀。"

"那当然,总裁召唤,还敢耽搁吗?"钟涛一边说着话,一边把手里提着的早餐放到了餐桌上。

"你真去买早饭了?"

"是啊,哪能看着老总挨饿呀,这点儿眼力我还是有的。"

"我说你一口一个老总,你烦不烦啊?"欧兰佯怒。

钟涛笑了:

"看你太沉闷了,开个玩笑,活跃一下气氛嘛。"

"我沉闷吗?"欧兰感到奇怪,想到钟涛马上要离开,她的确是高兴不起来,但她觉得自己掩藏得挺好的呀。

"嗯,非常严肃,一看就是有什么坏消息。"钟涛很肯定地回答,"怎么样,是吃完再说,还是边吃边说。"

欧兰打开了一个装汉堡的纸盒,又合上了——没胃口,可是人家钟涛一大早的给买了,总得吃点儿什么,她拿起饮料喝了一口,才说:

"昨晚崔慧明找我了。"

"我想到了。"钟涛咬了一口汉堡,很轻松地回答。

"你想到了?"欧兰很意外。

"对。因为我了解她,她的风格一贯就是不动则已,一动必中。这次既然她来收购怀安了,她就不会让自己失败。而她非常惯用的方式就是各个击破,所以找到你,瓦解你的心理防线,就算不能让你不战而降,至少也先动摇动摇你的军心。"

欧兰笑了笑:

"你的确挺了解她的。不过,她这次找我还真不是这个目的。我们两个昨晚主要是在谈你。"

"谈我?我有什么好谈的,"钟涛说完不等欧兰回答,就自己给出了答案,"她是不是把我俩昨天上午见面的事情告诉你了,我本来回公司后就想告诉你的,结果等了你一天,你也没腾出空儿来。"

"昨天我的确是忙,不过你们见面也不是我们谈话的重点。我们谈话的重点是,她说她爱你。"

可让欧兰意外的是,这个被她当成了晴天霹雳的消息,竟然没有对钟涛造成任何触动。他仍旧不紧不慢地吃完最后两口汉堡,拿纸巾擦了擦嘴,才问:

"然后呢?"

欧兰被他问愣了:

"什么然后?"

"你刚才说,她告诉你了她爱我,然后呢?就完了?"

"完了。"

"哦,那你接着说吧。"

"说,我说什么呀?"欧兰觉得自己彻底被钟涛给搅和混乱了。

"你今天一大早把我叫来,是准备说什么呀?"

"我叫你来,就是要告诉你这件事啊。但我没想到,你听到这个消息之后会这么平静。"欧兰使劲儿看着钟涛,好像是想看出来,他的平静是不是伪装出来的。

钟涛望着欧兰,笑了:

"欧兰,你换位思考一下,如果现在是我告诉你,你大学时代的一个恋人,一个在大学还没有毕业就已经和你分手并且已经和别人结婚的恋人,现在还爱你,你会作何感想。"

"我……"

"先别忙着回答我,认真想一想。"

欧兰按照钟涛所描述的情景认真带入了一下,说:

"没什么感想,一切都过去了。"

"OK,我也是这么想的。"

"可是,你肯定没有过去。"欧兰似乎想努力说明什么。

钟涛有点儿好笑地看着她:

"我为什么就不能过去呢?"

欧兰也看着钟涛,两个人久久地四目相对着,本来欧兰还想向钟涛说明崔慧明的心态,让他不要再误会崔慧明,可结果欧兰发现,她什么都不用说了。钟涛的眼神是那么安然、清澈,没有一丝的阴云。

过了好一会儿,欧兰才低声问:

"你真的放下了?"

"真的,我也是刚刚才发现的。"

欧兰彻底气馁了:

"崔慧明如果知道了这一点,肯定会很伤心。"

钟涛又笑了:

"也不一定,你不能总拿你的心思去考量她,就我对她的了解而言,感情,尤其是男女之情,在她的心里占不了多么大的分量。"

"你别这么说她。我想你对她还是有误会。"

"我承认我对她是已经存在了一些偏见,比方说,我认为她选择在昨晚告诉你她对我的感情,目的还是为了让我离开怀安……"

"不是这样的……"

"你听我说完,也许事实不是这样的,但现在的关键不在这里,现在的关键点是,不管她是真的还爱我,还是把这段感情用来当成打败你的工具,都不重要了,因为我已经放下了。"

"可是你们相爱过……"

"相爱却不能相守的人很多,世界上并不是每段初恋都能成功的。"

"那你以后准备怎么对待她?"

"同学,朋友,她如果要求我的帮助,在我可以接受的范围内,我会帮她。"

"什么叫可以接受的范围?"

钟涛想了想:

"你比方说,她如果需要跟我借钱,正好我手里又有钱的话,我会借给她。可我如果已经和别人结婚了,她要求我离婚,那我就不能答应她。再或者,我有一份很满意的工作,她却要求我辞职,我也不能答应她。"

欧兰抬起了头：

"你真的要一直留在怀安？"

"对，你要炒我那另当别论，但我肯定不炒你。"

"我当然也不会炒你，可是，崔慧明……"

"欧兰，我发现你好像迂住了，这样吧，我再问你一个残酷点儿的问题，如果常亚东现在要求你离开怀安，你会答应吗？"

"钟涛！"

"借用一下，我保证只提这一次。"

"我肯定不会答应，但这不一样。"

"有什么不一样的，都是爱情，不是吗？"

"你们的更深一些。"

钟涛忽然苦笑了一下：

"欧兰，看来在感情的阅历方面，我走到你前面了，因为我现在懂了一个道理，而你还不懂，这个道理就是，在感情正在发生着的时候，感情的深浅有区别，可是当感情真正结束了之后，深浅就没什么区别了，都只不过是一段记忆。"

欧兰沉默了，过了好一会儿，她才低声说：

"可这样的话，崔慧明就太可怜了。"

钟涛笑了：

"傻丫头，赶紧先管好你自己吧。我保证，当崔慧明知道了我的态度之后，她一定会把满腔的怒火都宣泄到你和怀安的身上，到那个时候，一个弄不好，可怜的可就是你了。"

"宣泄到我身上？为什么？难道她真的会以为我和你……"

"不，她并不是认为你和我会怎么样。只是她习惯于用工作来转移对伤害的注意力，而碰巧这段时间，她的工作就是收购怀安。"

欧兰突然觉得特别无奈：

"为什么我的职场生涯总是这么不单纯呢？总是要牵扯进各种人际关系？"

"每个人的职场环境都不会单纯，都会牵扯进各种人际关系，因为所谓的职场，就是由人组成的。"

"时间差不多了，我们先去公司吧。"欧兰忽然说。

"好，还有几分钟，你先吃点儿东西。"

欧兰吃了几口汉堡，问：

"你说，我怎么跟崔慧明说这件事啊？"

"说什么事？"

"说你仍旧要留在怀安？"

"崔慧明说了，她要等你的消息吗？"

"她当然不会这么说，但是我知道她一定会等。"

"嗯。"钟涛点了点头，"这倒是她的一贯风格，什么都不说，但是把这个局摆出来，让人们不得不按照她的心思去做。这样吧，这件事我来解决。"

"你去找她当面说？"

"我有我的办法，放心吧，我一定能处理好。你现在赶紧集中精力，应对NKR财团吧。"

"好吧。"

崔慧明的确是在等欧兰的消息，为了这个消息她这两天都心慌意乱的，崔慧明真不明白自己这是为什么，这么多年，她一直都确信钟涛始终在那里等着她，而她经常忽略了这个人，可现在，当她突然意识到钟涛可能要彻底退出她的生命舞台的时候，她却怎么也放不开手了。

这天下午，一张请柬送到了她的办公室，和请柬一起送来的，还有一个非常精致的小首饰盒。崔慧明先打开了首饰盒，里面是一条非常精巧的黄金手链，她认真看了看，果然是新入驻怀安的那家黄金卖场的牌子。崔慧明深深吸了一口气，打开了请柬，请柬写得非常正规，邀请她赏光出席黄金卖场的落地仪式，最后落款：怀安商厦副总裁钟涛。

崔慧明什么都明白了，她把手链紧紧地攥在了手心里，闭上了眼睛。

2

黄金卖场竞标的当天晚上，沈佳一就病倒了，这次是真病了。自从当了天一商厦的总裁以来，她还没有栽过这么大的跟头。别说南京路、上海滩，放眼整个华南谁不知道上海有一个叫沈佳一的女总裁，聪明、漂亮、能力极强，在商厦老总中，是首屈一指的女强人。而这一次，她不仅失败了，还是当着几乎南京路上的所有大型商厦老总的面败给了欧兰。

欧兰！一个从来没有经营过商厦的女人。连续好几天了，沈佳一每当想到欧兰的名字，都咬牙切齿，她真恨不得冲到欧兰面前去，先把她的脸抓个稀巴烂，再狠狠地抽她几个耳光，最好再把她掀翻在地上，用自己脚上那细细的高跟使劲儿去踢、去踩她的身体。生平第一次，沈佳一理解了那种虐待动物的人的心态——当人被气急了的时候，她真的是会被激发出体内所有的兽性的。

沈佳一打了几天点滴,刚刚可以出门了,马上就给常亚东打电话。

当常亚东接通电话之后,她直接就问:

"你现在说话方便吗?"

常亚东吓了一跳,因为沈佳一的声音听起来异常嘶哑,就好像坏了的汽车喇叭似的:

"我方便,你这是怎么了?"

一听常亚东那里说话方便,沈佳一就再也忍不住了,"哇"的一声就痛哭了出来。

即使隔着电话,常亚东也能听出来,沈佳一现在绝不是在刻意造作,她真的是伤心到极点了,情绪都好像已经崩溃了,常亚东赶紧说:

"你先别哭,到底怎么了,出什么事了?"

"我,我,我病了,我活不了了,我真的活不了了,我病了,我刚刚从医院里出来。"沈佳一哭哭啼啼地说。

常亚东心里一沉,沈佳一的表达方式,让他很自然地就联想到"绝症"之类的字眼。

"你先别哭,也许问题没有那么严重。"

"没有办法了,真的没有办法了,完了,一切都完了。亚东,我想见你。"

"没问题,你现在在哪儿?"现在,常亚东彻底误会沈佳一得了某种绝症,所以完全没有像往常那样犹犹豫豫。

沈佳一说出了医院的名字:

"我现在就在医院门口,我可以去找你。"

"不用,你就原地等我。我这就去找你。"

常亚东挂断电话,跟下属简单交代了一句,就出了公司。

当他开车赶到医院,隔着车窗看到沈佳一的时候,他简直都不敢相信自己的眼睛。往日里,沈佳一的五官是那样的优美精致,可现在,她的脸色青白,双目凹陷,两腮也塌了下去,嘴唇很干,头发也像是枯草一样。常亚东根本无法把眼前这个女人,和往日那个柔媚娇俏的沈佳一联系起来。

沈佳一上了车,什么话都没说,扑到常亚东身上就大哭了起来。这一次,常亚东也没有像往常那样避开她。他看了看四周,把车开进了不远处的一个付费停车场,然后才转过身,想扶起沈佳一的身子。可是沈佳一根本不容他这么做,刚才因为常亚东在开车,她还不敢太放肆,现在车都停住了,她就什么都不在乎了,沈佳一向前一扑,紧紧地搂住常亚东的脖子,放声大哭。

常亚东尽量地把头扭向一边,不让沈佳一把脸贴到他的脸上,同时,口中不断地说着：

"佳一，你冷静点儿，先告诉我，到底出什么事了？"

沈佳一又痛哭了很久，才渐渐止住了哭声，她抬起头，坐正了身子，接过常亚东递给她的纸巾，擦了擦脸，才抽泣着说：

"我工作上出了事，重大失误，没法弥补。"

常亚东愣了愣，试探着问：

"工作上？那你身体呢？"

"我是被工作上的事给气病了。"

常亚东这才明白，原来折腾了半天，沈佳一并没有遇到生死之类的大事，只是工作不顺利，想明白这一点，他难免心中有点儿不快，可看着沈佳一那可怜的样子，他又不忍心再责备她。想一想，刚才在电话里，沈佳一也的确并没有说她得了重病之类的话，只是自己误解了，算了，来都来了，就别说那些煞风景的事情了。

常亚东没有想到，其实这件事根本就是沈佳一故意要让他误会的，她就是想趁着这个机会试探出来，自己在常亚东的心里究竟占多重的分量。现在，沈佳一对于试探出来的这个结果还是比较满意，毕竟他一听到自己得病了，就马上赶来了，不是吗？这个认知，让沈佳一更加敢于实施接下来的计划了。

"说说吧，工作上到底出什么事了？"常亚东看沈佳一平静得差不多了，就问。

沈佳一长长地出了一口气，声音中仍旧带着点儿哭腔：

"这一次，我被欧兰害惨了。"

常亚东没想到事情竟然又牵扯到了欧兰，心里不禁有点儿别扭，他没有马上说话。沈佳一等了一会儿，看常亚东没有问她，只好自己接着说：

"一家国外的珠宝公司，已经和我们合作了很久了，这次，他们想在南京路上增设一个黄金卖场，本来都说好是给我们的，可竟然被欧兰硬给夺去了。"

原来又是生意上的竞争，常亚东仍旧不知道自己该说点儿什么。

"亚东，你说，她为什么总是针对我、欺负我？"沈佳一又哭了出来。

"她应该不是针对你吧，她是怀安的总裁，跟你的商厦肯定会存在竞争关系。"常亚东试图从常理上来解释这个问题。

"不，她就是针对我，我看了她的卖场装潢设计和她的营销方案，完全都是针对天一商厦的，不光我一个人这么想，每个看到这些东西的人都是这么想。"

常亚东又沉默了。

沈佳一紧紧地盯着他，忽然说了句：

"亚东，我问你一个问题，你别介意。欧兰，是不是也爱上你了？"

常亚东心里一慌,这是他最不愿意涉及的话题了。他避开了沈佳一的目光,可沈佳一的眼睛就像两把锥子一样盯在了他的脸上,让他在这个狭小的空间里,根本无处可躲。

"是朱莉莉告诉我的,她说,欧兰过去在你们公司总部的时候,就爱上你了,是吗?"沈佳一又问。

"没有这回事,这是谣言,欧兰有男朋友。"

"你错了,南京路上所有的人都知道,欧兰现在没有男朋友。"

"佳一,我们继续谈你工作上的事情好吗?"

"这就是我工作上的事!"沈佳一的眼泪又簌簌地滚落了下来,"亚东,你告诉我事实究竟是怎样的好吗?欧兰是不是因为爱上你了,所以才针对我,是吗?她对我这么百般刁难、陷害,就因为她看出来,我比她更爱你,是吗?难道,我这么无欲无求地爱你,换来的,就是一个像疯子一样的仇人吗?她根本就是一个魔鬼,她一点儿理智、一点儿道德都没有,她就那么疯狂地报复我,只要看到是我的东西她就要偷、就要抢!亚东,难道你真的忍心看我因为爱你而受这么多苦吗?"

常亚东只觉得自己现在已经被逼到死角里了,他不是回答不了沈佳一的这些问题,他是在想另一件事,一个在他看来更为严重的问题——现在,沈佳一和朱莉莉都已经认定了欧兰和他有私情,那么,如果这件事传扬出去,带给自己的影响就太大了,因为现在欧兰就在上海,而且她还没有男朋友。自己才刚刚当上副总,如果真的闹出绯闻来,那对前途会不会有影响,又该怎样稳定住家庭和妻子?常亚东感到重重危机像一张大网,朝他迎头罩了下来。

常亚东看着把脸埋在双掌掌心里痛哭的沈佳一,心想:

"现在她的情绪这么激动,跟她解释自己和欧兰没有任何关系,她会相信吗?而且如果真像她所形容的那样,欧兰现在的作风那么霸道,那么就算这次的事情解释清了,难免以后还会发生类似的事情。而沈佳一既然已经认定了欧兰是因为我才去报复她的,那她下次肯定还会这么想。万一欧兰真把她给逼急了,她再把这件事散布出去,那影响真的就太恶劣了。"

沈佳一的哭声一阵紧似一阵,像是在催促着常亚东下决定,这阵阵哭声也彻底搅乱了常亚东的心。终于,他开口了:

"佳一,我记得上次你跟我说,欧兰窃取你公司的信息,你找到那个内奸了吗?"

"没有,她太狡猾了。而且这一次,肯定又有人向她泄密。"她恨恨地说道。

"那你好好回忆一下,你的这些工作平时都有谁会知道?"

"都是公司内部的人……"沈佳一忽然顿住了声音,抬起头,目不转睛地望着常亚东,"亚东,你是不是知道什么?"

"我,"常亚东沉吟了片刻,"我也说不好,这两件事情之间究竟有没有关系。"

"什么事?"

"我记得你在一本时尚杂志上做过连续的宣传?"

"对啊,我不是还把有我照片的杂志送给你了吗?"因为沈佳一觉得杂志上自己的照片非常漂亮,所以还专门送给了常亚东一本。

"那给你做宣传的人,会不会知道你们公司的信息?"

"肯定会知道一些,但这和欧兰有什么关系吗?难道你怀疑欧兰买通了杂志社的人?"

"是这样,那间杂志社的主编章若枫,是欧兰的好朋友,过去她们还合租在一起。"

"啊!"沈佳一突然大叫了一声。

常亚东被她吓了一跳,他还没反应过来,沈佳一已经一下子扑了过来,紧紧地抱住了常亚东,把自己的脸埋在了常亚东的肩膀上。

沈佳一现在必须得这么做,她决不能让常亚东看见她的脸。因为她的脸上现在已经控制不住地绽放出了笑容!

本来她今天约常亚东出来,只是想着彻底毁掉欧兰在常亚东心中的印象,好出一口自己心中的恶气。她真没想到,自己竟然能得到这么大的收获!

"佳一,你怎么了?"常亚东试着推开沈佳一。

可沈佳一就是死死地趴在他的肩膀一动不动——因为她不敢动。她嘴里胡乱地说着:

"亚东,你真好,我爱你,我知道,你是会帮我的,你真的是和欧兰没有任何关系,我相信你,你是清白的,我相信。"

也许现在沈佳一自己都不知道自己说了些什么,因为她的心已经像脱了手的氢气球一样高高飞了起来,想摁都摁不住,她之所以这么胡言乱语,只是为了掩盖住自己最真实的情绪。

她不会想到,自己这几句混乱的话,却好像给常亚东吃了一颗定心丸。他深深地松了一口气:

"沈佳一这边的隐患总算是消除了,她应该不会再去传扬什么流言蜚语了。"

3

沈佳一和常亚东见面的当天下午就回了公司,她对珠宝卖场进行了整顿——竞标黄金卖场失利的消息已经传开了,难免人心浮动,所以要狠狠地刹一刹歪风邪气。然后又写了详尽的报告,向总公司汇报竞标失利的原因,事情虽然很丢面子,但决不能因为害怕丢面子而逃避,越快解释,对自己越有利,如果一直拖着不解释,那就更会引起上级的反感。

当把这些必要的工作都处理完了之后,沈佳一专门拿出了半天儿的时间,去美容院做了全身按摩、香熏、保养,又重新做了头发。等她回到家里之后,换上了一身专门买的名牌衣服,甚至连内衣和丝袜都换上了新买的。今天,她一定要把自己打扮得漂漂亮亮的,因为她要亲手把欧兰送到地狱里去!

"你夺走了我的黄金卖场,今天,我就让你加倍的付出代价!"

欧兰接到了沈佳一要求见面的电话,竟然一点儿也没有感到意外。

"沈佳一约我见个面。"欧兰当时正在跟钟涛谈事情,接完电话后,随口就告诉了钟涛。

钟涛审视着欧兰的神情:

"你知道她找你是什么事?"

"不知道。"

"呵呵,"钟涛笑了,"看你这么淡定的样子,我还以为你什么都知道呢。"

欧兰也笑了:

"我不知道她找我干什么,但确实也没什么太大的感觉,我想这可能是因为,我现在对各种意外情况都已经越来越能泰然处之了。"

"嗯,这是好现象,泰山崩于面前而色不变。"

"是好现象吗?谁知道,我都怕如果一直这样下去,我会渐渐地变得麻木不仁了。"

"那不可能,"钟涛说完后又问,"你一个人去吗?"

"我一个人去就行了,私下里见面,要是再带个同事,倒好像怎么着了似的。"

"行吗?"

"放心吧,她又不会暗杀了我,又不会找人打我一顿,还能怎么样。无非是她又想出了什么主意,那又怎样,难道我现在还怕她想主意对付我吗?"

欧兰的确是这么想的,她真的是越来越不在乎职场上的这些魑魅魍魉了,她已经接受了一个事实——这些,本身就是职场的一部分。

欧兰的好心情一直保持到了见到沈佳一之后。当欧兰远远地看到沈佳一之后,心中涌现出的第一个词就是:容光焕发。

的确,今天沈佳一穿着一身价值不菲的衣服,拿着限量版的皮包,戴着光华璀璨的首饰,但这一切都掩盖不了她脸上的那种光彩。看着沈佳一的神情,欧兰都禁不住想马上掏出手机来,给钟涛或者许正华打个电话确认一下,黄金卖场是不是又被天一商厦给夺回去了。

欧兰当然不会真的打电话,她大步朝着沈佳一走了过去。沈佳一看见欧兰心情更好了,因为欧兰是直接从办公室赶过来的,一身职装、基本素颜,无论如何也是没法跟她相比的。

"欧总,你气色不错啊。"沈佳一笑着打招呼,丝毫也不掩盖态度中的讽刺。

"谢谢。你也看出我气色好了？好像这几天人们都看出来了,每个人都这么说。"随便你怎么说,我就当是好话听。这可是欧兰最擅长的本事了。

沈佳一自己讨了个没趣儿,不过她也不觉得扫兴,仍旧是笑盈盈的:

"欧总,你请坐,想喝点儿什么,今天我请你。"

"好,那我也就不客气了。"欧兰在沈佳一对面坐下,向服务生要了一杯哈密瓜口味的奶茶。

"哈,真没想到,欧总平时看起来那么老练,喝东西的口味却像是个小女生,要是不知道的,肯定会认为欧总是在故意装小女生。"沈佳一又抓住了一个打击欧兰的机会。

欧兰仍旧不生气:

"嗯,所以说,小说里一写女强人一定是喝不加奶不加糖的黑咖啡,这也是一种误解啊。"

沈佳一终于不再那么雀跃了,她审视着欧兰:

"欧总,您今天的心情好像非常好。"

"也不是,正常状态而已。"

"哦,这么说,不是你今天遇上什么特别高兴事了？"沈佳一又问。

欧兰真不知道沈佳一今天要搞什么鬼,她差点儿忍不住说出来:

"看起来,你更像是遇上特别高兴事的那一个。"可她还是忍住了,只是很平静地回答:

"没有什么特别高兴的事,也没什么特别不高兴的事。"说完后,欧兰自己忽然笑了,"不过,好像对于我们来说,没有特别坏的事,本身就是好消息。"

"有道理,"沈佳一非常认真地点了点头,"今天我本来想告诉你一个坏消息的,刚才我都有点儿犹豫了,因为看你心情这么好,我就想啊,'要真是今天欧总有什么喜事,我还是不要把这个消息告诉她了,现在,人遇上件喜事不容易,让她多高兴一阵子吧。'"

听了沈佳一的话,欧兰心里并没有什么紧张或者惶恐的感觉。她就算是傻子,也会想到,今天沈佳一找她,百分之百没有好消息,所以她现在已经在心里做好了应对一切意外的准备了。

"沈总,您还想着不破坏我的心情,这份好意我真是感激,现在这个世界上,有很大一部分心术不正的人,总是千方百计地去破坏别人的心情,能像您这样,顾及别人心情的人,真是太难得了。"欧兰也不是善茬,骂人都不带脏字的。

沈佳一当然也听出了欧兰的意思,而且她现在也懒得再跟欧兰继续装下去了,她今天是下决心要当一次抓住老鼠的猫,本想先把欧兰狠狠地玩弄一番,再一口咬死她,可现在发现,欧兰这只老鼠既不恐惧、也不慌张,她也就没有了玩儿下去的兴趣,还是赶紧把她弄死算了。

沈佳一收起了脸上的笑容,冷冷地望着欧兰:

"欧总,你直到现在还不承认,你多次剽窃过我们天一商厦的商业机密吗?"

看到沈佳一终于开始发难了,欧兰反倒越发地踏实了,现在她和沈佳一就像是两个高手过招,两人正处于相持的阶段,彼此都僵立着,一动不动,谁也看不到对方的漏洞。这个时候就只有盼着对方动手,只要对方一动,自己就可以发现破绽并及时予以打击了。

听了沈佳一的话,欧兰微微一笑:

"沈总,这个问题,我们好像已经公开讨论过了,现在的事实是,你手中并没有掌握着我们剽窃天一商业机密的证据,可是,我们却有你们天一剽窃怀安商业机密的证据。而且,所谓的怀安剽窃天一,是你主观臆想出来的,可天一剽窃怀安,我们却是有真凭实据的,证据就是你在黄金卖场的竞标现场当众宣读的怀安商厦的销售数字!所以,我真诚地希望,沈总和天一商厦以后不要再对怀安进行这种无聊的指责了。如果你们这么一而再、再而三的挑衅的话,怀安不排除会采取相应的手段来保护自己的名誉。"

这一大套话欧兰一气呵成,有理有据,逻辑严密,有陈述还有警告,分量非常足。可她发现,当她把这些话都说完了之后,沈佳一竟然仍旧是那么悠悠然然的,不惊不怒,甚至还带着几分自得的神气!

"欧总,我承认你刚才的话很精彩,我想如果你是一位律师,在法庭上替怀安辩护,那很可能,你就辩护成功了。所以我很庆幸,庆幸商场上还有公道公理,庆幸这个世界上还有爱护我、心疼我的人,他永远都会无条件地站在我身边支持我,决不允许任何人欺负我!"沈佳一低吼了出来。

欧兰不知道她口中所谓的那个"他"指的是谁,所以也不说话,只是静静地等着下文。

沈佳一望着欧兰,目光就像是两把淬了毒的刀,可是她的脸上又带着笑容——胜利者的笑容,再加上她今天的妆容格外的艳若桃花,所以看上去,她整个人都笼罩了一层妖异之气。

忽然,沈佳一笑了:

"欧兰,看来你的确是有过人的地方,直到现在,你竟然还能这么沉着,就凭这一点,我佩服你。"

"无所谓沉着不沉着,虽然你刚才的话很晦涩,更像是在作诗,但我基本上是懂了,你还是在指责我剽窃了天一的商业机密,所以我在等着你把话说完。如果你今天仍旧是停留在这种没有任何实际意义的指责上,那我只能说很抱歉,我很忙,没有时间总在这种毫无根据的臆想上面消磨。"

沈佳一骄傲地笑了一声:

"放心,今天我约你见面,就是为了给你一个准确而翔实的答案,告诉你,你是怎样偷窃天一的商业机密的!我现在只不过是在考虑,究竟是应该先说出最后的答案,还是从头讲起。"

欧兰没有说话,只是冷冷地望着沈佳一,神情中还带着那么点儿乏味,其实现在欧兰的心里也已经紧张起来了,因为看沈佳一的样子,她的确是抓住了什么把柄。欧兰回忆了一下,自己已经有将近半个月没有跟若枫联系过了。

"别瞎想,沉住气,若枫那边如果真的出了什么事,她一定会通知自己的。"

欧兰在心里面安慰着自己,同时,用更加索然无味的神态掩盖着心情。

"我还是从头讲起吧,"沈佳一喝了口水润了润嗓子,"前段时间我病了几天,亚东来看我。对了,你知道我说的亚东是谁吧?"

"不知道。"欧兰认真地摇了摇头——她希望自己的态度够平淡。

"就是常亚东,你过去公司的同事,上次我们还一起喝过酒。"

"哦,常总,这我就知道了,你继续说。"欧兰很优雅地笑着。

她的笑愈发激起了沈佳一心中的仇恨,于是她更加夸张地表演下去:

"亚东看到我生病的样子心疼坏了,一个劲儿地问我怎么了。我本不想说的,可是看他太着急了,一听说我病了,连会都没开完就直接来看我,我实在不忍心让他着急了,就对他说了黄金卖场的事。他一听说你竟然这么不顾廉耻地跟我恶意竞争,当下就发火了。他说,他知道你是用什么方法偷窃了天一的商业机密。"

"哦,是什么方法?"欧兰面无表情地问,既然沈佳一已经开骂了,她也就不用再装着风度了。

沈佳一却闭上了嘴,她认真地看着欧兰,看了好一会儿,忽然笑了出来:

"哈哈,你还是这么有恃无恐,不过我不会佩服你的定力的,因为我知道,你之所以这么嚣张,是因为你觉得常亚东不会对你那么绝情,把你的秘密全都告诉我。可是你想错了,现在他心里最在乎的人是我,所以,"沈佳一的眼睛中忽然射出了一道寒光,"你现在可以给章若枫打一个电话,问问她,是不是已经收拾完她的破烂儿,从杂志社滚出去了!"

欧兰的心脏突然就紧缩成了一团!她眼前没有镜子,她真怕自己现在的脸已经变成了雪白色,因为她能感觉到,刚才心脏的那一下收缩,仿佛带走了她全身的血液。

她的手现在正好放在了腿上,有桌布掩着,别人看不到,她趁势攥紧了拳头,强迫自己镇定,她需要迅速判断出,沈佳一的话里究竟有几分真、几分假。

沈佳一看着欧兰,仿佛刽子手在欣赏自己刚刚砍掉的一个头颅:

"内衣促销,珠宝商场的装潢、黄金卖场的构思,都是章若枫泄露给你的,我说呢,她怎么那么用心地拍照,拍走了天一商厦珠宝商场里的所有大件儿和装潢,原来,她是在帮你偷窃!"

此时,欧兰已经镇定了下来,她冷冷地望着沈佳一:

"沈佳一,既然你说话这么不礼貌,我也就没有必要再对你以礼相待了。我还是那句话,请你讲究一点儿证据,不要动不动就信口雌黄,有人拍了天一的照片,就是在帮我偷窃,那如果有人拍了你的照片,又是想帮我做什么?你也是做总裁的人,所以我希望你说话的时候负点儿责任。"

面对欧兰的诘问,沈佳一愣了一下,但是马上,她竟然哈哈大笑了出来:

"果然又提证据这回事。好,欧兰,我告诉你,我没有证据,我只信常亚东,他既然说了,这件事是章若枫干的,那我就相信。好在,章若枫的老板也很信任我,她已经表示要开除章若枫了,你要是不相信,现在就可以打电话问一问。"

看欧兰一动也不动,沈佳一又冷笑了一声:

"怎么?你不打?那好,我来打。"她抓起桌子上的手机、拨通,手机接通后,她立刻就又恢复成了那副甜腻腻的嗓音:"李总,您好,我是佳一……您说什么?章若枫的事情已经解决了?天啊,您真是太神速了。对,您说得对,这种为了个人私利毁坏杂志社声誉的员工绝对不能留。"沈佳一得意地瞟了欧兰一眼,又说:"今晚有时间吗,我请您吃饭,上次您跟我的说的事情,我都已经给您办妥了,呵呵,那么客气干什么,这是我应该做的。"

沈佳一挂断了电话之后,马上就又恢复了肃杀的神情:

"章若枫已经辞职了。我虽然暂时还没有什么更好的办法惩罚你,但我至少先惩罚了她!"

欧兰缓缓地站了起来,眼睛望着桌子上的一只杯子,一字一句地沉声道:

"我听明白了,你今天叫我来就是想说明两件事,一,你错误地认定了章若枫向我泄露了你们天一的商业机密,并且不问青红皂白就向杂志社投诉了她,现在,她已经被辞退了。第二件事,你告诉了我,是常亚东诬陷的章若枫。我理解得对吗?"

"如果你坚持要用诬陷、错误之类的词,我也没办法,而且我也懒得跟你在这些字眼上计较,重要的是,章若枫已经受到了惩罚,这就可以了!"

沈佳一说着话也站了起来,准备离开。

"好,你的意思我都听明白了,现在我还有最后一件事要做。"

"什么事?"

"你刚才在跟我说话的时候,用了一个词,叫做'不知廉耻',在我的词典里,这个词是骂人的话。而我这辈子,决不允许任何人骂我,不管是谁骂我,我都要让她付出代价。"

"你什么意思……"

沈佳一的话还没有问完,欧兰已经抬起右手狠狠地抽了她一记耳光!沈佳一都被打傻了,她"嗷"的尖叫了一声,捂住了脸,一时都不知道该作何反应,因为她从来就没有想到过——女人竟然也会打人!

欧兰打完之后有点儿遗憾,因为沈佳一把半边脸整个捂上了,所以她看不出这一巴掌的效果如何,不过应该不错,因为现在欧兰的掌心都火辣辣地疼,手掌尚且如此,沈佳一那细皮嫩肉的脸,当然就更疼了。

欧兰看着沈佳一,不紧不慢地说了一句:

"对了,还有件事,常亚东什么时候离了婚娶你的时候,给我送张请柬,我去参加婚礼。"

说完后,她转身就朝着大门走去。

欧兰刚走出两步,就听背后传来了一声尖叫:

"欧兰,你站住!"

欧兰很平静地驻足、转身,望着沈佳一,态度中竟然还带着几分悠然!

沈佳一的手已经放下了,她白嫩的脸颊上烙着几个通红的指印,留下指印的地方都高高地肿了起来,看着她的脸,欧兰感到很满意。

"欧兰,我真没想到,你竟然这么粗野!"

"哦?朱莉莉没告诉过你吗?不过你现在总算是知道了,也不晚。"

沈佳一的眼睛眯了起来,她用一种难以置信的目光望着欧兰:

"你知道你在做什么吗?你在动手打人?你觉得你像是一个受过教育的女人吗?"

欧兰不耐烦了,她挥了挥手:

"我受过教育,可是如果有人骂我,我一定打她,这个问题我回答你了,你就不用再反反复复地问了,你还有别的事吗?如果没有我就走了,我很忙。"

"走!"沈佳一又尖叫了出来,"你打完我就想走?"

"我也可以不走,等着你报警、或者来打我。但不管准备怎么做,都请你快一点儿,我不想耽误时间。"

沈佳一僵住了,她还真没见过欧兰这样的女人。报警?肯定不行,太丢人了。扑上去打欧兰?那当然更不行!她沈佳一可干不出打人的事情来。

过了好一会儿,沈佳一才咬着牙说:

"好,欧兰,你等着,我不会放过你的。"

"好的,我会等着,你也知道在哪儿能找到我。"

欧兰说完,头也不回地走了。她一直走出好远,才觉得眼底里热浪翻滚,一股滚烫的泪水涌了上来:

"若枫,对不起,我到底还是连累了你。"

欧兰心里清楚,她刚才打沈佳一,并不是因为她骂了自己,而是因为她竟然使出阴招害了若枫。欧兰拿出电话,可是看着显示屏她心里却一片茫然,忘记了自己本来是要给谁打电话。

是找若枫,确定她是否离职?是找常亚东,看是不是真像沈佳一说的那样,是他出卖了若枫?还是找钟涛或者孙磊,不为说什么,只为能找到一个朋友陪一陪自己?

4

欧兰心乱如麻,结果手机自己响了起来,她惊了一下,都没有看来电显示,就接通了电话,甚至都忘了说你好,直接就说:

"喂?"欧兰的声音是那样的暗哑低沉,仿佛一下子就被大街上的嘈杂给吞没了。

不知道对方是没听见欧兰的声音,还是不能确定接电话的究竟是谁,又提高了些声音,说了一句:

"喂,你好?"

欧兰终于找回了点儿状态:

"你好,我是欧兰。"

"欧总,你好,我是刘启飞。"

欧兰一激灵,迅速地把自己拽回到了现实之中:

"啊,刘局,你好!"这一次,她的声音又突然变得过于高亢了。

现在,刘启飞就算再迟钝,也已经察觉今天欧兰非常不在状态了,更何况刘启飞一

点儿也不迟钝,但他绝不会直直愣愣地去问什么的,他只会当做什么都没发觉:

"欧总,你明晚有安排吗?"

"没有。"

"那好,明晚董事会安排给怀安庆功,祝贺你们竞标黄金卖场成功,想请你和另外三位副总裁晚上一起出席,可以吗?"

"没问题。"

"你还需要再确定一下其他几位总裁的时间吗?"

"这个我来协调。"欧兰毫不犹豫地回答。领导都抽出时间来了,她却让领导等着他们的时间,没这个道理。

"那好。如果你下午有时间的话,我还想请你提前来我办公室一趟。"

"可以,什么时间。"

"明天下午五点钟吧。五点半下班,我们再一起去酒店。"

"好。"

欧兰收线后,不禁长长地叹了一口气:

庆功宴、单独被刘启飞召见,这要放在过去,无疑都是求之不得的好事,可今天,她哪有心情去面对这些呢?

不过总算刘启飞又给她找了点儿事情,不管有没有心情,她都得先处理这件事。

欧兰不想回怀安了,因为她知道自己的脸色太难看,神情也恍惚,可不回不行啊,她发现,人如果在想躲起来的时候就能躲起来,也是一种幸福。而很显然,她现在是不具备这种权利的。

欧兰回到办公室,认真地补了一遍妆,认为自己看上去还算可以,才打电话叫来了钟涛。

"你这么快就回来了,我还以为……"钟涛进门就说话,可说到一半,自动就停止了,他使劲儿看着欧兰,"你怎么了?出什么事了?"

"没事儿啊,我的样子有什么问题吗?"欧兰问。

"看起来,你的状态特别差。"钟涛继续审视着欧兰。

"有那么明显吗?"

"有。"钟涛万分肯定地回答。

欧兰从抽屉里拿出镜子照着自己的脸,一边用手指匀着脸颊上的粉,一边问:

"你看着那里不对劲儿?"

钟涛似乎在犹豫该不该把心里的想法说出来,他沉默了一会儿才说:

"不是说有哪儿不对劲儿,就是你整体给人的感觉,是一种……欧兰,这么说吧,如果你在恋爱，我会以为你今天失恋了。"钟涛仿佛下定了很大决心似的，才说出来这句话。

而这句话就像是一把铁锤，一下子就把欧兰费尽千辛万苦才竖起来的那个保护自己的罩子砸得粉碎！没错，从今天听沈佳一提到常亚东开始，欧兰都来不及去想自己心中的感受，就本能把自己的心和感情都牢牢地封锁了起来，决不允许自己有一秒钟的时间去想关于情感的问题。她以为自己只要这样做了，就会忽略那些本该出现的情伤。

可直到现在她才明白，虽然她刻意地不去想，但沈佳一扎过来的那些刀没有一把落空，刀刀都扎在了她心里最脆弱的地方：

"亚东一听说我病了马上就赶过来，亚东一听说是你把我气病了特别生气，亚东最爱我，所以他帮我……"

这一句句话，她当时都是微笑着听的，她的笑容骗过了沈佳一也骗过了自己，而当现在她终于开始正视自己的心的时候，才发现，自己的心已经被伤得支离破碎了。

欧兰再也坚持不住了，她整个人好像突然就垮了，眼泪刷地一下就流了下来，不是几滴或者一串泪水，而是一瞬间，就泪流满面。钟涛被吓坏了，他虽然感到是出了什么事情，却没想到会这么严重：

"欧兰，对不起，你先冷静点儿，先告诉我出什么事了。"

欧兰一边流着泪一边摇头，她说不出话来，她现在甚至连哭声都发不出来，就这么默默地流泪，一个劲儿地流泪，钟涛走过来，揽住了欧兰的肩膀——此刻他心中没有任何杂念，只是觉得他应该这样做，因为欧兰好像眼看着就要滑到在地上了，所以必须得扶住她，就像是哥哥在妹妹遇到灾难的时候，必须得不顾一切地拉住她，不让她倒下去。

"欧兰，你别急，我什么都不问了，你先平静一下……"钟涛想说这是办公室，人来人往的，她决不能失态，可他话还没有说完，就传来了一阵有节奏的敲门声！

钟涛和欧兰都被吓了一跳，欧兰条件反射似的就弹了起来，她反应极快，两步就走到了文件柜前，打开了文件柜，好像是在找东西的样子，而打开的柜门刚好挡住了她的上半身，这样进来的人只能看到她的腿。

钟涛也马上就明白了欧兰的用意，所以他在欧兰打开文件柜的同时，大步走到了门口拉开了门。门一开，钟涛不禁松了一口气：

"孙磊。"他声音挺高，在打招呼的同时也给欧兰送个信。

"钟总也在？"孙磊走了进来。

听说来的是孙磊，欧兰也放松了，她关上文件柜，拿着一个文件盒回到了桌子前面，问：

"有事？"

"嗯,"孙磊刚要说话,却停住了,他瞪大着眼睛,"欧总,你怎么了?"

刚才哭那一阵,欧兰的眼睛已经红了,她低声却干脆地说:

"先说你的事,我再告诉你我怎么了!"

"哦,好。不过我这儿也是坏消息。"

"不会比我准备告诉你的消息更坏了。"

"那就好。"孙磊此言一出,钟涛差点儿乐出来,真服了这个孙磊了,你也不知道他是故意的还是天性如此,他总是能把场面搞得这么富有戏剧性。

"说吧,什么事?"果然,他这么一搅和,欧兰的情绪就更平静了一些。

"是这样,李菁菁辞职了。"

"什么!"欧兰和钟涛同时惊问了出来。

"确定吗?这是什么时候的事?"钟涛又问。

"今天早上,她没来上班,约我见面说的。"

"昨天不是还好好的吗?她和谁发生矛盾了?"欧兰本能地朝着这个方面去想。

"不是,鑫荣商厦挖她了。她要去鑫荣。属于正常跳槽。"孙磊回答。

"她懂不懂规矩?"钟涛的声音中带了怒气,"如果是员工本人主动提出辞职必须于六十个工作日之前向公司提出辞职申请!"

"她懂,但她没这么做。"

"那她想到了她突然离职的后果吗?"

"丁伟说了,所有经济上的损失,他都补给她,条件就是她马上离开怀安去鑫荣工作。"

"靠!"钟涛不禁骂出脏话来。

欧兰一直静默地听着他们两个人的对话,等钟涛基本把情况都问清楚了,才很平静地说:

"你俩也不用生这么大气,职场上,跳槽是常事儿。人为财死、鸟为食亡。肯定是丁伟这回付出的利益比较大,让李菁菁动心了。"

钟涛若有所思地看着欧兰,没有马上说话,因为他感到现在的欧兰和几分钟之前那个突然落泪的欧兰简直是判若两人,这个转变太突然了,一时间让他难以适应。

孙磊接口道:

"是,跳槽是常事,可像她这么跳,就显得太不地道了。她也不想想,她这么不讲究信义,如果这个口碑传扬出去,肯定会影响她在业内的发展。这次丁伟花大价钱挖走她,下回呢?下一次她还能碰到这样的机会吗?而且,丁伟就一定会重用她吗?她在鑫荣的发展空间会比在怀安更好吗?"

听了孙磊这一连串的问题,欧兰忽然笑了:

"我认为你说的都对,每一句都有道理,但是,你决不能要求所有的人在做出选择的时候,都按照我们所认为的正确的方法和道理去执行。因为每个人的道德观、价值观都是不相同的,李菁菁认为她做出了对自己最有利的选择——她拿到了一笔钱,她认为这笔钱值得她马上离开怀安。至于以后她能否在鑫荣获得良好的发展,和这件事对她的名誉所造成的损失,这些问题,我相信她根本就没有去想。不仅她自己不会想,你如果跟她说这些,她没准儿还会觉得你可笑,这是思想上的差异,没法沟通,所以,只能随她去。"

"那她这么突然甩手走了,给怀安造成的损失呢?"

"没办法。"欧兰说的也是实话。

看孙磊仍旧恼怒,欧兰忽然问:

"孙磊,你有没有想过,她为什么要专门找到你,对你说这些?"

"我当然想了。据她自己说,是因为她是我引荐到公司里来的,所以临走时得跟我有个交代。但据我看,她分明是想把所有的责任都推到丁伟身上去,就好像一个女人背叛了男人,临走时,还得给男人说清楚,不是我的错,是那个男人给我的诱惑太大了。"

欧兰被他的比喻给逗笑了:

"你打的这个比方够损的,不过说心里话,你觉得如果真有一个女人跟男人说了这样的话,男人会怎样呢?就不再仇恨这个女人了,而去仇恨那个男人?"

"我没经历过这样的事,所以也想象不出来,但李菁菁的确是这样的想法,她认为她这么说了,她就没有得罪我们和怀安,而是丁伟得罪了我们。"

"所以说,李菁菁的头脑还是比较简单的,跟这样的人,也没必要生气。"欧兰做最后的总结。

看着钟涛和孙磊的脸,欧兰真是觉得自己进步了,虽然这些天,不断地有人说她能力提高了、口才提高了等等,但欧兰认为,只有心理素质提高了,抗击打能力提高了,才算是真正的进步,因为这两样是在职场生存的根本。

做个比喻就是,各种能力都是树干树枝,心理素质和抗击打能力,是那个根!不管到什么时候,只要根基不动摇,就不会彻底地失败。

欧兰看向了钟涛:

"我想,丁伟之所以花大代价把李菁菁挖走,就是为了釜底抽薪,马上我们就要面临两件大事,一件是黄金卖场开业,一件是国庆促销,他在这个时候挖走培训部的主管,显然是想让我们对员工的培训工作受影响。"

"没错,他就是这个目的。"

"怎么样,钟涛,你把这件事接过去?"

"没问题。"钟涛洒脱地一笑,"市场和服务,我是绝对的内行。"

"好,那么李菁菁这件事现在就告一段落了,我只希望一点,她的跳槽,不要在怀安引起任何波动,人们肯定会有所议论,但是反响越小越好,我们要让怀安的员工们,和南京路上所有的同行们,都看到一点,对于我们来说,李菁菁不过是一个可有可无的人。"

钟涛暗自点头:

"欧兰果然是成熟了,她现在的想法、做法都越来越像一位真正的企业老总了。不再为一些具体的事物纠结,而随时随刻都把大局放在首位。"

"放心吧,欧总,我明白你的意思。"孙磊说。

"好,那现在我来告诉你我遇到的事,"欧兰这么一说,孙磊才想起来,刚才他进来的时候,看到欧兰好像刚刚才哭过,钟涛也专注了起来,因为直到现在,他也不知道究竟发生了什么。

"若枫离职了。"欧兰说。

"若枫?"孙磊愣了一下才明白过来,"你是说若枫姐?"他惊叫了出来。

"对,沈佳一知道了若枫和我的关系,向杂志社投诉了若枫,现在,若枫已经离职了。"

"沈佳一向你求证了那件事了?"孙磊问。

"她没有向任何人求证,这一点也超出了我的意料。"

"对啊,本来我们不是把各种可能性都想到了吗……"

"是,我们想到了各种可能性,唯独没有想到,沈佳一在知道了我和若枫认识之后,没有做任何求证,而是直接就对若枫下手了,她的态度很明显——宁可错杀一千,绝不放过一个!"

"靠,女人都是疯子,一点儿理性都没有,"孙磊骂完之后,才发觉自己把欧兰也卷进去了,赶紧说,"对不起,欧总……"

"没关系,你说的也对,如果是个男人,可能不会这么做事,但是女人的确会这么做。而有时候落实到某件具体事情上,就会发现,也许像女人这样不管不顾、一意孤行地处理问题,会更有效。"

"沈佳一说了吗,是谁把你和若枫姐的关系告诉她的,这件事知道的人并不多吧?"孙磊想到这个问题。

"不多。是咱们过去公司的技术部高管常亚东告诉她的,沈佳一说,常亚东和她是情人关系。"欧兰也说不清为什么,就是想把这句话说出来。

钟涛的心头重重一震,他也早就猜到了欧兰和常亚东的关系,当初朱莉莉为了报复欧兰,在公司里散播她和常亚东的流言蜚语的时候,他也暗地里关注过这件事。不过当时欧兰处理得非常好,又有常江的援手,那场风波很快就过去了,钟涛也就放下了这件事。

这些年里,他从来没有问过欧兰什么,甚至几乎都没有提到过常亚东这个人。在职场上这么多年,钟涛见这种事见得太多了。这些职场上的男男女女,就像是漂泊在海上的孤客一样,特别渴望着帮助和关怀。他们都太累、太孤单了,一丁点儿的温暖,都能让他们完全敞开自己。飞蛾扑火,可能就是这个道理吧。

而钟涛也明白,这种事旁人说不上话的,每一段职场暧昧都是一团乱麻,只能靠着当事人自己去理、去解。

后来,欧兰发展得越来越好,钟涛也就渐渐地忘了这件事,以为欧兰已经走出了那一段纠葛。他上次拿常亚东举例子的时候,都以为他不过是欧兰的一个过去式而已。可直到今天,他亲眼看到了欧兰的反应,又亲耳听到她的话,他才突然意识到,原来这么多年,欧兰一直孤身独守的原因,竟然真的是常亚东;而常亚东却给了她这么致命的一击!她承受得住吗?爱情的毁灭对于人有多大的杀伤力,钟涛心里是最清楚的。更何况欧兰还是一个女人,她如果因为这次打击而变得心灰意冷,都是可能的。

孙磊并不知道这么多内情,他只是很仗义地认定了沈佳一和常亚东都不是好东西:"常主管?人家有老婆好不好啊?哈,这个沈佳一是真不知道世界上还有廉耻二字!这种见不得光的感情,她也敢拿出来说呀?"

钟涛目不转睛地盯着欧兰,他清楚地看到欧兰已经无力再掩盖脸上的悲伤和绝望了,他赶紧故意问道:

"那现在章若枫那边的情况怎么样了?"

欧兰镇定了一下情绪,说:

"我还没和她联络,今天正想给她打电话呢,结果刘局电话打进来,把这件事给岔过去了。"

"刘局?刘主席?他有事儿?"现在钟涛巴不得赶紧找点儿什么事,把欧兰的注意力从常亚东身上转移开。

"对,就是他,你要不提,我还真忘了,他说董事会要给咱们庆功,请我和你们三位副总吃饭,就在明天晚上,干脆,你现在替我通知一下正华和陈秋峰,告诉正华必须出席,陈秋峰他随意,他不是最近身体不好,又总是有事吗?"

钟涛笑了笑:

"你放心吧,这种时候,他一定就没病了,我现在就去通知,马上回来。"钟涛特意最后加了一句,他现在真是不敢离开欧兰身边。

欧兰又对孙磊说：

"要不这样，你去给若枫打个电话。"

"我？"

"对，你们也挺熟的，你把这件事告诉她，问问她最近的情况。"

"没问题，"孙磊很干脆地答应了下来之后，又有点儿迟疑，"欧总，我是说，您不是担心因为这件事影响了您和若枫姐的关系吧？"

欧兰微笑了一下：

"你想哪儿去了，我和她的关系没那么脆弱，我是在想，她出了这么大事都没告诉我，肯定是怕我愧疚，所以如果我去问她，她肯定把一切情况都往好里说。"

"哦。我明白了，您放心吧，我知道该怎么做了，我一定把这件事的来龙去脉都问清楚。"

"好。"

孙磊走到门口，忽然又回头问：

"欧总，如果今晚若枫姐有时间，我能替你约她出来吗？"

"如果你能约出她来最好。"

5

办公室里终于安静了，欧兰望着四壁雪白的墙，第一次发现白色竟然如此刺眼，办公室的装潢竟然如此冷硬，简单得让人发疯。

她知道，其实这不是颜色的问题也不是装修的问题，而是她现在恨不得一步就逃离了这里。最好是能回到家，哪怕就是那个临时的家也好，能让她把自己紧紧地关在房子里，再拿被子把自己彻底裹起来，放声大哭一场！

常亚东，你伤透了我的心！

这句话毫无预警地出现在了欧兰的心里，欧兰的眼泪再一次像断了线的珠子一样落了下来。

"你怎么可以这么做？就算你现在真的爱上了沈佳一，难道你就不能保持中立吗？你不是一直最善于用缄默来应对一切问题的吗？为什么这一次，你竟然把事情做得这么绝！你这样做，等于是彻底毁了若枫在她那个行业内的前途了，你明白吗？你明白，我相信你什么都知道，但是为了沈佳一，你什么都肯做，是吗？"

欧兰在心底里声嘶力竭地吼叫着，她再也忍不住了，抹了一把脸上的泪水，抓起手

机就拨通了常亚东的电话,电话接通了,但是被挂断了,再打,又被挂断了,过了一会儿,常亚东发来了一个短信:

"开会。"

欧兰稍微平静了一些,既然他在开会,那就换个时间再说吧。

恰好这会儿,钟涛也回来了:

"他们两个我都通知了,明天晚上都能准时到。"

"好,我有点儿其他的事,你们三个一起去,我自己去。"欧兰没有提她要去见刘启飞的事,因为还不知道刘启飞找她干什么,还是慎重一点的好。

钟涛认真看了看欧兰的眼睛,轻轻叹了口气:

"要不,你今天早点儿回去吧。"

欧兰知道钟涛已经洞察所有的事情,也就不再隐瞒了:

"我本想回去的,可是想一想,一个人待着更难受,还不如在公司能找到点儿事情做。"

"要不,今晚咱俩找个地方去吃饭吧?"钟涛又提出了建议。

"不用了,我让孙磊联络若枫了,她要是有时间,我今晚约她见面。"

"也好。"

钟涛沉默了。过了好一会儿,欧兰看着他,忽然笑了,但是笑容挺凄凉的:

"你是不是想劝我呀?"

"是。可是我又觉得我想说的那些话都挺苍白的,其实都没什么实际的作用。你是明白人,不用旁人跟你说这些。"

"钟涛,我想告诉你件事。"

"你说。"

"我今天抽了沈佳一一个耳光。"

"啊!"钟涛惊呼了出来。

"我让你意外了,是吗?"

"是有点儿。她呢?挨了打之后有什么反应?"

"她还能有什么反应?她又不会打人,只能是被气疯了,然后让我等着。"

看着钟涛那无奈的眼神,欧兰又说:

"你是想说我太冲动了,是吗?"

钟涛尽可能地选择最不会刺伤到欧兰的词语:

"我想,我能理解你当时的心情……"

"不,钟涛,你错了,你以为我是因为常亚东才打的她吗?"

这是欧兰第一次在钟涛面前如此坦然地提到常亚东，弄得钟涛反倒有点儿尴尬，不等钟涛回答，欧兰就自己接着说道：

"我不是为我自己打她的，我是为了若枫。沈佳一可以跟我斗，不管她对我用什么手段，我都不在乎，任何后果我也承受得了，但她不该去害若枫。这件事里，若枫是最无辜的，她纯粹就是为了帮我，可沈佳一却把她形容成了一个为了利益出卖客户机密的人，这等于是毁掉了若枫在业内的前途。"

欧兰忽然抬起头，直直地盯着钟涛：

"钟涛，你说我这件事是不是做错了？"

"打沈佳一？"

"不，打她我一点儿都不后悔。我是说，看了若枫拍的那些资料片，还有，内衣促销那件事。"

钟涛认真思量了一会儿：

"欧兰，这件事我个人是这么认为的，你只是做了一件工作中最正常的事，任何人在你的位置上，都会采取类似的行动，只不过他们不认识若枫，但他们可能会认识张三、李四，他们会通过其他渠道来取得这些信息。沈佳一不也窃取了怀安的销售统计，并且还堂而皇之地念了出来吗？要说有什么不对的，那只能说现在我们所处的这个大市场环境还不够有秩序。大家都在纷纷寻找捷径，在这样的环境下，你不找捷径，只一心一意地采用最正当的手段，那等待你的肯定就是失败。这不丁伟在挖走李菁菁这件事上，也没有采取正当手段吗？所以你倒不用过多地为这件事本身纠结。业绩是王道，很多时候，我们也都是不得已而为之的。"

"钟涛，谢谢你。"

"客气什么。不过你真得防备沈佳一了，通过这次的事能看出来，这个女人挺狠的。"

"她比我狠。"欧兰苦笑了一下，"我是厉害在表面上，她是阴险在心里。"

"所以你才更得小心。"

"我知道。"欧兰站起来，用力伸展了一下身子，她突然感到全身又酸又疼，奇怪，难道过度的伤心也会影响到身体上的感受吗？欧兰走到窗前，深深地吸了一口气，好像是要把窗外的夕阳全部都吸到身体里，给自己补足力量，然后才转过身，望着钟涛：

"从我决定竞标黄金卖场，甚至更早，从我接受了张总的聘请，在路上和沈佳一那次偶遇开始，我就知道，我和沈佳一之间注定了是要有一场恶战的。除非我离开怀安，或者我和怀安一起一败涂地，否则她就肯定不会放过我。"

因为现在欧兰是背光而立，所以她的脸完全陷入到了一片阴影之后，但尽管如此，钟涛仍旧能够感觉到此时她的决绝。

"但你肯定不会离开,也不会甘于失败。"钟涛说。

"对!"欧兰的声音中透着一种近乎神经质的响亮,"所以我就只剩下一条路可走,让自己更强大,让沈佳一再也不敢觊觎怀安,让她只能远远地仰望我,却再也不敢有向我挑衅的胆量!"

"做职场这个原始森林中最强大的动物。"钟涛做出了总结。

孙磊回来了。

"找到若枫了吗?"欧兰焦急地问。

"找到了,若枫姐说她挺好的,让你不用担心她,她说,你也知道,她的老板早就想换掉她,只是苦于一直找不到借口。所以即使没有这次的事情,她也会找其他理由的。"

欧兰轻叹了一声,她早就想到了,若枫一定会这么说的。

孙磊继续说道:

"若枫姐还说,她之所以没有和你联系,就是不想让你为这件事太过于分神,她说,你以后该怎么工作就怎么工作,既不用因为这件事而特别地针对沈佳一,也不用就此投鼠忌器怕了沈佳一。职场上,你争我斗,都是常事。"

"她今晚有时间吗?"欧兰问。

"我跟她说了,说今晚想约她出来聊天,可若枫姐说,她已经买好飞机票了,今晚就离开上海了。"

"她去哪儿?"听说若枫竟然就这么走了,欧兰一下子就急了。

"珠海。她说忙了这么多年,都没有好好休过假,正好趁这个机会好好休息一下,整理整理自己。她说她在珠海有同学,她去同学那里住一阵子,下一站可能还要去别处。她让你别多想,就是去旅游而已,等她休息够了,她还会回上海来,因为毕竟这里是时尚的最前沿,她还会继续做她的专业。"

看着欧兰那微微发白的脸孔,钟涛劝慰道:

"你也不用太担心了,看起来章若枫挺有主见的,知道自己该做什么。而且,她的选择挺对的,人在连续忙碌了几年之后,确实是应该找个时间停下来整理、充电。"

"她还说什么了吗?"欧兰低声问。

"若枫姐最后说,让我捎给你一句话。"

"什么话?"

"不破不立,不变不通。世间万物都逃不过这八个字的循环。这次,有一个外力打破了她固有的僵局,给了她一个变化的机会,这是好事。她希望你也能时常记得这八个字,很多时候,一个外力突然打击到你,伤害到你,当时看起来可能挺残酷的,但是过后想想,这未尝不是好事,因为它可以让你在痛过之后,摆脱掉某种桎梏,获得自由。"

孙磊只是忠实地复述章若枫的话,显然他只是把章若枫的这段话当成了一段普通的励志感悟。可当欧兰和钟涛听了之后,却情不自禁地望向了对方,而同时,他们也都从对方的眼睛里看到了相同的东西:

"若枫一定也已经通过某种渠道知道了常亚东在这件事中所扮演的角色,她是在告诉欧兰,利用这次机会,挣脱出来!"

今晚,孙磊和钟涛都要陪欧兰吃饭,可欧兰却都谢绝了,她明白他们的心意,也感激,但她还是想一个人静一静,因为她要好好想一些东西。

回首这些天,就好像是做梦一样,来怀安做副总,却失去了老总的扶持,莫名其妙地做了代理总裁,又被正式任命为总裁。然后就又莫名其妙地结了一堆仇人。接着,钟涛来了,崔慧明、冯雅楚来了,乱七八糟,她真的需要好好想一想了,像若枫说的那样,停下来,把所有的事情理一理。

欧兰一个人坐在江边,捧着一杯纸杯装的饮料,江风、手里的饮料、脸颊,都是凉的,刚刚才九月底,怎么会觉得这么凉呢?是因为自己心冷了吗?不应该呀,工作终于上了正轨,自己正是应该一腔火热的时候啊。

理来理去,所有的思路最后还是终结到了今天的事情上,落到了常亚东的身上。

若枫最后那几句话语重心长!

欧兰掏出电话,看着,常亚东发回了那个两个字的短信之后,就再没有了消息。该再和他联络吗?欧兰在心里问自己。

联络,其实就是因为心中还存在最后一丝幻想,幻想着所有的一切都是沈佳一虚构出来的。可随着时间一分一秒地过去,常亚东的电话一直没有打回来,欧兰最后那一丝信心也像春天的残雪一样,无声无息地融化尽了。

"算了,不再问了,就这样吧。"欧兰呆呆地望着江面,想哭,可眼里怎么也涌不出泪来。"即使这次沈佳一的话里有夸张的成分,但她既然敢这么说,至少说明,她和常亚东的关系已经明朗化了。既然如此,自己就更没有必要在这其中苦苦纠结了。"

欧兰深深地叹了一口气,忽然苦中作乐地自言自语道:

"我就不用再杞人忧天了,真要有什么忧烦,也该是他妻子去承担的了。"

一句调侃,无限辛酸。真应了那句话:暧昧让人受尽委屈,找不到相爱的证据。苦苦牵扯了这么多年,到最后,竟然连嫉妒的资格都没有。

这最后一个想法,就好像一道闸门突然拉开,她的眼泪倾泻而出。这一次,欧兰没有再把眼泪强忍回去。哭吧,现在天这么黑,周围一个熟人都没有,趁着这个机会大哭一场,把所有的伤痛和委屈都哭出来,让过去的一切都随着眼泪远远地流走,不要再留

背叛 第五章

下任何痕迹。

欧兰哭了很久很久,直到再也流不出眼泪了,她仍旧在低低地抽噎着。

她一边抽泣着一边拿出电话,虽然前一分钟她脑子里还是一片空白,只觉着伤心,可现在她已经毫不犹豫地在手机上写了一句话,发了出去。这句话很简单:

"我想告诉你一件事,现在,我的人和我的心都绝对孤单了。"

短信发给了常江,这个世界上人很多,可是此时,欧兰想要找到的,只有常江。

常江竟然很快就回复了回来,他的回复更简单,只有四个字:

"很好,恭喜。"

欧兰现在泪痕未干,可看见这个短信还是一下子笑了出来,因为她好像看到了常江就站在眼前——从容优雅、洞察一切。

欧兰忍不住又回了他一句:

"我一直在哭。"没办法,她和常江已经形成了这种奇异的相处模式,她依赖常江,因为她知道常江随时都能够了解她的心情和想法,可是一旦常江很明白无误地看透了她的心思之后,她又总是情不自禁地就想再给常江出一出难题。

常江的短信又来了:

"理解。不过你还是留着点儿眼泪吧,等我回去,好当着我面哭。"

这一次,欧兰是真忘了跟常江较劲儿了:

"你要回来?"

"哈哈,本想到上海之后再给你一个惊喜,十月中旬到沪。"

欧兰攥着电话,很久很久都没有松开:

"三年了,常江真的要回来了。"

第六章 同　盟

1

这一场,欧兰哭得太凶了,第二天早上起来,她的眼睛全都肿了。她整整折腾了一早上,把所有能用的方法全都用了一遍,然后又化了浓浓的眼线和眼影,才走出家门。

碰巧欧兰在公司里遇到的第一个人就是许正华,她一见到欧兰,就瞪大了眼睛:

"啊?你干吗啦?"

欧兰的脸有些发热:

"哦,我没睡好,眼睛肿了。"

"哦。"

"看上去很明显吗?"欧兰问。

"不太明显,只是你突然化这么浓的妆让人觉得有点儿突兀。"许正华倒是很诚实。

欧兰无奈地笑了笑:

"没办法。"说完就继续朝前走。

"哎。"许正华在她背后忽然又喊了她一声。

"怎么了?"

许正华似乎在考虑该不该说,但最后还是决定说出来:

"我是说,你今晚去参加董事会的庆功宴的时候……"许正华的话没有说完,但欧兰已经明白了。

"晚上去吃饭的时候,我肯定会把这些都洗掉的,我估计那会儿眼睛也就消肿了,"

欧兰知道许正华的提醒绝对是出于善意,所以又开了句玩笑,"我也怕顶着一双熊猫眼把董事们吓到啊。"

许正华也笑了:

"熊猫眼倒不至于,但没准会让董事们误以为你要走新潮路线了。"

"哈哈,那我可太潮了。"

欧兰进了办公室之后,还在回忆刚才这一幕:这个许正华还是肯帮自己的。正应了那句话了,在职场上,只有没有利益之争的人才会成为朋友。

下午三点多钟,欧兰把手边的工作处理得差不多了,打电话把钟涛叫进了过来。

"什么事?"钟涛进门就问。

"你坐,"欧兰先招呼钟涛坐下,然后才很轻松地笑道,"我找你是想说点儿私事。"

"私事儿?"

"是啊,我看你今天一整天都魂不守舍,一有机会就对我察言观色,所以我决定专门拿出时间来,向你汇报一下我的思想动态,好消除你的担忧。"

"呃,你都看出来了?对不起……"

欧兰望着钟涛,态度真诚:

"该说对不起的是我,让你这么担心。还有,我要谢谢你,这么关心我。"

钟涛笑了:

"咱们俩要再这么谢来谢去的,可就远了。"

"对,不说这些客气话了,说重点,"一提到"重点",欧兰的神色又有点儿黯然,但她马上就又振作了起来,"你从来没问过我关于常亚东的事,都是过去的事了,其实也没什么可说的了。我只说一点,你尽管放心,我现在心里很平静,我自己感觉我把这件事处理得挺好的。我现在的人生目标很明确,事业尽可能地做好,能实现自己的价值,同时也尽量多挣些钱,孝敬父母。以后遇到合适的人,成家、生一个孩子,我觉得这样的人生才是完整的。至于这一路上遇到的一些沟沟坎坎、枝枝杈杈,不管当时显得多么艰难、多么重要,终究都是无关紧要的,过去了就过去了,没什么大不了的。"

钟涛听着欧兰说话,眼睛越来越亮了,最后,他的脸上绽开了发自内心的笑容:

"看来你真是把这件事情解决了,你真棒。"

欧兰也笑了:

"怎么样,现在你放心了吧?"

"放心了。"

"那好,我现在出去一趟,晚上直接在酒店见。"

"好。"

"还有,"欧兰的神情忽然变得严肃了,"今晚说是请咱们四个人吃饭,可事实上,我们三个人都是董事会的熟人,只有你是第一次亮相,所以今天也就相当于是对你的一次'过堂'。"

钟涛点了点头,神情很淡定:

"这个我想到了,你不用担心,我能把握好。"

"那就好,晚上见。"

2

五点整,欧兰准时走进了刘启飞的办公室。

今天刘启飞穿了一套颜色极深的墨绿色西装,望着他,欧兰心里在第一时间产生了两个念头:一个是,给这样一位风度极佳又非常注重仪表的上司做下属,压力的确很大。第二个,男人到了一定的年龄,好像就定格住了,再也不会继续变老了。可女人恰恰相反,一旦过了四十岁,青春就会飞逝而去。所以说起来,命运还是更厚待男人的。

"欧总,你这段时间工作得不错,也卓有成效,"刘启飞一如既往的态度和煦,不紧不慢,但是每一个字都显得那么有分量,"我相信,你对下一阶段的工作,一定也已经有了一个完整的思路,我也不干扰你,你尽管放手去做,有什么需要我协调的地方,尽管来找我,不用有负担。"

"谢谢您这么支持怀安的工作。"

"今天我找你来,是想跟你谈这样一件事,你听说过法国 NKR 财团吗?"

刘启飞果然提到 NKR 了,乍一听有点儿出人意料,可细想想,也在情理之中,崔慧明素来就是以雷霆手段而著称的,拖泥带水绝不是她的风格,现在她既然来收购怀安,肯定就不会一步步地往前走,而是会迅速地织起一张铺天盖地的大网,把怀安牢牢地扣在网中央,让它无处可逃!

欧兰坐在沙发上,她只坐了沙发的前半部分,后背挺得笔直,目光直视着刘启飞,她希望能够通过这种肢体语言向刘启飞传达出她的决心和毅力。

欧兰开始回答刘启飞的问题了:

"我已经知道 NKR 财团的事情了。因为比较巧合,NKR 财团这一任的中国区总裁,是我以前公司的副总崔慧明,我曾经和她合作过一段相当长的时间。前几天我遇到了崔慧明现在的一个下属,也是我过去的同事,她对我说了 NKR 财团的事情,我回去后,专门查了这家公司的资料。"

欧兰尽量简单明了地叙述清了她对这件事的了解。

刘启飞的态度始终是平静的,看不出欧兰的话究竟对他产生了怎样的作用。他只微微地点了点头,问:

"既然情况你大致都了解了,那我想问一问你的想法,你对这次收购怎么看?"

欧兰对这个问题感到很意外:

"什么叫我对收购怎么看?当然是拒绝被收购,难道还有别的选择吗?"

可能是看出了欧兰的疑惑,刘启飞解释道:

"崔慧明总裁已经跟董事会接触过了,她提出了几套收购方案,其中有收购,也有并购。这件事我想你也明白,董事们肯定会有想法,商贸局也有商贸局的想法,所以我现在想听一听你的意见。"

欧兰心里对于收购肯定是一百个反对的,但她明白,董事们的想法无疑又是追求利益最大化,而商贸局肯定是希望在利益最大化的基础上还要实现政绩,所以这两股势力绝不会像她这样旗帜鲜明地反对收购。

而刘启飞等于是这两股势力的代言人,所以她现在还不能那么直截了当地把自己的想法说出来,欧兰用心想了想,才说:

"我现在还不知道NKR提出的方案究竟是怎样的,所以对于是否应该接受他们的收购计划,我现在也没法拿出一个非常成熟的想法来,但有一点,我是可以肯定的,那就是,我会无条件支持对怀安好处最大的方案。"

欧兰的话说得很技术,一句"对怀安好处最大",就给未来留足了回旋的余地。

刘启飞当然也明白她的意思,他也不再继续追问,而是换了个话题:

"听说你和崔慧明的关系很好?"

又是一个很难回答的问题,而且这个问题不同于上一个,决不能思考太长的时间,所以欧兰马上回答道:

"我们曾经合作得非常好,她的能力很强,我从她身上学到了很多东西。"

刘启飞看了看欧兰,忽然说:

"对于这件事你也不用有太大的压力,毕竟怀安不是上市公司,所以即使面临收购,也不会那么刀光剑影的。"

可对于这个问题,欧兰却是另一种想法,如果真是凭着市场运作去进行收购和反收购,她可能还真能拼上一场,可现在能否收购成功,全凭着股东们的心思,这才是最危险的。

心里虽然这么想,可欧兰嘴上却不能这么说,所以她只是敷衍道:

"我明白,谢谢您。"

"下一阶段工作筹备得怎么样了?"刘启飞问。

话题转到了具体的工作上,欧兰就显得轻松多了:

"国庆促销的准备工作已经全部进行完毕了,黄金卖场准备搭国庆促销的车,搞一个开门红,把声势打开。正华也会利用她的关系,在上海一些名流汇集的场合进行推广,所以现在我对于黄金卖场的运营比较有信心。"

刘启飞认真地听完后,忽然不紧不慢地问:

"看起来,你对黄金卖场寄希望很大。你是想借用黄金卖场这个契机,把天一商厦的珠宝销售优势夺过来?"

欧兰被吓了一跳,这的确是她的想法,但她真没想到刘启飞就凭着自己这么一句话,就看透了这一点。其实她这个想法已经由来已久了,但她现在刚刚跟沈佳一反目,突然被人指出这种心思,难免有些心虚。所以,她赶紧解释道:

"其实我也不是专门在针对天一商厦,主要是我认为怀安商厦如果想恢复过去的地位和名望,首先需要恢复的就是珠宝销售,其次是时尚销售,因为这两项曾经是怀安的招牌。在过去,上海人买首饰和衣服都是首选怀安的,现在商厦云集,想再一枝独秀不太现实,但是这两样在市民心目中的地位还是应该恢复起来的。而黄金卖场落到怀安,的确是一个非常好的契机,天一商厦的珠宝销售,又在南京路首屈一指,所以怀安如果想要在珠宝销售方面打开局面,和天一商厦发生冲突,恐怕在所难免。"

欧兰尽可能地把这件事叙述得公式化、合理化,刘启飞笑了:

"你不用这么紧张,商人是不怕竞争的,更准确地说,商人就是靠着彼此竞争而生存。任何一间商厦,如果不去跟别人竞争,那它将很快消亡,反过来,如果所有的人都不把它当成竞争对手,那就意味着,它在人们的心目中已经消亡了。这就是竞争价值。"

听刘启飞这么说,欧兰才算是松了一口气,看起来,他并不介意自己去和天一或者其他商厦竞争,这就好。

"国庆促销之后呢?年底肯定有圣诞和元旦促销,然后是春节,但是在国庆和圣诞之间,你有什么想法吗?"刘启飞又问。

欧兰越来越发现,刘启飞也是经营商厦的行家里手,他提出来的这个问题,正是这段时间以来欧兰苦苦思索却还没有找到解决方法的。

既然刘启飞是行家,那如果现编一个想法糊弄他,肯定效果更差,于是欧兰索性实话实说:

"这个问题我一直在考虑,但目前还没有更好的经营方法。因为这个时间段比较特殊,怀安在经历了暑期促销、国庆促销之后,人气应该会达到一个顶点,这个时候,如果松了劲儿,那么刚刚聚集起的人气肯定会马上就跌落下去,前功尽弃。再有就是,消费者刚刚经历了整个上海的黄金周促销,口味已经很刁了,很容易产生审美疲劳,如果活动的方式不好,弄不好还会适得其反,所以目前还没有产生出太理想的方案。"

刘启飞的态度很温和:

"这个也不用太着急,时间还有,可以慢慢谋划,既然你已经意识到了这个问题的严重性,这就可以了。我也不过是给你提个醒。"

"谢谢您。"

刘启飞又笑了:

"我是怀安的董事会执行主席,你是怀安的总裁,支持你的工作是我分内的事情,你就不用总是道谢了。"

欧兰被他说得有点儿不好意思,低头笑了一下。只听刘启飞说:

"关于收购的事情,现在我没有什么太具体的建议给你。但有一点,你可以放心,能够成为怀安董事的人,都是在商业上比较成功的人,所以他们都不是只看眼前利益的人,也不会轻易地就被NKR财团给哄住。他们有足够的精明和耐性去为自己争取最大的利益。你是准备直接去酒店吗?"

"啊?"欧兰猛地抬起头,她正在特别用心地听刘启飞说话,可没想到刘启飞忽然蹦出这么一句,她愣了一会儿才反应过来刘启飞在问什么,赶紧说,"哦,对,我直接去酒店。"

"那好,我们两个一起去吧。"

"好。"

刘启飞看了看表:

"现在是五点半,按说是应该下班了,不过我还需要处理点事情,你在这里等我一会儿,大概二十分钟,可以吗?"

"可以,没问题。"

刘启飞站起来就往外走,等他马上就要出门去了,欧兰忽然喊了他一声:

"刘局……"

刘启飞停住脚步,转回头望着她,等待着下文,好像他根本不知道欧兰要说什么,弄得欧兰挺尴尬的,她吞吐着问:

"刚才,您说的话……"

"哦,我已经说完了。"

"说完了?"

"对。"

"哦,那您先去忙吧,我等您。"

"好。"

刘启飞出去了,把一头雾水留给了欧兰。

"他说完了?可那话分明没说完啊,马上就要说到最关键的地方了,他却突然不说了。"

欧兰她又认真地把刘启飞最后一段话回忆了一遍,刘启飞的意思很明白,董事们都是精明人,所以不会轻易让NKR给哄住,那然后呢?按说接下来,刘启飞就该说,欧兰该怎么做了?

欧兰揪了揪头发,很是恼火,就好像一个很饿的人,刚刚看到一盘子食物,结果又被端走了。

"刘启飞到底是什么意思呢?"

欧兰在刘启飞的办公室里转着圈子,苦苦地想着最后那段话。就在她转到第十几圈的时候,她忽然站住了,口中差点儿呼喊出来:

"我明白了!"

欧兰的双掌重重地击在一起,她终于弄懂了刘启飞的意思了:

董事们这么精明,所以他们会拿出一长段时间来观望,究竟是应该把怀安卖给法国人,还是应该留下来让怀安自主经营!

这一次欧兰真的明白了,也终于找到了方向:

"做好打持久战的准备,一心一意地把怀安好好的经营下去,哪怕怀安真的被别人收购,她也要坚持到最后一刻。因为商人看中的是利益,只要她能够给怀安带来利益,一切就都有希望。"

欧兰舒展地坐在了沙发上,她觉得一切都太完美了,虽然刘启飞并没有明确表示是支持她的,但他的态度很明显,他是希望欧兰能够在怀安有所建树的。尽管欧兰现在还不知道这是为什么,但这就已经足够了。长久以来欧兰最担心的,就是刘启飞会和陈秋峰一条心,只要这个危机不存在,那她就真没有了后顾之忧了。

一个很重的担心突然就消除了,接下来,就是放开手做事了。一想到马上就要全身心投入到怀安的运营中去,欧兰就觉得心底里好像有一把干柴被突然点燃了一样,一股火苗迅速地燃遍了她的全身,让她整个人都充满了压抑不住的力量。

欧兰自己都被自己的这股火热给逗笑了,她忽然很想给谢海川打个电话,问问他,经营商厦时间长了的人,是不是都跟上了毒瘾似的,有两天不去经营就想得慌,就变着法地得闹出点儿什么动静来,打打市场。

"海川很可能直接就回给我一句:人同此瘾。哈哈。"

同盟　第六章

3

欧兰脸上笑容未绝,手机忽然响了起来,她掏出电话一看,笑容不禁僵了一下——电话竟然是常亚东打来的。

"喂。"欧兰接通了电话。

"你好,"常亚东的声音挺生硬的,"现在说话方便吗?"

欧兰看了看房门,刘启飞应该还回不来:

"方便,你说吧。"

"你打了沈佳一?"

欧兰心里一阵狂跳,她没有想到,常亚东竟然会问这件事,因为凭欧兰对常亚东的了解,他对这种事情始终都是不闻不问,敬而远之的。

她感到一阵莫名的紧张,她并不是惧怕常亚东知道她打了沈佳一,她是隐隐地感到某件曾经被她冥想过千万次的事情,马上就要发生了。

"喂?"可能看欧兰没有回音,常亚东又提高了些声音问了一句。

"我在听。"欧兰说了三个字,态度已经和刚才判若两人了。

"那好,我继续说。其实沈佳一并没有太详细地告诉我你们之间发生了什么,她说不希望把我牵扯到这些麻烦事里。但我多少也能想到一些,毕竟我曾经见过你和朱莉莉之间发生矛盾的情景。沈佳一只对我复述了你对她说的那些话。欧兰,说心里话,你会那样说,我很失望,但我也没有什么资格指责你。我今天给你打电话只是想告诉你,我和我妻子的感情很好,而你也曾经是我堂弟常江的恋人,所以不要去做那种伤人害己的事情,我妻子是无辜的。你现在也是上海商界中的一位精英人物,过多的谣言,对你也不好。好了,我就说这些,我希望这是我们之间最后一次通话,祝你以后一帆风顺,更上一层楼。"

电话挂断了,欧兰缓缓地跌坐到了沙发上,手机已经掉到了地上,可她一点儿感觉也没有。她甚至都不知道自己刚才究竟说了些什么。但有一点是可以肯定的,她自始至终都没有追问常亚东,沈佳一究竟跟他说了些什么。因为不用问,她都能够想到,沈佳一能够在欧兰面前那么妩媚地去描述常亚东对她的疼惜与爱情,就能够在常亚东面前去编造欧兰要如何疯狂地报复他的妻子。沈佳一这个女人太善于演戏了,也太善于发现和利用人的弱点了,区别只在于,欧兰选择了信任常亚东,而常亚东选择了信任沈佳一!

信任沈佳一!这五个字像是五把刀,毫不犹豫地插进了欧兰的心里。

"从上海到北京再到天津,这么多年的牵挂,竟然还比不上沈佳一的挑拨。"欧兰重重地闭上了眼睛,眼泪落了下来,她竟然都分不清自己的泪水究竟是冰凉的,还是滚烫的,只觉得每一下划过脸颊的泪水,都刺痛着她。

昨晚还以为一切都结束了,可没想到,今天还有这致命的一击在等待着自己,而这一击还是来自常亚东!

最后他说什么?这是最后一次联系?这当然是最后一次联系,难道自己还会跟这样一个男人再有什么纠葛吗?

不会了,再也不会了。欧兰自认这些年她没有做过一丁点伤害常亚东的事情,可常亚东最后留给她的,竟然是如此残酷的结局。

多年来和常亚东的一幕幕情景在她的脑海中翻腾,欧兰真的不想再看到那些情景,可却无力把它们赶走。

她太伤心了,常亚东的话一遍遍在她的耳边轰鸣,以至于刘启飞走进办公室的时候,她都没有发觉。

刘启飞一推开办公室的门就愣住了,他看到欧兰已经跌倒在了双人沙发上,脸色青白,手机落在地上,他第一个反应是欧兰是不是发什么急病了,刚想喊人,却看到她的脸上布满了泪痕。

刘启飞思索了一下,反手关上了房门,走到了欧兰的身边,低声唤了一句:

"欧总。"

刘启飞已经尽量把自己的声音控制得很低了,他就怕自己突然出现吓到欧兰,可欧兰还是被这突如其来的声音惊到了。她一下子就从沙发上弹了起来,忙乱间都忘了去擦脸上的眼泪,直接就说:

"刘局,对不起……"

她想着赶紧站直身子,却又踩到了掉在地上的电话,欧兰滑了一下再也站不住了,刘启飞本能地想要扶住她,可他这一拽欧兰彻底失去了平衡,整个人栽进了刘启飞的怀里。

这下子,欧兰再也忍不住了,怕失态,可偏偏就没完没了地失态,她只觉得自己心里最后的防线也崩塌了,欧兰向后退了一步,匍匐在沙发上,无声地痛哭了起来。

刘启飞也被这一连串的变故给弄懵了,但他至少肯定了一点,欧兰没生病,只是不知道什么原因,情绪突然失控了,那就让她自己调整一下吧。

他转身出了办公室,随手锁上了房门。

欧兰哭了好一会儿,才清醒了过来,这一清醒,她马上就意识到自己这次闯的祸有多大了。

欧兰心里懊恼、紧张透了，这些混乱的情绪都让她暂时忘记了常亚东的电话。

她掏出化妆包，尽量挽救了自己的妆容，然后才拨通了刘启飞的电话。

电话响了两声就被摁断了，一分钟之后，只听房门锁一响，刘启飞出现了。

他还是那么平静、从容，就好像他刚刚才处理完事情回到办公室一样，几乎让欧兰都要怀疑，刚才自己只是做了个梦而已。

"我们现在去酒店？"刘启飞说。

"好。"

欧兰很痛快地答应着。

"我就不让司机送我了，坐你的车吧，今晚如果喝酒，再让司机接我们。"刘启飞说。

欧兰不知道刘启飞原本的安排是怎样的，反正他现在这样安排，显得很善解人意，因为这会儿欧兰实在是不想再多见到一个人，多做应酬。

可上了车，当欧兰的情绪平静了之后，她又不禁有点儿抱怨刘启飞的善解人意了。刘启飞坐在车里，要么沉默，要么谈两句工作上的事，绝口不提刚才发生的那一幕，这让欧兰有心解释都无从说起。

可自己突然在局长办公室那么失仪，这件事是无论如何都应该解释一下的，否则让局长误会她是一个很情绪化、连最起码的情绪控制能力都没有的人，那就惨了。

眼看着前面就到酒店了，再不说真就没机会了，欧兰终于硬着头皮开口了：

"刘局，今天的事，对不起。"

"没关系。"

"我是接到了我男朋友的电话，他在德国，"这种突如其来的情绪反应，只能是被情所伤，所以欧兰只能再一次把常江拎出来当挡箭牌，"原本说好下个月他回来的。"

欧兰的解释很是恰到好处，这样既可以理解为情变，也可以理解为因为男友不能按时回国两人吵架了。反正不管怎么说，把这件事推到男友身上，还显得稍微正常一些。

刘启飞笑了：

"呵呵，年轻人嘛，很正常，大家年轻的时候都是这么过来的。"

听刘启飞这么说，欧兰暗自松了一口气。

当他们两个到酒店的时候，欧兰突然想到了一个比较复杂的问题——陈秋峰一直致力于到处散布欧兰和钟涛的流言蜚语，他肯定已经跟刘启飞说了这件事。而这一次，欧兰为了远在德国的男友居然在刘启飞面前严重失态，刘启飞到底会怎么看待这件事呢？是会觉得陈秋峰的话是无稽之谈，还是会认为欧兰八面玲珑，同时吊着好几个男人？

这么一想，欧兰就又开始头疼了。

欧兰和刘启飞走进酒店,迎面就看到许正华、陈秋峰、钟涛三个人在酒店休息区并肩而立。许正华打扮得花团锦簇,钟涛一如往日的休闲帅气,陈秋峰照例堆起了满脸笑容。看着他们三个,欧兰笑了:

"你们站这里干吗呢?怎么不上去呀?"

"等着迎接领导啊,"许正华说着话就走到了刘启飞的跟前,"刘局,你不公平,为什么单独送欧总过来,是因为她是正总裁吗?"

欧兰和钟涛迅速地交换了一下目光——许正华和刘启飞的关系太熟稔了。

庆功宴很成功,每一位与会者都非常尽力,让宴会始终都保持在和谐热烈的局面中。甚至连陈秋峰也没有像往常似的那么阴阳怪气。因为大家心里都清楚,董事会出面给他们庆功,是认可也是面子,既然董事会给了他们面子,那他们当然不能驳了这个面子。

职场上的事就是如此,昨天刚刚互相拆了台,今天却又给足了对方面子,一切都没有定律,只看怎样做是对自己最有利的。

4

宴会圆满结束,大家话别后各自离开。欧兰刚刚开着车汇入车流,就接到了钟涛的电话。

"走到哪儿了?"钟涛问。

欧兰笑了:

"还在这条路上,没走出多远呢,前面正好有一个停车带,我停在那里等你。"

钟涛也笑了:

"你怎么知道我要找你?还专门开这么慢等我?"

"今晚看了一整场活人活剧,你肯定有很多想法需要跟我交流讨论啊。要不然,多浪费大家今晚这么投入的表演呀。"

"哈哈,知音再难得!好,你等我,我已经看见你的车了。"钟涛挂断了电话。

他紧走了几步跑到欧兰的车旁边,拉开了车门,问:

"你开还是我开?"

"我开吧。今晚我也不想总待在车里,觉得心里闷,我们找个地方把车停下,走一走。"

"好。"钟涛在副驾驶的位置上坐好。

欧兰启动了车子,同时说:

"你刚才电话挂得太快了,我还有一句话没来得及说。"

"什么话?"

"你说知音再难得,我却觉得应该说是搭档再难得,因为我可能是小时候看琼瑶小说看多了,总觉得知音这种关系特别美但也特别脆弱,很容易就破碎掉,相比起来,倒是搭档关系更稳固一些。"

钟涛回过头认认真真地看了欧兰一眼:

"欧兰,我问你句话,要是问错了,你别介意。"

"说吧。"

"是不是常亚东那边又出什么状况了?"

"哈,我刚才的感慨引发了你的联想了?"

"不全是,今晚刚一看到你的时候,就觉得有不对劲儿的地方。"

"啊?那么明显?"欧兰有些紧张。

"没关系,我想其他人看不出来,我毕竟对你很熟悉也很了解。"

"哦,那就好,这件事一会儿再说,先说说今天晚上的收获吧。"

"好。陈秋峰确实是老奸巨猾,这阵子他恨你我恨得,都快要放把火烧了怀安了,可今天在刘启飞面前却表现得那么谦和友爱……"

"是啊,"欧兰禁不住叹息了一声,感叹道,"要是就单纯地从今天这次宴会看,陈秋峰简直就是怀安最大的忠臣、功臣,我们不过都是他的陪衬。说心里话,看着他那副嘴脸,我这气就不打一处来!"

"我看出来了,你今天这一整晚基本就没正眼看陈秋峰,所以说,你还得历练,比起掩盖心里的真实思想和做戏来,你比陈秋峰还差得太远,这样,你会吃亏的。"

"我明白,这是我一个大毛病,脾气太直,藏不住自己的情绪,这必须得改。"

钟涛忽然笑了:

"不过比起几年前来,你已经进步很多了,还记得你第一次去苏州吗,你去核查我公司的账目,我们第一次见面?"

"当然记得啊,那怎么能忘呢?"是啊,苏州之行等于是欧兰事业上真正的起点,她当然不会忘记。

"那时,你才真是藏不住事儿呢,有什么都挂在脸上。当时我看着你,都觉得不可思议,我就想,不是都说总部财务部的人一个个都是人精吗?怎么还有这么一位没心没肺的呢?"

欧兰讶然失笑,惊叫了出来:

"没心没肺?你当时真那么看我吗?"

"千真万确。"

"那你还敢跟我合作。"

"因为你提出来的计划的确很吸引我,这是当时促使我跟你合作的唯一理由。"

"就没点儿其他的理由?例如我的个人魅力?"

"真没有。"钟涛真诚地回答,两个人一起大笑了起来。

笑了一阵之后,钟涛才继续说:

"陈秋峰就不用多探讨了,反正他也是那副样子的。今晚我最感兴趣的是刘启飞。"

"我能看出来,刘启飞最感兴趣的人,也是你。"欧兰说。

"这也正常。相对来说,你们几个他都比较熟悉了。"

"那关于刘启飞你都看出什么来了?"

"基本什么都没看出来,他隐藏得很深,但我有种感觉,他应该是支持怀安自主经营的。"

"为什么?"

"说不上原因,就是一种感觉吧。虽然他说的每一句关于怀安的话都是非常客观的,没有任何倾向性,但我就是产生了这样的感觉。"

"你的直觉应该是有些道理。"欧兰喃喃着,"今天下午我去他办公室,他还跟我提到了NKR……"

欧兰把下午她和刘启飞的对话详细复述了一遍,这一次在提到NKR和崔慧明的时候,他们两个人都非常非常的自然,以至于欧兰在全部讲完之后,才意识到他们两个刚才反复提到了崔慧明这三个字。欧兰不禁暗自唏嘘:

"看来钟涛是真的放下了。"

钟涛认真听完欧兰的话,点了点头:

"你分析得很对,刘启飞应该就是这样的心思,不过前提条件是,我们必须得努力让怀安创出业绩来,否则他也不会顶风帮我们,现在看起来,刘启飞首先看重的就是政绩。好了,工作的事告一段落,怎么样,还想讨论你的情感问题吗?"

"为什么不想?"欧兰很轻松地反问。

"因为我觉得在探讨完工作之后,你的精神已经非常愉快了,那些不开心的事,可能你已经都忘了,或者不想提了。"

"怎么说呢,"现在他们两个人已经停了车,在路边慢慢地走着,身边都是成双成对的恋人,"我现在更多的是把这件事也当成了工作了吧。"

一听欧兰说常亚东的问题已经和工作掺杂在了一起,钟涛不由地专注了起来。

欧兰把下午和常亚东通电话的事整个复述了一遍。虽然她现在精神的确不错,虽然她已经要求自己把这件事当成了工作,可是当她再一次去回忆那些刺痛了她的话语的时候,她的全身还是变得冰凉了,甚至有些瑟瑟地颤抖。

钟涛意识到了她的变化,很自然地伸出手揽住了她的肩膀,这样一来,他们两个人就更像是一对恋人了,只是谁也想不到,这一对看起来如此登对的男女,此刻所谈的话题却是那样的沉重。

"你还真是挺坚强的,在刘启飞的办公室接到这样的电话竟然都没有失态。"钟涛说。

"没有失态?"欧兰苦笑了一下,"我痛哭到了失控,还正好被刘启飞撞见,总之场面一团混乱。"

"天!刘启飞什么都没问?"

"一个字都没问,正如你所说的,他这个人深不可测,"欧兰说完后又加了一句,"我没事了,不用担心。"

钟涛会意,松开了欧兰的肩膀,把手插进了裤子口袋里:

"你认为这件事是沈佳一挑拨的?"

"一定是。而且沈佳一一定很夸张地渲染了我的怒火,伪造出我要去败坏常亚东名誉、破坏他的家庭之类的话,而这正是常亚东最在意的东西,所以他才来给我下最后通牒。"

钟涛叹了口气:

"他真是一点儿都不了解你,你根本不可能做那样的事。"

欧兰的神情有些凄凉:

"我只是想知道,他为什么一点儿也不信任我,却那么信任沈佳一,每当想到这一点,我就觉得我真的很失败,这么多年,竟然连一个人最起码的信任都得不到。"

钟涛默然了,他无法完全体会女人那些细腻的感情,但是大致也能明白欧兰的感受,虽然她口口声声说要结束,心里也真的断了那些念想,可仍旧无法接受,自己真心爱过的一个男人如此不信任自己的人品,尤其是这其中还掺杂着另外一个女人。

"其实这件事我是这么想的,"钟涛斟酌着说道,"这件事里,不存在常亚东信任沈佳一、不信任你的问题,只是沈佳一利用了常亚东的弱点。反过来,如果是你去跟常亚东说,沈佳一会威胁到他的名誉和家庭,他也会这么做的。当然,你说的效果可能不会有这么好,因为你不像沈佳一那么善于做戏和说谎。"

"你这算是在安慰我吗?"

"不算,我是从男人的角度去解读另一个男人的心思,应该说是比较准确的。"

"就算是这样吧。但正如你刚才所说的,常亚东也太不了解我了,就凭这一点,也不可原谅。"

"我从来没想过要建议你原谅他。只是我觉得他运气的确是挺差的,因为你明明都已经决定把一切都放下了,他却偏在这个时候,做出这种火上浇油的事情来。"

"这就叫做命运吧,"欧兰总结了一句,然后说,"至于常亚东和我最后竟然弄出这样一个结局,的确比较遗憾,但我只要能够克制住自己,不再把他的话当成是伤害,也就无所谓了。反正都是结束,具体用什么方式结束,也就没什么不同了。我是通过这件事,想起了另一个问题。"

"什么问题?"钟涛赶紧问,他巴不得欧兰把注意力转移到其他方面去,不再考虑常亚东了。

"我在想,沈佳一为什么要这么做。刚才你说,你从男人的角度解读常亚东,得出的答案是很准确的,而我现在从女人的角度解读沈佳一,也应该是非常准确的。我的解读就是,女人如果不是恨一个人恨极了,绝不会采取这样方式。"

"你是说沈佳一恨你已经恨到极致了?"

"可以这么说吧。"

"那她为什么这么恨你呢?因为你抢了黄金卖场?"

"对,也因为我阻碍了她兼并怀安的计划。"

"不是为了常亚东?"

"当然也有感情上的原因,但是正如许正华说的,像沈佳一这种女人,工作永远是排在男人前面的。如果我不是怀安的总裁,只单纯的是她的情敌,那她不会采取这么没有风度的手段。"

"我明白了。"钟涛觉得女人的心思好复杂。

"所以我就在想,这件事只是个开始,沈佳一对我的打击绝不会就此停止,而是会就此展开。"

"她已经污蔑你要破坏常亚东的家庭了,下一步还跟常亚东说什么?说你会绑架他们家孩子?"

"下一次就不见得是常亚东了,她会继续找我其他的弱点,针对性地进行打击。直到把我彻底打垮为止。"

看钟涛不说话,欧兰又加了一句:

"怎么?你不相信?"

"我当然相信你,就是觉得有点儿毛骨悚然。"

"毛骨悚然?这么夸张?"欧兰失笑。

"也许是厌恶吧,厌烦这种恶意竞争的手段。"

"这是没办法的事,各种竞争达到白热化的时候,就都会变得不择手段了。"

"既然你认为沈佳一接下来会有一连串的手段,那你有什么打算?"钟涛问。

"还击,必须还击。否则就等于是在自己身边埋伏了一支敌人的别动队,想什么时候给我放个冷枪就放个冷枪,想什么时候给我扔个炸弹就扔个炸弹,那我就不用干别的了,整天就光跟她周旋了。常江说过,我得学会把斗争当成常态,我现在就想把跟沈佳一的斗争当成常态,把我变成埋伏在她身边的别动队,没事就给她制造麻烦,只有这样,才能为怀安赢得争夺市场的时间和空间。"

"以攻为守,好主意。沈佳一这次一定以为打击到了你,你会低落一段时间,甚至没有心思去管国庆促销的事,她绝不会想到,你不仅没有因为受到伤害而消沉,还这么快就组织起了反击的计划。"

欧兰心中一沉:谁说她没有受到伤害,只不过她已经下定决心把所有的伤都深深地埋藏起来。因为她知道,事已至此,再多无谓的伤心也没有用,现在最好的办法,就是争取业绩,打击天一!成就,永远都是最好的疗伤药。

欧兰深深地吸了一口气,眺望着遥远的天幕:

"我现在跟你说说我的计划……"

欧兰说完了,钟涛直直地盯着她,久久都没有开口,欧兰笑了:

"怎么,是不是觉得我的计划太疯狂了,觉得匪夷所思?"

钟涛又沉默了好一会儿,才很缓慢地、分外认真地说道:

"这个计划的确是太疯狂了,不过,我支持你。"

"真的?"欧兰露出惊喜的笑容,"可这件事,我心里也只有百分之二十的把握。"

"富贵险中求,拼一把。"

"好!"

5

国庆促销终于开始了,不管南京路上的这些商家们,为了这一个黄金周如何绞尽脑汁、明争暗斗,这七天都是消费者们不折不扣的节日。

南京路上一片欢腾,来自各地的人们都尽兴地投入到这场购物狂欢之中,尽情享受着各家商厦精心捧出的商品盛宴。

而在这个时候,各个商厦内部的管理楼层内,则是另一番景象,和南京路上的喧闹、热烈正相反，这里是安静、紧张，却又井然有序的。不管是大的工作间还是单独的办公室，职员和主管们全都身着工装，他们有的注视着电脑，有的不断接打着电话，有的步履匆匆地在卖场和各个办公室之间，虽然干的工作各异，但他们的神情都同样的严肃，脚步和说话的声音都很轻，尽量不打扰其他人。彼此之间商量各种事情的时候，也都最大限度地实现了沟通和配合。

欧兰在各个地方转了一圈，心中不禁感叹：

"要是平时怀安也都是这种工作氛围，那该多好啊。"

今天，商厦里所有的员工都不由自主地被南京路上这个巨大的交易磁场所包围了。在这样的氛围之中，他们暂时忽略掉了个人的私利和彼此间的嫌隙，一心一意地成为这场异彩纷呈的商战的一部分。

"当然，也不是每一个人都因为商机而变得激越了。"欧兰脸上忽然显出一抹异样的笑容，虽然她还没有见到陈秋峰，但她相信，再阳光再热烈的氛围，也影响不了陈秋峰那颗阴暗的心。他始终都会像一把冰冷的、淬毒的刀，深深地插在怀安的心脏上。

欧兰很想知道现在陈秋峰又在打什么主意，因为她知道，这场火爆的销售为其他人带来了多大的快乐，就会为他带来多大的痛苦，而在同样力度的情况下，痛苦的感受肯定比快乐的感受要强得多。所以面对着这种强烈的刺激，陈秋峰一定会干点儿什么的。

当然，她也就是想想而已，虽说现在欧兰已经比较了解陈秋峰了，但对付他，也只能做到事后补救，见招拆招，还做不到对他的行为洞若观火。

"大家都这么忙，我也应该找点儿事干了。"欧兰对着玻璃上自己的倒影笑了一下——一个很典型的崔慧明似的笑容，专门笑给自己的笑容，然后拨通了电话。

"喂，海川，很忙吧？"欧兰对着电话笑语盈盈。

"啊！你好，是挺忙的，你怎么今天有空打电话过来？"谢海川突然接到欧兰的电话，感到很意外，因为欧兰一般不会在工作时间找他，更不应该在十月二号这样的日子里找他。

"嗯，现在怀安里，大家都忙翻了，就我一个闲人，我不好意思总是闲着了，就也找点事情做呗。"

谢海川苦笑：

"唉，这就是老总和打工的区别啊，你们老总们就负责运筹帷幄，高瞻远瞩，我们就负责兢兢业业。"

"哈哈，你们丁总呢？他现在是不是也很闲啊。"

"今天我还没见他呢，不过应该也跟你差不多吧。"毕竟和丁伟是铁哥们，随时都得顾及着丁伟的面子，人家一个女总裁都这么轻松自在，总不能把丁伟形容得焦头烂额吧。

"海川,其实我给你打电话是想请你帮我一个忙。"

"你说。"

"如果现在丁总有时间的话,我想和他见个面。"欧兰的语气态度都那么自然,就好像在说一件最正常不过的事情,可这句话带给谢海川的震撼却是可想而知的。

"啊?"他不禁惊呼了出来,"你要见丁总?"

"对,有点儿事想和他商量。"

"现在?"

"嗯,最好是现在,当然如果丁总不方便的话,就另定一个时间,但最好能在这一两天,而且是营业内的时间。"

欧兰的这一系列要求太奇怪了,作为两家顶级商厦的老总,就这样安排了一次见面,未免太过于草率了,而且还要在营业时间内见面。

海川沉默了一会儿,说:

"欧兰,能告诉我,到底出什么事了吗?"

欧兰笑了:

"真没什么事,我就是有点儿事想和丁总谈谈,但又不想兴师动众的,所以才请你帮忙。好吗?海川,帮我联络一下丁总,你告诉他,如果他时间方便的话,我到鑫荣去见他。"

"你来鑫荣?"又是一个意外。

"当然,如果丁总允许的话。"

"那,好吧,"谢海川又犹豫了一下,才说,"我去转告。"

"谢谢你海川,我就在办公室里等你电话。"

欧兰的意思很明白,今天就要见到结果,谢海川当然也听出来了,其实欧兰真不用再这么刻意地嘱咐他了,她这一连串的举动太古怪了,谢海川已经不敢拖延了。

还真是和欧兰一样,现在丁伟也很闲,只坐在办公室里想事情。每个人都有自己的工作习惯,丁伟思考工作的时候,就是自己一个人冥想,一坐就能坐一天。

"怎么了?你怎么跟梦游似的。"丁伟一看到谢海川马上就问。

谢海川很佩服丁伟的形容能力,自己的确是让欧兰那个电话弄得有点儿六神无主的,可能看起来还真是像梦游。

"丁伟,找你说件事。"

"什么事?"

"刚才欧兰给我打了一个电话,她要和你见个面。"

"她说为什么找我了吗?"

"我问了,她不说。就说见面时间越快越好,见面地点就在鑫荣。我没有问她都有什么人参加,但她强调了,是因为不想兴师动众所以才找到我,所以我想,她是要来单独见你。"

丁伟也愣住了:

"她想干什么?"

看着丁伟那一脸意外,谢海川反倒觉得轻松了,看来那种因为对情况掌握不明而产生的压力是可以传递的,现在他把情绪传递给了丁伟,自己就可以安心思考了:

"她有可能是想投诚?"谢海川认真地说。

"虽然我很希望,但我也知道这个希望并不大。"

"或者因为你挖走了她的李菁菁来向你当面兴师问罪。"

"不可能,她没那么幼稚。"

海川忽然笑了:

"我也知道这些都不可能,但我实在是想不出她要干什么。"

"那你的建议呢?"

"如果是我的话,兵来将挡,水来土掩,既然不知道她要干什么,那索性就见见她,当面问清楚,不过这件事还是你来考虑,毕竟我和你站的位置不同,可能有些地方考虑不周。"

丁伟认真地听完海川的话,笑了:

"说实话,我也觉得你的方法好像是不太周全,但是目前我也想不出更好的办法来。"

"你准备见她?"

"见,总不能让一个女人给吓住吧。"

"那我怎么跟她说?"

"你就说,我说了,只要欧总时间方便,我随时恭候她的光临。"

"好。"

二十分钟后,欧兰走到了鑫荣的大门前,谢海川已经出来等她了。还隔着很远,海川就从人流中看到了欧兰。欧兰今天穿了一套青苹果色的套装,耳垂上戴着一副黄金耳钉,脖子上戴着一条细细的黄金项链。说也奇怪,金黄色和青绿色配在一起,并不显得刺眼,反倒看着还挺漂亮。

欧兰走到了谢海川的面前,笑容比阳光还明媚:

"那么大老远地就盯着我看,看出点儿什么来了?"

"我看出来你随时在给你们怀安的黄金卖场做广告。"谢海川也笑了。

"呀,离这么远都能认出来啊?"欧兰摸了一下脖子上的项链,笑了。

"当然能,因为我收到了你们怀安大客户部寄给我的本月热销的黄金首饰的样册,说起来,你们也是够狠的,广告都送到我手里了,难道你们忘了,咱们是竞争对手吗?"谢海川半开玩笑似的问道。

"哈哈,这是两回事,对手归对手,生意归生意,再说了,这么好的东西,我们还想着跟你分享,你应该心怀感激才对。"

"好好,我感激。而且我也很佩服你们开拓市场的这种大无畏精神。你们大客户部的经理是叫孙磊吧?"

"对,孙磊,一个不可多得的人才。你可以建议丁总挖一挖他,他比李菁菁更有价值。"

谢海川本来正引着欧兰朝门里走,忽然听到这句话,他顿住了脚步,转过头望着欧兰,神情很无奈:

"欧兰,李菁菁的事,你介意了,是吗?"

"我要说我不介意,你或者丁伟会相信吗?"

"不相信。"

"那我只能说遗憾了,因为我的确不怎么介意,真的。"

谢海川望着欧兰,目光很幽深:

"欧兰,我觉得你最近变化挺大的。"

"是吗?哪方面?"

"觉得你深沉了。"

"你是想说我更有心机和城府了吧?"

"你太直接了。"

"你觉得我这种变化不好,对吗?"

"不,作为职业经理人,肯定是越有心机,越有城府,成功的几率就越高。可我又希望你的生活能够简单一些,因为只有简单才能快乐,所以我也很矛盾。"谢海川笑着解释。

欧兰也笑了,她没有再说话。其实她自己也明显地感觉到谢海川所说的这些变化,她甚至能够准确地感觉到,自己是从和沈佳一见了面,接完了常亚东的电话,才一步步地改变的。谢海川说得没错,越简单才能越快乐,但是现在对于欧兰来说,简单已经成了一种奢求。身边虎狼环伺,若枫的事情让她明白了一个事实,现在她如果有一步走错,或者一时手软,那么遭殃的不仅仅是她自己,还会连累到身边的朋友。

那些铁石心肠的女强人,就是这样被锻造出来的吧。

6

丁伟在自己的办公室里"热烈"欢迎了欧兰的到来。他先是对欧兰的突然造访表示了极大的惊喜,接着又对欧兰今天的装扮和精神面貌进行了热切的赞扬,最后还提到了对欧兰在竞标黄金卖场时的表现的由衷钦佩。总之欧兰如果定力稍微差一点儿,就会被丁伟给捧晕了,没准儿都会忘了自己来这里的目的了。

丁伟的欢迎词终于告一段落,欧兰笑盈盈地望着他,说：

"今天我这么冒昧地打扰,没耽误你什么事情吧？"

丁伟哈哈一笑：

"当然没有,不管是怀安总裁大驾光临,还是美女造访,都是最重要的事,所以根本就谈不到耽误工作这回事。"

"那好,丁总也是大忙人,我就开门见山了。"

"好,洗耳恭听。"丁伟表面上仍旧是谈笑风生的,可心里却在暗暗寻思："这个欧兰还真是有点儿门道,我竟然都干扰不了她的思路,不管我说什么,她始终都牢牢地守着她自己的思想。一个女人,能做到这一点,就已经很不容易了。"

欧兰望了丁伟半晌,忽然说：

"丁总,我今天来鑫荣,整个怀安,只有我和我的副总钟涛知道,而鑫荣,我想,应该也只有谢主管和您知道,而且谢主管并不知道我具体是来做什么的。我想说的是,今天我谈的事情,如果能成,最好；如果不能,就像刚才您所说的那样,当做一次美女的友好来访,行吗？"

丁伟愣了一下,马上就明白了欧兰的意思,于是正色道：

"好！欧总,我佩服您的直率,没问题,今天您谈的事儿,如果谈不成,我们哪儿说哪儿了,只有我们两个人知道。"

欧兰笑了：

"丁总果然是痛快人。所以我还是期待我们今天能够谈成点儿什么。"

"我也希望,"丁伟的目光灼灼闪动着,"我说的是真心话,虽然我还不知道您今天究竟是要跟我谈什么,但我相信,能让欧总亲自来鑫荣找我面谈,一定是一件对我们双方都有益处的事。"

丁伟果然是谈判的高手,每一句话都说得中听,可就是不做任何承诺。

"好！丁总,能带我在鑫荣里转一转吗?"欧兰突然问。

"转一转?"丁伟有点儿意外。

"对,因为我想在卖场里谈,会更直接一些。不过,如果我这个要求不合常规,就算了,我们在这里谈也一样。"

欧兰的这个要求的确是不合常规,但她既然提出来了,丁伟当然也不会拒绝,于是他很洒脱地一笑:

"在我这儿,没那么多规矩,请！"

两个人在鑫荣的卖场里穿行着,当他们走到了三楼的时候,欧兰忽然朝着玻璃幕墙一指,说:

"那就是怀安。"

的确,鑫荣和怀安之间隔着一条不宽的小马路,虽然从这家的大门走到那家的大门需要绕行一下,可是从这个位置上看,两座商厦距离得非常近。

"对,那就是怀安,所以我们两家可谓是一衣带水啊。"丁伟也驻足望着对面说。透过暗蓝色的玻璃幕墙看出去,怀安仿佛被笼上了一层专门做旧的颜色,更加触人心魂。虽然现在丁伟表现得很平静,可事实上,他经常站在这个位置眺望怀安,每次看,都恨不得马上把怀安收入怀中。

欧兰和他并肩而立,声音不高却很清晰地说:

"其实,我的想法很简单,我就是想从这里建一架过街天桥,把鑫荣和怀安连起来。"

丁伟霍地转过头,难以置信地望着欧兰。他的惊诧是在欧兰意料之中的,所以欧兰只是很友善地笑了笑,说了句:

"现场已经看完了,接下来的事情,我们可以回办公室谈了。"

在返回办公室的路上,丁伟心里才暗暗松下一口气来:

"欧兰终究还是很讲究涵养的,不会让男人太没有面子,所以专门给出一段时间来,让自己平静一下。不过真不能怪自己太震惊,实在是她这个主意也太出人意料了。"

两个人回到丁伟的办公室,丁伟亲手把欧兰那杯已经冷了的茶倒掉,重新给她换了杯热茶,坐下,然后才悠悠地开口了:

"欧总,我必须得承认,你让我震惊了。"

欧兰始终面带笑容:

"我也知道,突然跟你提出这样一个想法,你一定会觉得很突兀,但我个人认为,这不失为一个很不错的计划。"

"的确,如果单纯从开拓市场的角度来说,或者单纯把这件事当做教科书的一个案例分析,我承认这是个很不错的计划,因为这架天桥一旦架通,就等于让鑫荣和怀安共享了彼此的客流。但是,欧总,您想过一个问题没有,我们现在毕竟不是在课堂上演练案例,我们是在实实在在地经营,所以,这个计划一旦启动,会涉及很多方面的问题。"

"正因为会涉及很多方面的问题,我甚至想到了,不管这件事成与不成,这个计划一旦传扬出去,都会引起轩然大波,所以我才采取这么异于常规的方式,来单独和你面谈。"

丁伟望着欧兰,好一会儿,才问:

"欧总,能跟我详细说说吗,是什么使你产生了这样一个想法?"

欧兰握住杯子,望着杯子里翠绿的茶叶一片一片地沉到杯底,过了好一会儿,她才抬起头,看着丁伟:

"丁总,你介意我在回答你的问题的时候,语言直接一些吗?"

"当然不介意,我真心希望我们两个能通过非常直接的方式交流,"丁伟说着话,忽然自己笑了,好像突然间想起了什么有意思的事情,"我相信,在谈判桌上绕圈子,我们两个都是行家,所以,在不绕圈子的时候,我们也都具有相应的承受能力。"

"好!"欧兰由衷地赞许了一声,"那我就开诚布公地讲我的思路。"

丁伟向前倾了倾身子,态度也变得专注了起来。

"丁总,坦白地说,我知道,你一直想把怀安收纳于麾下,这算不上什么秘密,大家心知肚明。我自认也非常能够理解你的心情,如果我是鑫荣的老总,我也会这么想、并且朝着这个目标去努力。但现在的形势又发生了一些变化,你也已经知道了,法国NKR财团介入到了这场角逐之中,他们想收购怀安。NKR的实力和他们中国区总裁崔慧明的能力,我都了解,所以我个人认为,现在摆在怀安面前的只有两条路,一,独立经营,二,被NKR财团收购,没有第三路可走。鑫荣、天一,或者其他觊觎怀安的公司,都不是NKR的对手。这是我对目前局势的分析,如果你有不同的看法,我们可以讨论。"

丁伟沉吟了片刻:

"很客观。我也认同你的这种分析。"

"那就好,我继续说。我个人的目的,是努力让怀安坚持独立经营,这一点,我相信丁总也是知道的。"

"知道,我一开始就知道欧总是传承了张总的衣钵,而且说心里话,我很佩服你的这种韧性。刚才你说,如果你是鑫荣的老总,你也会想收购怀安,所以你能理解我。那我要说的就是,如果我是怀安的老总,我也会努力让怀安保持独立,所以我也能理解你。"

欧兰笑了,不管她和丁伟在生意上如何对立,但是在此刻,他们两个的沟通是非常通畅的,因为他们都已经把全部的身心投入到了商厦的经营之中。他们的这种经营和陈秋峰还不同,陈秋峰是希望通过商厦这个媒介来为自己谋求私利,而他们则已经把商厦和自己的荣誉、使命、责任融为了一体。

"谢谢你的理解,"欧兰真诚地道谢之后,才又接着说道,"所以,在这样的既定原则之下,我的一切行为的出发点就变得很单纯了——只要对怀安的经营有好处的事,我就一定会做,所以我想打通这个天桥。这就是我全部的思考过程。"

丁伟认真地听完之后,很郑重地望着欧兰:

"欧总,首先我得感谢你的坦诚和率直,即使是在谈双方合作的时候,你的这种坦率也不多见,这足以说明,你是在以真心对鑫荣。所以,我也应当回报以真心,哪怕是拒绝,也应该是坦率的拒绝。"丁伟端起杯子喝了口水,很明显,他是想着缓解一下自己讲话的节奏,让自己有一个喘息的时间。今天欧兰是有备而来,一颗又一颗重磅炸弹接二连三地抛出来,他需要控制好自己的节奏,不然很容易被欧兰给砸得落花流水。

"其次,我想说的是,搭建天桥这计划,优势是显而易见的,因为它既让我们两家都扩大了一部分经营场所,又让我们实现了相当一部分的客源共享。这在现在南京路上商厦竞争白热化的现状下,都是非常宝贵的。但是搭建天桥会带来的问题,不知道欧总都想过了没有?"

"问题我也想过了。因为这个计划我已经考虑了很久了,可以说正反两方面的问题,我都反复思量过。但现在我想先请丁总说一说你所预见到的问题,然后我再谈我针对这些问题的想法,好吗?"

"可以。其实问题不外乎两方面,一个是这样一来,肯定加大了管理的难度,但这一点我想对于我们双方来说都不是问题,我们肯定都能妥善处理好管理上的问题。所以其实问题只有一个,就是两家商厦的竞争。今天我们两个人交谈的氛围一直都非常好,轻松、坦白,所以我也就把话说得坦白一些,鑫荣和怀安一直处于非常严酷的竞争之中,不管是从商品的种类、价位、环境、服务,都是如此,而这架天桥一旦打通,顾客直接往来于两个商厦之间,就更会加重他们对于两家商厦各个方面的比较,让两家商厦的竞争和对立更加尖锐。我相信,这个问题欧总一定也已经想到了,不知道欧总对这个问题是怎么看的?或者说,你想如何解决这个问题呢?"

欧兰点了点头,缓缓地说道:

"没错,这个问题我也想到了,至于如何解决,说实话,我目前无解,也就是说,虽然我一直很想解决了这个问题,但直到现在我也没想出办法来。所以我就问自己:欧兰,你害怕出现这种状况吗?我的答案是:我也挺担心的。但是还有一句话:世界上没有免费的午餐。就目前而言,鑫荣和怀安同一品牌的商品,只占商品类别总额的百分之二十不到。其他具有同等购买价值、不同品牌的商品占到了商品类别总额的百分之三十。也就是说,其实我们两家的竞争,就是在这总计将近百分之五十中进行的。"

听着欧兰娓娓道来,丁伟脸上的笑容愈见疏朗:

"换言之,在这将近百分之五十的领域,我们的竞争一直就是存在的,不必计较竞争再残酷、再激烈一些,而同时,我们也许为另外那超过百分之五十的领域增加了至少一倍的客源。"

"对,就因为确定了这一点,我今天才来鑫荣和你见面。而且我还有一个想法,当天桥真正架通之后,我们可以通过调整自己的经营领域,逐步缩小我们相重叠的那百分之五十,扩大属于各自特色的另外百分之五十。不管到什么时候,经营出自己的特色,都好过跟别人一起在一个碗里抢饭吃。"

"说得好,如果我们以后真的能够实现,把各自的特色领域扩大到百分之七十以上,那基本就相当于我们两家把各自的商厦的经营面积,扩大了百分之七十。虽然扩大的那百分之七十不能为我们带来直接的收益,但是它扩大了我们的商圈。"

"就是这个意思。"

丁伟望着欧兰,目光中充满了赞赏:

"欧总,能先说一句题外话吗?"

"您说?"

"如果有一天,不管出于什么原因,你被怀安解聘了,你能接受鑫荣的聘请吗?"

欧兰愣了一下,她没想到丁伟会说出这样的话,看丁伟的样子,又不像是在开玩笑,丁伟也看出了欧兰的心思,笑道:

"我是真心的,我佩服你的头脑和气魄,尤其是你这份胸襟,我希望能够有机会和你合作。"

欧兰也笑了:

"不管未来是否真的有机会合作,我都感谢你的这份盛情,我也希望我们能够有机会真正合作一次。"

"好,现在言归正传,这架天桥架通之后,就等于形成了这样一种局面,虽然你我都认为我们两家是陷入了更艰难的竞争之中,可是在外人眼里,却无疑是怀安和鑫荣公开宣告合作了。"

欧兰心里微微一沉,这也正是她的一个顾虑所在,只要架通这座天桥,鑫荣就等于把自己摆在了怀安的盟友的位置上。她担心丁伟不愿意以这种身份示人。

"至于这一点,商场上的分分合合本来就是常态,利字当头,产生任何的合作或者终止任何合作都是正常的,如果说到和其他商厦的关系问题,"欧兰故意停顿了一下,"放眼南京路,也只有咱们两家有这个条件,如果有可能的话,我倒是宁可让怀安的天桥四通八达,但是可惜,条件不允许了。"

丁伟的确很欣赏欧兰的直率，但她的直率也让他挺难受的，自己才刚刚一提到别人会如何看待这件事的问题，她马上就指出鑫荣和其他商厦的关系问题，而其实两个人都心知肚明，他们两家如果真的架通了这座天桥，最恼火的一定是沈佳一！

因为众所周知，南京路上最觊觎怀安的就是鑫荣和天一，可现在鑫荣摇身一变，和怀安成了一家子，这对天一商厦绝对是一个致命的打击。

不过现在欧兰既然指出这一点了，丁伟也就没法再说什么了，再怎么说，他也是个男人，绝对不愿意显得比女人还软弱还磨叽。

"好，欧总，如果我们双方能够就这件事达成共识的话，这个计划什么时候实行？"

"黄金周结束，马上开工。"欧兰毫不犹豫地说。

丁伟也明白，黄金周结束后，商厦肯定要进行一段时间的休整，不能再进行大规模的商业活动，在这个时候搞装修是最合适的。

他沉默了好一会儿，悠悠地说了一句：

"商机不等人，我们这就开始正式协商这个问题吧。"

7

怀安和鑫荣的装修最初是没有引起任何关注的，黄金周热销结束，差不多大的商厦都在搞内部整顿和小范围的装潢改造，直到十月底，天桥中间贯通，人们才猛然意识到究竟发生了什么。

各个商厦的老总们震惊了，人们纷纷猜测着在这架天桥的背后，究竟意味着什么。大家不约而同地认定了，这是丁伟的主意，因为人们无法想象欧兰会有这么大的能耐，相比较而言，还是丁伟说服了欧兰让人们更好接受一些。有了这样一个前提，人们自然而然地就开始联想——鑫荣是不是已经对怀安下手了！

于是各种风言风语顺势而生，如果流言也可以分级的话，这些流言组成的风暴无疑是一场台风，来势汹汹，直接就朝着怀安和鑫荣席卷而来。

只是人们没有想到，此刻在风暴的最中心，却是异样的平静，谢海川和钟涛作为双方的该项目负责人，正坐在一起协商天桥架通后的具体细节问题。

"没有什么遗漏了吧？"谢海川看了一遍会谈纪要。

"天桥内环境的布置、宣传、重叠商品尽量下架、对媒体的口径、内部协调会议，基本就这些了吧？"钟涛照着自己手里的本子念了一遍。

"重要的就这些了。当然各种更具体的问题，还有可能发生的突发状况，就得随时发生再随时处理了,"谢海川合上了本子,用力舒展了一下身体,忽然说,"钟涛,我觉得你们欧总简直就是一个专门创造奇迹的女人。"

"哈哈,这个评价很高啊。"

"我说的是真心话,她和许正华做了朋友,争夺下了黄金卖场,还说服了我们丁总,架了这座天桥,我想如果有一天,有人告诉我,欧兰和沈佳一达成了某种合作,或者说,她已经彻底收服了陈秋峰,让陈秋峰变得忠心耿耿了,我都不会再感到意外了。"陈秋峰和怀安历任总裁都是貌合神离,这在南京路上已经是公开的秘密,所以谢海川才会说出这样的话。

说者无意,听者有心,海川是真心地夸赞欧兰,可这句话却让钟涛的心里蓦地一沉,陈秋峰是痼疾,倒也罢了,可沈佳一却真是欧兰心中的一处伤口。这段时间,欧兰再也没有提过和沈佳一、常亚东有关的任何话题,甚至连章若枫都没有提到过,但是钟涛总是觉得欧兰的眼底隐藏着一抹浓浓的悲怆。他是过来人,所以他比谁都明白,不提并不等于遗忘,只有真正能自如谈谈了,才算是彻底走了出来。他盼着欧兰赶紧摆脱掉伤痛和阴影,他更担心沈佳一会突然又做点儿什么,尤其是现在天桥已经架通,这架天桥无疑已经成为了沈佳一的眼中钉、肉中刺,她肯定会对欧兰来一次甚至若干次更猛烈的报复。欧兰,承受得了吗?

"嗨,想什么呢?"谢海川伸开五指在钟涛眼前晃了晃。

钟涛回过神来,充满歉意地笑道:

"啊,对不起,我是在想,"忽然,他的眼睛一亮,"我是在想,要不我替你和欧总做个媒,你看怎么样?"

谢海川的样子就好像是一个学生突然被人告之挂科了,他愣了半天才缓过神来,没好气地瞪了钟涛一眼:

"我说你想什么呢? 拿老总开涮是不是你们怀安的独有特色啊?"

钟涛笑望着海川:

"怎么是拿老总开涮呢,我这是替老总操心啊。而且,你看,我们欧总要人品有人品,要能力有能力,长得还挺漂亮,你又这么年轻有为,一表人才,这很般配呀。"

"你看着般配就行啊? 我还看你俩挺般配呢。你人长得比我帅,又和欧总有那么深的渊源,现在更是同舟共济,多好的事儿呀。"

"我俩不行,"钟涛正色道,"海川说真的,我要是对欧总有意,那不用你说,我自己就去追求了,可我俩是真不来电。我现在算是明白了,这爱情绝对比员工难培养,你可以把一个菜鸟培养成一个优秀的员工,但你绝对没办法一点一滴地培养起对一个人的爱情。我和欧总认识这么多年了,我俩从一开始就是朋友,到现在也是朋友,以后还是朋友,这朋友,不管多么好,都是朋友,变不成爱情。"

"嗯,这话也有道理。"海川表示认可。

"现在还是说你吧,海川,怎么样?你不会那么没眼光,对我们欧兰也没有任何感觉吧?"钟涛紧紧地盯着谢海川问道。

海川避开了钟涛的目光:

"我说你小子到底是什么居心啊,现在怀安这么忙,你却变着法地往外嫁总裁,你是不是想着让你们欧总赶紧嫁个人回家去相夫教子,你好取而代之啊?"

"哈,你这思想还真不是一般的龌龊。"

两个人一起大笑了起来。爽朗的笑声中,却掩藏着无数说不尽的心思。钟涛刚才并不是突然的心血来潮,他是真想着赶紧替欧兰找到一个能够匹配上她的男人,带着她走出阴影,好好生活。

而谢海川的心思就更加复杂了,直到他和钟涛分开了之后,他的耳边仍旧回荡着钟涛的话:

"你不会对我们欧总没有任何感觉吧?"

这话让他怎么答?他可以玩笑调侃着应付过钟涛去,可他却没法应付过自己的心。他对欧兰有感觉吗?应该是有的,尤其是黄浦江边的那一次深谈之后,他甚至在心底深处悄悄想过——自己一直想找到一个能明白自己心思的女人,那么欧兰就该算是这个女人了吧?

可说不清为什么,这段时间,他却越来越不敢承认这份情愫了。欧兰就好像是一棵春风中的翠竹,在迅速地生长,他好像每一天都能看到这棵竹子的生长变化,眼睁睁地看着它变高、变茂盛,而自己却再也无法和它比肩站立在一起了。

没错,就是这句话,欧兰迅速地强大、成功了,谢海川清醒地意识到,她已经超越了他,并且离他越来越远了。不知道别的男人会如何面对此种境况,反正他谢海川是无法坦然面对这样一份感情的,他欣赏有能力的女人,但是让他放手去追求一个地位比自己高、名气比自己大、收入比自己多、前途比自己更光明的女人,他做不到。

所以,他只能把这一抹还没有来得及发芽的情,深深地埋藏在心底里了。

第七章 战争升级

1

钟涛没有想错，沈佳一的确是已经怒火中烧了，她真不明白，这个欧兰怎么就这么阴魂不散。上一次她费尽心机在常亚东面前诋毁欧兰，可直到今天，她都不知道效果究竟如何。她只知道，在她讲述的过程中，常亚东的神情一直都非常阴沉，但也仅此而已。事后，她也很想问一问常亚东到底是怎样处理这件事的，但不知为什么，常亚东不提，她还真不敢问。也许在沈佳一心里一直对常亚东就怀着一种忌惮之心吧。

唯一让她感到安慰的，就是在这一个多月里，常亚东对她的态度没有发生任何变化，仍旧和过去一样，说不上火热，但也不冷淡。这就好，因为这就说明，欧兰并没有针锋相对地去拆穿她的谎言。欧兰为什么没有辩解呢？是常亚东没给她机会，还是常亚东压根儿就没有去质问她？这一点沈佳一就不得而知了。但不管怎么说，常亚东告诉了自己章若枫的事，光凭这一点，就足以让欧兰认为，在常亚东的心目中，她沈佳一是远远胜过欧兰的。这也就足够了。

本来沈佳一还等着欧兰为情所伤彻底消沉呢，可没想到，一不留神，这个小狐狸精竟然又和丁伟勾结到了一起！沈佳一得到这个消息之后，第一个想法就是给丁伟打电话，可是拨了号码之后，她又自己把电话挂断了。

因为她已经冷静了下来，她知道，丁伟不是常亚东，丁伟是一个老辣至极的商人，所以他绝不会被自己几句明嘲暗讽就激起来，不敢再和欧兰合作。要想打击欧兰，还得从长计议。

虽然暂时放过丁伟了,但沈佳一却不会放过常亚东,她本来就是要利用一切机会在常亚东面前诋毁欧兰的。

常亚东接到了沈佳一的电话之后,几乎没犹豫就马上答应见面了。自从那天打电话和欧兰彻底断绝了往来之后,他就再没拒绝过沈佳一见面的要求。常亚东自己也说不清这是一种什么样的心态,他肯定对沈佳一没有一丝一毫的男女之情,这一点他非常肯定。但他很需要经常和沈佳一见面,因为每次和沈佳一见面之后,他就会确信沈佳一说的关于欧兰的那些事都是真的,确信自己没有做错,没有冤枉欧兰!

自己真的没有冤枉欧兰吗?应该没有吧,那天在打电话的整个过程中,欧兰一个字都没有辩解,就凭欧兰那火爆的脾气,如果真是冤枉了她,她才不会这么沉默呢。

每当回忆起这件事,常亚东自己心生疑虑的时候,他都会用这样的话来说服自己。

常亚东有时候也会想,自己当时打那个电话,是不是太草率了,可他的自负让他绝不肯承认自己做了错误的事,尤其是这个错误决定背后所涵盖着的,其实是他的一种自私心理——长久以来,他一直都担心和欧兰这种若即若离的关系会影响到他的正常生活秩序。所以他刚一发现这种苗头,甚至都来不及思索,就想马上扼杀掉它,而等他静下来开始思考的时候,一切都已经成了定局。

他也想过,如果欧兰来找他,两个人也许可以认真谈一次,但欧兰一直也没有出现,就那么倏然之间从他的生命中彻底消失了。而常亚东唯一能安慰自己的,就是从沈佳一那里获得一些支撑自己的证据了。

"今天不忙啊?"沈佳一看着常亚东,甜甜地问。

"还好。"常亚东很简练地回答。

"你好就好。"沈佳一说了一句绝不符合语法,却是恋人间常用的话。

看常亚东没说话,沈佳一只好自顾自地说下去:

"我这两天过得挺糟糕的,工作上遇到了些麻烦事。"

"怎么了?"

"那个欧兰简直是上天专门送来折磨我的,她就是恨我不死是不是?为了欺辱我,她简直什么都肯做,现在竟然又跟鑫荣商厦的老总丁伟勾搭成奸……"

"佳一,"常亚东忽然厉声打断了沈佳一,"以后不要再在我面前提起欧兰这个人好吗?我和她本来也没有任何关系,以后更不会有任何关系,我们只是在一个公司工作过,连最普通的同事都算不上,可能以后连一起吃顿饭的机会都没有,所以我不想你总是跟我提到她。"

沈佳一从来没有见过常亚东这么严肃地说话,一时被吓住了,不敢再随便说话,但是细细琢磨常亚东话里的意思,看来他和欧兰是真的了断了,这又不禁让她暗自欣喜。

这样一想，她的心里立刻就好受了一大半，她柔声道：

"好吧，再也不提了。我们也不谈工作上的事情了，聊点儿别的吧。"

常亚东铁青着脸，但是也没再说什么，两个人勉强聊了一会儿，就不欢而散了。

沈佳一很听话，再也没有和常亚东提过欧兰的名字，甚至连怀安都没有再提到过。常亚东当然更不会主动去问她什么，但她最后那次话，却好像是一根刺，深深地扎进了常亚东的心里。匆忙间他并没有听清楚沈佳一说的究竟是哪一间商厦、哪一个人名，但他却牢牢地记住了一点：欧兰为了和沈佳一对抗，竟然不惜和某一间商厦的老总勾搭成奸！

这四个字让常亚东难以忍受，他无法想象，欧兰竟然也变成了一个为了利益不惜付出一切代价的女人！这个认知让他更加痛恨欧兰。

偶尔平静的时候，常亚东也不是没想到过，欧兰现在还没有结婚，即使真和某位商厦的老总谈爱也是非常正常的事情，可不知为什么，这两种观点相比较起来，他竟然更排斥后者！他似乎宁可相信欧兰是在为了某种目的而接近一个男人，也不愿意接受她真的去谈一场恋爱。

为什么，男人的心思，有时候竟然比女人还要纠结？

总算没让常亚东揣测太久，十来天之后，一切真相就用整版广告的形式摆在了他的面前。铺天盖地的新闻和广告都在说明着一件事，怀安和鑫荣两家商厦之间搭起了一座过街天桥，新闻上还提到了丁伟的名字。鑫荣、丁伟，一下子，这四个字就和常亚东心中那个模糊的印记重叠在了一起。

"没错，就是他，他现在和欧兰究竟是什么关系呢？"常亚东一遍遍地翻着报纸上的相关信息，只可惜，没有一条报道和广告能够给他提供出答案。

天桥架通，南京路又为之兴奋了一场，不管商家们对这件事究竟揪着多少心，可对于消费者来说，这当然是一件不折不扣的好事，他们甚至毫不掩盖自己的期盼：

"就得让他们竞争，这些商厦越竞争，就越拿消费者当事儿。"

消费者的话一点儿错都没有，这是他们长年累月逛商厦积累出的经验，是真谛。只是当这些话传到商厦经营者的耳朵中的时候，的确会让他们脸孔都气得发绿，不约而同地说一句——消费者们都太狠了。

欧兰自从跟丁伟就天桥的事情达成了共识之后，基本就从这件工作中撤了下来，改由钟涛去打理具体工作，而她则投入到另外的事情里了。

她牢记着刘启飞的话：

"从十一黄金周到圣诞节促销，这中间的空窗期是一个很大的难题，如何在这一段平淡的日子里保持住人气不下滑,至关重要。"

和鑫荣的天桥为消费者带来了一个意外的惊喜,客流和销售额创造了五年来的同期最高额。这也正好给了欧兰一个喘息之机,她利用架设天桥的这段时间,做了两件事,一件是和许正华、孙磊一起研究出了一套详尽的发展大客户的战略方案。另一件,就是把高浩然的橱窗设计提到了议事日程上来。

孙磊受欧兰的"传唤",来了总裁办公室,现在这小子主要是跟团购和奢侈品大客户打交道,所以也非常注重个人形象,一身正装,还真挺像那么回事的。

"欧总,您干吗这么看着我呀?"孙磊嬉皮笑脸地问。

"我是感叹呀,男到三十一枝花,真是一点儿不错,你现在越来越鲜艳了。"

"嘿,您真是会用词儿,不知道的还以为您损我呢。"

"你心理素质真好,其实知道的,也会以为我是在损你。"

开了几句玩笑之后,欧兰回到了正题:

"最近你的大客户工作做得不错。工作都做到鑫荣高管那里去了。"欧兰忽然想起了上次谢海川说的事情。

"哈哈,何止鑫荣高管啊,南京路上所有我能看上眼的总裁和高管,都是我的发展目标,我还给沈佳一寄过黄金卖场的新品资料呢。"

"你再气着她。"

"只要咱们怀安开着门,她反正也是天天生气,不在乎我这一下子。"孙磊仍旧满面笑容的。

"上次制定好的方案,你和许总协商过吗?"欧兰问。

"都已经协调好了,许总负责打前站,我负责后续的细节,我做了个比喻,她就负责优优雅雅地端杯红酒跟人们聊天,我就负责隐藏在她旁边,一旦发现有发展潜力的客户就猛扑上去一举拿下。"

欧兰被他逗笑了:

"怎么听起来,好像你俩要联手搞仙人跳似的。"

孙磊也笑了:

"反正就这么个意思吧。而且大客户部的员工培训也进行得差不多了,李菁菁过去不是照着她的标准培养销售人员吗?现在我就照着我自己的标准培养开拓市场的人员,等培训进行完了之后,把员工分批次地投入到市场里,以赛代练,实打实地去和客户打交道,效果最好了。"

"新人做这种事行吗?"

"没问题!您放心吧,我都打听清楚了,现在怀安提出来的大客户业务提成在业内算是比较高的,重赏之下,人们就都知道该怎么拉住客户了。"

看着孙磊自信满满的样子,欧兰也踏实了不少:

"好,那这块工作就交给你和许正华,我就多盯盯高浩然这边,毕竟你们是去外面折腾,而她就在卖场里面折腾,所以更得用心,万一有什么纰漏,卖场就乱了,影响也不好。"

"我明白,您放心吧。我先干着,有什么事情,肯定随时向您汇报。"

"好。"

2

欧兰这边忙忙碌碌,陈秋峰那里也没闲着。他最近结交了一个新朋友——冯雅楚。

崔慧明和怀安董事会的高层接触了一次之后,马上就敏锐地判断出,怀安董事会对于 NKR 的收购计划态度暧昧不明。崔慧明毕竟已经在中国市场工作了有些年了,所以对于中国这种独有的半官半商的机制也有一定的了解。她知道,在这种情况下,她不能再操之过急了,因为如果逼得紧了,很可能会产生负面作用,甚至她自己都不方便再频频出面了。

于是,崔慧明派出了冯雅楚,而她自己则退居到了幕后。冯雅楚只是她聘任来的员工,所以很多自己不方便说的话,可以让她说,不方便干的事,可以让她去干;如果实在引起哪方面的不满了,大不了一句"个人行为",开除了冯雅楚,就解决了所有的问题。

冯雅楚也明白崔慧明的心思,但她不会深究这些,因为她已经在职场上混得太久了,所以完全接受职场上的这种游戏规则。而且她也需要这样一个机会让她报欧兰的一箭之仇。自从她来了上海之后,她亲眼看着欧兰一天比一天风光,这些风光就像北京腊月里的寒风一样,刺得她眼睛生疼,偶尔一股寒风灌进她的嘴里,都能让她胃里感到一阵翻江倒海的抽搐。现在冯雅楚已经分不清当她看到欧兰的光环的时候,是心里更难受还是身体上更难受了,她也懒得去区分,她只知道一点,早点儿把欧兰铲除掉,她就彻底不会难受了。

冯雅楚和陈秋峰相识了。从始至终,他们两个人都没有明确向对方说过自己的终极目的究竟是什么,但他们之间却有着一种惊人的默契,从见面之始,冯雅楚向陈秋峰讲明了自己的身份,两个人就结成了一种非常良好的朋友关系。

陈秋峰为冯雅楚引见了不少新朋友,而这些朋友基本都跟怀安有关,有怀安的股东、怀安的社会关系,甚至还有一些怀安的高管。冯雅楚出手很大方,待人接物也很有一套,所以迅速就和这些人搭上了关系。

冯雅楚就像一只辛勤的蜘蛛,不停地在人群中编着网,这张网上的每一个点都是和怀安有所关联的人,而这张网的正中心想要网住的,正是怀安!

在编网的过程中,冯雅楚不断向人们阐述着NKR的实力和理念,也不断收集着关于怀安的所有负面情况。在冯雅楚看来,怀安就像是一座堤坝,每一个关于它的负面信息,就是堤坝上的一个薄弱点,如果想攻破怀安,就一定要从这些薄弱点入手。

这天,冯雅楚又约陈秋峰一起吃饭,陈秋峰虽然挺好色也挺喜欢女人,但他对冯雅楚却没有一点儿男女方面的兴趣,因为他不喜欢这种过于强势和精明的女人。但对于冯雅楚的每一次邀约,他却都是欣然而至的,因为他明白,自己一直以来所期待的改变,很可能就要依赖冯雅楚来实现了。

"陈总,我得先谢谢你,您那么忙,可我每次请您,您都赶过来赴约,从来没有推脱过。"冯雅楚的落落大方中尽显着一种别样的妩媚。

陈秋峰哈哈大笑:

"冯经理太客气了,美女请吃饭是求之不得的好事,更何况是冯经理这种成熟、知性的大美女呢。"

冯雅楚也笑:

"可别说我是美女,我比'美女'大了快二十岁了。"

"不不不,"陈秋峰的头摇得像个拨浪鼓,"每个阶段的美女都有自己独有的风韵,二十岁的美女像花,越鲜嫩越好,可是冯经理就像是文物,耐看,越欣赏越能发现新的美,让人百看不厌。"

"您真是会说话,就凭您这几句话,我也得好好敬敬您。"

两个人寒暄过后,进入了主题:

"冯经理,您最近这段时间收获很大吧?"

"您是指哪方面?"

"社交、朋友,"陈秋峰举起杯子向冯雅楚示意了一下,自己独自饮了一大口,"在这个社会里,其实所有的一切都体现在交朋友上,现在,连幼儿园的小朋友都强调要学会和小伙伴相处,像你我这样的人,更是一时一刻也离不开人际交往。而在这方面,我是真的对您佩服得五体投地,您来上海这么短短的一段时间,所结交的圈子,比我这个在上海经营了多年的人还完整、有效。"

冯雅楚笑了:

"您是说这个呀,没错,在家靠父母,出门靠朋友,我们每个人就算有天大的本事,也不过就长着一个头、两只手,能做的事情很有限,所以必须得依靠朋友。人们常说谁成功了,其实比的就是一个人的朋友圈是否成功。"

"精妙!绝对精妙的理论啊!"陈秋峰深深感叹着,"就凭冯经理能说出这样的话来,我敢打包票,冯经理飞黄腾达是指日可待的事,来,冯经理,我再敬您一杯,以后我仰仗您的地方一定还有很多。"

"陈总太客气了,常言道强龙不压地头蛇,我在上海是初来乍到,应该是还要请陈总多多关照我才对。"

"好,我们就不多说客气话了,我和冯经理也是一见如故,这就是缘分,以后,我们多亲多近,互相帮衬。来,再干一杯。"

酒喝得差不多了,陈秋峰终于把话题绕回到了怀安上:

"冯经理最近跟各方面的朋友都有接触,一定对上海的商圈也有了一定的了解,怎么样,冯经理对我们怀安有什么看法呀?"

"这个嘛,"冯雅楚故作沉吟,其实陈秋峰现在问的,也正是她一直想说的,只是她不想表现得太明显,"我对怀安的了解还不是太多,就目前的感受而言,怀安还是很牢固的,就好像是一座桥,虽然年代已久,很多螺丝都掉了,很多地方也朽了,但是如果等着它自己垮掉,或者伸手推一推它,想把它推到,还是不太可能的。它只有经历一场很大的风暴,才会有垮掉的危险。"

"要是照冯经理这么说,怀安无疑是会一直这么稳稳当当地自主经营下去了?毕竟大的风暴并不多见啊,而且,还会有人对它采取一些保护措施,帮助它避免风暴。"

"有道理。一是风暴不常有,二是会有人帮它避免风暴。但还有一种可能啊,比方说风暴来的时候,恰巧赶在那个时间,大桥内部一个很关键的地方断裂了,这就谁都没办法了。"

冯雅楚的话已经说得很深了,但陈秋峰仍旧沉默着,因为在这种时候,是不能接受暗示的,他必须等冯雅楚把她的目的完整地表述出来。

冯雅楚也看出了陈秋峰的心思,不禁在心中暗骂了一声"老狐狸"。虽然心里骂,可陈秋峰就不接茬,她也没辙,只能进一步把话说透:

"陈总,您在怀安已经干了这么多年了,我相信你对怀安的感情,看你屈尊于欧兰之下,也替你不平。其实客观地说,怀安现在这样发展是没有前途的,只有让像我们NKR这样的大型公司收购了它,它才能获得发展的机会。"

"是啊,"陈秋峰叹息了一声,"我是这样想,可股东们现在在观望、犹豫,我也没办法啊。"

"其实办法是可以想出来的。股东们观望,无非是在看怎样才能获得更大的好处。可如果现在真像我们刚才说的那样,怀安内部出了问题,再赶上外面一场风暴,就是死路一条了,到那时候,恐怕股东们就该求着我们收购怀安了。"

"话是没错。上海滩商圈里的风暴也算是常见,可难就难在这个内部问题呀,怀安运营了这么多年,虽然不会有什么大的突破了,但它很稳定,这一个稳定,就让事情不好办了。"

"陈总在怀安这么多年了,如果想找到点儿怀安的小漏洞,也是很容易的吧?"冯雅楚望着陈秋峰,不紧不慢地说道。

陈秋峰沉默不语,冯雅楚等了一会儿,看他还不说话,只好把话题又向深处引了引:

"陈总,刚才你也说了,我会交朋友。其实朋友谁都会交,能不能交得长远,就看怎么对待朋友了。我虽然是个女人,但我自认我是个很对得起朋友的人,不管是谁,只要帮了我的忙,我一定会报答,这次,您帮了我,我保证,事成之后您的发展绝对比现在要大得多。"

"这个嘛……"

"怎么?陈总是不是觉得,我的话有点儿上不了台面啊?"

"冯经理你别误会……"

"其实你这么想也正常,我这的确不是能摆在桌面上的办法,NKR是外国公司,更不讲究这一套。但是,"冯雅楚的声音忽然一寒,"我没那么多顾忌,有件事,我不知道您是否了解,我和欧兰是对头,她曾经算计过我,所以,我不管用什么方法对她,都心安理得!"

陈秋峰当然也已经打听出来冯雅楚和欧兰的恩怨,现在看冯雅楚的架势,今天她的话应该是当真的,但是他还要再进一步问问清楚:

"您的意思是说,您和我说的这件事,崔总并不知道?"

冯雅楚笑了:

"崔总把这件工作交给我负责,具体怎样做,她肯定就不会过问了。"

"原来是这样。"

冯雅楚盯着陈秋峰看了一会儿,忽然显出一种挺诡谲的笑容:

"陈总,您是明白人,您想想,崔总过去是我和欧兰的上司,我跟欧兰之间的那点儿事,她心里比谁都清楚。可她却专门从北京把我挖来,负责这项工作。这,还有什么不明白的吗?"

冯雅楚的意思已经很明白了:崔慧明虽然表面上对她采取的这些不正当的行为不闻不问,好像什么都不知道似的,但其实她心里都是清楚的。

而陈秋峰也正是想弄明白这一点,因为毕竟他想依靠的是NKR财团,而不是一个冯雅楚。现在看起来,这件事的背后完全都是由崔慧明授意的,他的心里也就踏实了。

"好吧,冯经理,我来想想办法。"

冯雅楚打开自己那个硕大的皮包,从里面拿出一只鼓鼓囊囊的档案袋:

"陈总,这是我的一点心意。"

陈秋峰被吓了一跳——因为档案袋太厚了:

"这个,不行不行,也不用,真的……"

"陈总,您就拿着吧,刚才我说了,工作上的事,崔总心里有数。但是这件事,她不知道,这纯粹是我的个人行为。因为我和欧兰是对头!"

"可是这太多了……"

"一点儿都不多,以后 NKR 收购了怀安,我们挣钱的机会就更多了。"

冯雅楚果断地把档案袋塞到了陈秋峰的手里——她深深地明白一个道理,一切口头承诺都是虚的,只有收了钱,陈秋峰才会真正去办这件事!

陈秋峰收下了冯雅楚的钱。说实话,这笔钱数额不小,可以算作一笔飞来的闲财,但也绝没有多到让陈秋峰心动的程度。他之所以看中这笔钱,是因为这笔钱意味着他终于和冯雅楚,以及冯雅楚背后的 NKR 开始了真正的合作。

接下来的日子里,陈秋峰那双总是堆满了笑意的小眼睛愈加灵活了,他像一条寻找猎物的警犬一样,在怀安游弋着,寻找着那个能够让怀安在一场风暴中垮掉的薄弱环节。

3

欧兰把高浩然叫到了自己的办公室。

"关于橱窗展示大赛的方案都做好了吧?"欧兰问。

"都做好了,各种细节也都已经反复研究过了,这是最后的成型报告,不会再修改了。"高浩然不是那种极聪明、极有天赋的女人,但干起工作来却有一股子拼命的劲头,她真可以为了企划案中的一个细节,去查阅海量的资料,去看大量的国外商厦宣传片。所以说,在职场上,一个永远不变的真理就是,当你没有背景可以依靠、没有别人可以剥削的时候,就只能努力地剥削自己。

"好,你就在我这里先随便找点儿事情做,我把这份方案看一遍,有什么不明白的地方再随时问你。等我看完之后,我们马上就召开相关部门的协调会。"欧兰翻着报告说。

"好的。"高浩然坐到沙发上,翻开了笔记本,埋头写了起来,她现在也已经非常了解欧兰的效率了,知道她组织的会议容量都非常高,所以她也要把思路再整理一遍,避免一会儿开会的时候被问住。

　　欧兰正在全神贯注地看报告,忽然手机响了,她看了一眼,竟然是丁伟打来的,这很不寻常,即使是在天桥项目启动了之后,她和丁伟也很少主动联络对方。这倒也没什么特殊的理由,不是两人在故作矜持,而是因为他们两个心里都很清楚,他们之间的关系太微妙了。一架天桥让他们的关系貌似骤然之间变得很近,但事实上,是让他们之间的竞争变得更直接。他们两个都相信一个事实,很可能就在不远的将来,两个人就会成为最大的对手,所以他们都很小心翼翼地控制着节奏,不让彼此太接近,免得以后会尴尬。

　　欧兰扫了高浩然一眼,省略了主语:

　　"你好。"

　　"欧总,现在说话方便吗?"丁伟的声音挺一本正经的。

　　"还可以。"

　　"我得到确切消息,明天上海的各大报纸会同时刊登对你我两家非常不利的消息。"丁伟的声音不大,但是那种郑重其事的态度,让人一听就相信,他所说的是百分之百的事实。

　　欧兰心里一沉,她稍微思索了一下:

　　"要不我们现在见个面?"

　　"可以。"

　　"那好,你稍等,我安排一下,再跟您联系。"

　　欧兰挂断电话后,先对高浩然说:

　　"高主管,我现在有点儿急事,得先处理一下,好在会议还没有通知下去,暂时延后一下吧。"

　　"好的。"

　　虽然现在欧兰的心中已经乱成一团,但她表面上始终都是十分沉静的,所以高浩然也没有多想什么,只以为是欧兰临时遇到了什么事情,这也是很常见的情况。

　　高浩然走了,欧兰想先给钟涛打个电话,但转念一想,还是先去和丁伟见面,看看具体情况吧。

　　欧兰觉得自己真是成熟了。这就好像一个小孩子小时候,走路不小心摔一跤,都要找到大人哭诉很久,可当她长大了之后,即使面对再大的变故,也只会咬咬牙挺过去,表面上还要摆出一副若无其事的样子。

　　丁伟和欧兰约在了一间茶社,欧兰在看到丁伟的那一刹那,立刻就重新估量了问题的严重性。因为丁伟的眉宇间竟然笼罩着一层阴郁的颜色,这在欧兰的印象中,还是从来没有过的。

"欧总,坐。"丁伟低沉着声音招呼道。

"问题很严重?"欧兰省去了所有的客套,直接开门见山。

"是,比较严重,"丁伟也没有说太多不相干的话,直接就进入了主题,"按说,在报纸上用软文互相攻击一下,是商厦之间常用的手段,这并不算是什么大事。但这一次的问题没那么简单。"

欧兰没有插话,只是专注地听着,等着丁伟进一步的说明,丁伟继续说道:

"这次的事情,一是范围大,到目前为止,我已经知道的就有十几家报刊、网站要在明天统一发布这方面的稿件,而且一定还有我不知道的,所以我相信,这次上海市的传媒已经全部被拿下了。"

"手笔不小。"欧兰很冷静地做出注解。

"的确是手笔不小。第二,稿子太狠,这是我拿到的几份新闻样稿,你先看一下吧。"丁伟递给了欧兰一沓打印出来的样稿。

欧兰约略地一翻,发现这些稿子集中在两个方面,一种是直指他们的天桥存在严重的安全隐患,另一种是暗指欧兰和丁伟的关系非同寻常。

"稿子基本就是这样子?"欧兰问。

"细节可能会有些不同,但我想,打击的方向应该就在这两个点上了。"

欧兰沉默了好一会儿,最后还是决定把那个一直萦绕在心头的问题问出来:

"知道这件事是谁做的吗?"

"目前,我还没有确切的证据,所以不能妄下断语。"

欧兰在提问之前基本就已经想到丁伟的答案了,这件事事关重大,他不肯轻易透露什么,也在情理之中。所以欧兰并没有觉得有多么失望。她又翻了翻手中的样稿,说:

"说天桥存在安全隐患这一条比较狠,会直接打击我们两家的形象和声誉,影响客流量。另一条虽说也很过分,但好在我们两个都还没有家庭,所以只要自己往宽处想,也就罢了。"

丁伟沉吟了一会儿:

"我的看法和你有些不同。"

"哦?"

"天桥安全隐患这一点,虽说对我们会有影响,但我们可以针对性地采取很多措施去消除这个影响,例如他们能在报纸和网站上发软文,我们也就能发软文,这都不是问题。可是后面一点就不好办了,我肯定是不会在乎这种流言蜚语,但是你不同。撇开个人名声这些东西不谈,我是自己家的生意,做好做坏都是我自己的事,不会有人管我。而你是怀安的聘任总裁,你上面还有董事会。到时候,如果有人抓住这件事,说你打通天桥其实并不是为了怀安的经营,而纯粹是为了给鑫荣提供方便,到时候你可就百口莫辩了。"

欧兰沉默了,其实丁伟所说的这些,她在第一时间就已经想到了,只是不愿意在丁伟面前提到这些事情,现在既然丁伟先一步提出来了,她也就不用再回避这个问题了。欧兰苦笑了一下:

"百口莫辩还好,就怕到时候人们连问都不问,一切都放在心里去猜测,让我连辩的机会都没有,就真惨了。"

"确实如此。如果真的来问我,那倒容易了,我可以逐一告诉他们,我和你没有任何关系。但是百分之百不会有人来问。因为信任你的人不会问,不信任你的人绝不会给你辩解的机会。"

丁伟的话说得太透了:

"因为信任你的人不会问,不信任你的人绝不会给你辩解的机会。"职场上多少无奈,都是因此而生出来的。

欧兰又沉默了好一会儿,终于抬起了头,脸上显出了些笑容:

"丁总,谢谢你,幸好你跟上海的各家传媒有这么良好的关系,否则明天再让我看到这些,真就措手不及了。"欧兰这是真心话,因为她通过这件事,又看到了自己需要马上弥补的一个严重缺陷——和各大传媒的关系。

"不用客气,这本来也是你我两家的事,只可惜,我的影响力还是有限,并不能做到全市撤稿,只能撤下一部分稿子,所以明天肯定还会有一些负面的报道见报。"

"我明白,我也来想想办法吧。"

欧兰回到办公室之后,马上就叫来了钟涛和孙磊——真要遇到危急的状况,只有他们两个是绝对的心腹。

欧兰把事情的经过一五一十地告诉了他们两个,孙磊毫不犹豫地就说道:

"这是沈佳一干的。"

"跟我的想法一致。"钟涛说。

"我也是这么想的,而且我觉得丁伟也是这样的想法,但他现在可能确实还没有拿到确凿的证据,所以不敢公开承认这一点,"欧兰说,"而且,当务之急也不是追究这个背后黑手,而是赶紧想办法,看怎样才能把丁伟没能撤下来的那部分稿子想办法撤下来。"

"你说得对,可是我们在传媒方面的力量太薄弱,"钟涛说到半截,忽然眼睛一亮,"许正华怎么样?"

欧兰的态度仍旧是低沉的:

"我也想到她了,还有刘启飞,我想刘启飞应该有这个能力,但我没想好该不该去找他们。"

"为什么不该?"孙磊和钟涛都露出不太明白的神情。

欧兰深深地叹了口气,紧紧蹙着眉头:

"因为我在权衡利弊。现在对于我来说,不管是去找许正华和刘启飞让他们协助打通媒体撤稿,还是听凭明天媒体发出这些消息来,都是冒险。如果这些消息明天刊登出来,影响面并不大,而我却去找他们,就等于是在他们面前主动暴露了我的问题,得不偿失。"

"我明白了,"钟涛点了点头,"可如果你不找他们,万一明天这些消息刊登出来,引起轩然大波,那就不如今天主动告诉他们这件事,让他们协助采取措施。"

"就是这个问题。说到底,还是因为我摸不透刘启飞的心思,不知道他究竟是怎么想的,所以不敢主动地把工作的失误汇报给他。"欧兰又叹了口气。

"可这也不算是您的失误啊,充其量是有人算计咱们怀安。"孙磊插口道。

"是,的确是这么件事,可是旁观者们到底会怎么理解,又会拿着这件事趁机做出什么文章来,就不是我们能控制得了的。尤其是,一个不慎,影响到刘启飞对欧总的看法和影响,就真是得不偿失了。"钟涛替欧兰回答道。

三个人都沉默了,过了好一会儿,孙磊忽然说:

"欧总,钟总,我有个想法,不知道对不对。"

"说说看,现在正是集思广益的时候。"钟涛回答。

"是这样,刚才欧总说,不用先急于去挖出那只幕后黑手,而要先去解决眼前的问题,我却觉得,找到那只幕后黑手,有助于我们解决眼前的问题。你们想想,如果我们能够拿到确凿的证据,证明是沈佳一背后指使的这一切,那么我们就可以光明正大地去找刘启飞寻求帮助了。"

"道理是没错,可我们怎么去证明这些是沈佳一做的呢?"

"我倒是有个办法。"孙磊诡秘地一笑,"你们等我一会儿。正好,欧总,您利用这个时间,帮我查一点儿东西,你就帮我查一下,丁伟摆不平的那些记者中的其中一个手机号,就行了。"说完就出了办公室。

欧兰和钟涛相对疑惑,都不知道孙磊究竟在搞什么。不过欧兰知道,孙磊虽然平时无厘头一些,可真遇到事情,还是很靠谱的,所以依照他说的,给丁伟打了个电话,也要到了几个电话号码。

过了一会儿,孙磊回来了,手里捏着一张电话卡:

"我刚才去买了一张电话卡,这个电话最好不用我自己的电话号码打,"孙磊解释说,"哼,我一会儿打电话的时候都给他们录下音来,他们就等着吧!"

他把电话卡装进手机里,拿过丁伟提供的电话,盯着研究了一会儿,毫不犹豫地就拨通了其中一个号码:

"喂,你好,我是天一公司公关部的,我们上次见过面的,哈哈,你可能没印象了,没关系,下次见面我们就都认识了。是这样,我是通知您一声,明天关于怀安商厦的那篇负面报道见报后,到天一来拿车马费。对,我知道已经付过了,这是额外的,大家都很辛苦,沈总专门嘱咐我,要另外再好好谢谢大家,好,不客气,明天您过来就行了,直接找我就可以,我姓王。"

电话挂断了。孙磊、钟涛、欧兰三个人相互望了良久,欧兰的脸上,今天第一次真正浮现出了笑容。

4

欧兰叫来了许正华,把孙磊骗取来的电话录音和丁伟给她的新闻样稿都拿了出来。

等许正华都看完了,欧兰先解释道:

"我也知道孙磊这么做不太地道,但时间紧迫,我也没别的办法了,所以他想出了这么个主意,我就……"

许正华挥了挥手打断了她:

"我不是主讲思想品德课的老师,你不用给我解释这些,说得直白点儿,商场上这些鬼魅伎俩我见多了,你和沈佳一这都只能算是小儿科。"

许正华的态度很豪气,可听在欧兰的耳朵里却只觉得一阵阵脊背发凉:

"这些如果都算是小儿科的话,那那些商场上的大佬们,每天都在干什么?"

"你现在有什么打算?"许正华又问。

"我想请刘局出面,协调各家媒体,请他们把明天和怀安有关的负面报道都撤下来,你说我这个想法现实吗?"欧兰故意把话说得很委婉。

"应该现实吧,怀安的事也就是他的事呀。"许正华回答。

其实欧兰是希望许正华能说,不用去找刘启飞了,就让她爸爸帮忙解决了这个问题。但是许正华自己不提,她又不敢明说,生怕许正华再多心,连刘启飞这边都不帮忙了。

欧兰想了想,说:

"正华,你看这样行吗,你拿着这些证据去找刘局,我暂时回避一下。"

"为什么?"用许正华倒是有这样好处,她遇到不明白的事情,或者是她不以为然的事情会直接说出来,这样就避免了很多不必要的误会。

"因为这里面涉及了我和丁伟的私人关系,这件事你也知道,根本就是无中生有、空穴来风,但我自己终究不好一个劲儿地跟领导解释这些。所以,干脆我回避一下,你也在刘局面前替我解释一下,我和丁伟真的什么关系都没有。"

"好吧。我也相信你和丁伟什么关系都没有,但是我能不能说服刘局相信这一点,我就不知道了。"

"应该能,我跟他说过,我男朋友在德国。"

"你男朋友在德国?"许正华睁大了眼睛,"怎么从来没听你说过?"

"哦,我确实没怎么跟人提过。"看许正华还要追问,欧兰赶紧说,"他原来说十月中旬回国,后来又有点儿其他事情,拖延了几天。不过最迟也就在这几天了,等他回来,我介绍你们认识。"

"好,一言为定。"这次许正华终于相信了。

可欧兰却不禁暗自头疼,这倒好,常江还没回国呢,就再一次被打上了"欧兰男朋友"的标签。也真是怪对不起人家的。现在欧兰心里只有一个祈求——上天保佑,常江回来的时候别带着一个金发碧眼的欧洲美人。如果真是那样的话,自己还得攒足了力气上演一段弃妇的大戏,才能把这件事糊弄过去。

许正华站了起来:

"我现在就去找刘局。"

欧兰也站了起来:

"谢谢你。"

"不用谢,你是给我家干活呢,我当然得支持了。"虽然许正华的话听起来并不是很让人舒服,但欧兰已经学会对她的这种思想彻底忽略了。

"我去找刘局,你做什么?"

"我做什么?"欧兰很奇怪许正华怎么竟然开始过问她的工作了。

"我是说,你不琢磨琢磨怎么对付沈佳一吗?这次肯定不能放过她吧?"

欧兰笑了,笑容冰冷:

"我当然不会就这么放过她,我已经想好怎么对付她了,而且,这只是一个开头,以后,我还会持之以恒地对付下去!"

许正华走了之后,欧兰又把钟涛和孙磊叫了过来,她言简意赅地说明了自己的计划,两个男人都没有马上说话。

"怎么?你们不同意我的意见?"欧兰问。

"我没有,您让我怎么干我就怎么干呗,"孙磊仍旧是那副满不在乎的样子,"也的确是该收拾收拾沈佳一了,她这一次次地欺人太甚了。"

"你的意见呢?"欧兰又看向了钟涛。

钟涛沉吟不语。孙磊分外机灵地看了看钟涛又看了看欧兰,站起来说:

"欧总,要是没别的事,我得出去一趟。"

欧兰一愣,马上会意,这是孙磊看出来钟涛好像有什么话想说又不好说,所以主动回避了,于是说:

"好,你去吧,有事我找你。"

孙磊走了,钟涛笑道:

"这小子挺有眼力的。"

"嗯,他在这方面倒是不傻。"

"哈哈,我看他在哪方面都不傻,"钟涛笑过之后,神情严肃了起来,"欧兰,你真的想好了吗?"

欧兰笑了:

"我就知道你会问我这个问题。知道我为什么同时把你们两个找来,而不是分别跟你们谈这件事吗?就是因为我已经想好了,现在常亚东之于我,只是一个普通人,我要处理的,只是一件工作,仅此而已。"

"那就好。你让我做的事,我都能办到,一点儿问题也没有。我只是担心你,会是因为一时愤怒才做出这个决定,等事情过去之后,又会觉得后悔,那样的话,最终伤害的还是你自己。"

"钟涛,谢谢你,你的意思我都明白了,你放心吧,我都想好了。我很清楚,这不是一时冲动,是我经过深思熟虑才决定的一件工作。"

"好,既然决定了,那就干吧,我配合你。"

欧兰看了看表,现在是下午四点钟,这个时间,常亚东是忙还是闲呢?这时,她才突然发现,自己对常亚东的生活已经太不了解了。

欧兰用桌子上的座机拨通了常亚东的电话。

电话很快就接通了,常亚东的声音传了出来:

"喂,你好。"

"你好,我是欧兰。"欧兰自报家门之后,开始耐心地等待着常亚东的反应,她很想知道,常亚东会不会像上次电话里说的那样,一听到是她,就马上愤怒地挂断电话。

常亚东的态度倒不像欧兰预期的那么恶劣,他显然没有想到是欧兰打来的电话,所以先是愣了一下,然后才说:

"哦,你好。"态度很好,甚至都带着点儿谦卑。

只是现在欧兰没有心思考虑他的谦卑的问题,她一心实施着自己的计划:

"对不起,打扰你了,我有点事情,需要和你面谈。"

"什么事?"

"电话里说不清楚,见个面好吗?应该不会耽误你太多时间。"

"可以,什么时候?"

"就今天晚上吧。黄浦江边。"

"江边?"常亚东对这个见面的地点感到奇怪。

"对,可以吗?"

常亚东心里忽然涌起一股说不出来的滋味,沈佳一每次约他见面,都尽量选择在私密性比较强的地方,努力营造出二人世界的氛围,这样不仅可以增添浪漫的气氛,没准儿还可以在见面的过程中发生点儿什么亲昵的事情。常亚东对于沈佳一的这种心理知道得很清楚,虽然他从来没有响应过沈佳一的各种暗示,但是心里难免还是会暗自得意,可能每个男人的心底深处,都会有这样的一种情绪吧。

可现在欧兰约他见面,却选在了人流熙攘的黄浦江边,为什么她非得和其他女人有这么大的不同呢?难道欧兰就一点儿都不想能和他单独相处一会儿吗?

当然,这些心思都是深埋在常亚东心里的,他表面上什么也不会显出来,他只是态度挺温和地问:

"在外滩吗?好,几点?"

"今晚八点吧。时间不会太长,我估计半小时就可以了。"

"好。"

常亚东挂掉电话后,再也无心工作了,他一遍遍回忆着刚才通电话的情景,欧兰的话不多,而且从始至终都弥漫着一种淡淡的疲倦。可如果说她是因为遇到挫折需要寻求依靠了,才来找常亚东,她的声音又一直都那么平淡、清冷。

他也知道自己上次打电话的时候,曾经用非常恶劣的态度警告欧兰,以后不要再和他发生任何形式的联络。他本以为这个电话就是一切的终结,因为他了解欧兰的脾气有多么的骄傲和倔强,所以他从来没敢想过欧兰竟然还会再约他见面。也正因为如此,今晚的见面,在常亚东心中就愈加显得宝贵了。

快下班的时候,欧兰接到了许正华的电话:

"欧总,事情已经解决了,我向刘局说明了情况之后,刘局马上就和有关方面进行了联系,现在关于怀安的负面报道已经全部撤下来了,明天应该不会有媒体刊登出来了。"

"好!"欧兰的心里一松,问:"你今天还回公司吗?"

她其实是想让许正华回来一趟,详细问问她是怎么跟刘启飞说的,刘启飞的具体表现又是怎样的,好进一步摸清刘启飞对于这件事的态度。但现在毕竟已经过了下班时间了,所以她不敢硬性要求许正华回来,因为她不愿意让许正华看出来,自己对于这件事过于精神紧张。

"哦,要是没什么事,我就不回去了,可以吗?刚才刘局说今晚有个饭局,邀请我一起去,我已经答应了。"许正华说。

欧兰心中猛地涌上了一股酸涩之意,她努力平稳住心情,尽力把声音调整到很轻松的状态:

"那你就去吧,公司没事,具体的情况,明早你来了我们再谈。"

"好的。"许正华飞快地挂断了电话,虽然看不到她,但欧兰完全能想象出此刻她那神采飞扬的样子。

欧兰无力地仰靠在沙发上,心里有些失落,她早就知道许正华和刘启飞私交甚笃,当然,她不会无聊到去吃这种没影儿的闲醋。可现在许正华成了怀安的副总,一切就都变得有点儿不同了。一个副总,跟董事会执行主席的关系密切,比起她这个正总来还要密切上十倍、百倍不止,这总是让人心里很不舒服的。

虽然她也在努力地找到些理由说服自己,例如许正华的父亲是怀安的股东、许正华的家族在上海也是数得着的,所以刘启飞多给许正华一些面子,也在情理之中。还有,许正华这个人心并不坏,还是蛮仗义的,所以她虽然跟刘启飞关系很好,也不见得就会在刘启飞面前说欧兰的坏话,等等。

这些理由欧兰都想到了,可它们都显得挺苍白的,说来说去还是那句话——卧榻之侧,有他人酣眠,这种感觉,不舒服。

"唉,"反复纠结了良久,欧兰忽然长叹一声,"说来说去,还是自己的实力不够强,换作张总在这里,他才不会在意许正华和刘启飞的关系呢。所以说,说什么都是废话,只有努力提高自身的实力才是最重要的。"

欧兰拨通了丁伟的电话:

"丁总,你好,说话方便吗?"

"方便,您讲。"

"是这样,我已经掌握了确凿的证据,确定了这次对怀安和鑫荣的负面报道就是沈佳一一手操纵的,我也已经把这些情况都对董事会作了汇报。刚才我接到通知,所有针对我们的负面报道都已经撤下来了,明天的报纸和网站上应该见不到这些内容了,我跟你说一声,你也就不用老担着心了。"

欧兰这短短一段话中包含的信息量太大了,让丁伟都有种应接不暇的感觉。但他

又不能沉默太久,所以,丁伟马上说道:

"哦?都撤了,太好了,那这场风波就算过去了,谢谢欧总了。"

"千万别说谢,要真说谢,也应该是我谢你才对,是你及时得到了这个消息,才让我们免于被动。"

两人又寒暄了几句,就挂断了电话。挂断电话后,丁伟不禁陷入到了深深的思考之中,他也知道这件事是沈佳一干的,但是苦于没有能够摆到桌面上的证据。而现在看来,欧兰竟然得到了这种证据,她是怎么得到的?怀安董事会有官方的背景,所以做通媒体的工作肯定更便捷一些。这些事情看起来都可以理解。

可就在这些可以理解的事情背后,隐藏着的却是欧兰那让人无法估量的能量和泼辣!

"当一个对手做到了你无法做到的事情的时候,你就真的需要认真地去对待她了。"丁伟一直都是这么认为的,而现在,他又毫不犹豫地把这个定律用到了欧兰的身上。

5

今晚欧兰约钟涛一起吃饭,晚餐很简单,因为欧兰一会儿还要去见常亚东,而钟涛则需要回怀安加班。欧兰已经把许正华的处理情况都告诉了钟涛,最后她说:

"我下午的时候,就已经把这件事通知给丁伟了。丁伟当时表现得很得体很平静,但我想,我一定又激起了他对我的戒备之心了。"

钟涛笑了:

"戒备在所难免,但你还是应该告诉他,一来这件事他很快也就知道了,你主动告诉他,显得你够大度,也体现出我们这一方在这件事中出了力,二来也让他明白一下我们的实力。毕竟这下我们和天一的对抗就更强烈了,适度展示我们的实力,可以帮助丁伟做出有益于我们的选择。至于戒备,羊永远都不会让人戒备,而猛虎再怎样掩盖自己的尖牙利爪,也还是会被人戒备,这是没办法的事。"

"你倒是看得开。"欧兰也笑了,钟涛说的和她的想法基本是一致的,"通过这件事我也看到了我们在媒体公关方面的薄弱,这次是依仗着许正华和刘启飞把事情摆平了,下一次,恐怕就没这么好运气了,所以还是应该把这些关系渠道都攥在自己的手里。"

"对,像丁伟那样,和媒体建立起良好而且稳固的关系。这件事听起来好像挺复杂,其实做起来也容易,花钱就行了。这不正好,你要在怀安搞一系列的活动吗,到时候多多请媒体过来,足足地给车马费,再一起吃吃饭,一来二去,关系就有了。"

钟涛看了眼手表：

"时间不早了，你该去了吧？"他已经知道欧兰约了常亚东的事。

"对，该去了。"

看着欧兰那么一派轻松地站了起来，钟涛禁不住又问了一遍：

"欧兰，你真想好了？"

欧兰看了看钟涛，笑了：

"你就放心吧，我不是小孩子了，知道自己在做什么。"

她的笑容中充满了孩子似的天真，直到她和钟涛告别，自己在人流中走了很久之后，这种笑容依旧挂在她的脸上，让她整个人看上去都那么轻松愉悦。欧兰甚至看到有几个迎面走来的人，在看到她的样子之后，都流露出一种淡淡的羡慕之情，是啊，在这个纷杂的世界上，谁不羡慕拥有着轻松的心情和神态的人呢？

"可是，现在我的心情真的和我的神情是一致的吗？"欧兰这样问自己。

答案当然是否定的，此刻她脸上的笑容不过是一张坚固的面具，保护着她，不让钟涛和其他的所有人窥破她真正的心事。现在欧兰心中只有一个愿望——希望这个面具足够结实，任何撕扯和打击，都无法击碎它，让它一直保持下去！

最好能一直戴在脸上，直到变成她神情的一部分！

欧兰就这样一直笑着走到了外滩，即使此时心已经酸痛到了抽搐又如何？从常亚东出卖若枫的那一刻起，她就已经彻底死心了。直到现在欧兰才明白，多年的痴恋纠结，如果最后能化作云烟，那真的就应该算作是圆满。因为世界上有太多的男女，会像他们这样，最终反目成仇！

常亚东到得比较早，他一直在朝着欧兰来的方向眺望，所以欧兰刚一出现，就进入了他的视线。今天欧兰穿了一条黑色的长裤，黑鞋子，上身是一件黑色的高领衫，外面罩了一件黑色风衣。风衣长及脚踝，用的是极薄的绸子衣料，所以长长的衣摆在晚风中凌乱地飞舞着。

一袭黑衣的欧兰几乎和黑夜融为了一体，反倒显得她那白皙的脸庞分外醒目，还有脸上那一抹笑容！

说不清为什么，看到欧兰的笑靥，常亚东的心莫名地一沉，他自己也说不清，为什么在这个时候，他宁可看到欧兰的仇恨与哀怨，也不愿意看到她的笑容？

欧兰也看到了常亚东，她此时心中的感受却和常亚东正好相反。本来，她很怕见到常亚东，很怕和他面对面，她觉得两个人一旦相遇，就会动摇掉她下定的所有决心，让她无力再去实施自己的计划，甚至无力去继续仇恨，所以她才刻意为自己挂上那个笑着的面具。而现在，当她真正见到了常亚东之后，她却很意外地发现，她的心竟然就像这一片上海的风景——黑夜该降临就降临，黄浦江该流淌就流淌，江对岸的浦东，灯火依旧通明。所有的这一切，都不会因为多了一个常亚东而有所改变。欧兰的心情也是如此，她的心并没有像她所想象的那样疼，心中所有的仇恨、所有的计划，都没有因为真正见到常亚东而发生任何变化。

常亚东凭栏而立，夜风吹拂着他的头发，他当然不肯承认，自己为了赴今晚的约还刻意换了身衣服；他也不肯承认，自己现在仍旧隐隐期望着，在江对岸浦东那个光怪陆离的大背景的衬托下，自己的形象能好一些。

欧兰走到了常亚东面前，心底深处的解脱让她轻松，也让她轻而易举地就找到了谈判的感觉：

"你好，"欧兰省略掉了主语，她甚至都没有给常亚东留出礼貌性回应的时间来，就继续开口了，"我知道今晚打扰你非常不应该，你上次给我打电话，所表达的意思我听得很清楚，也都听懂了，我不想说'今天找你是一次意外'这种比较无聊的借口，我也不会说：'我向你保证，这是我最后一次打扰你。'因为我从来不说没把握的话，我也不知道，以后我还会不会再找你。所以我今天只是尽我所能，在尽量短的时间里，把我要表达的意思都表达清楚，不过多地耽误你的时间。"

欧兰这种公事公办的态度，让常亚东意外，也让他无所适从，他努力调整着思维，想跟上欧兰的节奏，但是很难，因为他在这些年里从来就没有把欧兰当成过对手或者同事，今天也没有。

他看着欧兰的脸，想看出来，她是不是因为负气于他上次的电话，所以才故意摆出这种拒人于千里之外的姿态。可惜，他什么都看不出来。

他想说点儿什么，可这一次，欧兰仍旧没有给他说话的机会，因为今天她本来就是来说的，或者说是来把自己决定好的事情通知给常亚东的，并不是来和常亚东交流或者讨论的。

"是这样，"欧兰继续说道，"沈佳一已经告诉了我，你和她一起害若枫失业的事情。"

常亚东心中突然一阵烦躁，这是他最不愿意听到的事情，也一直很怕欧兰提到这件事，所以现在听欧兰真的提到了，他就觉得格外愤怒：

"我不想再听这些，这是你们商厦间的竞争，和我没关系……"常亚东的话刚说到一半，欧兰就直接打断了他：

"我从来也没说过这件事和你有关系，我今天只是要把我准备做的事告诉你一声。其实我今晚专门来告诉你，完全是看在你我以前曾经同事过的面子上，我完全可以什么都不说，直接自己去做就行了。"

"你准备做什么？"

"我马上就告诉你我准备做什么,但我需要从头说,你不要再打断我了。"欧兰的声音不高,但是很威严,"刚才我说了,你和沈佳一起害若枫失业了,而且最近沈佳一还买通上海所有媒体,妄图对我和怀安商厦进行恶意诋毁。而我现在不准备再退让了,我要开始向沈佳一还击了。当然,你现在还可以说,这些仍旧和你没关系。今天我约你出来,只是想把我打击沈佳一的第一步计划告诉你。你还记得钟涛吧?"欧兰忽然问。

"记得。"

"他现在是我的副总。过去华北区有一个叫孙磊的业务经理,你有印象吗?"

"有。"

"好,孙磊现在仍旧在我的手下,是我的大客户部经理。还有一个朱莉莉,我相信你也记得。"欧兰忽然顿住了,她刚才这一番话的语速极快,所以她这突然一停顿,就让人觉得好像天地间一下子就安静了似的。

刚才那急风暴雨似的询问,现在突如其来的静寂,都让常亚东感到无所适从,他等了好一会儿,还不见欧兰说话,于是尽量放平稳声音,问:

"你到底想说什么?"

欧兰终于又开口了,声音分外低缓,好像夜色中忽然刮过的一阵风,风来时,平添一种没有根的声响,风过后,一切又将回到平静:

"我想说的是,我今天已经跟他们两个商量过了,从明天起,就利用他们在原来咱们公司中的所有人脉,把你和沈佳一的关系尽快地散布出去。"

常亚东呆住了,这一次,他再也顾不上回避欧兰的眼睛,他紧紧地盯着欧兰的脸,就像是在看一条毒蛇,过了好一会儿,他才沉声问:

"你说什么?"

"我说,从明天起,钟涛和孙磊就会联络他们在过去公司的人脉,把你和沈佳一的关系散布出去,还有朱莉莉,虽然她现在不是我的员工,但我了解她,所以我确信,只要我给她一个很大的好处的话,她也会回公司去散布你和沈佳一的关系的。而很巧的是,我现在的确能给她提供一个她会感兴趣的好处。"欧兰的声音还是低缓的,和常亚东的神情形成了鲜明的对比。

常亚东用力瞪着欧兰,咬着牙说出了三个字:

"你疯了!"

"算是吧,但是疯了,并不影响我明天做这件事。"

常亚东这一次真的感觉到恐惧了,因为欧兰用自己的神情告诉了他:什么叫决绝。

常亚东不知道过了多长时间,他觉得时间已经凝固住了,很久很久,他终于开口了,声音低沉而喑哑:

"欧兰,你变了,你觉得你在说出刚才那一番话的时候,还是一个正常的女人吗?"常亚东的脸上毫无表情,说不清他现在是绝望还是残酷。

欧兰面对常亚东的指责却无动于衷,神情比江水还要平静:

"如果你觉得我不正常的话,那就算我不正常吧。我现在已经不在乎你对我的看法了。"

常亚东彻底束手无策了,他强迫自己冷静下来,希望能够给欧兰讲通道理:

"欧兰,我知道你是一个很有能力的人,所以我愿意看到你通过光明正大的手段去竞争,去获得成功……"

"住口!在这个世界上,谁都可以要求我公平竞争,唯有你和沈佳一没有这个权利。是你们先把这场战争变得龌龊的。"

"是吗?"常亚东狞笑了一声,"你觉得,你伙同章若枫窃取天一商厦的商业机密就多么高尚吗?"

欧兰本以为自己的心已经彻彻底底地死了,可刚刚常亚东这句话还是击中了她。她愣了好一会儿,忽然长长地呼出一口气来,就好像一个在水底憋了太久的人,终于浮出了水面一样。

"哦……"欧兰竟然发出了一声细微到只有她自己才能听到的呻吟,多年来,常亚东就好像是一块铺天盖地的厚重幕布,把她的世界牢牢地笼罩了起来,她一直在常亚东的印象下生活、呼吸。即使今晚,她虽然已经有了决心要走出这片阴影,可是还没有找到出口。但是刚才常亚东的这句话,终于让她看到了常亚东的本性——那平日里被他深深隐藏在温文尔雅、宽厚善良之下的本性:自私!没错,他真的很自私,他一旦发现情形对自己极为不利,他竟然本能地就开始毫无证据地去攻击两个女人,而其中一个女人,还是……

欧兰没有再想下去,因为她已经不用再接着想下去了,幕布已经被撕裂了一个大大的缺口,她终于呼吸到了幕布之外的空气!

那些空气一下子就从缺口冲了进来,把幕布中的压抑和阴霾冲得干干净净。幕布也像是漏了气的充气帐篷一样,迅速地塌陷了,欧兰知道,这一次,自己真的解脱了。

6

欧兰背转过身,面对着江面,远处的灯火遥遥地投到江面上,倒像是洗去了所有的瑰丽浮华,只在水面上显出灯光最原始的质朴,点点晶亮,让人看着很舒服。

欧兰现在只觉得天宽地远，连夜风都吹得人心里那么通透。常亚东对她的指责，她句句都听见了，却一点儿都不想辩解，不是因为愤怒或者理屈词穷而不想辩解，而是懒得去争论——去和这样一个人争论。

良久，欧兰才转过身，望着常亚东，态度安然：

"你刚才的话很过分，很不礼貌，但我不想跟你做那些无谓的争论。因为你对我的看法影响不到我，也影响不到若枫。换言之，即使我费了很多很多心力，向你说明了一切，你还是会帮助沈佳一来陷害我和我的朋友。所以，我现在只有一句话可说——不管未来你和沈佳一又想出什么手段，我欧兰，随时奉陪。"

欧兰说完话，就那么定定地望着常亚东，他的眼、他的眉、他脸的轮廓，都是曾经在她梦中萦绕过千万次的。过去只要远远看到他的影子，都会让欧兰心慌意乱难以自持，可现在，她的心中却没有了任何感觉。她能够这样毫无顾忌地望着沈佳一，就能这样毫无顾忌的望着常亚东，仅此而已。

常亚东也在看着欧兰，欧兰静如止水，可不知为什么，常亚东却感到一阵阵眩晕。其实，他刚才说完那句话心里就后悔了，那不是他的本意，他知道欧兰不是那样的人，他只是被气急了，才口不择言说出那些话来。他希望欧兰反驳他，哪怕是和他争吵也好，这样至少能给他一个机会，让他把那些话纠正过来，使自己有机会把真实想法说出来。

可没想到，欧兰竟然连最起码的反驳都没有，更不要说争吵了，她就这么轻描淡写地给常亚东定了性，甚至态度中都带着掩盖不住的厌倦。

"厌倦！"这是常亚东最无法忍受的，这么多年来，他可以一直不接受欧兰的感情，但是，他却从来没有想过，有一天这些感情会不复存在。

难道，这些感情不是应该一直就存在着的吗？常亚东甚至想到过，迟早有一天，欧兰会结婚，但他却始终确信，即使欧兰有了自己的家庭，在她的心底深处，始终都会给他保留着一个位置。他从来没问过什么，但就是觉得，事情理应如此。甚至当他打电话告诉欧兰，两个人终止掉一切往来以后，他都是这样认为的。

可看起来，现在的事情和他心中所想的完全不一样。

"怎么会这样？"常亚东在心里问自己，他认为一定是有什么地方搞错了。从欧兰的话中不难听出，她对自己有着极深的误会。对，一定是这样，欧兰误会了他和沈佳一的关系，所以才会如此决绝，这个误会必须要解释清楚，因为他和沈佳一的确是清白的。只要把这个误会解释清楚了，他和欧兰也就恢复到了原来的那种状态，那种说不清道不明，可他却非常熟悉的状态。

"欧兰，你对我有误会，听我解释，好吗？"常亚东说。

欧兰看着常亚东，竟然笑了，笑容还那么轻松：

"你是想告诉我,你和沈佳一其实并没有什么,对吗?"

"对,你看你心里都清楚,却偏要那么误会我……"

"可是,若枫已经失业了,这是事实。"

"章若枫的事真的是一个误会,对,是我当时考虑不周。"

"好。我现在知道了,若枫的事,是你当时考虑不周。还有吗?"

常亚东又愣住了,以前他一直觉得女人如果不听解释,喋喋不休的吵闹是最烦人的,可他今天突然发现,原来女人如果太容易被说服,你说什么,她就接受什么,竟然是如此恐怖的一件事。

过了好一会儿,常亚东才试探着问:

"欧兰,你已经彻底不在意这些了,是吗?"

"你是指什么?"

"例如,我和沈佳一的关系?"

欧兰又笑了:

"我想,这种事情,应该是你妻子关心的吧,不是我。"

常亚东看着欧兰:

"欧兰,别说气话了好吗?我们都冷静下来,好好谈谈。"

"我的确不认为还有什么可谈的,不过如果你还想说点儿什么,我听就是了。"

欧兰这种淡若烟尘的态度,就好像是一连串的火苗扔到了热油锅里似的,常亚东再次被激怒了。他并不是一个习惯于向女人低头的人,这么多年来的成功和平步青云、无数女人的仰慕,更加重了他的骄傲和自负。尤其是这两年,沈佳一对他的百般迎合和顺从,让他更无法容忍欧兰的倔强了。常亚东的声音也变得冰冷了:

"我本来也认为没有什么可谈的了,可今天是你把我约出来,告诉我,你要去我的公司造谣生事!"

"造谣生事?"欧兰毫无表情地重复了一遍,"如果你是这么认为的,那就算是吧。"

"你!"常亚东真被她气急了,他也说不清自己究竟是在为了这件事本身生气,还是在为了欧兰而生气,他现在已经顾不上去分析这些了,他用力压了压心头的怒火,"欧兰,你真的变了。"

"如果你坚持认为我变了,那就当是吧。"

"好。那我能再问你一个问题吗?"

"问吧。"

"你为什么要这么做?为什么非要这么害我?"

"我的本意不是要害你,我是要打击沈佳一。如果你想阻止我,很简单,你马上真正和沈佳一断绝一切关系,那样,我也就什么都不会做了。因为,正如我说的,我的目的是沈佳一,不管用什么方式,只要能有效地打击她就行。"

常亚东看着欧兰,目光复杂:

"我明白了,原来这才是你的真实目的!你用这种方式,就是为了逼我就范,让我和沈佳一断绝往来。"

"算是吧。"

常亚东缓缓地摇了摇头:

"欧兰,如果你这么做,只是为了让我和沈佳一分开,那你真是用错了方法,你始终都不明白,男人是不能被威胁的。"常亚东的声音有沉痛但也带着些不屑。恐怕在这个世界上,任何一个女人都无法承受自己爱的男人用这样的语调,对自己说出这样的话。

可欧兰听了他的话之后,竟然笑了笑:

"说实话,本来我并不是这么理解这件事情的。但是想一想,你这么理解也没错,我的确是在威胁你,而我的目的,的确是为了让你和沈佳一分开,好打击沈佳一。你可以不受威胁,这是你的自由。就像我可以让我的人把你和沈佳一的关系散布出去一样。鱼走鱼路,虾走虾路,大家都有自己的路。"

又是一段长时间的沉默,这一次,是常亚东打破了沉默,他的声音又恢复了理智和低沉:

"欧兰,我们把话说开了好吗?什么你要打击沈佳一,要和天一商厦竞争,这些都是借口。其实,你只是因为对我有感情,而无法容忍沈佳一,这就是最根本的理由!"常亚东的声音忽然加重了,好像是想唤醒欧兰,让她面对现实似的,"别再闹了,欧兰,你这样的做法,对于维系我们两个的关系没有任何好处,我和沈佳一真的只是朋友,我发誓。"

这次欧兰真的笑了,笑容很快乐,因为她发现,自己在听了常亚东这"语重心长"的劝说之后,感觉竟然不是被人说中了心事,而是觉得有些滑稽,她笑过之后才说:

"我们两个似乎陷到了一个怪圈里,你说我是出于对你的感情,出于对沈佳一的嫉妒,才这么苦苦逼你。我说不是,而我们两个谁也没有办法说服对方,因为这本来就是一件说不清楚的事。要不这样吧,"欧兰忽然一抬手,指向了黑暗的江面,"你从这里跳下去,如果你在天有灵的话,你可以看一看,当你死了之后,怀安和天一的竞争是否还会继续。"

这一次,常亚东真的被激怒了,他竟然突然就扬起了右掌!欧兰脸上的笑容倏地一下就消失了,她一仰头迎住了常亚东的目光,冷冷地道:

"常亚东,我警告你,做任何事情之前,都先考虑一下后果!"

常亚东的手放了下去,他转过身,望着远处的江面,过了很久很久,才低声说了一句：

"欧兰,你的话,太伤人了。"

常亚东的声音带着浓得化不开的伤感,欧兰猝不及防,心里蓦地抽动了一下,望着常亚东的背影,她差一点儿没控制住自己,走过去从背后拥住他。但是欧兰马上就恢复了理性,不过她的态度也不像刚才那么尖锐了：

"对不起。"

虽然只是简简单单的三个字,但是带给常亚东的安慰却是无限的,他虽然没有回头,但是声音却明显地有了力量：

"刚才你说的那些,都不是真的,对吗？"

"我举的例子不恰当,但我和沈佳一之间,真的是两家商厦的竞争,与其他无关。而且我也相信,沈佳一之所以针对我,只是因为我是怀安的总裁。"

"如果我不和沈佳一绝交,你真的会让钟涛他们去公司散布关于我的谣言吗？"常亚东又问,这才是他最关心的,因为他始终都无法相信,欧兰真的会那么绝情,他也接受不了这一点。

欧兰看着他的背影,夜色中,他的背影显得那么孤绝,说不清为什么,今天这一整晚,常亚东的眼睛、神情、话语,所有的一切都没能让她动容,可此刻,这一个背影,却让她的心软了。她轻轻叹了口气,向前走了两步,和常亚东并肩站在了护栏前,她的声音很低柔：

"亚东,我承认,我今晚也不太冷静,我现在也静下来,我们好好谈一谈。"

常亚东的心情不自禁地抖了一下,这应该是欧兰第一次这么称呼他的名字吧。可为什么,他却一点儿也不觉得欧兰跟他亲近,反倒觉得欧兰现在好像是站在一艘正在离岸的船上似的,正离他越来越远,他还无力阻拦。

"我是真心希望你不要再和沈佳一交往,你是一个重视家庭的人,跟她继续交往下去,对你的家庭和事业都不会有好处。你说,男人不接受威胁,这我承认,我还知道,男人不喜欢被人指手画脚。但我现在真的不是要干预你的事情,我真的是出于朋友的关心,才跟你说这些。沈佳一对你的心思,我相信你自己也心知肚明,她的性格和我不同,如果一直不让她得到,谁也说不准,她究竟会做出什么样的事情来。你不愿意伤及你的妻子和孩子,所以你要为她们着想。而且,沈佳一做事不得人心,她在南京路上是出了名的八面玲珑,可越是这样的人,也越是只会结下仇人,交不下朋友。这一次,她想一箭双雕,同时打击了我和鑫荣的总裁,也就同时得罪了我们两个,正如我现在采取的行动,鑫荣的总裁丁伟并不知道一样,他会采取什么行动,我也不知道。但有一点我能够肯定,他一定会对沈佳一反戈相击！再说,现在钟涛是怀安的副总,假如没有我,他也许就是怀安的正总,这次沈佳一打击的就是他,他也会采取这样的行为。所以,亚东,我是真心的,你不要卷到这件事里面来。尤其是,沈佳一这个人,不值得你和她交朋友。"

欧兰还有很多话想说,她能一下子举出很多例子,来证明沈佳一对常亚东做了多少利用和欺骗的事情。但最终,她还是什么都没有说,因为她真的成熟了,再也不是当初那个直率冲动的小女生了,她已经懂得了要给男人留下空间。更主要的是,她明白了一个道理——当男人活到常亚东这样的年龄,就不需要把什么话都告诉他了,该懂的,他自然会懂。如果他不想懂的,你怎么说也没有用。

常亚东又沉默了好一会儿,才深深地叹了一声:

"我答应你,我来处理我和沈佳一之间的事,让她明白,我们两个不适合再接触了。"

欧兰还想告诉常亚东,这件事要尽快处理,可她又觉得如果真那样说的话,会显得太咄咄逼人了,正在犹豫间,就听常亚东又说道:

"我会尽快地把这件事解决掉,正如你刚才所说的,沈佳一不仅得罪了你们怀安,还得罪了其他商厦。你肯在实施计划之前来告诉我一声,别人肯定不会这样做。"

欧兰的心里一松:

"常亚东果然明白了事情的利害,也知道了他应该怎样做。"

欧兰看了看手表,笑了:

"说半小时的,结果超时了这么久,没耽误你什么事情吧?"

"没关系,我今晚没其他的事情。"

"那就这样吧,我也该回去了。"欧兰说。

"好,"常亚东也没有办法再挽留她,"我送你。"

"不用了。"

"希望你好。"

"我也是。希望你好。"

第八章 | 故人，归来

1

欧兰独自回到家里，家里静得就好似是北方下过雪后的深夜，连灯光都好像是通了灵性似的，就那么柔柔稳稳地亮着，一点儿也不肯惊扰主人的思绪。

这个时候，这种心情之下，欧兰很喜欢这份宁静，因为她的内心刚刚经过了一次重大调整，一个多年来被视为支柱的人离开了，她的心并没有因为他的离开而坍塌，可确实是感到一下子空了。

可能很多人都经历过这种突如其来的内心的空寂，只是每个人应对的方式不尽相同。有的人会尽可能地选择各式各样的热闹来填补心中的空白，可欧兰却只想这么静静地待着，用这种内外如一的沉静，来陪自己度过这一段时光。

当然，现在她也非常渴望朋友，但她只希望能有一个人陪在自己身边，并不说什么，只是这样默默地守着、伴着，一起去承受这份清静和空落。

一起度过喧闹甚至磨难的朋友有很多，可一起挨过清寂的却极少。也许只有那种内心真正相通的知己，才能够让人毫不隐藏地把自己的空落交到他的手上吧。相交遍天下，知己能几人？在这个晚上，欧兰深切地体会到了这句话的况味。

此刻，欧兰心中想要找的只有两个人，若枫和常江。但她不想找若枫，因为她不想打扰若枫的假期，她也没有办法找常江。

钟涛和孙磊他们都是真正的好朋友，但欧兰却觉得不好意思大半夜地为了自己的情绪去打扰他们。远近亲疏，可能就体现在这一个不好意思上吧。

欧兰决定不再一个人做这种无谓的想象了，她觉得自己如果再这么一个劲儿地想下去，就进入到哲学的范畴了，而一个每天在职场上苦苦挣扎浮沉的人，是不适于太深入的思考哲学问题的。

欧兰跳起来，打开电脑，想着浏览会儿网页。她经常听人们讲，半夜失眠没事做的时候最适合的娱乐，就是去网上看明星的八卦，看一看那些风光无限的明星们也活得那么不容易，心情会好很多。

可是欧兰还没看完几条八卦新闻，就觉得屏幕上的字都变换成了和怀安有关的各种文字。欧兰苦笑了一下，认命地打开了邮箱——看来明星的八卦根本缓解不了她的神经，所以她还是去工作一会儿的好。欧兰决定从邮箱里找出 Bob 发来的那些邮件，再认真读一读。随着对怀安的了解日深，她越觉得 Bob 的看法独到而精深。

打开邮箱，欧兰看到了一封新邮件——是 Bob 发来的，看了看时间，邮件是二十分钟前发出的。这让欧兰有点儿意外，因为自从 Bob 给她发来第一封邮件之后，两个人始终保持着一问一答的状态。也就是说，每次都是欧兰回应了他的前一封邮件并提出新的问题之后，他才会回复邮件作出解答，从来没有过回复一封邮件后再发来一封邮件的先例。

以至于当欧兰看到他的邮件后，心中突然一紧，因为她本能地想到，是怀安发生了什么严重的事情，所以才打破了 Bob 那铁一样的规律。

欧兰强迫自己镇定下来：

"没事的，如果真有什么事情，钟涛早就打来电话了。"

她定了定心神，打开了邮件，这一次 Bob 没有使用附件，看来他要说的话不是很多。这又是一个与往常不同的地方。在过去的邮件中，他都是反复阐述，不厌其烦的。

虽然形式发生了一点点变化，但是行文的风格并没有变，还是没有任何谦辞和客套，直入主题：

"你好。很久没有沟通了，想来一定是各方面的情形都好。今天我要和你谈的不是工作上的具体事情，却又和工作息息相关。下面的几句话，可能会过于直接，也许你会不太好接受，但我思忖再三之后，还是决定说出来。作为一个以前没有任何实际工作经验的新总裁，你有想法，也有魄力，这些都会帮助你成功。经验不是问题，只要肯干，经验只会积累得越来越多的。所以我认为，你现在最大的障碍，是你的性格。"

欧兰的神情专注了起来，因为她已经意识到 Bob 是要跟她谈一件很重要的事情，她现在也顾不上去考虑 Bob 的真实身份了，又把身子朝前挪了挪，认真地看了起来。

"你性情刚硬耿直，这是优点，女人的性子硬一些，有助于事业成功；但是，太硬了，难免就会把你与其他人之间的距离拉远。这个社会，任何人都是不能离开其他人独立存在的,孤立必然灭亡。当然,你的问题还远远没有那么严重,我能看出来,你也很懂得与人交往的重要性。现在,我只是站在旁观者的立场,站在一个关心怀安的人的立场上,希望你在这方面能够做得更好一些。比如这次来自于对手的宣传攻势,如果你的交游能再广一些,与媒体和其他方面的关系能再密切一些,就不会这么措手不及。张总曾经说过一句话:总裁的使命已经不再是具体去处理某件事情了,而是协调各方面的关系。这个各方面,既包括商厦内部,也包括社会各个层面,包括朋友,也包括对手,甚至还包括上司。一位合格的总裁,心中是不应该对需要应酬的人存了喜厌与好恶之心的,只要这个关系对你的公司有好处,就要结交、打通,获得利益最大化……"

信的结尾还写了几句非常温和的话,大致的意思还是在说自己的态度可能太直接了,希望不要影响欧兰的心情之类的。可是欧兰并没有认真地去看余下来的内容,因为她现在也没有心思去介意信中那些指责的词句,她此时心中只有一个念头在不断地轰鸣着:

"Bob 竟然是他——刘启飞!"

没错,肯定是他,只有他才知道这次天一商厦暗自发动的这场媒体混战,也只有他才能写出那些意见书。虽然了解怀安情况的人会有很多,但是能够这样居高临下地去全面看待所有问题的,恐怕除了张总,就只有他了。

欧兰再也坐不住了,她站起来,走到窗前,她需要吹一吹冷风,让自己清醒一些。和刘启飞相识以来的一幕幕在她的眼前闪过,即使现在,她仍旧觉得刘启飞对待她和怀安的态度始终都是平和而公允的,丝毫也看不出有什么倾向性。

"那他为什么又给我写这些邮件呢?又是谁把我的邮箱地址告诉的他呢?"

这些问题,欧兰完全没有答案。现在,她迫切地需要常江出现在她的身边,因为也许只有常江才能理解他们这些政府官员的脑子里究竟在想些什么。

欧兰来来回回地在屋里绕着圈子,脑子运转的速度比她的脚步还要快,可仍旧任何事情都想不明白。欧兰的脑子实在是太乱了,所以直到她累极了,倒在床上睡着了之后,她都没想起来,她忘了一件重要的事情——给 Bob 回复邮件。

2

第二天,欧兰还没有被闹钟吵醒,就被电话铃吵醒了。其实她的闹钟基本就是形同虚设,每天她都是在闹钟鸣叫之前自动醒来。所以当她在睡梦中听到手机铃之后,噌地一下就坐了起来,而与此同时,无数个灾难性的念头已经在她的脑海中出现了一遍。

"喂,你好。"来电显示是一个陌生的号码,但这丝毫也不能缓解欧兰的紧张,她的喉咙已经有些发干了。

"你好,欧兰,能听出我是谁吗?"电话里传出一个优雅的男声。

"常江!你回国啦!"欧兰惊呼了出来。

"哈哈,没想到,三年了,你还能听出我的声音,对,我已经回国了。"一别三年,常江的笑声依旧那么自信、爽朗。

"天啊,你终于回来了!你真的回来了!你什么时候回来的!"欧兰简直是在嘶喊了。

"昨天。因为昨天有工作上的关系为我们接风,所以没有马上和你联系,这不今天一早就向你请罪来了。"

"回来就好。你现在在什么地方?"

"酒店里。"

"说话方便吗?"

"非常方便,就我自己。"

"那太好,常江我需要问你一件事。"

"什么事?"

"我开始在新的岗位上工作之后,就得到了一个匿名的人的帮助,他通过邮件的方式,对我进行了很多非常有益的指导,而直到昨晚我才发现,这个人竟然是我的顶头上司,而且他平时一直都对我不偏不倚的。你说,他为什么要帮我?"

常江没有马上说话,欧兰耐心地等待着,她相信,常江在经过认真思考之后,一定会给她一个非常完美的答案的,因为虽然这个问题在欧兰看来很难解答,但一定难不住常江。

过了一会儿,电话那一端的常江开口了:

"嗨,你又睡着了?"

"没有啊,我在等你说话。"

"你倒是挺有耐心的。"

"是啊,你以前不是总说我不给你思考的时间?"

"嗯,好吧,就这一点来说,你进步了。"

"谢谢——"

"但是,"常江加重语气打断了欧兰,"虽然你的职位提高了,年薪提高了,可是我发现你的情商一点儿也没有提高。当然,你知道,我所说的这个情商是特指你在男女之情方面的智商。"

"哈哈,是吗?"虽然常江的态度非常严肃,但欧兰还是觉得很好笑,并不是常江的话有多幽默,而是她听说常江回来了,心里就是高兴,抑制不住自己的兴奋之情,没办法。

但是看起来,常江丝毫也没有被她所表现出来的友情所打动,仍旧很执著地要跟她说清楚这个问题:

"你最好的蓝颜知己——我,万里迢迢地从国外回来了,可你还没有见到我的面,就开始让我帮你研究你的办公室暧昧问题。你不觉得你真的很过分吗?"

"办公室暧昧?"欧兰觉得很摸不着头脑:"你在说什么呀?"

"唉。"常江重重地叹息了一声,决定不再跟这个天生就缺了根感情弦的人较劲了,"算了,不跟你争这个了,你什么时候有时间?"

"我……"欧兰想说自己随时都有时间,但是话到嘴边又咽了回去,因为她现在真的没有那么自由了。

她这一迟疑,电话里已经又传来了常江爽朗的笑声:

"怎么样,当了大公司的总裁,是不一样吧?"

"对不起。"

"这有什么可说对不起的,这很正常啊,工作重要。"

尽管常江这么说,欧兰还是觉得遗憾,因为她也想快点儿见到常江,但是最终,还是理智占了上风:

"你今天有什么安排?"

"我去见几个朋友。同时等你电话,你随时都可以跟我联络。"

"好。"

欧兰在走进怀安大门的时候,不住地在心里跟自己说:

"稳当着点儿,千万别蹦蹦跳跳,自己再怎么说也是总裁呢。"因为她如果不这么一直提醒自己,她很有可能就会一蹦一跳起来——因为心中按捺不住的愉悦。

钟涛今天来得非常早,他是真不放心欧兰。虽然他从来没有问过欧兰和常亚东的事,但是能让一个女人投入了这么多年的一段感情,如果突然割舍,那应该和把心撕裂差不多吧。尤其还是用这么残酷的方式去割舍——昔日爱侣、反目成仇。

"苍天保佑,但愿欧兰能够顺顺当当地度过这一劫。"

钟涛一边在心里念叨着,一边在走廊里转悠,想在第一时间看到欧兰。结果,当他真的看到欧兰的时候,他彻底愣住了。因为欧兰看上去太愉快了,整个人精神得就像是春天雨后的小树,那么青翠,那么朝气蓬勃。

"嗨,"欧兰兴高采烈地跟钟涛打招呼,看钟涛没反应,就又问了一句,"你怎么了?一大早就这么没精打采的。"

"呃，其实我比较正常，是你今天太有精神了。"钟涛指出问题所在。

"是吗？"欧兰扯了扯头发，忽然自己笑了，"可能是吧。"

钟涛跟在欧兰后面走进总裁办公室，他想不好自己该说点儿什么，他很想知道欧兰今天这种兴高采烈的状态和昨晚的谈判有没有关系，但一时又想不好该如何开口。

"你有事情要说？"欧兰看着钟涛那阴晴不定的脸色问。

"哦，没事，哦不，有事，其实我就是想问问昨晚你谈得怎么样？"

"昨晚？"欧兰竟然显出一副不知道钟涛在说什么的样子。不过还好，她马上就想起了原因，"哦，你是说常亚东那边，还可以，"欧兰的神情总算是严肃了一些，"我想他应该会主动和沈佳一断绝关系的，所以我们也不要急于采取什么行动，观望一下，免得逼急了他们，反倒破罐子破摔，不在乎名声了。"

"有道理，先观察一下吧。"钟涛边说话边审视着欧兰——这个消息虽然不坏，可也不值得如此兴奋啊。

钟涛终于忍不住了：

"欧兰，你是不是遇到什么喜事了？"

"喜事？没有啊，现在只要不出事，我就烧香拜佛了，哪里还敢想喜事。"

"可看上去，你真的是身心愉悦啊。"

"哦，这个呀。"欧兰又笑了，"常江回来了，今天一大早就给我打电话，要不是今天还有几个会，我就直接去和他见面了。"

钟涛的眼神微微一跳，露出一抹意味深长的笑容：

"常江还没女朋友吧？"

"我还没顾上问呢。今天有一个会需要你参加一下。"欧兰的心思已经转到了工作上。

"好的。"钟涛也没有再多说什么，看样子，现在欧兰仍旧是把常江当成兄弟了，常亚东已经结束了，希望欧兰这一次能够认真想一想她和常江的事情吧。

3

今天会议的主角是高浩然，会议规模不算小，一位正总裁、三位副总裁全部出席了，这段时间，陈秋峰突然变得积极了。钟涛还专门暗中提醒过欧兰：

"提防着陈秋峰点儿，他突然积极，绝对不会安着什么好心。"

对于这个问题，欧兰倒是很看得开：

"我觉得吧,陈秋峰不管是消极还是积极,都不会怀着好心,所以我们需要做的,就是随时随刻对他严防死守,毫不放松。"

欧兰言而有信,真的专门为高浩然组织了一个部门,让她统一管理整个商厦的橱窗、展台、展位的布置。高浩然也正好利用这个机会大展拳脚。之前试验过几次,她的布置都获得了消费者的一致好评,尤其是国庆促销的时候,怀安的橱窗在南京路上都夺得了头彩,她的干劲儿就更足了。所以,当欧兰告诉她,要组织一场以橱窗和展台为基础的模特大赛的时候,她整个人都兴奋了起来!

模特大赛最初的创意,来源于欧兰和高浩然的一次闲聊。

欧兰当上总裁、在继钟涛和许正华先后加盟了怀安之后,她并没有因为位置日趋稳固而忽略了跟下属们的交流。这可能也是欧兰和其他女总裁一个很大的不同。其他的女总裁都是把自己的社交能力用到对外扩展上,例如沈佳一,她们热衷于跟比自己更有钱、更有权的人,尤其是男人进行交往。因为她们深知,即使社会发展到今天,中国的职场仍旧是一个男权社会,在职场权力的这座金字塔上,越向上层,男女比重也越失衡,换言之,就是职场的终极权力仍旧掌握在男人的手里,所以讨来男人的欢心才能让自己获得更大的好处。

可欧兰不这么想,对于很多女人的这种想法,她也认同,但同时,她又有另外的看法。她觉得即使想要获得金字塔顶端的那些男人的赏识,区别也是很大的。他可以把你当做一朵花来赏识,也可以把你当做一棵树来赏识。而欧兰不想只做一朵花,或者一只花瓶,她想当一棵树——端庄、稳健、生机勃勃。你给我机会,我就能生长得更好,同时为你提供出绿荫、果实、木料,但是你如果不给我机会,我自己也能生存下去,而不是离开你就会灭亡。

在这种思想的支配下,欧兰对于经营怀安就更加用心了,因为如果说每个人都是职场上的赌徒,那么现在怀安就是她手中唯一的一把牌,她经营好怀安,就是经营好了自己的前途和命运。

欧兰深知,自己的优势就是善于跟女人相处,所以她决不能放弃这一优势。反正她现在除了工作也没别的事做,既不用照顾家庭又不用去谈恋爱,索性就把几乎所有的业余时间都用在了跟女下属们沟通、相处上。

而随着高浩然越来越显出她在自己专业领域上的优势,她跟欧兰的关系也就日趋和谐了起来。这件事也再次证明了那句已经被千万人说过了亿万次的话:

"职场上没有永远的敌人,也没有永远的朋友,只有永远的利益。"

有一天晚上,欧兰下班很晚,碰巧那天高浩然也加班,欧兰就约她一起消夜,高浩然也欣然同意。

"你回家晚一点没关系吧?"欧兰问。

"没关系,他们知道我加班。"高浩然回答。

"你家人真不错,这么支持你的工作。"欧兰说的是真心话,可高浩然对此却另有一番想法。欧兰并不了解内情,其实这段时间高浩然已经和陈秋峰断了往来。过去,她为了应付陈秋峰,总是需要不断地跟家人编造各种谎言。

虽然丈夫和公婆从来也没说过什么,但高浩然自己总是心虚气短,所以家里人给她一些脸色,她也不敢有什么表示。可现在她不用再说谎了,加班就是加班,和同事吃饭就是和同事吃饭,坦坦荡荡,你们要是还敢瞎猜忌我,我可就不干了,非得说出点儿什么来不可。高浩然没想到,她这么一来,家人的态度反倒好了,也不再冷着脸摔摔打打,平时还能给她个笑脸,回家晚了,还张罗着问问她吃饭没有。

每当想到这些,高浩然都不禁长叹一声:

"可见,真的就是真的,假的就是假的。谁也不是瞎子,欺骗就像是一棵能够解饿的毒草,开始吃的时候,似乎能够充饥,日子长了,被毒死的还是自己。"

欧兰和高浩然进了一家饭店,这家饭店非常有特点,消夜做得比正餐还有名。她们没敢点茶——怕喝茶失眠,这好像也是她们这些女强人的特点,睡眠都特别不好。所以她们只要了一壶热椰奶,几份点心。

高浩然夹起一块萝卜丝饼,咬了一口,饼做得很不错,不过高浩然的心思却没在饼上,从她一进门开始,目光始终都盯在了服务员的身上。这会儿,她终于开口了:

"如果我是这家饭店的老板,我就让服务员把他们店里的招牌点心,分别绣在她们的围裙上,效果一定不错。"

欧兰笑了,她喜欢高浩然这种时时刻刻都在琢磨工作的态度:

"想法很好,不过他家消夜的生意这么好,肯定就不去想这些办法了,毕竟在围裙上绣点心的图样,成本也挺高的呢。"

"那倒是。不过如果真有那么一群女服务员穿着绣花围裙在店里走来走去,一定挺可爱……"高浩然忽然停住了,她的目光和欧兰的目光交汇在了一起,而且毫不意外地碰触出了火花,于是她们两个知道了,这一次,她们的思想再次撞击出了共鸣:

"这个方法很不错,但是照搬到怀安肯定不行,卖场已经够乱的了,不适合再有人穿着奇装异服走来走去,不过如果是生意冷清的时候,倒可以想想类似的方法。"高浩然寻思着说道。

"你现在就可以想,因为十一促销之后,圣诞促销之前,商厦里肯定会有一段时间比较冷清。"欧兰说。

"对,而且按照往年的惯例,这段时间的萧条是递进式的,越来越冷清,让人费解。"

"也可以理解，一般的行业下半年都会更忙一些，人们工作累了，逛街的时间自然也就少了，而且冬天游客也会相应减少。"欧兰这种站在消费者的立场上分析问题的方法，有时候反倒更能切中要害。

"有道理，"高浩然点了点头，"在国外，经常会有这样的营销案例，直接就把卖场当成服装展示的舞台，借以吸引顾客。但是我们如果这么操作，现在主要有两个难点。"

"说说看。"

"一是，我们的卖场销售人员条件都很一般，承担不起模特的工作，可如果外聘职业模特，成本又比较高，因为这不是一场或两场秀的问题，至少要持续一个时期才有效。二是我们卖场空旷的地方并不多，一旦弄不好，就会造成拥挤，反倒惹消费者心烦，而且，空间小了也影响效果。"高浩然的分析很中肯。

欧兰认真思索了一会儿，忽然问：

"国庆促销之后你对橱窗和展台有什么计划没有？"

"暂时还没有。"

"你说，如果我们把国外的方案稍微改一改，不让模特们走来走去了，让他们在橱窗里、展台上，做静态展示，怎么样？"

"这个主意是不错，但是静态展示的问题就是，着装和化妆都不能太生活化，一定要特别醒目，所以她们的穿戴、妆容就要非常夸张，这样恐怕就不能展示我们自己卖场的时装了。"

"这个问题倒不大，反正也是为了让他们吸引人气，不一定非得穿我们的衣服，只要能把人吸引来，做了品牌推广就行了。"

"品牌推广一定能做到，因为现在我们的橱窗和展台的布置本身就是有主题的。"

"浩然，我还有一个想法，是刚刚冒出来的，也还不成熟，你听听是否可行。"

"好。"

"如果我们不聘请职业模特，而是组织一场模特大赛呢？"

"模特大赛？"

"对。我们让普通人参加，给他们限定主题范围，让他们自由发挥创意，最后我们来评选出优胜者。"

高浩然的思维不像欧兰这么跳跃，她认真想了好一会儿，才明白了欧兰的意思，然后她马上就想到了一系列专业问题：

"我们还需要设定参加人员的门槛吗？"

"基本没什么门槛，男女老少都可以，反正是静态的，也不需要什么基本功，我们主要有一些化妆、摄影之类的配合一下就行了。还可以搞投票，让他们的亲戚朋友都来助威,媒体来跟进采访,这样我们的卖场就更热闹了,反正我们要的也是人气。"欧兰又把电视里选秀比赛的招拽过来用上了。

"对,我们还可以联系一些厂家,让他们提供赞助,向他们出售我们的橱窗和展位,如果他们感兴趣,这一季,这个橱窗就是他们品牌专属的。"高浩然毕竟是负责过上渠部的人,马上就想到了这个主意。

就这样,一场基本没什么花费,却能够带来很大声势的活动,就开始酝酿了。

现在各种基本工作都做得差不多了,所以欧兰才召开这个会议,准备启动这次活动。

对于这次活动,钟涛当然是支持的,而许正华兴致盎然,她喜欢这种新奇的玩意儿,如果让她总是坐在办公室干一成不变的工作,她很快就会憋疯了。

陈秋峰一如既往地唱反调:

"这个想法嘛,有效与否姑且不论,我觉得存在很大的危险性。"

"你是指哪方面?"欧兰很平和地问,她发现自己现在对陈秋峰越来越有耐心了,过去她是看见他就烦,现在她不烦了,她决定小火慢烤,一点点地烧焦这匹害群之马。

"你们想一想,模特大赛,到时候,有参赛的,有助威的,有看热闹的,那得多少人啊,人山人海,万一发生踩踏事故,后果不堪设想啊。"

欧兰很和蔼地听着陈秋峰的话,听他说完之后,欧兰忽然笑了,笑容那么纯粹:

"我是觉得吧,至少在我任职期内,怀安还出现不了那么火爆的场面,我原本是计划用五年的时间去实现这个目标的,如果真的实现了,那我就可以直接向董事会申请连任了。"对付恶毒最好的方法,除了以其人之道还治其人之身以外,还有一种,就是用正经的态度给予对方一个最不靠谱却又绝对无可挑剔的解答。

陈秋峰被欧兰这么当众不软不硬地顶了回来,怒火中烧,一时却又找不到辩驳的方法,陈秋峰很敏锐地意识到,欧兰已经把他的一项本领学会了——越当着人就越不给他留面子。

这当然不是什么好习惯,甚至按照一般中国固有的礼仪来说,这是一种很受人诟病的行为。而陈秋峰得以畅通无阻地使用了这么多年,就是因为人们不屑于用这种手段,所以他占了很大的便宜。可现在欧兰不管那套,拿来就用,以其人之道还治其人之身,因为她始终牢牢地记得章若枫曾经对她说过的话:"一定要学会看人下菜碟。"

欧兰懂得什么叫道德,但她也深信,道德是对有道德的人讲的,而不是跟陈秋峰这样的人讲。你如果跟他讲道德,那只会把自己逼进死胡同里去。

会议结束了,陈秋峰怒气冲冲地回了办公室。他之所以这么愤怒,一方面是因为今天在欧兰这里受了憋屈;但还有很重要的一点就是,他异常嫉恨这次模特大赛。

多年经营商厦的经验,让他在听到这个计划的第一时间,就判断出,这绝对是一个非常好的营销方案。尤其是在现在这个市场大环境下,人们都喜欢表现自己,从几岁的小孩子,到五六十岁的阿姨莫不如此。而这种模特大赛门槛又很低,几乎所有人都可以参加。高浩然还想出了很多噱头,例如参赛者可以在橱窗里搞一幕小型话剧,也可以坐着一动不动,这就更提高了参与者的兴趣。所以陈秋峰相信,只要这个广告一打出去,一定参与者众多,很有可能,今年秋冬的这几个月销售淡季,真的会被怀安的这场模特大赛占尽了南京路上的风头。

陈秋峰重重地哼了一声,一拳打在了桌子上,他是真盼着到时候能着场火,或者发生点儿踩踏事故的。他不怕出事,不怕死人,就怕欧兰成功!

再说,如果真能出点儿什么乱子的话,那他就不用再去给怀安制造麻烦了。陈秋峰没有忘记冯雅楚对他的要求,但他也深知,制造麻烦这种事,一个弄不好,就会给自己带来很大的麻烦,所以他很希望怀安能自己出点儿麻烦。但是随着日子一天天地过去,这种可能性越来越低了。

陈秋峰的目光变得阴郁了:

"难道真的让我亲自出手,去实施那个计划吗?"

没错,他已经想好了一个计划,一个能够给怀安带来一场劫难的计划,最重要的是,就目前看来,这个计划对他不会有任何损害。

4

欧兰一直忙到下午五点多才抽出时间给常江打电话。

因为欧兰觉得这个电话打得太迟了,所以当她远远看到常江的时候,心中和脸上都充满了歉意。

常江也远远地望着她,三年了,她一点儿没变。不,其实她很多地方都变了,长发变成了短发,人也显得成熟了——岁月是不可能不在某个人的身上留下印记的。但是那种感觉没变,而那种所谓的感觉就是,别说现在欧兰是在明亮的夕阳中朝他跑来,就算她是在漆黑的夜色中朝他跑来,他也能一眼就认出她,因为他本来就不是在用眼睛看的。

欧兰还真没有常江这么细腻的心思,她只知道现在常江就在眼前,她急于穿过那些拥挤的人流和车流赶紧到他身边去。她没有去想常江有没有发生什么变化这类问题,她只看到,背对着夕阳站立着的那个优雅的男人。是啊,在欧兰的心目中,优雅本来就是常江的代名词。

"对不起,让你整整等了一天。"这是欧兰看到常江之后说的第一句话。

"没关系,你已经为我等了三年了,所以现在我多等一些时候也是应该的。"

欧兰笑了,笑声清脆悦耳:

"可问题是我这三年也没有专门等着你呀,我还不是该干什么干什么。"

常江也笑了,他觉得很佩服自己,竟然能和这么一个女人维持着如此良好的友谊:

"好,我今天也没有专门等你,我见了几个朋友。"

"想吃什么,我请你。"欧兰问。

"想吃你做的饭了。"

"啊?"欧兰感到意外,"你什么时候添了这种嗜好了,我觉得在北京的时候,你也没怎么吃过我做的饭吧?"

"可能是出国太久了,所以想吃家里做的饭。"常江继续保持着自己的优雅,他已经决定了,把欧兰这种天生少长了根爱情弦的行为,当成一种独有的魅力来看,这么一想,心里就好受多了——常江本来就是一个非常善于给自己做心理建设的人。

欧兰非常接受常江的解释:

"有道理,可是我现在基本不在家做饭,"她沉吟了片刻,"这样吧,我们买些菜,回家去做,我刚才想了一下,厨房里的用具挺全的,做顿饭应该没问题,你想吃什么?"

"饺子。"常江脱口而出。

欧兰差点儿被他给怆着:

"你这绝对属于捣乱。我厨房里的用具还没全到那种程度呢。"欧兰张牙舞爪地说完,又觉得挺歉疚的,作为一个三年没有回来过的人,想吃饺子也是非常正常的,"要不这样吧,你在上海待几天?要是能多待几天的话,今天咱们先吃别的,周末时候再包饺子。"

"好,没问题。我在上海会停留一段时间,有些工作上的事需要处理。"

欧兰是从来不过问常江的工作的,一是因为常江和她不一样,她的工作总需要跟常江商量,而常江从来都不需要跟她商量工作,另一个原因则是,欧兰总觉得像他们这种在政府机关里工作的人,应该不喜欢没事讨论工作上的事情。

"那你这段时间住哪儿啊?"两个人在超市里选择做饭的原材料,欧兰问。

"他们给我安排住的地方了,我今天看了看,环境还不错,如果你那里有地方,我就住你那儿。"

"地方有,我那儿还闲着一间卧室呢,床、家具都是现成的,但是你不和集体保持一致行吗?"欧兰一边认真地端详着一棵白菜,一边心不在焉地问。

"我那边没关系,对于晚上住在什么地方没有硬性规定,倒是你,这么草率地就答应了我搬过去住,你就不害怕吗?"

"害怕什么?"欧兰又拿起了一包笋尖,她今晚准备炖鱼。

"怕我会害你呀,劫财劫色什么的。"

"嗨,我要是不信你还能信谁呀!"

虽然看上去欧兰现在全部的注意力都放在了鱼的身上,但是她这个回答,还是让常江比较满意的。

"这样吧,你现在也太忙,我过来看你的时候,如果不想走了,就在你那里借宿,平时我还是去我那边住。"

"好。"欧兰非常干脆地回答。

"那今晚呢?"

"你看着吧,怎么着都行。"欧兰答。

常江突然发现了一个问题——如果一个人过于的信任你,也是一件让人心里挺没底的事情。

趁着欧兰做饭的空儿,两个人就把这几年里各自的生活都交流完了。坐在桌边,常江恍如无心地提起了早晨电话里的问题:

"你今天早上说的那个办公室暧昧,到底是怎么回事?"

欧兰愣了一下,才反应过来常江在说什么:

"哎,我说你别老用办公室暧昧这个词儿行吗?你明知道不是那么回事,听着让人心里那么别扭。"

常江笑了:

"好,不提这个词了,换个词,那位对你关爱有加的领导,究竟是怎么回事?"

这个词仍旧让欧兰觉着别扭,不过她不会为这种小事跟一直跟常江斗嘴的。欧兰把刘启飞的身份、年龄等各个方面的情况,都向常江做了详细的介绍,又说了她从第一次见到刘启飞起,所发生的一切事情,反正欧兰把自己认为有价值的都一股脑的说出来了。

她越说常江的神情就越坦然,这倒不是因为他已经做出了判断,而是因为欧兰的这种毫不隐瞒,让他觉着踏实。

欧兰终于把一切都说完了,常江不紧不慢地问了一句:

"那你自己是怎么想的?"

欧兰气结:

"嗨,我费了这么半天话,你就让我自己想呀?"

第八章 故人·归来
237

常江笑了起来：

"你自己可能都没意识到，你每次跟我讨论工作问主意的时候，我更多的是做了一个忠实的听众，而你则是需要在倾诉的过程中，理清自己的思路，所以，很多事情其实都是你自己决定的。"

欧兰认真地想了想——只要常江谈到和工作有关的事情，即使态度再玩笑，她也都会认真想一想。而常江如果谈到其他事情，例如和感情有关的问题，即使态度再正式，她也会当成玩笑。所以也不能单纯地说是欧兰没长爱情那根弦儿，也是因为他们两个人一开始的基础就没打好。

"你说的也有道理，但我觉得你的作用还是非常大的，比如说，我在讲述的时候，你总是能在适当的地方给我最恰当的引导，这样慢慢地就把我的思路归纳到了正确的方向，所以我才能做出正确的决定。"

常江嘴上没说什么，但是对于这种认可还是很爱听的：

"那这一次呢，我有没有引导出你正确的想法来？"

"正确不正确我现在还不知道，但脑子的确是不那么乱了。"

"好，那就说说看。"

"我是这么想的，以刘启飞的身份、地位，他不应该是对我有了什么男人对女人的那种兴趣，他要想找女人，比我强的有的是。而且，据我观察，他应该属于那种还在一门心思经营仕途的人，所以我想，他帮助我，应该纯粹是出于工作上的考虑——他需要我为他建功立业。"

常江很郑重地点了点头：

"我觉得你分析得很有道理，像他们这一级别的官员，其实投机心理是很重的。也许他心里对怀安也有感情，也想保住怀安，但是跟他的前程和仕途比起来，怀安最多最多是排在第二位，这就是为什么，这么长时间以来，你一点儿也看不出他的倾向性的原因。因为对于怀安的命运，他会选择对他的前程最有利的一种，但他心里最期望的，应该是既能保住怀安，又能让怀安成为他的政绩而不是包袱。当初张总在的时候，他的这种期望可能会更强烈一些，因为他相信张总有保住怀安、经营好怀安的能力，但是阴差阳错，张总病倒了，总裁换成了你。他对你的能力一点儿也不了解，对你也没有信心，他信任张总，所以想帮你一把，让你试一试，但同时，他也提着百倍的小心，怕一个不慎，让你把怀安给玩儿死。现在，你的能力在一点点地凸显出来，他也就把和你的合作提到了议事日程上，我想，他是开始考虑，由你来取代张总，来完成他们曾经没能完成的那次合作了。"

欧兰频频点头，同样的一件事情，常江就能叙述得比她更清楚，更有条理。

"那我现在该怎么办？"

"合作，你别无选择，"常江斩钉截铁地回答，"在中国经商，你必须得学会和官员合作。"

欧兰想起了过去在北京的时候崔慧明的工作。她承认常江说的很对，但她也的确很不善于去做这种事情。

常江看出了欧兰的心思，温和地笑了：

"继续学习、锻炼自己吧。这三年，你的进步非常非常大，但是，有一个规律是永远都客观存在的——你的进步越大，你所面临的挑战的难度也就越大。"

欧兰一抬头，正好迎住了常江的目光，他的目光是那样的深邃、温暖，直达心扉，像是严寒冬夜的炉火，虽然只有一点，但却能带给人无限的温暖和希望。

"好，我听你的，"欧兰认真地说，但马上她又问，"那，第一步应该怎么走啊？"她是真没和这种政府官员合作过。

常江失笑：

"我没回来的时候，我看你每一步都走得挺好的呀。"

"可现在你不是回来了吗？"欧兰很理直气壮地回答。

"哈哈，"常江大笑了出来，有无奈，可也有些欣喜，"第一步很简单，你不是说，你还没有回他的邮件吗？"

"对。"

"回复一封邮件，不用多写，就一句话，'多谢！我会谨记！'刘启飞是聪明人，有时候，跟聪明人打交道，挺容易的。"

"好，我听你的。"欧兰毫不犹豫地说。

"好，解决了一个问题了。我问件事。"常江说。

"什么事？"

"你刚才说，你在刘启飞办公室里接到常亚东的电话，以至于失态，是怎么回事？"

"哦，那个呀，我当时情绪失控了，结果没想到，刘启飞突然回来了……"

"停，我没问这个，"常江算是彻底对欧兰没辙了，"我是问常亚东给你打电话，是怎么回事。"

"哦，你是问这个呀。"欧兰的神情立刻变得低落了。

"没关系，你要不想说这些，咱们就不说。"常江说。

可他的话还没有说完，笑容就已经又出现在了欧兰的脸上：

"当然能说。"她的态度又活泼了起来。

常江用心地看着她，想看她的笑容和欢快是不是伪装出来的。

第八章 故人，归来

欧兰又开始讲关于常亚东的事情了,这次是从沈佳一讲起的,可巧,也是讲到了昨晚。当欧兰讲述完了她和常亚东最后见面的经过之后,眼睛中忽然冒出了一簇明亮的火花:

"对了!我本来还发愁如何去确定常亚东有没有守信用呢,正好你回来了,他是你堂哥,你去帮我问问他,好吗?"

常江真的被欧兰给吓到了,他目瞪口呆地望了欧兰很久,才试探着问道:

"你让我,去问我的堂哥,他有没有和他的疑似情人断绝关系?你是不是疯了?"

"也是哈,好像是不太合适,"欧兰又琢磨了琢磨,说道,"刚才是我考虑不周了。"

忽然,欧兰笑了:

"刚才我还以为你会又拿我开玩笑呢。"

"拿你开什么玩笑?"

"你想呀,早上通电话的时候,你不是说,你才刚一回来,我就让你帮我解决办公室暧昧的问题。现在我让你去找常亚东打听情况,你还不得说:'哈,我刚和你见面,你就又让我解决一个办公室暧昧的问题。'"

常江听了欧兰的话,心里微微一动,他认真看了看欧兰,发现欧兰的神情非常轻松自在,没有一丝儿阴云。"她竟然都能自己拿常亚东这件事情调侃了。"这个发现,让常江意外,也让常江彻彻底底地松了一口气:

"一切,真的都过去了。"

"这样吧,"常江认真地想了想之后,说,"我这次来上海,怎么也得和他见一面,如果到时候机会适合,我就帮你问一问。"

"好。但是你刚才说得对,你问这件事的确不太合适,所以,就像你说的那样,机会合适再问,要是没有特别适合的时机,就干脆别问。"

"放心吧,我能处理好。"

这一晚,虽然欧兰有说不完的话,但她还是没敢拉着常江通宵长谈,因为第二天她还有太多的工作要做,所以她必须要保持好精力和体力。

"你说,人如果特别懂得自我控制了,是不是年老的表现?"这是欧兰今晚问常江的最后一个问题。

"不,是成熟的表现,而针对于女性来说,则说明,可以结婚了。"

"为什么?"

"因为女性在结婚之后要负起非常重的责任——照顾丈夫、教育孩子、管理家庭,只有能够自如地进行自我控制了,才能去完成这些责任。"

"你好像说起任何问题来,都能这么头头是道。"

"这个评价,在我们刚认识的时候,你就已经给予我了。"常江仍旧那么优雅,他早就决定不计较欧兰的不听重点了,因为他很清楚,在欧兰看来,她所听到的才是重点。

5

没有等到常江去见常亚东,沈佳一的事情就有了结果,而且是她自己告诉欧兰的。

那天欧兰正在自己办公室里,和模特大赛的几位直接负责人进行最后的协商,手机突然响了,欧兰一看来电显示,是沈佳一的号码。

如果换做其他人的电话,哪怕是刘启飞的,欧兰都会挂断之后,回复一个制式短信:"开会,散会后回电,见谅。"

可沈佳一的电话,就另当别论了,从她扇了沈佳一那一记耳光开始,她就已经下定了决心,这辈子她都不会躲避沈佳一,在任何场合、任何地点,只要沈佳一敢出现,她就一定迎上去,绝不退缩。

所以欧兰毫不犹豫地就接通了电话:

"沈总,你好!"欧兰的声音很高,而且非常清亮,她能明显地感觉到,当她那个"沈总"说出口之后,办公室里所有的目光立刻就都集中到了她的身上。而她要的也正是这个效果!

现在在办公室里的,除了钟涛、许正华、高浩然,还有几个关键部门的高管,欧兰相信,她们都知道这个"沈总"是谁。而她就是想让人们亲眼看一看,他们的老总是用什么态度来对待天一的老总的!

她要通过这种实际行动让人们知道,在竞标黄金卖场的时候,怀安打败了天一绝对不是侥幸和意外,只要她欧兰还在怀安一天,沈佳一就永远都是她的手下败将!

经营商厦,斗的是实力、能力、经验,更是气势!

"欧兰,听起来你精神不错呀。"沈佳一的声音从电话里传了出来,空洞而怨毒!

"对,我今天精神的确不错,不过听起来,你不太好,怎么?你又遇到什么问题了吗?"欧兰的声音愈加响亮了。

"哈哈,听起来,你很得意呀?"沈佳一夸张地大笑了一声,欧兰以前只在书上见过描写人的笑声就好像是夜枭的叫声,可她从来也没听到过夜枭究竟是怎么叫的。但现在,她却毫不犹豫地认定了,沈佳一的笑声,一定就是那种夜枭的叫声。

"如果你非要把我的状态良好形容为得意的话,那我就按照你的习惯用语说话吧——我今天的确挺得意的。"

"你是应该得意,因为我现在在医院里,我是被你气病的。"

"是吗?我记得上一次,你好像已经因为竞标黄金卖场失败,而病过一次了。"

"对,这一次,我又被你气病了,"沈佳一的声音忽然变得很低很沙哑了,"你竟然逼他离开我。"

虽然沈佳一这句话说得没头没尾,但是欧兰马上就明白了——常亚东已经跟沈佳一摊牌了!而且看沈佳一的架势,常亚东这一次的态度应该是非常坚决的,因为凭沈佳一的自傲和心理素质,只要她觉得还有一线希望,她都会再继续争取。而现在,她亲口承认自己病倒住院,并且还情绪失控到打电话来质问,这就足以说明,沈佳一已经认定她和常亚东的关系无可挽回了。

欧兰曾经在心里设想过千万次,如果常亚东真的和沈佳一分开,如果沈佳一真的来质问她,那她一定狠狠地取笑沈佳一,狠狠地在她的伤口上再撒一把盐,好给若枫报仇。可现在,她却什么都不想做了,欧兰心里很清楚,这并不是因为此时她身边有很多人,如果她想的话,她现在就可以站起来,去找一间空的会议室,去继续打完这个电话。她就是从心里不想那么做了,因为她已经不想去打击一个为情所伤的女人了,虽然她伤害了若枫,但她也已经受到惩罚了。至于说自己和沈佳一之间,因为常亚东所起的那些仇怨,更是已经随着常亚东的消散,而消失得无影无踪了。

所以欧兰只是对着话筒非常平静地说道:

"沈总,你病了,我很遗憾。至于其他的,我只能说,不论是我欧兰,还是怀安,还是我们怀安的每一个员工,都是既不惧怕公平的竞争,更不惧怕那些拿不到桌面上的手段的。你要想报复,我随时恭候。"

欧兰是真的冷静下来了,她这番话,与其说是在对沈佳一说,都不如说是在对在座的怀安员工们说,她要利用一切时机来鼓舞士气。

"你承认了,你竟然真的承认了,这件事是你干的!"沈佳一的声音彻底嘶哑了。

欧兰这才明白,原来沈佳一的目的在此:

"我承认,在你对我个人和怀安做了那么见不得光的事情之后,我这么做,只不过是适度反击,而且我认为,我做得还远远不够。"她知道自己可以否认,但她不想否认,因为她就是要让沈佳一明白,她欧兰也不是好惹的。

"哈哈,"沈佳一又大笑了一声,笑声异常的怪异,"好,你承认就好,你等着,我绝不会放过你。"

"好,我等着。"

电话挂断了,欧兰抬起来,朝着大家友善地笑了笑:

"刚才的电话是沈佳一打来的,她住院了,因为她利用媒体攻击我们天桥的计划没有得逞,被气病了,她让我等着,说她一定会收拾我的。"

作为办公室里唯一的知情人,钟涛马上就明白了,常亚东那件事达到效果了。而别人虽然不明白真正的原因,但是把整个电话听下来,又听了欧兰最后的说明之后,都很自然地接受了这件事:

"沈佳一攻击怀安没得逞,而他们的老总针对她采取了报复行动,现在行动成功了,沈佳一被气病了。"

大家都认为这应该算作是一件好事,因为毕竟是怀安打击了天一,商场上的这种斗争,本来就是以自己阵营的利益为重的。

许正华率先笑了起来:

"她还真把自己当林黛玉了,动不动就被气病了?这不像是她的风格啊。"

"她这次应该是真生气了。"欧兰说。

"那她还是快点儿好吧,我觉得,咱们的模特大赛一展开,她就更生气了,到时候病上加病,对身体的损耗太大。"许正华很真诚地说。

欧兰不禁由衷地佩服:

"许正华才真正是骂死人不赔命的高手。"

可能是因为这一整天里,欧兰都把自己的情绪调动得太激昂了,所以当夜色降临,她在黄埔江边见到常江的时候,突然间就觉得特别特别的虚弱。

"常江……"欧兰无力地喊了一声。

"你怎么了?"常江大步走到欧兰的面前,认真地看着她的脸,眼神中充满了关切。

"今天沈佳一给我打了个电话,她住院了。"

"怎么回事?"

欧兰把电话的内容复述了一遍,最后她幽幽地问:

"常江,你说,我逼常亚东跟沈佳一分手,是不是做错了?"

常江明白问题所在了,他看欧兰靠在栏杆上,好像很冷的样子,就先脱下风衣来帮她披在肩上,然后才非常肯定地说:

"你没做错!我了解常亚东,即使他对沈佳一真有感情,他也绝不会离婚的,他们没有结果,长痛不如短痛。而且,按照你讲的这所有的事情,我认为常亚东对沈佳一根本就没有感情。你这么做,虽然表面上是出于竞争的目的打击了沈佳一,可从长远看,你其实是帮了她。"

"恐怕她一辈子都不会这么想。"

"她是个很聪明的女人,我想当她冷静下来、或者找到新的感情寄托之后,她会这么想的。只不过,她也是非常自我的女人,所以她很可能会恨你一辈子,虽然你实质上是帮了她。"

"我倒不在乎她恨我。常江,你真的觉得我没做错吗?"欧兰抬起来,看着常江,目光无助得像个孩子。

常江笑了:

"好了,我保证,我发誓,你真的没有做错,而且我现在以常家人的身份,正式向你表示感谢,因为你帮我们家赶走了一个狐狸精,保住了一个好儿媳,还帮我们家的孙儿保住了一个完整的家庭……"

常江的话还没有说完,欧兰就被他逗笑了:

"你就没点儿正经的吧?"

"这还不正经,我觉得我已经非常非常正经了。"常江故意做出一副非常无辜的样子。

两个人一起笑了起来,笑过之后,欧兰的神情又变得有点儿伤感了:

"常江,谢谢你。"

"跟我,不用说谢。"常江说着话,抬起胳膊把欧兰揽入了怀中,而欧兰也非常自然地挽住了常江的腰,两个人就这么无声地伫立在江边,看着滚滚的江水和远处的灯火,他们是如此的自然,就好像这样的动作、这样的情景,他们已经重复了一千遍、一万遍似的。

怀安的模特大赛,获得空前的成功,人们的创造力远远超出了高浩然的预期。现在每一处橱窗、每一处展台,都成了人们自由发挥的舞台,艺术造型、生活场景、甚至艺术照里的场景都被人们搬到了这里。在人们这种丝毫也不受限制的创造力面前,高浩然这个科班毕业的专业设计师,也不得不甘拜下风了。

最重要的是,模特大赛在这个淡季为怀安带来了超高的人气,报纸、电视台也闻风而动,开始全方位报道这次大赛,还有专门的活动策划公司在积极地跟怀安联络,希望把这次大赛整体包装之后,搞成一次电视选秀节目。一时间,怀安成为了整个上海的焦点,多方位的关注,带来了多方面的盈利,怀安成了最大的赢家。

看着怀安的热火朝天,丁伟和谢海川不禁相对苦笑,他们又一次输给了欧兰,但是输得心服口服。本来丁伟想和欧兰协商,在天桥上也布置上展位,这样,可以不动声色地把模特大赛的赛场扩大到鑫荣来。可后来想了想还是放弃了这个想法,因为这次大赛之所以这么吸引人,是因为它选择了一个全新的表现角度——橱窗和展台。而这两样东西鑫荣现在没有,现做,一是来不及了,二是抄袭的痕迹太明显了,得不偿失。与其如此,还不如索性大度一点,静观怀安的风头吧。

"我觉得让欧兰在怀安当总裁,真是屈才了。"丁伟对谢海川说。

谢海川难以置信地望着丁伟,想看看丁伟是不是被欧兰气糊涂了,虽然他也认可欧兰的能力,但他还没认为做怀安的总裁都会屈了欧兰的才:

"那你的意思,她应该去哪儿做总裁?"谢海川问。

"不做总裁,而是去一个国际化的大型公司专门做市场策划,她在市场策划方面太有天赋了,她真应该好好地挖掘一下。"

谢海川这次听明白了:

"你说得很有道理,有机会你可以这样建议一下欧兰,如果她真能去发展她的天赋,也能缓解一下怀安带给我们的压力了。"

谢海川说的是事实,在这个销售淡季,怀安的销售额成倍地超越着其他商厦,时隔多年,南京路上的商厦们终于又感受到了怀安带给他们的压力!

第九章 | 艰难的抉择

1

怀安的生意如火如荼,陈秋峰的心里却一天比一天阴冷。如果说过去他还心存侥幸,盼着欧兰因为没有经验而闹出什么乱子,收拾不了局面,激怒董事会,免了她的职,那么现在,他已经认定了出场严重的车祸把欧兰撞死,是最直接而有效的办法了。

每天白天,陈秋峰只要到了公司,就不得不看到怀安卖场中那些火爆的场面,听到商厦中那些独有的热闹喧哗;想看看报纸,也许就会看到一篇关于怀安的宣传软文;到了家里打开电视,时下最流行的综艺节目中竟然也有了怀安的影子。这所有的一切,都像一把生了锈的锯条一样,迟钝却坚决地反复切割着他的神经,时时刻刻加重着他的痛苦。

而陈秋峰理所当然地把这些痛苦都转化成仇恨,毫不犹豫地加诸到欧兰的身上!没错,都是她的错!这个女人就是个魔鬼!她突然间冒出来,就好像是从地狱里钻出来的一个恶鬼似的,毫无征兆地就出现在了怀安,夺走了原本属于陈秋峰的一切。

陈秋峰从镜子里看着自己,发现自己的眼珠子竟然都显出了一种难看的潮红色——原来人被气急了的时候,真的是会"双目尽赤"的。

但是陈秋峰明白,他现在不光是在生气,更多的是急火攻心,今晚冯雅楚给他打电话约他一起吃饭,他托词有事情推掉了,这是他第一次推掉冯雅楚的邀约。因为他知道冯雅楚找他是要说什么,上一次他们见面的时候,冯雅楚已经很明白地表示:陈秋峰必须要采取行动了,如果再拖上几天,那也就不用再做什么了。

陈秋峰明白冯雅楚的意思,模特大赛帮助怀安成功地度过了这个淡季。现在淡季已经接近尾声了,很快圣诞促销又要开始,到时候圣诞促销、元旦促销、春节促销、春季促销,商厦一年中最黄金的阶段就拉开了帷幕。

现在怀安就好像是一个久病初愈的人,病好得差不多了,急需补充营养,如果想要靠一次灾难性的破坏来打击怀安,这段日子就是最后的机会了。如果真等着它在那一连串的促销中吸饱了营养,恐怕一次人为的破坏,对它就已经起不到任何作用了。

陈秋峰知道,今天冯雅楚找他,无非就是催促他快点儿动手,而他不想再听这些催促了。他是陈秋峰,他不需要一个女人来指手画脚地告诉他,他应该做什么。

陈秋峰又把他已经谋划好的计划在脑海里整个过了一遍,确认整个计划都是万无一失的。干吧,到时候了,他现在做这件事,既不是为了履行对冯雅楚的承诺,也不是为了帮助NKR扫清障碍,他就是为了打击欧兰。以前陈秋峰都是被利益驱使着去做事,生平第一次,他是被仇恨驱使着去做事,可他却发现,仇恨竟然比利益更有驱动力。

陈秋峰约出了刘月,这是他计划的第一步。

自从高浩然从陈秋峰的身边脱离了之后,陈秋峰就顺理成章地把刘月收纳成了自己的新欢。因为这么多年来,他已经习惯了身边至少有一个固定的女人,而他一直都是从自己工作的公司里来寻找目标的,因为找女下属是最省钱,也是最省心的。

他对刘月很满意,刘月比高浩然年轻多了,对欲望的要求也不高,而且她连男朋友都没有,这就让陈秋峰省掉了很多不必要的担心和麻烦。

但是现在,为了实施他的计划,他不得不忍痛割爱了。

"月,我准备离开怀安了。"今天,两个人亲热完了之后,陈秋峰搂着刘月,很温存地说道。

"离开怀安!"刘月一下子就半坐了起来,她直直地望着陈秋峰,"为什么?"

陈秋峰摁住了她的肩膀:

"你别着急,小心着了凉,先躺下,听我慢慢跟你说。"

刘月拉了拉被子,盖住自己的肩膀,但仍旧侧着身子,使劲儿盯着陈秋峰,等着他的答案。

陈秋峰叹息了一声:

"我在怀安只是个副总,没前途,也没意思,正好有其他公司聘请我,环境和待遇都比这里好,我当然就走了。人往高处走嘛。"

"原来是这样,"刘月对于陈秋峰的这一番话深信不疑,"那你走了,我怎么办?"

"傻丫头,这还用问吗?我为什么现在跟你说这件事,当然是想带你一起走了。怎么样,你愿意跟我一起走吗?"

听陈秋峰这样说，刘月放心了，她又重新躺回到陈秋峰的怀里：

"我肯定是跟着你走。你什么时候走？"

"我可能要到年底，因为我还需要跟董事会协调，你也知道，我在怀安工作的时间太长了，现在突然说要走，董事会肯定不会放人，一定会求我留下，我呢，就象征性地再多干三个月到半年，这样彼此都算是给了面子，我再走。"

"有道理。"刘月很认真地说。

这也是陈秋峰喜欢刘月的原因之一，她的社会阅历太少了，基本是陈秋峰怎么骗她，她就怎么相信。

"月，既然你也打定了主意跟我走，那咱们就好好商量商量这件事。"

"商量什么呀？你什么时候走，我就跟你一起走不就行了。"

"唉，真是个小孩子，事情哪有那么简单。"

刘月茫然地看着陈秋峰，不明白这件事复杂在哪儿了。陈秋峰开始语重心长地给她解释：

"你想想，我到新公司去，如果上任第一天，就带着一个年轻漂亮的女孩子，那别人会怎么议论咱们两个？人言可畏，那样的话，对咱们两个人的名声都太不好了。我还无所谓，毕竟我的地位在这里，可你就不一样了，像你这样的女孩子正是招人嫉妒的时候，到时候，人们风言风语的还不淹死你。"

刘月对这一番话深以为然：

"对对对，不能那样，如果咱俩一起到新公司去，就太明显了，谁都能想到是怎么回事。要不，你先去，过一阵子我再去？"刘月提出了解决办法。

"这样当然也行，但我还是想用一个更稳妥的办法，最好都不让新公司的人知道你是从怀安过去的，这样人们就彻底不会把咱们两个往一块儿联想了。"

"有这样的办法吗？"

"我有一个想法，你听听行不行。我一个朋友，是宁波一家商厦的老总，商厦的规模也很大，我跟他说一声，你去他那里工作，他一定会照顾你的。反正你家也不在上海，对你来说，在上海打工，在宁波打工，都是一样的。等过一阵子，我在新公司彻底稳定下来之后，我肯定要招聘员工，到时候你来应聘，这样，你的简历上都不用出现怀安的字眼，谁也想不到，我们两个过去认识，我就算重用你，别人也挑不出任何毛病来。"

陈秋峰果然是老奸巨猾，他没有给刘月任何实质性的承诺，却用最轻描淡写的态度为刘月勾画出了一幅无限美好的前途。

"重用"这两个字，刚一传到刘月的耳朵里，她的心里就好像突然打开了一道沉重的闸门，那些曾经在她心中萦绕了无数次的希望，就像是一大堆五彩缤纷的氢气球，一下子就全部腾空而起,充满了她的整个世界。

刘月一直认为自己是非常聪明,也非常有能力的,只是没有人肯重用自己,如果陈秋峰有了权力,能够重用她,那她很快就可以超越高浩然、欧兰,甚至许正华!刘月已经看到了自己风光无限的前程,她的双眼中放射出灼热的光芒,毫不迟疑地说道:

"好,我听你的,去宁波!"

当然要去宁波,就像陈秋峰说的那样,如果她从怀安跳槽到新公司,难免被人议论她在走关系,没准儿还会影响到她的提拔,她可不想让任何外来的因素影响到她的前程。

"你可要有思想准备,你可能会在宁波待相当长的一段时间,因为我很难马上离开怀安,而且也不能一到新公司马上就组织自己的班底,这样做容易让人反感,不利于开展工作。"

这个问题,倒是刘月没想到的:

"需要多久?"

"最多一年,多到顶了天,也就是一年。"

刘月在心里盘算了一下:

"刚才陈秋峰说了,为了给怀安董事会面子,他得在怀安滞留三个月到半年,这一点是可以理解的,大家都在同一个圈子里混,低头不见抬头见,总要互相给个面子。而他到了新公司之后,也的确不能马上就招聘自己的人马,需要先干上几个月,这也正常。所以,陈秋峰说最多一年,这个日期是合理的。"刘月经过认真思考之后,相信了陈秋峰的话。

"好,我听你的。我什么时候走?"

"下周吧,我把那边联系好,你就可以过去了。"

"这么快?"

"对。因为我虽然说最多一年,但很可能用不了那么长时间,如果万一三两个月就把所有的事情都处理了,那你在宁波工作的时间就太短了。"

"也的确是这样。"刘月再次接受了陈秋峰的意见。

"还有,这件事你千万别让任何人知道,连你准备去哪儿都别告诉别人。"陈秋峰又嘱咐道。

"为什么?说我在宁波找到更好的工作了,不行吗?"刘月终究是虚荣的。

"多一事不如少一事。人心隔肚皮,谁知道人们都憋着什么坏心呢。再说了,商厦现在这么忙,如果不让你马上辞职怎么办?你就什么都不说,有人问急了,你就说你们家在老家给你找到更好的工作了,让你回家、相亲、结婚。这个理由没法阻拦。等到时

第九章
艰难的抉择
249

候,我把什么都安排好了,你再风风光光地杀回上海来。你放心,以后有的是机会让你出风头。"

"好,就按你说的办。"

刘月的辞职进行得比较顺利。

欧兰一开始的时候想过把刘月培养成另一个许丽娜,但她很快发现,刘月根本就不是那块材料,不过刘月也有她的优点,细心、嘴甜,交代的事都能按时干了,作为一名普通职员这样也就行了。而现在她要走,走就走,也没什么可值得挽留的。

今天是周五,刘月的工作已经交接得差不多了,等到下午五点半,她就算是正式离职了。午餐的时候,她没有离开,因为昨天陈秋峰特意嘱咐她,今天中午在她的工位上等他一下,他有事情找她。

快一点的时候,陈秋峰来了:

"就你一个人?"陈秋峰问。

"嗯,他们都去吃午饭了。什么事呀?"

"公司给有怀安会员卡的用户们群发短信,都是从你这儿发吧?"

"不光是我这儿,但我这儿也可以发。"

"那正好,你帮我把这条短信群发出去。"

"没问题,群发的范围呢?"

"全部会员用户。"

"内容呢?"刘月熟练地打开了电脑,她做这种事并不陌生,除了发公司规定的群发短信,她有时候也替各个专柜发些促销短信,收取点儿好处,这根本就算不上什么事儿。

"内容……"陈秋峰迟疑了一下,"要不我自己发吧,你给我把系统打开就好了,要不我还得一字一句地给你念,太麻烦了。"

"也行,"刘月站起来,把位子让给了陈秋峰,"你在这里输入内容,点发送就行了。"

"知道了,"陈秋峰一边坐到椅子上,一边从口袋里摸出来个挺精致的盒子,"你看看这条丝巾你喜欢吗?"

刘月接过盒子去试戴丝巾,还没等她把丝巾挽好,陈秋峰就已经把短信发完了。

"这么快?"刘月问。

"简单,就一句话。"陈秋峰满不在乎地挥了挥手,"你下午干什么?"

"在这儿待着呗,呆到五点半,我就自由了。"

"嗨,哪儿那么死板呀,干脆,下午我带你出去玩儿玩儿吧。"

"行吗?"

"这有什么不行的,你的薪水都领了,现在你跟怀安已经没关系了,谁还在乎你在这里多待半天还是少待半天。"

"好!"出去玩儿总比困在这里好。

反正工作也都交接完了,东西该搬的也都搬走了,刘月给同事打了个电话,随便编了个借口,就离开了怀安。

按照陈秋峰的安排,第二天一早,刘月就去了宁波。陈秋峰没有骗她,宁波的商厦也不错,而且给她安排的岗位也挺好的,陈秋峰又给了她数目不小的一笔钱,足够她租一处挺好的房子,舒舒服服地过几个月了,她可以安安心心地等着陈秋峰通知她,回上海参加应聘了。

刘月并不知道,就在她离开上海的当天,怀安掀起了一场轩然大波!

2

周六上午一开门,顾客的流量就比平时多了两三倍,而且还有增加的趋势,这些顾客有一个共同之处,挑选完商品后,都会询问售货员:

"这件商品可不可用电子红包购买?"

售货员们听得一头雾水,他们当然知道什么叫电子红包。所谓电子红包,就是商厦不定期地给顾客的会员卡里充入一定数量的钱,但是这些钱必须在规定期限内在商厦中消费才有效,其实就算一种变相促销打折的方式。

可这一次,卖场并没有得到通知,说向顾客发放了电子红包啊。情况反映到了高管那里,高管也没听说过这件事。高管亲自到卖场,赔着笑脸要过顾客的手机想看看与此相关的短信——这种消息都是用群发短信的形式通知的。这一看,高管差点儿没晕过去——短信上赫然写着:

"为了回报顾客,特在您的会员卡中存入了一千元电子红包,请于……"

高管已经没有力气再往下读了,一千元,十几万会员!将近两亿!她觉得自己要疯了!

欧兰、钟涛、许正华、陈秋峰,四个人坐在一间空空荡荡的办公室里,卖场中的喧嚣已经越来越强烈了,不知道是不是心理作用,钟涛好像觉得,顾客争吵的声音已经透过了层层楼板,传到了他的耳鼓里。

"这肯定是有人故意陷害!"许正华的眼睛中冒着怒火。

"的确是陷害。"欧兰的脸上挂着恬静的笑容,阳光从窗户射进来,照到她的脸上,显得她脸的轮廓分外温柔。

她的这种神情让许正华无所适从,陈秋峰也在认真地看着她,希望欧兰是因为受了强烈刺激,精神失常了。

"我们可以去跟顾客解释。"许正华又说。这位大小姐一直自命自己是生意场中长大的,对于商场上所有的鬼魅伎俩都已经烂熟于心,但是这一次她还是震惊了。她终于明白了一个道理——很多事情,听的时候再残酷也只是故事,只有当它真正发生在你身上的时候,你才能明白它究竟有多么可怕。

钟涛很想暗示许正华静一静,给欧兰一个安静一点儿的空间,让她好好整理一下思路,但他却不忍心向许正华表达出这层意思。因为他能看出来,许正华是真心在为怀安着急、担忧,在许正华的所有优点中,她的这种直率和热忱,是最能打动钟涛的,看了职场上太多的冰冷和假面之后,能够看到一个像许正华这样的人,也是一种幸福。

许正华的话还在继续:

"我们平时就算发放20块钱的电子红包,都要有总裁和财务主管的双方签字才行,可这件事我们谁都不知道。再说了,商厦给顾客发电子红包,都是分批次的,哪有像这样,一下子发给所有人的,还是每人一千块钱,这一看就是假的呀。而且这根本就是违法行为,公安机关是要立案的……"

钟涛打断了她,温和地说道:

"正华,你说的都对。但是,群发短信号码的确是我们公司常用的群发号码,这一点谁也不能否认。我们肯定要去向顾客解释、道歉,我也相信,会有绝大多数的顾客相信这只是一次蓄意的人为破坏,但是,一定还会有一小部分人借机闹事、讹诈利益,他们会说,不管是什么行为,前提都是由于怀安公司内部管理不善,才会出现问题。这才是我们现在最担心,可也是最没有办法解决的。"

许正华听明白了,她也知道一定会有这样的人,她想了想:

"如果我们答应那一小部分人的条件呢?"

"那么,本来没有提出条件的人,也会提出条件来。"

许正华彻底没辙了。

她又看向了欧兰:

"欧总,您看呢?"

许正华还是比较注重礼貌的,其实她现在想问的是,"欧总,您有什么想法吗?"因为欧兰的脸上始终保持着那种恬静的笑容,所以难免让人觉得,她已经胸有成竹了。但许正华也明白,副总是不能那么跟正总说话的。

看许正华问到自己,欧兰轻轻笑了一下:

"不管这件事是谁做的,我都挺感激他的。"

"感激他?"许正华大叫了出来。

"对,感激他。因为我想谢谢他,在这么仇恨怀安的情况下,都没有放把火,把怀安给烧了。"

听了欧兰的话,许正华愕然,钟涛黯然,陈秋峰心怀鬼胎,觉得欧兰每一个字都是说给他听的。

过了好一会儿,欧兰脸上的笑容终于隐去了,但仍旧很平静:

"好了,开始工作吧。钟总,你召集卖场的全体主管,把我们目前掌握的情况都通报给他们,协商出应对顾客的统一口径,然后传达到卖场。具体怎样解答顾客由你们自己商量,我只强调一点,熄火,不要点火。"

"我明白。"

"正华,你联络媒体,今天是周六,我估计我们的道歉声明可能得等到周一才能见报了,这两天,你的主要工作就是,务必和媒体沟通好,尽可能地不让负面消息见报。关于怀安的这件事,能不报道就不报道,非报道不可,也要尽量淡化。"

"我自己去吗?还是……"

许正华故意没有把话说完,但是欧兰已经明白了她的意思,她是在想这一次是不是还可以请刘启飞出面。

欧兰答道:

"你先去沟通,我马上就向董事会通报这件事情。好了,就这样吧,大家分头忙吧,如果发现什么新情况,马上通知我。"

欧兰从始至终都没有提到陈秋峰,要是平时,他乐得什么都不做,可今天,他认为如果自己不主动争取一些工作,会被人认为是做贼心虚!

"欧总,我呢?我做什么?"陈秋峰问。

"你还是在公司留守策应,不管是钟总或许总还是我本人,有什么需要你帮忙的,你就临时补上来。你在怀安的资历最老,经验最丰富,所以,虽然我也不好意思,可还是得把这件最难的工作交给您。"

欧兰的话很动听,可陈秋峰心里也明白,这三人,谁都不会来找他帮忙的。

不过不管怎么说,至少从欧兰的态度上看,她并没有怀疑到他,这就行了。

会议结束了,钟涛故意晚走了一步,当陈秋峰和许正华都出去了,他才问欧兰:

"你觉得是谁干的?"

现在会议室里没有了旁人,欧兰的脸上也就再没有了笑容和恬淡,她的精气神好像一下子就被抽光了,整个人都充满了疲惫:

"沈佳一、陈秋峰、冯雅楚,或者,是我们还不知道的敌人。"

"为什么不是NKR财团,而是冯雅楚?"钟涛问。他的声音有些尖锐,虽然他心里已经把崔慧明放下了,可他仍旧不愿意相信崔慧明会做出这样的事情来。而人往往就是这么奇怪,越是不愿意接受,越控制不住地非要朝着那个方向去猜,好像专门要和自己作对似的。

"我觉得崔慧明不会做这样的事,她是一个有底线的人,但冯雅楚没有底线。"

欧兰的回答让钟涛觉得安慰,可他又担心欧兰猜错了。但他知道,现在不是为这些事情纠结的时候,他又问:

"你想好怎么跟董事会说这件事了吗?"

"没想好,去了再想吧。"

钟涛想说什么,但又无话可说,因为在这个问题上他也没有更好的建议,他只好说:

"那你就去吧,我先去处理卖场这边的事,尽可能地控制局面。"

今天刘启飞休息,他接到欧兰的电话的时候,正在球场打球。他有时间的时候,会和几个朋友去打高尔夫球,他本来就是一个很会生活也很善于跟人交往的人。

"刘局,您现在有时间吗,我有点儿急事,想向您汇报。"

"你说吧。"

欧兰用尽量简单明了的语言,说清楚了事情的起因及目前的动态,刘启飞也愣住了。他沉默了足有一分多钟,才说:

"你现在到我办公室,我们详谈。"

在局长办公室里,欧兰第一次见到了不穿西装的刘启飞。这是自从上次欧兰按照常江的建议给刘启飞回复了邮件之后,两个人第一次见面,欧兰不禁苦中作乐地想:刘启飞现在是不是已经后悔向欧兰公开身份了?因为就凭闹出这么大的乱子,欧兰都认为自己已经难承重用了。

"你坐,"刘启飞的态度还是那么和煦,但是神情却比平时严肃多了,"再把事情的发生经过说一遍。"

欧兰又从头复述了一遍。

"那条短信,你带来了吗?"

"带了。"欧兰拿出了一份打印出来的短信。

刘启飞看了一遍之后,说:

"马上报案。"

"好。"

欧兰几乎都没有犹豫,就掏出了电话:

"陈总,对,是我,你现在在公司吗?是这样,我现在正在刘局的办公室,刘局让我们马上报案,你去报下案吧。"

刘启飞的目光微微一跳,用心地看了欧兰一眼,他似乎想看出来,欧兰偏偏让陈秋峰去报案,是不是另有什么想法。可看上去,欧兰的样子很正常,就是在安排一件工作而已。

欧兰挂断电话,才对刘启飞说:

"我请陈总去报案了。"

"好,再跟我说说你们目前都采取了哪些应对方案。"

听到刘启飞问这个,欧兰真庆幸自己是先召开完会议,采取了一定的措施之后,才来向他汇报的,而不是直接就来向刘启飞问主意。上司就是上司,他们不是下属的家长,也不是下属的导师,只负责监督、挑毛病,偶尔指导,绝不负责手把手地教!

欧兰又把自己的部署汇报了一遍。

刘启飞点了点头:

"只能熄火,不能点火。这个关键点抓得很对。至于媒体那边,我给你一个建议,各种工作都要做,但是最坏的打算,你也要有!"

欧兰的心中一沉!她还想着等把该汇报的都汇报完了之后,找个机会,跟刘启飞说一说,再请他出面协调一下媒体,可没想到,还没等她开口,刘启飞就先说出了这么悲观的话来。

刘启飞好像看出了欧兰的心思,说道:

"这次的事情,和上回不一样了,上一次,媒体心里也有数,那只是商厦间相互竞争所使用的小伎俩,我们花花钱,再找途径施施压,他们也就放手了。可这一次是实打实的刑事案件,而且影响面极大,直接和市民的生活产生了联系,这样的新闻卖点,我想,很多媒体是不会放弃的。"

欧兰还真没顾上从这个角度想问题,现在听来,刘启飞说得非常有道理。

刘启飞继续道:

"当然,我们仍旧要在媒体这方面做工作,而且要大力度地做,但同时还要非常谨慎,绝不要让媒体抓住什么把柄,说我们搞金钱公关之类的,现在的人们爱看这种东西,所以媒体也就爱写。"

欧兰发现问题越来越严重了。

刘启飞又说:

"至于消费者这边,我现在能想到最恶劣的事情,就是会有人跟我们走法律程序,起诉怀安,要求赔偿。"

欧兰觉得好像有一双手掐住了她的脖子,让她呼吸都觉得困难,她喃喃地说道:

"如果真那样的话,赔偿事小,恶劣的影响事大。"

刘启飞忽然笑了:

"也许,如果真的有人用这件事起诉了怀安,那恐怕他们的目的也就不在于赔偿,而是在于制造影响了。"

刘启飞说的,也正是欧兰所担心的。现在的人们越来越讲究维权,动不动就觉得被人伤害到了自己的合法权益。还有一些人,总是想利用这种打官司的机会出名,再说了,既然是有人故意做出这件事来,焉不知,他们还有很多后续的行为呢?例如找一些消费者把这件事闹大,例如找到媒体推波助澜。

欧兰下意识地看了一眼日历,马上就进入十二月份了,一般过了十二月上旬,就进入了圣诞促销的热身时段了。就剩十几天了,这件事能够在这十几天里顺利解决吗?肯定不能,那么,会对圣诞促销带来多大的负面影响呢?难以预估。

欧兰微微闭了闭眼睛,说出那句早已经准备好了的话:

"刘局,这件事肯定是有人恶意破坏,但也确实是因为怀安在管理上存在着漏洞,所以才会发生。我承担这个责任。"

刘启飞轻轻叹了一口气:

"先解决问题吧,至于责任,那是下一步的事情了。"

陈秋峰接完了欧兰的电话之后,惊出了一脑门冷汗:让他去报案,为什么要让他去报案?欧兰究竟安的什么心?

他在办公室里转了几圈之后,慢慢镇定了下来:

"她说了,她是在刘局办公室打的电话,这应该就没什么问题。再说了,即使公安机关调查,又能怎么样呢?刘月已经走了,就算他们找到了刘月,又能怎么样呢?刘月如果真被传讯,肯定会把什么事情都说出来,可她有什么证据证明这一切呢?她没有任何证据,我倒可以反咬一口,承认和她曾经是情人关系,她是因为逼我离婚未遂,所以才想出这样的办法来陷害我的。"

这些,都是陈秋峰在做这件事之前,就已经全部都想好了的。当他把这些又重新想了一遍之后就很坦然地去报案了。

3

欧兰回到怀安后,把跟刘启飞的谈话又整个回忆了一遍,思路比上午的时候清楚了一些,这时,钟涛来找她了。一看钟涛的脸色,欧兰就知道又出了问题。

"出什么事了?"

"大多数顾客都接受道歉,被劝走了,可有一些人不肯走,说至少要怀安赔偿一百块钱的打车费。"钟涛说。

欧兰神经质地笑了一下:

"一百块?每个人一百块,就是一千多万。"

"我也知道,这个口子不能开,一旦开了,就应付不了了,可是现在怎么答复人们呢?"

"怎么答复?"欧兰机械地重复着。

过了好一会儿,她才说:

"你看这样行吗?就说我们已经向公安机关报案并且立案了,所以要等到案件彻查清楚之后,才能拿出解决方案来。"

"不行,"钟涛很直接地回答,"因为这样的话,等于给了他们希望,他们还是会等,到时候没有等到任何赔偿,他们会变得更愤怒。"

"那怎么办呢?"

"肯定是不能赔偿,对吧?"

"肯定不能,人数太多了,一人十块钱都做不到。这一百多万,得经过董事会批准,董事会才不会批准这种花销。"

"如果真的一人赔十块钱的话,那简直是在火上浇油。"钟涛痛苦地说。

"是啊,火上浇油,但要怎样,才能不浇这个油呢?"

欧兰和钟涛一时相对无言,都陷入了深深的煎熬之中。

许正华来了,她好像有一肚子话要说,可是看到欧拉和钟涛的样子,又生生地把话都咽回去了,转而问道:

"又怎么了?"

欧兰看了看许正华:

"媒体那边怎么样?"

"不好不坏。"

一句没头没脑的回答,却正好印证了今天刘启飞所说的那一番话,面对着这样一条"大鱼",媒体们不肯轻易放弃了。

欧兰轻轻地呼出一口气来,说:

"这样,你们两个把各自的工作相互交流一下,看看分别进展到什么程度了,又出现了哪些问题,我也听听,理理思路。"

钟涛和许正华相互看了看,此时,他们脑子里都冒出了同一个念头:

"欧兰的脸色已经太难看了,所以她现在需要的不是理思路,而是休息。"

但是他们谁也没有提出这个建议,因为他们都明白,现在欧兰没法休息,她必须在这里坚持着,处理这些事情。

两个人轻声交流了起来,欧兰缓缓地闭上了眼睛,她觉得她的脑海中好像突然间就充满了乳白色的迷雾,轻轻地、柔柔地,缠绕着她的神经,让她根本就没法思考。许正华和钟涛的声音清晰地传进了她的耳朵,可她只是机械地听着,就好像在听两个人用一种全然陌生的语言交谈,一点儿都参与不进去。

欧兰不明白,自己这究竟是怎么了,她只知道,如果有办法,她情愿一直就这么昏昏沉沉的,不再清醒过来。

办公室里另外两个人的谈话已经接近了尾声,许正华正在说:

"也就是说,我们现在不能给顾客任何赔偿的承诺,可如果我们不承诺的话,他们就会生气。"

"对。"钟涛觉得许正华很善于用简单通俗的语言来总结问题。

"可我个人认为,这种时候,越早拿出解决方案来,人们的火气会越小。"

"我也这么认为,但我们现在没有解决方案。"

"我想,我好像是找到了一个解决方案。"欧兰忽然幽幽地说道。

另外两个人吓了一跳,一开始都以为她是在说梦话,因为她的声音太飘忽了。欧兰睁开了眼睛,坐直了身子,眼神仍旧很迷蒙:"我刚才想出了一个主意,一个很傻很傻的主意。"

"说说看。"钟涛试探着说道。

"我们在周一发布道歉声明的同时,再发布一条启示,就说为了这次的事——当然,具体怎样措辞,我们一会儿再商量——我们送给所有的会员,每家一份报纸,订阅期为一年。同时,我们去找几家报社协商,我们订他们的报纸,冲抵明年的广告费!具体数字我还没有算,如果数额太大的话,我们可以订两年的,冲抵两年的广告费。还有,我们订报的数目很大,所以我们可以要求延后付款,或者分期付款。"

欧兰的话说完了,钟涛和许正华都愣住了,看着他们愣怔的样子,欧兰惨笑了一下:

"我就说了,这是一个很傻很傻的主意。"

又过了好一会儿,钟涛才一个字一个字地说:

"如果这个主意算是很傻的话,那就必须得说,傻和天才,的确是没有什么界限的。"

欧兰的目光一跳:

"你是说,你觉得这个办法可行?"

"太可行了!"许正华接口道,"这样一来,我们还等于无形中牵制住了一部分报纸,让他们不得不为我们说话!"

"那就这么办吧。"

和钟涛、许正华那溢于言表的兴奋之情正相反,欧兰显得更疲惫了,是啊,不管有多少副总裁,都减轻不了压在正总裁肩膀上的压力。

这时,欧兰的电话响了,她看了一眼,接通了电话:

"爸。"

欧兰刚叫了一声爸,就呆住了,她甚至什么都没有说,只听了一会儿,就直愣愣地挂断了电话。而她的脸上已经一点儿血色都没有了。

"怎么了?"钟涛赶紧问。

欧兰愣了很长很长的时间,才虚弱地说出了八个字:

"福无双至,祸不单行。"

"家里出什么事了?"看着她的样子,许正华也紧张了。

"我妈病了,很重。"

"啊!"许正华惊呼了出来,但是惊呼之后,就再也说不出话来了,因为她知道,现在她唯一该说的话就是"那你赶紧回家吧",可这句话却是万万不能说的,因为这个时候,没人敢让欧兰离开怀安。

而欧兰肯定也明白这一点,所以她的样子才会那么失魂落魄,看着欧兰,许正华的眼睛忽然一热。在这一刻,她突然明白了,作为一个职业经理人,是何等的不易!

欧兰用力揉了揉眼睛,开始用一种响亮得不正常的声音来分派工作,她似乎是想用这种声音来警告钟涛他们,任何人都不要在这个时候再跟她提工作之外的事情:

"钟涛,你现在就去卖场,对那些要求赔偿的顾客说,我们的赔偿方案下周就会见报,请大家再等一等,劝他们离开。我们争取周一见报,但是怕万一实现不了,所以不要把时间说得太死。"

"我明白了。"

"正华,媒体这边还是你去,争取在明天,就把所有的订报纸附赠广告位的合同都签下来,只有这些合同都拿到手,我们才能对外宣布。"

"知道了。"

"你们都去忙吧,我去向刘局汇报这个方案,我估计他不会反对的。"

钟涛和许正华看了看欧兰,想要说点儿什么,可又觉得任何话都显得那么苍白,所以只好都沉默着离开了。

等他们都出去了,欧兰的眼泪就再也忍不住了,她现在只想找到一个人——常江!

艰难的抉择 第九章

常江对于怀安发生的事情,还一点儿都不知道,他趁着这个周末把常亚东约了出来,虽然他们堂兄弟之间的感情很一般,但他出国这么久,又来到了上海,怎么也该跟堂兄见个面,而且,他也的确有些事情想要跟常亚东说。

兄弟二人见面的气氛还是很融洽的,他们两个人都堪称控制情绪和气氛的高手,所以既然有心见面,就一定能创造出一次非常舒适愉悦的会面。

常江把从德国带回来的礼物——常亚东一家三口人人有份——拿了出来,两个人交流了这几年的情况,又谈了谈当前的时事、经济之类的话题,说了说德国的见闻,国内的发展。眼看着会面接近尾声了,常江忽然说:

"哥,我可能快结婚了。"

常亚东心里一颤,虽然他已经知道了,那一次常江和欧兰是假冒的情侣,但不知为什么,这个消息仍旧让他紧张。他故作镇定地说:

"好啊。"

"和欧兰。"

常亚东抓着杯子的手指有点儿发白了,他不想说话,可是话却自己从他的嘴里冒了出来:

"哈哈,你们这一次是当真的,还是开玩笑的。"他在笑,他的声音也很高,他希望常江也能当他是在开玩笑,可他自己心里也清楚,恐怕没人会觉得他是在开玩笑,因为他的声音太不自然了。

"这次是真的,不是开玩笑。"

常江望着常亚东,非常镇定,他今天约常亚东出来,就是为了告诉他这件事,为此,他做好了一切准备,他甚至想到了,常亚东也许会一时情绪失控,跟他动手打起来。因为常江始终都相信,常亚东对欧兰是有感情的。眼睁睁看着自己喜欢的女人嫁给别的男人,这种滋味不会好受。

常亚东还想再说点儿什么,好显出自己的大度来,但是他的嘴唇翕动了几下,最终还是放弃了。他不仅放弃了说话,也放弃了继续掩盖自己的真实情绪,因为他已经掩盖不住了。

他掏出烟,点燃了一根,让烟雾包围了自己,他的脸色比那些烟雾还要发青,他的眼睛好像是好几夜都没有睡过觉似的,一下子就布满了血丝。

常江在心底叹息了一声,他决定什么也不说,什么也不做了。不管常亚东和欧兰之间发生过多少恩恩怨怨,此时,这个男人,肯因为欧兰结婚的消息如此动容,他就已经可以被原谅了。

常亚东和常江分开之后,开着车漫无目的地在大街上转着,他一手扶着方向盘,一手拿着电话,他已经有很多次想要拨通欧兰的电话了。

他特别想对欧兰说：

"你就这么恨我吗？为了报复我,不惜嫁给我的弟弟。"

可他终究也没有打电话,更没有说出这句话。因为他知道,这种指责其实是他自己一厢情愿的期待,他希望欧兰嫁给常江是别有企图,而在欧兰的心中,其实还是一直念着他的。这种想法,会让他的心里好受很多。

但他自己也知道,这种想法本身就是在自欺欺人。越来越多的事实在不断地告诉他,欧兰真的离开他了,不管是她的人,还是她的心。

前面是红灯,常亚东再也坚持不住了,他像受伤的野兽似的嚎叫了一声,扑倒在了方向盘上。

4

常江直接回了欧兰的住处,那会儿欧兰给他打电话,他因为正和常亚东在一起,就说现在正有事,一会儿去家里找她。可当他亲眼看到欧兰之后,永远都镇定自若的常江也被吓坏了。

"欧兰,出什么事了？"常江几步就走到了欧兰面前,不由分说就把她拽到了自己的怀里。平日里,常江是最善于迂回婉转的,而此刻,他却毫不犹豫地用这种最直接的方式,宣告了他的态度和力量。

欧兰看到常江,长长地呼出一口气来,好像这整整一天积压在心头的阴云,都汇集成了这一声叹息。常江听出来,她的声音在微微发颤,他把欧兰揽在胸前,柔声说：

"没关系,要是累了,就先什么都不要说,放心吧,没什么大不了的,我们在一起,什么事都可以解决。"

"可你还不知道究竟是什么事？"欧兰的声音空空的,没有一丝力气。

"不管是什么事,都没关系。你看,天没塌,地没陷。你还在,我还在,我们都还活着,都是健康的,所以不管遇到什么问题,我们都可以想办法去解决。"

常江的声音很温柔,可却蕴含着无尽的力量。

欧兰受到了常江的鼓舞,不再像刚才那么失魂落魄了,她站起来,但仍旧紧紧地攥着常江的手——这是她力量的源泉。她拉着常江走到一张双人沙发边,重新坐下,才低声说：

"工作上,和我家里都有事,你先听哪一件？"

"工作。"常江毫不犹豫地回答。

"为什么?"欧兰觉得奇怪,因为她觉得在这个时候,任何人都会先问家里出了什么状况,这似乎才是符合人情世故的。

"家里的事更重要更难解决,所以我们先谈工作,把工作处理了,再详细说家里的事。"常江回答。

欧兰心头一热,因为从常江的回答中不难看出,他真的是已经把自己和欧兰当成了一家人了。

欧兰先把公司出的事一五一十地都说了出来,常江认真地听着,紧锁着眉头,眼睛中仿佛一直就有一个特别明亮的光点,始终灼亮着,让人看着就心里踏实。

当欧兰把全部的事情都说完之后,常江点了点头:

"你处理得非常好,而且最后的计划也非常聪明,我真佩服你,竟然能在那么混乱的时候,想出这么好的办法来。"

"你真觉得这个办法好吗?"欧兰心里没底,因为这个方案以前没有人执行过,也没有经过多方论证,完全就是一瞬间的灵光乍现。靠一瞬间的灵光乍现,去应对一次如此严重的公关危机,欧兰觉得这一切都太过于儿戏了。

"真的!"为了让欧兰安心,常江故意用力加重了语气。

看欧兰仍旧满腹疑虑,常江合起双掌,把她的双手握在了自己的掌心中:

"放心吧,工作上的事情,我都听明白了,现在先说说家里的事,一会儿我们再继续讨论工作。"

一提到家里,欧兰的眼泪马上就扑簌簌地落了下来,谈工作的时候,她还能记得自己是总裁,可一提到家里,她就完全变成了一个无助的女子。

"爸来电话,说妈妈病了,很严重,医生说,已经没有办法再手术了。只能靠药物维持生命,"欧兰的身子剧烈地颤抖了起来,好像被将要说出口的话吓到了,但她还是努力坚持着把话说完,"还能维持两到三个月。"话音落处,欧兰已经失声痛哭了起来。

常江展开双臂,把欧兰拥入怀中,低声呢喃着:

"兰,哭吧,想哭就哭,想说什么都说出来,我就在这儿呢。"

欧兰一边痛哭一边断断续续地说着,因为哭得太凶,所以有些话常江能听清,有些根本听不清,就只能听清只言片语,但也足够让人心痛了:

"他们只有我一个孩子,从小,他们为我做了那么多,可我什么都没有为他们做过。我十八岁就离开家出来上学,然后在上海、在北京、天津、又来上海,十几年了,我在家里的日子加起来,可能还不到一年。我总是想着,等我的环境好了,把他们接到身边来。常江,你相信我,我真的是这么想的,我从来没有想过不管爸爸妈妈,我天天都想着,等我稳定了,挣了钱,买房子,把他们接到我身边来,陪着他们,照顾他们,真的,你相信我,你相信我!"

欧兰突然嘶吼了起来,常江紧紧地抱着她,不让她挣脱开自己的怀抱:

"我相信,我知道,这些我都知道,不仅我相信,我知道每个人都相信,乖,真的,我知道你是这么想的,你想得没错,一点儿错都没有。"

"可我错了,"欧兰的哭声愈加悲痛,她的眼泪就像决了堤一样向外淌,眼泪流得太凶了,让人都禁不住要怀疑,她是在把身体里所有的水分都化作眼泪流出来,"我没想到妈妈会生病。不,其实我想到了,我每次看到他们,他们都比上一次更老了,身体也差了,我一再催我自己,再努力一些,挣钱的速度再快一些,可我没想到,她竟然这么快就,这么快就,这么快……"

欧兰再也说不出那个残酷的现实了,她放声大哭了起来。

常江紧紧地抱着欧兰,让她在自己的怀里哭。他能体会到欧兰此时的感受,他自己又何尝不是一个常年漂泊的游子。作为家中的独子,他何尝不想恪守着"父母在,不远游"的古训,守在父母膝前尽孝,可现实不允许他如此,为了前途,他不得不去漂泊,异乡、异国,离父母越来越远。他也能够理解欧兰所说的,一心想着早点儿取得些成绩,好有能力回报父母,可能在他们这一代人的心头,都存在着这样的压力。

过了好一会儿,欧兰的哭声终于慢慢止住了,因为她哭得太累了,已经一点儿力气都没有了,只能低声啜泣。看欧兰不哭了,常江才温柔地说道:

"你现在肯定不能离开怀安吧?"

"不能。"一想到这一点,欧兰就又要哭。

"那你看这样行吗?我替你去照顾你父母。"常江说。

他的声音是那样的平静自然,他的态度,就好像是在告诉欧兰,他要去帮欧兰倒一杯水似的,那么简单。以至于一开始,欧兰都怀疑自己听错了,她抬起头,透过眼泪,看着常江,想要说话,但常江抢先开口了:

"我想,这是目前最妥当的办法,我去你家,陪你父母先到北京再找专家会诊一下,我在北京有些朋友,能够帮这个忙,北京的医疗水平总要比别的地方好一些。会诊之后,如果可以在北京住院、治疗,也由我来安排。我估计到那会儿,你也就可以腾出几天时间来趟北京了,到时候,我们可以在北京碰头一起商量。如果能在北京治疗,你就安心工作,我在北京照顾他们。如果这次会诊的结果还和以前完全一样,那我就想办法给他们做工作,让他们来上海治疗,这样,你就可以一边工作一边陪妈妈了。"

欧兰知道,常江这一系列的安排都是无懈可击的,能把妈妈接到上海来度过最后的时光这一点,她过去连想都没想到过,虽然现在她已经心乱如麻,可她仍旧马上就判断出,这是最好的办法。但是……

看出了欧兰的迟疑,常江微微一笑:

"你肯定不会怀疑我处理事情的能力,所以,恐怕你现在唯一的难点,就是不知道该怎么向你家里人介绍我了。"

的确,常江这样其实等于直接承担起了儿子的全部责任,而从他们两个上一次在江边相拥之后,这才是第二次见面,这,是不是太快了?

心中这么想着的同时,欧兰也就说了出来:

"我们是不是太快了?"

"快吗?我们两个好像已经认识了很多年了。"常江的脸上又显露出了欧兰那种最熟悉的、潇洒自若的笑容。

"可是……"

"或者,你觉得,你还需要再考虑考虑,才能决定给不给我名分?"

"不是……"

"那你就是觉得……"

"常江,我求你,你先别说话,我脑子太乱了,你让我先组织一下语言。"欧兰打断了常江的话,她把头埋进了双臂之间,过了好一会儿,才抬起头。现在,她眼里的泪已经干了,眼睛中一点儿神采都没有:"常江,你听我说,我现在很害怕。"

"怕什么?"

"怕是因为这次发生的这个突发状况,才把你和我又推进了一步。如果没有这个突发状况,我们慢慢相处,也许以后,我们会发现,其实我们两个并不合适。可现在,有了这个状况,我们顾不上去想那么多,这样……"

"这样,你会担心,我不是真心要留在你身边,而是外力把我推到了你的身边。"即使在这种时候,常江依旧能够准确地总结出欧兰混乱的思想。

"对。"

常江捧起了欧兰的脸,深深地望着她:

"欧兰,看着我。现在,我不会说,即使没有这件事,我也会和你白头偕老这种话,因为我一直觉得,这种誓言都是最空洞无物的。在我的认知中,爱,是靠行动来体现出来的,而不是靠语言来描述出来的。所以,我现在不会用任何承诺,来向你说明我的心和我的状态。

我只想说,你和我堪称知己,你了解我,我也了解你。我自认,凭我的骄傲,绝不会靠一些恩情,把一个不爱我的女孩子拴在我的身边。我也相信,你不会为了一些恩情,就把自己出卖给一个你不爱的男人。所以,这一次我帮了你,和你我的未来并无关联。

当我们一起把这个难关渡过去之后,如果我们相爱,我会继续朝前走,如果我们不再相爱,我们谁也不勉强自己,束缚对方。我说得对吗?"

欧兰什么话都没有说,只是再一次把头埋进了常江的怀里,过了好一会儿,她才低低地说出了三个字:

"谢谢你。"

常江怜爱地抚摸着她的头发:

"我们还有很多事要做,如果你现在心里稍微好受一点儿了,我们就开始干活吧。"

"什么事?"

"你跟你家里说了暂时不能回去的情况了吗?"

"说了,我爸一点儿都没有怪我,还说这次怀安遇到的事不是小事,让我先处理好工作,千万别连累了自己。"说到这些,欧兰就又想哭。

"别哭了,你现在去给他打个电话,把我们刚才商量的这些都告诉他,也把我的名字告诉他,我明天一早就飞北京,然后再去你家,让他不用担心。"

"好。"

欧兰这个电话整整打了四十分钟,因为她从来没有给家里说过自己有男朋友,现在,突然冒出一个男朋友来承担了一切,这实在是件很难解释清楚的事情。

终于,电话打完了,欧兰筋疲力尽地回到书房,看常江正在她的电脑上打字。

"都说清了?"常江把文档关上,问。

欧兰疲惫地叹息了一声:

"说不清。他们的问题太多了,我看要不是我妈病了,就凭男朋友这三个字,不用你明天去,他们就直接飞来了。"

常江低笑了一声:

"这也是人之常情,可以理解。"

"反正你做好思想准备吧,他们见到你之后,肯定还要审查你。"

"这些都由我来应付,你就不用管了,我保证能让他们满意。"

"你突然就走了,那你工作那边怎么办?"

"我这边没问题,我现在在上海其实还是学习的身份,明早我去一趟,收拾下东西,顺便把假请了,"常江看了看表,"不早了,你快点儿睡吧,明天你还得去处理公司的事。"

"我睡不着。"欧兰叹了口气。

"我陪你。"常江说着话,牵起欧兰的手,把她送回了卧室,开亮了床头灯,看着她躺下,帮她盖好被子,然后靠在她身边,有一句没一句地跟她闲聊着。

"你刚才在写什么?"欧兰问。

"我帮你把这次你们公司遇到的危机,处理办法,可能引发的关联问题还有我能想到的处理办法,都打出来,帮你整理成一份文档。因为我得去你家,不能陪着你处理这件事,所以只能通过这种方式,替你做点儿事了。"

欧兰转过头,睁大眼睛看着常江。看着她的样子,常江笑了:

"怎么?没想到我会这么细心?"

"不是。"欧兰闷声应了一声,就又躺下了,还紧紧地闭住了眼睛。

常江知道,欧兰是不愿意再反复赘述她的感动和感谢,他也不希望欧兰那样做,现在他最大的愿望就是,让欧兰习惯了他们两个人之间的这种相扶相助,因为一辈子很长,现在只是刚刚开始。

欧兰睡着了,常江轻轻地站了起来,蹑手蹑脚地走出卧室,回到书房,继续忙碌了起来。

5

第二天一大早,钟涛就接到了许正华的电话:

"出什么事了?"钟涛接通电话后,直接就问。

"什么跟什么呀,就出事了?"许正华无奈地埋怨了一句。

听许正华的声音很正常,钟涛也就踏实了一下,他歉意地一笑,又叹了口气:

"唉,对不起,我也是有点儿神经质了。"

"理解。昨晚我也是翻来覆去地睡不着,你说人想干点儿事怎么就这么难呢?怀安好不容易有点儿起色了,就招来这种无妄之灾。"

钟涛觉得许正华不会是一大早专门跟他打电话发感慨,所以就等待着下文,果然,就听许正华接着说:

"你今天干什么呀?"

"留守公司,看还会不会有什么突发情况。"

"我是有这么个想法。"

"你说。"

"你能跟我一起去报社吗?"

"啊?为什么?"

"昨晚,我详细想了想这件事,觉得,最好是在今天一天把所有的报社合同都敲定下来,明天在发道歉声明的同时就把补偿办法也刊登出去,这样效果最好,夜长梦多,拖一天都多一天麻烦。"

"对,有道理。"

"可是这种合同灵活度又特别大,如果欧总她们家不出事,我还能随时跟她商量,可现在我也不愿打扰她。索性你和我一起去,有什么情况,咱们两个一商量,当场就决定了,这样,也让欧总省省心,你说呢?"

"你倒是挺关心欧总的。"钟涛说,他现在心里的确是挺感激许正华的,替欧兰感激,感激她能有这份心意。

"哼,听你那态度,就好像我就是一个全无心肝的人似的,你别忘了,我也是女儿,我也有父母。"

"好好好,我一直都非常相信你的善良和完美,"钟涛赶紧求和停战,论斗嘴,他从来就不是许正华的对手,"就按你说的办,一会儿我们在公司碰面,我跟主管们交代清楚,就陪你去报社。"

许正华和钟涛没有想到,当他们两个来到公司的时候,欧兰竟然已经到了,一夜之间,欧兰的双腮就塌下去了。

"你怎么这么早就来了?"许正华问。

"睡不着,又放心不下公司,索性就来了。"

"伯母那边怎么样?"钟涛问。

"常江已经订好飞机票了,他去我家,先陪我父母到北京,请专家会诊。"

"那太好了。"钟涛由衷地说道。

"常江是谁?"许正华永远也掩盖不住她那直率的性格。

钟涛怕欧兰不想谈这些,赶紧转换了话题:

"正好你来了,正华和我商量,我们两个一起去报社,争取今天一天时间就把所有的合同都敲定下来,明天就能见报。现场有什么情况,我们两个当时就商量着处理了,你看行吗?"

"没问题,你们去吧,公司我来盯着。"

许正华和钟涛走出了怀安之后,她问的第一个问题就是:

"常江到底是谁?"

"能替欧总回家照顾老人,你说还能是谁?"

"哦,"许正华明白了,忽然,她又想出了一个新的问题,"要是我遇到欧总的情况,你会像那个常江似的,这么帮我吗?"

钟涛艰难地咽了口唾沫,没说出话来,他真不明白,自己一个堂堂的北方男人,怎么总是让这个南方姑娘给逼得手足无措。

相对来说，今天怀安还是比较平静的，商厦已经有了思想准备，而且在回答顾客上也有了统一的口径：

"这是一桩刑事案件，我们已经向公安机关报案了，而且针对由此给各位消费者带来的不便，我们在未来还会拿出专门的补偿办法，请留意最近的报纸。"

这样的回答，大多数人也就可以接受了，但欧兰知道，现在的平静只是暂时的，因为她坚信，不管这件事是不是沈佳一干的，她都不会放过这次机会。给她几天时间，她一定会采取行动的。

快下班的时候，钟涛和许正华回来了，他们今天成果巨大，合同已经如数拿到手了。

看着这厚厚的一沓合同，欧兰长长地呼出一口气来：

"好了，明天可以发道歉声明了。"

周一，上海各大报纸上都刊登出了怀安商厦的道歉声明。声明指出，犯罪分子窃取了怀安商厦的客户资料，造成了严重的犯罪事实，目前公安机关已经立案侦查。

在声明后面，还附上了一封致消费者的公开信，在信中，用非常恳切的语言表达了怀安公司多年来对消费者的尊重和倚重。表示要用赠送全年报纸的方式回报消费者，也算是对这次意外的一点弥补。具体操作办法，详见公司网站。

声明和公开信一出，无疑又在上海制造了一场风暴。因为绝大多数消费者，在看到了道歉声明之后，都把这件事当成了一个意外而抛之脑后，没想到，还能因为这件事而有所收获。再加上，人们的心理就是如此——百十块钱，谁也不放在心上，可是换作了一份全年的报纸，就显得很有质感了，所以大家都觉得自己是平白地占了一个便宜。

这个消息也很快传遍了各个商厦，于是，各家商厦的正副总裁们，又一次因为怀安和欧兰而坐到了会议桌前，他们这一次讨论的问题是——这次的窃密和恶意的造谣短信，会不会本身就是怀安故意造的一个连环套呢？目的，就是为了进一步扩大怀安的声势！

他们的猜测当然也传到了怀安，欧兰只觉得，自从她来了怀安，她的同行们做了很多很多让她觉得不可思议的事情，而唯有这一次，最让她有想要吐血的冲动！

接下来的两周，欧兰仿佛真的是到了硝烟正浓的战场上，而且这还不是两军对垒的战争，而是一场多方的混战。消息不断地从四面八方涌来，汇集到了欧兰的面前：

"欧总，真的有顾客向法院提起民事起诉了，要求怀安公司就此次因为自身管理不善而给客户带来的损失，做出合理的赔偿。"

"欧总，圣诞促销如期开始吗？"

"欧总，南京路的各个商厦都有举行圣诞夜场狂欢的传统，今年我想把模特大赛的总决赛和圣诞夜场狂欢融合起来，您看行吗？"

"欧总，又有警察来做调查了，这一次他们说必须要见您。"

"欧总，我们现在得到了非常可靠的消息，天一商厦元旦促销要搞大规模的降价活动，据说冲击力非常严重。"

"欧总，圣诞节当天，天一商厦斜对面那间新装潢的商厦要举行开业庆典，他们是独立港资的，还给我们送了一份请柬来。"

"……"

欧兰努力要求自己像一台精密的机器那样，高速而准确地运转着，能够有条不紊地处理着这一切——至少，要让人们感觉她是沉着自若、有条不紊的：

"告吧，别人想要告我们，我们拦不住。现在各种缺口都已经被我们补上了，跟相关媒体沟通，请他们对于这件官司，做对我们有利的正面报道，这样，对方闹得越凶，我们获得的利益就越大。在媒体那方面，别心疼钱。"

"当然如期举行，这么好的黄金商机，决不能放过去。"

"把模特大赛和圣诞狂欢联合起来的想法非常好，但是一定要注意安全，千万不要出现踩踏之类的安全事故。你们先拿出一份保证当天安全运行的方案来我看看。"

"先请他们进来，协助他们赶紧把这件案子调查清楚是大事。"

"天一打折这件事我已经想到了，这半年来它们的销售一直比较萎靡，沈佳一是要孤注一掷了，每家商厦都有活下去的权利，我们不能干预别人家的经营，只能做好自己。"

"开吧。这个更拦不住，现在是港资独资经营，没准再过一阵子，法国的商厦也看上了上海这个市场呢。好好研究研究他们，看看跟他们有没有什么合作的渠道。双赢总比两败俱伤要好。"

"……"

只有趁着上一个问题解答完，下一个问题还没有到来的时候，欧兰才能拿出几分钟的时间来想一想妈妈。

现在，妈妈已经住进了上海的医院，北京专家们的会诊结果跟上一次是完全一致的，所以爸妈接受了常江的建议，来上海和欧兰团聚，一家三口一起走过最后这段时光。

让欧兰觉得庆幸的是，爸爸和妈妈几乎一下子就接受了常江，还毫不犹豫地把他们全部的爱都拿了出来，倾注在了常江的身上。欧兰发现了一个道理——世界上所有的东西都是越用越少的，唯有"爱"是越用越多的。就像现在，爸妈给了她那么多爱，现在，还能再拿出同样的爱给常江。她相信，如果有一天，爸爸妈妈能看到她的孩子，一定还能拿出三倍、四倍，乃至十倍的爱来，给那个孩子，可是……

每当想到这些，欧兰的眼泪就禁不住往外流。

现在常江承担起了医院里所有的事情,爸妈是太中意常江了,竟然提出来,想趁着妈妈还在的时候,让他们把婚事办了,哪怕是先领了结婚证也好。这个提议,让欧兰目瞪口呆。她知道自己绝不会去跟常江提这件事的,因为常江已经为她做了那么多了,再逼着常江马上娶她,这太过分了。欧兰当然不会忘记,常江是多么受女孩子的欢迎,也不会忘记,常江在婚姻的问题上是多么洒脱,多么不愿意受束缚。如果有一天常江告诉她,他会为了自由终身不娶,欧兰都会坚信不疑。现在,却要她在这个非常时期去跟他谈婚事。不去,死都不去!

6

欧兰把手边的工作处理完,就准备去医院,现在她只有每天下班之后的时间去医院照顾妈妈。她刚刚站起来准备出门,电话忽然响了,竟然是崔慧明打来的,欧兰愣了一下,接通了电话:

"崔总,你好。"

"你好。现在有时间吗?我有点儿事情想和你谈。"崔慧明开门见山。

"现在?"欧兰有点儿迟疑。

"是关于你母亲的病情的,这种病,法国可以治疗。"

"真的!"欧兰尖叫了出来,此时恰巧钟涛来到她办公室门口,正抬手准备敲门,突然听到了欧兰这一声尖叫,把他吓坏了,也顾不上敲门了,推门就闯了进来,一看欧兰还好好地站在那里接电话,他才松了口气,就先立在那里,专注地看着欧兰接电话,同时暗暗在心里祈祷着——希望不要再是什么坏消息了。

"是真的,"崔慧明非常平静地回答,"我已经从医院了解到了你母亲的情况,也和法国方面接洽过了,现在我们见面,我把详细情况告诉你,好吗?"

"好!"欧兰的声音由于亢奋而显得过于尖锐,"你在哪儿,我这就去。"

她记下地址挂断电话,同时问钟涛:

"找我有事?"

"我没事,就是快下班了,过来看看你这里还有什么需要我做的。刚才电话没事吧?"

"没事,是崔慧明,她说她问过了,好像法国可以治我妈妈的病,她现在约我见面,我先去了。"崔慧明的话,就好像是在连续多日的漫天阴雨中,给了欧兰一丝阳光,把欧兰整个人都照亮了。

她都顾不上再跟钟涛说话,就冲出了办公室,根本就没有发现,钟涛在听到她说出崔慧明三个字之后,脸色已经变得很阴沉了。

崔慧明看到欧兰之后,先没有说话,而是认认真真地端详了她许久,才说:

"你瘦多了。"

"可能吧。"欧兰摸了摸脸颊。

"你不介意我私自调查了你母亲的病情吧?"崔慧明问。不等欧兰说话,她就又说,"最初,我听说你母亲来上海住院,的确是抱着'知己知彼,百战不殆'的态度去做这件事,但后来我跟法国联系了一下,发现这种病在国内虽然没法手术,但是在法国可以。"

崔慧明还是如此直截了当得让人难以应对,直接就把最见不得光的手段用最直白的方式摆了出来。

欧兰轻轻叹了口气:

"不管你的出发点和方式究竟是什么,能治了我母亲的病,我都感激你。"

崔慧明的嘴角浮现出一丝微笑,她看着欧兰,暗自沉吟着:

"欧兰,你果然是历练出来了,假以时日,你一定能超越我,所以,今天的计划,我必须要进行下去。"

她拿出了一个文件夹:

"这是相关资料,你可以先拿回去仔细研究一下,上面有法国医院的电话,你也可以跟他们直接联络咨询。"

"谢谢。"欧兰接过了资料。

"你好像还有什么话要说?"崔慧明问。

"不,其实,我是觉得,你应该还有话要说。"

崔慧明又露出了刚才那种微笑:

"你真的是越来越聪明了。"

"谈不上聪明吧,见得多了,经历得多了,对事情也就想得比较透了。"欧兰盯着文件夹那湛蓝色的封面,平静地回答。

"好,那我也就不再绕圈子了。我要收购怀安,而现在怀安在你的领导下风生水起。我想,照这样的趋势,再给你两到三年的时间,就没有人能够打怀安的主意了。所以我想,你陪你母亲去法国治病、疗养,法国的一切费用,都由我来承担。"

过了好一会儿,欧兰仍旧盯着文件夹,一言不发,崔慧明都怀疑,她是不是没有听懂自己刚才的话。崔慧明只好又说:

"我也知道……"可她刚一开口,就被欧兰很突兀地打断了。

"我的确是负担不起我母亲去法国治疗的费用。"

这样的话，反倒让崔慧明不知道该怎么接了。

又过了好一会儿，欧兰才说：

"我先回去，跟对方医院联络，如果他们真的能够给我母亲做手术的话，我马上向怀安递交辞呈，陪母亲去法国。"

崔慧明愣住了，她真没想到，欧兰这么轻而易举地就接受了她的要求。结果来得太容易了，都让她怀疑这是不是真的，她望了欧兰良久，试探着问了一句：

"欧兰，你恨我吗？"

"我今天刚到这里的时候就说了，如果你能帮助我，治疗我母亲的病，我感激你。"

"你是说，你接到我电话的时候，就已经想到了，我会提出这个要求。"

"没想那么多，但我知道，我肯定要付出些什么。"欧兰始终都那么平静。

"我以为你会像一个商人那样，来跟我讨价还价。"

"我只有一个母亲，我不拿母亲的病做生意。"

欧兰这轻轻的一句话，却像是一把刀子，直接就插进了崔慧明的心里。崔慧明的脸上一阵暗红，她想要说点儿什么，好挽回自己的一些颜面，可欧兰已经站了起来：

"崔总，我先回去研究这些资料了。"

欧兰抱着文件夹，在寒风中踽踽独行着，她说她要去研究这些资料，但其实她心里很清楚，这些资料基本不用研究，崔慧明既然敢提出来让她辞职，就说明她已经把法国那边的事情弄得一清二楚了。现在需要她做的只有一件事——决定是否辞职。

想到这一点，欧兰笑了，笑容是那样的惨烈：

"是否辞职？难道我还有选择的余地吗？没有了！怀安、前途、心血、荣誉，所有的这一切加起来，也无法和母亲相提并论！"

今晚，面对崔慧明的时候，她始终都是那么平静。是啊，敌人已经抓住了自己的命门死穴，现在，自己唯一可以做的，恐怕就是保持住最后的尊严了。

晚上，欧兰还是把所有的资料都查了一遍，又上网查了相关信息，崔慧明果然没有骗她——她也不可能骗她。这件事，欧兰没有告诉任何人，连常江都没有说。因为她知道，常江如果知道了这件事，一定会阻止她辞职，并且想办法替她去解决这个问题。但是他又能有什么办法呢？她接受不了常江从他父母那里拿钱来帮她，她宁可用自己总裁的职务去做交换。

"可是，我付出的，难道真的仅仅是一个'总裁'的职务吗？"黑暗中，欧兰躺在病房里的陪护床上，想到这个问题，不禁泪如雨下。只有她自己才知道，她究竟为怀安付出了多少，怀安对她而言究竟意味着什么。

她紧闭住嘴唇，不让哭声传出来，同时强迫自己把眼泪咽回去，耳畔，母亲那细微的

鼾声传来,她再次坚定了信念:

"辞职!"

第二天一早,欧兰在办公室里,刚打好了辞职报告,许正华忽然来了:

"欧总,刚才公安局那边来电话,说是找到刘月了。"

"啊!太好了!"听到这个消息,欧兰也觉得惊喜,现在,侦破的焦点已经汇集到了突然辞职的刘月身上,所以能否找到刘月,就成了破获这件案子的关键。现在刘月找到了,那距离挖出幕后黑手,也就不远了。

欧兰露出了笑容:

"又一件事情解决了,自己可以离开的更安心了。"

"正华,你来得正好,把这个给你。"欧兰把刚刚打印出来的辞职报给递给了许正华。

"辞职报告——啊!你要辞职,为什么呀?"许正华大叫了出来。

"我得到了一些信息,我母亲的病在法国可以手术,所以我要陪我母亲去法国治病。"

许正华的心思终究要单纯一些,她马上就说:

"那你请假不就行了吗?"

"现在公司这么忙……"

"公司再忙,也得允许总裁陪着妈妈出国手术呀!再说了,一个手术能有多久,一个月?你完全可以请假的。你是不是怕董事会不批准你请假呀,我去跟他们说!"许正华说着就要往外走。

"正华,"欧兰喊住了她,"这件事,你让我自己决定好吗?我告诉你,就是想请你先跟董事会打个招呼,让他们有一个思想准备之后,我再正式向董事会递交辞呈。"

"你真的决定了?"

"决定了。"

"还有另外的原因,对不对?"许正华目光烁烁。

"原因,就是我母亲的病。"欧兰觉得自己说的是实话,是啊,如果不是母亲病重,她怎么会受崔慧明的要挟呢?

许正华没再说话,转身出去了,她直接找到了钟涛:

"你看看这个。"她直接把欧兰的辞职报告放到了钟涛的面前。

钟涛拿起来扫了一眼就又放下了:

"她果然辞职了。"

"果然?她和你商量过这件事了?"

"没有,我刚知道,但是我想到了。"钟涛冷冷地回答。

"我要疯了,你们今天怎么都这么怪异呢!"许正华暴躁了,"好吧,我去找刘启飞,他不能不通情理,谁都有妈,不能为了工作,连妈都不救了!"许正华越说越恼火,她仍旧认定了,是刘启飞不肯准给欧兰假期,欧兰才不得不辞职的。

"你别去,"钟涛阻止住她,"这件事找他没用,得找另外一个人。"

"谁?"

"你不认识,我去吧。"

"我陪你去。"

"不用。"

许正华也看出来了,今天钟涛的情绪之恶劣,不在欧兰之下。

她望着钟涛,突然放缓了声音:

"钟涛,我以为我们已经是朋友了。"说不清为什么,许正华在说完这句话之后,突然觉得鼻子有点儿发酸,因为她莫名地觉得委屈,她觉得钟涛始终都把她远远地隔绝在了自己的心门之外。

钟涛好像突然从梦里惊醒过来似的,看着许正华,他也觉得愧疚,因为他知道,这个姑娘是真心在为欧兰着急。钟涛叹了口气:

"昨晚欧兰离开公司的时候,接了个电话,正好被我碰到了,电话是NKR总裁打来的,当时她只对我说,NKR总裁约她见面,说是为了帮她母亲治病的事。"

"原来是这样!"许正华耿直,可并不愚蠢,她当下就双眼冒火,"好啊!NKR竟然使出这种下三滥的手段了!他们也太卑鄙了吧!真以为上海是他们家的呀,就这么为所欲为!"

"我现在还不能确定是不是他们在逼欧兰辞职,所以我要先去找他们总裁确定一下。"

"哦,是这样,我明白了,"许正华刚点了点头,但忽然又想起了另一个问题,"你跟他们的总裁也非常熟吗?"

"算是熟吧,她是我前女友。"钟涛也不知道自己为什么要把这件事告诉许正华,反正就是想说出来。

"啊!"许正华发现,事情还真不是一般的混乱,她愣了好一会儿,忽然像变戏法似的,脸上显出了甜蜜的笑容,"要不这样,我陪你一起去见她,万一真是他们干的,我就去找刘启飞,把我亲眼看到的事情原原本本地都告诉他,也告诉我爸爸和其他董事,让董事们出面帮欧兰的忙。"

她眨着漂亮的大眼睛,望着钟涛,神情中充满了孩子似的天真和慧黠,钟涛和她相视良久,忽然失笑了出来。

"你笑什么呀?"许正华有点儿恼羞成怒了。

"没什么,就是觉得你说的也有道理,那就一起去吧。"

崔慧明见到钟涛,并没有觉得意外,只是对于他身边还跟着一个许正华,有些不适应,尤其是许正华眉眼间的那种青春逼人和掩盖不住的嚣张,更让她不舒服。

"你来了。"崔慧明故意忽略掉许正华,笑着跟钟涛打招呼。

"来了。你知道我是为什么来的吧?"钟涛问。

"欧兰跟你说什么了?"

"她什么都没跟我说,昨天下班的时候,我碰巧见到她在接你的电话,然后直到现在,我还没见到她,但我已经见到了她的辞职报告。所以我想问一问,你知不知道,这究竟是怎么回事?"钟涛的声音很平静,但谁都听得出来,这根本就是一种风暴即将到来前的压抑!

崔慧明愣了一下:

"她真的辞职了?"

"真的,"许正华代替钟涛回答,"辞呈已经交到董事会了。"在这种时候,她是从来不惮于说些对局势有所帮助的谎话的。

崔慧明不理许正华,只冲着钟涛说话:

"那你想对我说什么?"

"来这里的时候,我想说的话挺多的,我想首先确定一下,这件事和你有没有关系。如果有,就再和你好好谈一谈,劝你不要这样做。"

"那现在呢?"

"现在我突然什么都不想说了。"

"为什么?"

"因为我想通了,欧兰辞职就辞职吧……"

"你……"许正华瞪大了眼睛望着钟涛,她没想到钟涛会说出这样的话来,可钟涛没有理会她,仍旧自顾自地说下去:

"欧兰辞职之后,我会向董事会申请代理总裁的职务,如果能够申请下来,我会替欧兰把工作做下去。如果申请不下来,我就仍旧做怀安的副总,不管谁来当总裁,我都全心全力地协助他,经营好怀安,像辅助欧兰一样。"

听了钟涛的话,崔慧明还没什么反应,许正华已经喜上眉梢了,看她那架势,要不是因为眼前有个碍眼的崔慧明,她非得好好夸夸钟涛不可。当然,一般情况下,她的夸赞,钟涛都承受不了。

崔慧明的脸上没什么表情,连她那习惯性的笑容都没有了,她沉默了很久很久,

才说:

"钟涛,你去告诉欧兰吧,她不用辞职了,但我仍旧会帮她联络法国的事情,我和她毕竟共事多年,这点儿情分还有。"

钟涛愕然地抬起头,仿佛想确定,崔慧明的话是不是真的。看出了钟涛的疑问,崔慧明又笑了一下,笑容很勉强:

"我说的是真的。欧兰昨天对我说,她不会拿母亲做生意,我又岂是拿别人的母亲做生意的人?你转告她,私交是私交,工作是工作,我帮她母亲治病,但NKR仍旧不会放弃收购怀安。"

钟涛站了起来:

"我明白了,你的话,我一定转达到,谢谢你。"

"不用,昨天,欧兰已经谢过我了。"

钟涛和许正华走了,在办公室门关闭的那一刹那,崔慧明的眼神一下子就黯淡了,这一下子,好像整间办公室都突然变暗了。

她知道钟涛一定会来找她,她也想着收回昨晚对欧兰说过的话,她希望在钟涛跟她谈完之后,再告诉钟涛,她其实并不是一个狠毒的女人,她已经放弃了那个决定。可她没想到,钟涛最后竟然决定连谈都不跟她谈了。

崔慧明终于接受了一个事实——她已经彻底失去了钟涛。

尾 声

一周之后,上海浦东机场。

欧兰陪着父母去法国治病,马上就要登机了。今天,来给欧兰送行的,除了常江、钟涛、许正华之外,竟然还有刘启飞和许正华的父亲。

许正华的手始终吊在父亲的胳膊上,一双漂亮的大眼睛不时地在钟涛和常江之间转来转去,钟涛也猜到了,许正华是在暗示他什么,可他实在不明白她究竟在暗示什么:

"看上去,常江已经和欧兰的父母相处得非常好了,两位老人也特别中意常江,常江也很懂事,不断地说着宽心话,安慰老人,鼓励欧兰。他已经做得很好了,不需要自己再去帮什么忙了,而且这种时候,自己过去掺和也不太合适啊。"

钟涛越想越不得要领,干脆避开了许正华的目光,只气得许正华咬碎银牙,心里直骂他是木头。

刘启飞望着欧兰,仍旧那么和煦:

"去吧,先照顾好老人。法国的事情,许董已经都帮你安排好了,如果遇到什么情况,随时跟我们联系,记住一点,一切以治病为重!"

"我记住了,刘局、许董,谢谢你们,这么帮我。"

许正华的父亲是一位中等身材的男人,从他的神态和神情上都不难看出,这些年他已经在努力去学习宽厚、豁达、平和的风度,但是眉宇间仍旧掩盖不住那沉浮商场几十年历练出的老谋深算和老辣:

"不用那么客气,有怀安,我们都是一家人。到机场接你的人,都是我很好的朋友,你有什么事情尽管和我的朋友直接说,就像对正华一样就行了。"

"许董,谢谢您。"

不管许正华父亲的目的究竟是什么,这次他在患难之中毅然出手相助,欧兰不能不感动。而且她心里也非常清楚,如果说崔慧明的帮助是直接要求她拿总裁的位置来换,那么许家的仗义出手,就是需要她用未来的加倍努力工作来报答了。

因为她永远都记着一句话——世上没有免费的午餐。

欧兰看了看钟涛,又看了看许正华:

"我走了,这段时间,就辛苦你们二位了。"

"放心吧,没问题。"

"我昨天又跟法国联系了一下,如果手术顺利,两周后我能够回来一趟,按照我们的计划,怀安的元旦促销从12月31号下午四点钟正式开始,我正好能够赶上。"

最后一句话,欧兰像是在对她的两位副总说,也像是在对自己说。没错,她已经决定了,从12月31号下午四点钟开始,她要再次带给南京路,一场真正的购物狂欢!

(全文完)